MERETE JUNKER

Auf dunklen Pfaden

Ein Fall für Mette Minde

Zu diesem Buch:
Die Geruhsamkeit einer norwegischen Kleinstadt wird jäh durchbrochen, als Arvo Pekka, ein Schüler des hiesigen Gymnasiums, Selbstmord begeht. Die Menschen des Ortes sind betroffen – doch war dieser Freitod tatsächlich so überraschend? Die Beweggründe dafür scheinen in der Vergangenheit zu liegen: Arvo Pekka – Sohn eines Norwegers und einer Finnin – stammt aus einem zerrütteten Elternhaus, und als er vierzehn Jahre alt war, hatte der Vater seine Frau, die er vormals schon oft misshandelt hatte, im Rausch erstochen. Seitdem galt Arvo Pekka im Ort als sonderbar, als Eigenbrötler. Einzig sein Filmprojekt, in das er sich mit Feuereifer gestürzt hatte, ließ ihn aufblühen. Doch jetzt ist er tot, und nur die Frage nach dem Warum bleibt. Die Journalistin Mette Minde berührt der Fall tief, und sie beginnt, Nachforschungen über das Leben des Schülers anzustellen. Hat ihn tatsächlich seine Vorgeschichte in den Selbstmord getrieben? Und was hat Arvos Lehrer Aron Storm mit der ganzen Sache zu tun? Schicht für Schicht trägt Mette Minde die Vergangenheit und die Gegenwart ab – und was sie dabei entdeckt, bringt nicht nur ihr Leben in tödliche Gefahr …

Über die Autorin:
Merete Junker wurde 1959 in Skien geboren, wo sie auch heute noch lebt. Sie studierte Kriminologie und Geschichte an der Universität Oslo. Sie arbeitete als Radiojournalistin, bevor sie 2008 ihr Debüt als Autorin gab.

Die Romane von Merete Junker bei LYX:

Mette Minde ermittelt:
Ein Hauch von Mord
Auf dunklen Pfaden

Weitere Romane der Autorin sind bei LYX in Vorbereitung.

MERETE JUNKER

AUF DUNKLEN PFADEN

EIN FALL FÜR METTE MINDE

Roman

Ins Deutsche übertragen von
Hanne Hammer

LYX
EGMONT

Die Originalausgabe erschien 2010
unter dem Titel *Tvilingen*
bei Gyldendal Norsk Forlag AS, Norwegen.

Deutschsprachige Erstausgabe Juni 2014 bei LYX
verlegt durch EGMONT Verlagsgesellschaften mbH,
Gertrudenstraße 30–36, 50667 Köln

1. Auflage
Redaktion: Robin Gates
Umschlaggestaltung und -illustration: bürosüd, München
Satz: KCS GmbH, Stelle/Hamburg
Printed in Germany (670421)
ISBN 978-3-8025-9275-1

www.egmont-lyx.de

Abgrund

So kann ich vergessen,
dass es dich nicht gibt.
Kann dich bitten zu kommen.
Lass uns spielen
König auf dem Berg,
ich bin der König,
du der, der stürzt
über die Kante und verschwindet.

Trine Ness, aus der Gedichtsammlung *Hvis jeg kunne hete noe annet, sa jeg til Marianne* (Gyldendal Norsk Forlag, 2008), *Wenn ich anders heißen könnte, sagte ich zu Marianne*

Grenland, März 2006

Der Chlorgeruch brannte in der Nase. Nicht nur die Ausdünstungen vom Becken, sondern von Haaren und Haut, von Wänden und Decke und den großen Glasflächen. Iduns Atem ging stoßweise. Arvo Pekka schaukelte mit seinem nackten Körper hin und her. Seine Haut war feucht. Ihre Fingerspitzen fühlten es auf der Brust, wo ihre Hand notgedrungen seine Haut berührte.

Sie hob den Kopf in dem Versuch, durch die Fenster hinauszusehen. Im Osten hellte das kompakte Dunkel ein wenig auf. Die Nacht schien langsam dem Morgen zu weichen. Jemand würde kommen und sie finden. Jemand würde sie befreien.

Nein, niemand würde kommen. Sie würde hier in diesem Schwimmbad sterben. Sie würde nie ihr Abi machen.

Das nasse Haar klebte ihr am Kopf. Es war eine Weile her, dass sie im Wasser gewesen waren, doch das Haar wollte nicht trocknen. Die Feuchtigkeit saß in allem. Sie versuchte, sich ein wenig zu strecken. Ihre Sitzposition zu verändern. Die scharfen Ränder der kleinen karierten Bodenfliesen drückten sich in die Oberschenkel, wenn ihr gesamtes Körpergewicht darauf ruhte. Sie stützte sich mit einer Hand auf dem Boden ab. Die andere saß in der Handschelle fest.

Er hatte sie gepackt und durchgeschüttelt, sie auf den Boden gezwungen und ihr eine Handschelle um das Handgelenk gelegt. Das metallische Geräusch, mit dem sie zuklickte, hatte in ihren Ohren gehallt. Sie hatte den Arm wegreißen wollen, schlagen, flüchten, beißen, aber sie war wie gelähmt gewesen. Der Rausch saß noch im Körper, doch irgendwo hinter den Augenlidern blinkte eine Alarmleuchte. Blitzschnell hatte er das andere Ende der Handschellen an der dicken Kette befestigt, die er um den Hals trug und die aussah, als wäre sie aus Eisen. Sie war an ihn gefesselt, konnte nicht entkommen. Den Schlüssel hielt er in der Hand. In der anderen hatte er eine Pistole. Eine Pistole oder einen Revolver. Sie verstand nichts von Waffen, aber sie wusste, dass er schießen würde. Dass er sie erschießen würde. Er ist verrückt, sang es in ihrem Inneren. Er ist verrückt, er ist verrückt, er ist verrückt. Sie wusste doch, dass er verrückt war. Sie hätte niemals mit ihm mitgehen dürfen. Sie hätte bleiben sollen, wo sie war. Auf der Party, im Licht, bei der Musik. Nein, sie hätte nach Hause gehen sollen. Sie war betrunken.

Vor den großen Fenstern war es dunkel. Die Bäume traten diffus aus der anderen Substanz hervor. Die Schwimmhalle wurde sparsam von einer einzelnen Lichtquelle an der gefliesten Querwand beleuchtet. Einem giftgrünen Licht, das bis zum Beckenrand reichte. Sie saßen außerhalb des Lichtkreises. Würde jemand sie sehen können, wenn er dort draußen stand? Wollte sie, dass jemand sie so sah, wie sie jetzt hier saß?

Sie musste an den Exhibitionisten denken. Der vor den Fenstern gestanden hatte, als sie in der Grundschule Schwimmunterricht gehabt hatte. In einem anderen Schwimmbad. Warum führen die Fenster von Schwimmbädern immer zu Bäumen hinaus?

Arvo Pekka hatte aufgehört zu schaukeln. Er warf heftig den Kopf zurück. Ein paar Wassertropfen aus seinem Haar landeten auf ihrer Wange. Dann brach er die Stille. Von irgendwo tief in seinem Inneren strömten Töne an die Oberfläche in einer Sprache, die sie nicht verstand, eine Art Wiegenlied. Wieder schaukelte er hin und her im Takt der Melodie, und sie spürte, dass sie sich mitbewegte. Die Töne tanzten zwischen den Porzellanfliesen der Wände, dem Glas der Fenster und dem Wasser hin und her. Die Akustik schaffte eine Illusion von Mehrstimmigkeit, und sie hätte am liebsten mitgesungen. Das Entsetzen hatte seinen Griff gelockert. Das war doch Arvo Pekka. Sie verspürte Lust, ihre Hand zu heben, die, die an die Handschelle gefesselt war, und vorsichtig seine Wange zu streicheln.

Sie sah sein Gesicht jetzt deutlicher. Ihre Augen hatten sich an das spärliche Licht gewöhnt. Seine Augen waren moosgrün und voller Leben, einen kurzen Augenblick lang.

Er hielt ihr den Schlüssel für die Handschellen vor das Gesicht, zwischen Daumen und Zeigefinger. Dann steckte er ihn in den Mund. Hinter die Zähne. Die Lippen schlossen sich. Sie dachte, jetzt verschluckt er ihn. Jetzt verschwindet der Schlüssel in seinem Magen. Sie wollte heulen, schlagen, prügeln, doch sie tat nichts von alldem. Sie blieb sitzen und spürte, dass ihr Oberschenkel wehtat. Bald würde es hier drinnen vor Menschen wimmeln. Und wenn er sie nicht erschoss? Wenn sie gefunden wurde? Nackt und nass, mit einer Handschelle an ihn gefesselt. An diesen verdammten Idioten. Man würde glauben, dass sie vergewaltigt worden war. Misshandelt. Gedemütigt. Sie sah ihre Eltern vor sich, ihre Schwester, ihren Bruder, die Freunde, die Lehrer, die Polizei. Sie sah die klebrige Neugier in ihren Blicken.

Ihre Augen liefen über, und Tränen rannen ihr die Wangen hinunter. In diesem Moment hob er die Pistole. Langsam führte er sie an ihren Kopf, setzte die Mündung am Haaransatz auf, ganz oben auf der Stirn. Seine Lippen verzogen sich zu einem kleinen Lächeln, aber er sah ihr nicht in die Augen. Er starrte auf irgendetwas Unsichtbares in der Luft, während er die Pistolenmündung an ihren Schläfen entlangführte, als wollte er ihren Umriss zeichnen. Er folgte der Form ihres Ohrs.

Als der Schuss losging, spürte sie die warmen Blutstropfen auf Gesicht und Brust. Sie schloss die Augen, wollte nicht sehen, wie das Blut auf die grünen Fliesen spritzte. Sie tastete nach seinem Mund, schob die Finger zwischen seine Lippen, tiefer hinein, bis hinter die Zähne. Im Nachhinein dachte sie, dass es ein Leichtes gewesen wäre, das Schloss seiner Kette zu öffnen und sich zu befreien, aber dann hätte sie noch immer die Handschelle angehabt, und sie hätte das nicht gefunden, was er noch in seinem Mund hatte. Alles wäre anders gewesen, hätte sie das nicht gefunden.

☼

Mette Minde und Peder Haugerud hielten sich an der Hand und stupsten einander an, als sie über die Porsgrunnsbrücke gingen. Mitten auf der Brücke blieben sie am Geländer stehen und sahen in den dunklen Fluss hinunter. Sie schauderte, als ihr der eiskalte Frostnebel ins Gesicht schlug. Er zog sie an sich und wärmte sie kurz, bevor sie weiter auf die Westseite liefen, das Westufer, wie die Einwohner den Stadtteil nannten. Hier und da lauerten Eisbuckel unter dem Streusand, den die Gemeinde gestreut hatte. Kleine Gletscher aus schmutzigem Schnee thronten wie Miniaturgebirgsketten zwischen Bürgersteig und Straße. Oben auf dem Stadthügel blieben sie stehen und blickten zurück zum Zentrum, dessen Millionen Lichter auf der Ostseite funkelten. Ein Streifenwagen mit Blaulicht und eingeschalteter Sirene fuhr in westlicher Richtung über die Brücke.

Die Sirenen näherten sich. Mette spürte die Unruhe wie ein heftiges Pulsieren im Körper, als der Streifenwagen an ihnen vorbeifuhr. Sie schloss die Augen und hielt sich die Ohren zu, um nichts zu hören. Genauso schnell, wie er aufgetaucht war, war er außer Sichtweite. Peder drückte ihre Hand, und sie legten an Tempo zu. Vielleicht dachte auch er an die Jungen. Ylva passte auf sie auf. Sie machte das jetzt zum vierten Mal. Ylva war achtzehn und besuchte den Medienzweig des Gymnasiums. Im Frühjahr würde sie Abitur machen. Im Frühjahr, dachte Mette. Frühjahr hätte es jetzt, Mitte März, eigentlich sein sollen, doch bisher deutete nichts darauf hin. Hier draußen, außerhalb des Stadtzentrums, lag der gestern gefallene Neuschnee so weiß wie auf einer Weihnachtskarte.

Als sie die Sackgasse zur Hälfte hinaufgegangen waren, erstarrte Mette. Der Streifenwagen stand vor ihrer Gartenpforte. Im selben Moment erklang eine weitere Sirene. Sie drückten sich an einen Gitterdrahtzaun, als der Krankenwagen auf der schmalen Straße vorbeifuhr. Dann liefen sie los, alle beide. Mit einem Mal waren sie stocknüchtern.

Der Krankenwagen setzte rückwärts in den Hof vor dem Haus im Schweizer Stil, das fast am Ende der Sackgasse stand. Sie sah ihren Nachbarn Christensen seine Einfahrt hinunterstapfen. Die Thujenbüsche entlang der Grundstücksgrenze waren mit Schnee bedeckt, sodass die kleinen Zweige sich bogen. In den Fenstern im Erdgeschoss brannte Licht. Der Puls drohte Mettes Kopf zu sprengen. Die Haustür stand weit offen. Sie registrierte, dass die Treppe mit Glasscherben übersät war. Peder war bereits im Haus. Laute Musik drang durch die Tür nach draußen, bevor sie abrupt verstummte. Im selben Moment wurde es stockfinster. Sie stand mit einem Fuß auf der Treppe und hielt sich am Geländer fest. Ein Schatten glitt schnaubend an ihr vorbei. Sie nahm einen seltsamen fremden Geruch wahr und hörte eilige Schritte, die sich knirschend durch den trockenen Schnee entfernten.

Mette tastete sich zum Sicherungskasten in der Diele. Aus dem Wohnzimmer hörte sie Stimmen durchsetzt mit leisem Wimmern und sah Licht, das von Taschenlampen kommen musste. Sie fuhr mit den Fingern über die Schalter. Alle zeigten nach oben. Die Hauptsicherung muss herausgeflogen sein, dachte sie und versuchte, den richtigen Schalter zu finden. Endlich zeigte einer nach unten. Sie drückte ihn hoch, und Licht und Musik kamen in voller Stärke zurück. Nach einigen Sekunden wurde die Musik ausgeschaltet.

Sie lief durch die kleine Diele zwischen Küche und Wohnzimmer und traf auf Peder, der die Treppe aus der ersten Etage herunterkam.

»Sie schlafen«, sagte er. »Wie Steine, alle beide, und nichts deutet darauf hin, dass jemand oben gewesen ist.«

Die Erleichterung wich der Wut, als sie in der Tür zum Wohnzimmer stand und das Bild des kompletten Chaos in sich aufnahm. Ylva saß weinend auf dem Sofa, das Gesicht in den Händen verborgen. Ein junger Bursche mit einem gelben Stirnband und tiefblauen Augen unter kräftigen Augenbrauen streichelte ihr unbeholfen die Schulter. Neben der Terrassentür stand eine Trage. Die Sanitäter, ein junger Mann und eine Frau im gleichen Alter, schnallten gerade einen jungen Mann fest. Er hatte eine Sauerstoffmaske über dem Gesicht, und sein langes Haar breitete sich wirr über dem weißen Kissen aus. Peder unterhielt sich mit ihnen, doch sie hörte nicht, was sie sagten. Ylvas Wimmern war in ein lautes, hysterisches Weinen übergegangen. Eine Polizistin bemühte sich, einem wenig kooperativen Jungspund Handschellen anzulegen, der versuchte, sich freizuwinden. Er fluchte. Weißer Schaum hatte sich in seinen Mundwinkeln gesammelt, und seine Augen schwammen.

Ein Polizist kam atemlos aus der Diele herein. Er wandte sich direkt an die Polizistin, die den Jungspund auf einem Stuhl platziert hatte.

»Weg, die ganze Bande. Ich habe keinen von ihnen erwischt!«

Mette kannte ihn. Axel Lindgren. Er entdeckte sie in dem Chaos und kam zu ihr. Sie musste ziemlich hilflos ausgesehen haben, denn er legte ihr die Hände auf die Schultern und drückte sie vorsichtig.

»Muss ein Schock für euch sein, das hier, aber den Jungen geht es gut«, sagte er und wies mit dem Kopf zum oberen Stockwerk hin.

»Was ist eigentlich passiert?«, fragte sie mit einer ihr fremden Stimme. Ihr Mund war trocken, und ihr wurde klar, dass der Alkohol nicht einfach aus dem Blut verschwunden war.

»Sieht ganz nach der klassischen Geschichte aus«, sagte er.

»Die Babysitterin bekommt ungebetenen Besuch, der sich gewaltsam Einlass verschafft. Wir haben zumindest schon mal herausbekommen, dass sie vorher bereits Besuch von ein paar Freunden hatte. Später sind dann noch mehr aufgetaucht, die sie nicht hereinlassen wollte, und da hat es Ärger gegeben.«

Nachdem alle den Tatort verlassen hatten, brauchten sie ein paar Stunden, um Ordnung in das Chaos zu bringen. Peder klebte die zerbrochene Scheibe in der Eingangstür mit Plastikfolie zu. Am Montag mussten sie sich um einen Glaser kümmern.

Mette Minde lag wach, bis der Tag graute. Peder schnarchte rhythmisch neben ihr. Er war eingeschlafen, sobald er im Bett gelegen hatte. Sie hatten einen so schönen Abend gehabt. Schöner als seit Langem. Sie hatten von alten Zeiten geredet, als die Zwillinge noch klein gewesen waren, und von einem Urlaub in Südengland, der einige Jahre zurücklag. Das Essen war gut gewesen, der Wein auch. Nordnorwegen oder dass Peder sich gerne einen Job im Norden suchen wollte, hatten sie mit keinem Wort erwähnt. Das hatten sie in den letzten Monaten bis zur Bewusstlosigkeit diskutiert. Sie wollte nicht umziehen. Jetzt lag sie wach, und das schlechte Gewissen nagte an ihr. In guten wie in schlechten Tagen, hieß es. Vielleicht war das der Anfang der schlechten Tage. Der Tage, an denen sie sich stützen und einander helfen sollten. Sie sah, dass es Peder nicht gut ging. Nur selten war er froh und glücklich. Eher still und in sich gekehrt. Alles war ein wenig besser geworden, als er wieder als Arzt zu arbeiten angefangen hatte. Doch es hatte nicht lange angehalten. Er ließ den Kopf hängen, fand sie. Würde ein Umzug helfen? Sie glaubte es nicht. Sie waren schon einmal umgezogen, weil er das gewollt hatte. Das musste genügen.

*

Der Fotolehrer Aron Storm starrte sein Spiegelbild an, während er sich die Hände wusch. Er seifte sie ein und ließ das warme Wasser darüberlaufen, trocknete sie mit dem gestreiften Handtuch ab und klopfte sich Farbe in die Wangen. Seine dunklen Augen blickten angespannt in den Spiegel. Eigentlich war er gar nicht hier. Er hatte allen gesagt, dass er woanders war. Am Filmset oben im Luksefjell. Das hatte er allen gesagt, mit Ausnahme seiner Mutter. Er hörte sie eine Etage tiefer, jedes Mal, wenn sie den Stock auf das Eichenparkett aufsetzte.

Aron Storm hatte es mitbekommen. Drei Nachrichten auf dem Mobiltelefon, und alle sagten das Gleiche: Arvo Pekka Samuelsen hatte sich erschossen. Er schaltete das Mobiltelefon aus. Oben im Luksefjell gab es kein Netz. Das wussten alle. Er wollte mit niemandem reden. Nicht jetzt.

Er war seltsam erregt, und ihm schlotterten die Knie. Arvo Pekka Samuelsen. Demnach tat sich etwas. Doch so hatte er sich das nicht vorgestellt. Er hatte an etwas Spektakuläreres gedacht. Sich in einem Schwimmbad zu erschießen, war nicht besonders kreativ. Okay, vielleicht das Setting, aber sich einfach zu erschießen. Einfach so. Das war doch nichts Besonderes. Es sei denn, er hatte es irgendwie in Szene gesetzt. Aber darauf deutete nichts hin. Aron Storm zitterte. Er griff nach dem Morgenmantel und zog ihn über den Jogginganzug.

»Scheiß Winter! Was soll die Kälte im März, verdammt«, murmelte er vor sich hin.

»Verdammt, verdammt, verdammt, Jaco hungrig, Jaco hungrig, Jaco hungrig. Verdammt, verdammt, verdammt«, antwortete der Papagei in seinem Käfig.

Aron Storm lächelte. Er öffnete die Käfigtür und streckte den Zeigefinger aus. Jaco krallte sich an seinem Finger fest und neigte den Kopf, als Aron ihn hinaushob. Sie hörten beide das Glöckchen, als Mons Mockery, die Katze seiner Mutter, auf den Lehnstuhl vor dem Fernseher sprang.

»Katzenteufel, Katzenteufel, Katzenteufel!«, schrie Jaco.

»Beruhig dich, alter Vogel!«

Aron Storm setzte sich an den PC und rief seine E-Mails auf. Keine neuen Nachrichten. Er wollte sich nicht bei MSN einloggen. Er sah die Internetzeitungen durch, bevor er sich seinen eigenen Sachen zuwandte. Er öffnete eine Datei im Bildarchiv und blätterte darin. Jaco stampfte im Takt auf seiner Schulter. Mons Mockery starrte das Federvieh an und entblößte die spitzen Zähne in einem langgezogenen Gähnen.

Arvo Pekka Samuelsen blickte ihn vom Bildschirm aus an. Die Augen unter dem selbstgestrickten Stirnband sahen spöttisch drein. Der Brustkasten war glatt und haarlos, das Gummi der Boxershorts über dem Rand der Jeans deutlich zu sehen. Um das Handgelenk trug er ein Lederband. Es war Sommer, da waren Gras und Bäume mit saftig grünen Blättern. Stimmen von Vögeln und die Geräusche von Millionen von Insekten. Arvo Pekko Samuelsen war da und all die anderen, doch an diesem Tag vor allem Arvo Pekka. Er war so begeistert, so willig sich einzubringen, so offen und strahlend. Er zeigte sich und wurde in Pixeln eingefangen, für alle Ewigkeit.

»Sieh mich an«, flüsterte Aron Storm Arvo Pekka Samuelsen zu.

Das Läuten der Klingel, das sein Gehirn in winzig kleine Teilchen sprengte, riss ihn aus seinem seligen Rückblick. Er hasste dieses Geräusch. Aron Storm schloss die Datei und setzte Jaco zurück in den Käfig. Mons Mockery nutzte die Gelegenheit mitzukommen, als Aron Storm die Tür öffnete und die Treppe hinunter ins Erdgeschoss lief, wo seine Mutter wartete. Er hörte das ungeduldige Klopfen ihres Stocks, lange bevor er sie sah.

Anna Storm Pettersen saß am Küchentisch, das steife Bein

auf einem Schemel ruhend. Sie schaute ihn mürrisch an. Ihre grünen Augen musterten ihn ein paar Sekunden, und er fragte sich, was für eine spöttische Bemerkung sie ihm jetzt wie einen Batzen Auswurf entgegenschleudern würde, aber es kam nichts. Stattdessen griff sie sich Mons Mockery, der auf ihren Schoß gesprungen war. Sie nahm ihm das Halsband ab und warf es auf den Tisch. Die Glocke klingelte leise.

»Das ist Tierquälerei, die Katze mit der Glocke herumlaufen zu lassen«, sagte sie.

»Die ist nötig, damit sie sich nicht an Jaco heranmacht!«

»Der Vogel muss allein zurechtkommen. Er hat Flügel, nicht wahr?«

Seine Mutter wartete keine Antwort ab. Und darauf gab es auch keine Antwort. Aron Storm seufzte leise. Er war zweiunddreißig und saß genauso im Käfig wie Jaco. Er konnte zwar kommen und gehen, wann er wollte, sicher, doch seine Mutter hatte das Sagen. Und sie hatte keine Glocke. Nur ihren irritierenden Stock und die Klingel, mit der sie ihn herunterkommandierte, wann immer es ihr passte.

»Ich will auf den Friedhof«, sagte sie. »Fahr das Auto vor.«

Aron Storm griff nach dem Halsband und steckte es in die Tasche seines Morgenmantels. Er nahm die Treppe in sechs Schritten. Das war ein neuer Rekord. Er hörte ihren Stock, während er sich seine Jeans und einen Pullover anzog. Er griff nach seiner Lederjacke und zog sich eine Strickmütze über die Ohren.

Eine seiner Schülerinnen hatte sie für ihn gemacht. Ylva. Ylva hatte sie gestrickt. Sie strickten die ganze Zeit. Strickten und schmusten. Warme Wolle und heller Flaum auf nackten Bäuchen. Er wurde nie müde, sie anzusehen.

Er setzte den Toyota rückwärts aus der Garage und versicherte sich, dass der Beifahrersitz weit genug zurückgestellt war, dass seine Mutter Platz für ihr steifes Bein hatte. Sie kam angehumpelt, blieb stehen und machte sich an der Tür zu schaffen. Er lehnte sich über den Beifahrersitz und öffnete sie für sie.

»Du könntest ruhig ein bisschen aufmerksamer sein«, sagte sie.

Er stellte die Ohren auf Durchzug und konzentrierte sich aufs Fahren. Er war immer nervös, wenn seine Mutter mitfuhr. Sie hatte nicht mehr hinter dem Steuer gesessen, seit sie vor ein paar Jahren einen Unfall gebaut hatte. Ole Pettersen war dabei umgekommen. Er hatte den Sicherheitsgurt nicht angelegt gehabt. Sie war mit einem kaputten Bein davongekommen. Und mit dem Schuldgefühl. Aron Storm warf ihr einen kurzen Blick zu. Ihre Augen blickten starr geradeaus. Ihre Hände umklammerten krampfhaft den Griff des Stocks. Zwei Jahre war sie nach dem Unfall zur Therapie gegangen. Sie und Ole Pettersen waren nur ein Jahr verheiratet gewesen. Sie hatte ihren Seelenverwandten verloren, wie sie ihn genannt hatte. Ab und zu tat sie ihm leid. Doch es war absolut unmöglich, dieses Gefühl in Taten umzusetzen. Sie machte es ihm wirklich schwer, Fürsorglichkeit zu zeigen.

»Du warst heute Nacht unterwegs«, sagte sie plötzlich.

Er erschrak und spürte, wie er einen heißen Kopf bekam. Er wollte es abstreiten, aber das brachte nichts. Er suchte nach einem plausiblen Grund. Einer Erklärung, doch sein Kopf dampfte. Seine Stirn juckte. Er riss sich die Mütze herunter. Sie spionierte ihm nach. Wenn sie die Nase nicht in ihren Büchern hatte, schlich sie herum und belauschte ihn. Genau wie Mons Mockery bewachte sie den Käfig. Hin und wieder hatte er Angst, dass sie oben in seiner Wohnung eine

Abhöranlage installiert, dass sie kleine Kameras und Mikrophone angebracht hatte, wo er sie unmöglich entdecken konnte. Er hatte sogar nachgesehen, hatte die Wohnung Zentimeter für Zentimeter abgesucht, als die Paranoia ihn ritt. Natürlich hatte er nichts gefunden. Sie war weder zu so etwas in der Lage, noch hatte sie die nötigen Kenntnisse. Er drehte sich zu ihr herum und lächelte.

»Mutter, ich bin zweiunddreißig. Wäre es so merkwürdig, wenn ich mich hin und wieder mit jemandem treffen würde?«

»Kenne dich selbst und du kennst die anderen, Aron, das weißt du doch? Ich weiß, was du denkst«, sagte sie kryptisch.

Aron Storm schwitzte. Wusste sie wirklich von der kleinen Kamera, dem winzigen Auge, das er in der Diele installiert hatte? Unten im Eingangsbereich, nur um zu sehen, wenn sie auf dem Weg nach oben war? Falls es ihr gelang, sich so lautlos zu bewegen, dass er sie nicht hörte. Das Bein und der Stock waren nur Tarnung, eine Demonstration. Er *wusste*, dass sie sich lautlos bewegen konnte. Er ertrug den Gedanken nicht, dass sie plötzlich in seinem Stockwerk stehen, plötzlich in seine Wohnung kommen könnte. In seine Welt. Wenn er sie kommen hörte, konnte er zur Treppe laufen und war halbwegs unten, bevor sie halbwegs oben war. Konnte Hallo sagen, ich bin auf dem Sprung, wolltest du etwas? Kann ich dir mit irgendetwas helfen, bevor ich gehe?

Er fuhr in den winzig kleinen Kreisel vor dem Nordfriedhof. Dort lagen Ewald Storm und Ole Pettersen.

*

Idun lauschte der Stille im Haus. Ihre Mutter und ihr Stiefvater waren vor zehn Minuten gefahren. Zusammen mit ihrem Bruder. Konfirmationsvorbereitungen. Irgendetwas in der Kirche. Ylva war zu einer Freundin gegangen. Jedenfalls hatte sie das gesagt. Sie war direkt nach dem Sonntagmittagessen losgezogen. Eigentlich hätte sie Hausarrest haben sollen, aber sie hatte sich wie üblich herausgeredet.

Der Laptop lag neben ihr auf dem Bett. Die blaue Speicherkarte brannte in ihrer Tasche. Sie spürte sie zwischen Hüftknochen und Oberschenkelmuskel, als sie sich vorbeugte. Die Speicherkarte, die Arvo Pekka Samuelsen im Mund versteckt gehabt hatte. Sie stand auf und legte sich die Hände auf den Bauch. Sie versuchte, ruhiger zu werden, doch ihr Herz schlug wie wild. Ihr Atem ging schnell und angespannt, und sie hatte das Gefühl, gleich in Ohmacht zu fallen. Sie ließ sich auf den Stuhl vor dem Schminktisch fallen, schaltete die Lampe über dem Spiegel an und sah sich ins Gesicht, doch ihre blauen Augen wichen ihr aus, sie sah nur Arvo Pekkas grüne und das ganze Blut.

Sie konnte die Nummer der Polizei im Internet nachschlagen. Sie kannte sogar einen Polizisten oder richtiger, sie war einmal einem begegnet. Er war letzte Woche in der Schule gewesen, um mit ihnen über die feucht-fröhliche Vor-Abitur-Zeit, die sogenannte Russzeit, zu reden. Über Alkohol und so. Über die Russautos. Über Sicherheit. Eigentlich hatte das niemanden interessiert. Aber jemand musste in der Abizeitung darüber schreiben und es ernst nehmen. Sie zum Beispiel, sie hatte es ernst genommen. Den Artikel über den Polizeibesuch zu schreiben war die einzige Aufgabe, die ihr der Redakteur zugeteilt hatte. Der Artikel war auf dem PC gespeichert. Er war fast fertig. Der Name des Polizisten kam darin vor. Warum hatte sie heute Nacht nicht einfach bei der Polizei angerufen? Warum saß sie jetzt hier mit der Speicherkarte in der Tasche? Sie hatte nichts falsch gemacht, noch nicht. Doch wenn sie die Karte in ihren Laptop steckte und das, was auf dem kleinen, externen Medium gespeichert war, öffnete, überschritt sie eine Grenze, drang in gewisser Weise in privates Gelände ein. Sie konnte den Polizisten jetzt anrufen, wenn sie das wollte.

Idun griff nach der Haarbürste und fuhr sich durch das lange blonde Haar. Die Spitzen waren trocken und strähnig. Sie hielt sie gegen das Licht und ärgerte sich. Das Haar war oft gebleicht worden. Ylva und sie machten das gewöhnlich zusammen im Bad. Wir sind uns zu ähnlich, dachte sie, obwohl wir keine eineiigen Zwillinge sind. Irgendwann würde sie die Mutter um Geld für den Frisör bitten. Sie würde sich die Haare schneiden und in eine natürlichere Farbe zurückfärben lassen. Der Gedanke heiterte sie auf, und sie lächelte ihrem Spiegelbild zu, doch dann war Arvo Pekka wieder da. Sie stand auf und wandte ihm den Rücken zu. Arvo Pekka war Ylvas Freund, nicht ihrer. Arvo Pekka gehörte zu der Filmclique. Warum war nicht Ylva mit ihm ins Schwimmbad gegangen! Warum hatte sie das sein müssen, sie, Idun! Natürlich, Ylva hatte in Moldhaugen auf die Jungen dieser Frau vom NRK, dem staatlichen Rundfunksender, aufgepasst. Und dann war die ganze G-Force Bande aufgetaucht und hatte das Haus verwüstet. Die arme Ylva, das hatte sie nicht verdient, aber sie hätte sich von Ulrik fernhalten sollen. Sie wusste genau, dass er zu dieser Versagerbande gehörte und dass es lebensgefährlich war, sich mit denen einzulassen. Und jetzt sollte Ulrik plötzlich auch im Russauto mitfahren. Idun durfte im Auto der Filmclique mitfahren, obwohl sie nicht zu der Clique gehörte. Bestimmt weil sie einen Führerschein hatte. Sicher hatten sie gedacht, dass sie fahren konnte, während die anderen feierten und tranken. Das war ungerecht, aber es gab nicht so viele Alternativen, wenn sie überhaupt in einem Russauto mitfahren wollte. Sonst hatte sie niemand gefragt.

Idun setzte sich wieder aufs Bett und fuhr sich mit den Händen über die Oberschenkel. Zuerst war die Nachricht gekommen, dass Arvo Pekka sich erschossen hatte. Jemand hatte gehört, dass er Selbstmord begangen hatte. Aber dann war plötzlich im Internet zu lesen gewesen, dass die Polizei seinen Tod als verdächtigen Todesfall betrachtete. Idun bekam kaum Luft, wenn sie daran dachte. Ein verdächtiger Todesfall. Glaubte die Polizei, dass jemand Arvo Pekka Samuelsen getötet hatte? Idun spürte das Bedürfnis zu weinen.

Alles hatte sich um Ylva gedreht. Den ganzen Sonntag war es um Ylva gegangen. Ihre Mutter hatte geweint und ihr Stiefvater geschnauzt. Ylva selbst war im Morgenmantel wie eine lebendige Leiche herumspaziert, das Haar in ein Handtuch gehüllt. Eine Polizistin war hier gewesen und hatte mit Ylva und ihrer Mutter geredet. Idun hatte auf der Treppe gesessen und gelauscht, aber nicht wirklich etwas mitbekommen. Dann war die Nachricht von Arvo Pekka gekommen, und Ylva war zusammengebrochen. Ende des Hausarrests. Idun fuhr sich unter dem langen Pony über die Stirn. Sie war rot und wund. Sie hatte heute Nacht mit der Nagelbürste das Blut abgeschrubbt. Das Blut, das auf die Fliesen der Schwimmhalle hätte spritzen sollen und das stattdessen sie abbekommen hatte. Als sie aufgestanden war, war in dem ganzen Blut ein großer weißer, sauberer Fleck gewesen. Als hätte dort jemand gesessen, auf den alles gespritzt war.

*

Am Montagmorgen riss Mette Minde die Tür zum NRK-Haus auf und stürzte ins Foyer. Mona, die in der Telefonzentrale saß, zog die Augenbrauen hoch und lächelte sie schief an. Mette lächelte zurück, nahm sich jedoch nicht die Zeit zu erklären, dass irgend so ein Idiot mitten in der morgendlichen Rushhour auf der Brücke einen Motorschaden gehabt hatte.

Die Morgenbesprechung war bereits in vollem Gang. Die Kollegen saßen um den runden Tisch, und Tomas Evensen führte gerade das Wort. Wenn er erst einmal redete, hörte er so schnell nicht wieder auf. Sie unternahm einen halbherzigen Versuch zu grüßen, doch er sah sie nicht einmal an, und sie gab auf. Stattdessen nickte sie gut gelaunt dem Chef vom Dienst und den Tagesreportern zu, bevor sie sich auf einen freien Stuhl am Ende des Tisches fallen ließ.

»Ich finde definitiv, dass wir etwas aus der Sache machen sollten«, sagte Tomas. »Zurzeit passiert unglaublich viel Scheiß in der Jugendszene.«

»Wohl nicht mehr als früher auch«, wandte der Chef vom Dienst Anders Kvisle auf seine übliche gesetzte Weise ein.

Mette mischte sich schnell in das Gespräch ein und ließ dem Kollegen Evensen unerwartet ihre Unterstützung zukommen:

»Doch, ich glaube schon, dass es ziemlich schlimm ist«, sagte sie. »Ich weiß nicht, ob ihr über den Selbstmord – oder den Mord – im Schwimmbad redet, über den wir unbedingt berichten müssen, aber ich hatte am Samstag die ganze G-Force Bande bei mir zu Hause. Es hat eine Schlägerei gegeben, ein paar zerdepperte Möbel, und einer musste mit einer Stirnverletzung von einer zerbrochenen Flasche ins Krankenhaus gebracht werden«, sagte sie.

Sie sahen sie mit einem Gesichtsausdruck an, der an Bewunderung grenzte.

»Wow, dann bist du das also, von der im Polizeibericht die Rede ist?«, meinte Jensemann.

»Ja, sieht so aus«, sagte Mette.

»Na gut«, kam es von Tomas. »Eltern in der Stadt, Babysitterin lässt berüchtigte Bandenmitglieder ins Haus, zu deren Verdiensten Gewalt, Raub, Drogen, Vergewaltigung und wahrscheinlich auch Mord zählen. Pass auf, Mette Minde, dass dir das Jugendamt nicht auf die Pelle rückt. Das stinkt doch nach Vernachlässigung der Fürsorgepflicht.«

»Willst du damit sagen, dass ich meine Kinder einer Babysitterin überlassen habe, von der ich wusste, dass sie der Aufgabe nicht gewachsen war? Diese Babysitterin ist mir von Monica Rui empfohlen worden, damit du es weißt«, fauchte Mette. »Ylva ist eine Schülerin von Monica. Sie hat schon mehrmals auf unsere Jungs aufgepasst und das ganz vorbildlich gemacht!«

Kvisle, der Chef vom Dienst, mischte sich in den Streit ein. Er klopfte mit den Fingerknöcheln auf den Tisch und beschwichtigte die beiden. »Wenn ich mich recht erinnere, ist einer ihrer Anführer, Garmo heißt er, glaube ich, nach einer Vergewaltigungsgeschichte vor einem halben Jahr aus der Stadt verschwunden. Ist das richtig?«

»Ja, er ist verschwunden. Die Polizei hat nach ihm gesucht, aber er ist wie vom Erdboden verschluckt. Einige nehmen an, dass er ›das Zeitliche gesegnet hat‹«, sagte Tomas, während er diese idiotischen Anführungszeichen in der Luft machte. »Wahrscheinlicher ist, dass er sich nach Korsika abgesetzt hat, um der Fremdenlegion beizutreten. Meine Kontakte bei der Polizei sprechen für diese Theorie.«

»Okay«, sagte Kvisle und drehte sich auf seinem Stuhl herum. »Wir haben früher schon einiges über diese Bande gebracht, und ich schlage vor, dass wir das im Moment ruhen lassen. Wir haben nicht genug Leute, um über diese Teenager-allein-zu-Haus-Sachen zu berichten. Sorry. Du gehst zu der Pressekonferenz im Telemark Krankenhaus um zehn Uhr. Hier sind die Unterlagen, und nimm einen Fotografen mit. Das Fernsehen braucht einen Dreißig-Sekunden-Beitrag. Und du, Mette, du kümmerst dich um den Tod im Schwimmbad. Die Polizei spricht im Moment von einem verdächtigen Todesfall.«

Die Morgenbesprechung war zu Ende. Sie suchte sich einen Platz in der Redaktion und ging durch, was sie an Fakten hatten. Was, ehrlich gesagt, nicht viel war. Hauptkommissar Morgan Vollan von der Polizeiwache Grenland leitete die Ermittlung. Sie machte sich ein paar Notizen auf ihrem Block, bevor sie bei der Polizei anrief und sich mit Vollan verbinden ließ. Er nahm mit einem Brummen den Hörer ab, reagierte aber etwas milder, als sie sich vorgestellt hatte.

»Tut mir leid, Minde, aber wir können nichts rausgeben. Der Name kann erst bekanntgegeben werden, wenn die Angehörigen unterrichtet sind, und das kann dauern. Wir betrachten den Todesfall als verdächtig, mehr möchte ich nicht sagen.«

»Aber wir sprechen von einem achtzehn Jahre alten Jungen, und wir sprechen von einem möglichen Mord, der wie ein Selbstmord aussieht«, versuchte es Mette.

»Zu dem Alter will ich nichts sagen, und ich weiß nicht, woher die Zeitungen ihre Informationen haben«, sagte Morgan Vollan. »Wir ermitteln in einem äußerst tragischen Vorfall, und das Einzige, worum ich bitte, ist, dass Zeugen, die irgendetwas in der Nähe des Schwimmbads beobachtet haben, unmittelbar Kontakt zur Polizei aufnehmen.«

»Er muss ziemlich viele Angehörige haben, wenn es so lange dauert, sie zu benachrichtigen«, sagte Mette.

Am anderen Ende wurde es still. Dann kam es schließlich: »Wir ermitteln in einem tragischen Vorfall, und an diese Bemerkung werden Sie noch denken, an jedes einzelne Wort«, sagte Vollan und brach das Gespräch ab.

Sie blieb sitzen und starrte den stummen Hörer an, während sich eine eisige Kälte in ihr ausbreitete. Hier stimmte etwas ganz und gar nicht. Morgan Vollan machte einen gereizten Eindruck. Sie sah ihn hinter seinem Schreibtisch in der Polizeiwache oben in Skien vor sich. Den kräftigen Mann mit dem ruhigen Blick und den buschigen Brauen. Den Mann, der Journalisten mehr als alles andere verabscheute. Trotzdem hatten sie sich einander angenähert. Mette Minde mochte Hauptkommissar Morgan Vollan. Sie hätte selbst Polizistin sein können, wenn sie ihren Abschluss gemacht hätte, und das wusste er. Ihr fehlte nur noch ein Jahr. Ein Jahr auf der Polizeihochschule. Sie hatte einen Antrag gestellt, dieses letzte Jahr nachzuholen, ohne jemandem davon zu erzählen. Nicht einmal Peder. Ein Jahr in Oslo, wie immer sich das mit den Jungen und allem organisieren ließ. Sie musste jeden Tag daran denken.

Was Vollan so aufgeregt hatte, war ihre Bemerkung, dass der Tote viele Angehörige haben musste. Mit anderen Worten hatte er also nur wenige oder gar keine. War es möglich, mit achtzehn keine Angehörigen zu haben? Wohl kaum. In dem Fall war das sehr tragisch, dachte sie.

Ihr Mobiltelefon meldete sich, und sie öffnete eine SMS von … Ylva! »Tut mir so leid, was passiert ist. Bin sehr traurig wegen einem Freund, der tot ist.« Mette Minde griff nach ihrem Lederrucksack und steckte das Mobiltelefon und einen Block hinein. Dann ging sie zum Ausrüstungsraum und holte sich ein Aufnahmegerät, meldete sich bei Kvisle ab, nahm sich den Schlüssel von einem freien Dienstwagen, eilte aus der Tür und lief über den Parkplatz.

*

Eigentlich war das nicht geschwänzt. Idun war übel und sie hatte sich übergeben. Um ehrlich zu sein, hatte sie sich zwei Finger in den Hals gesteckt, aber trotzdem, ein Virus ging um. Sie hatte den Norwegischlehrer angerufen und ihm gesagt, dass sie nicht kommen würde. Idun lag im Bett und starrte an die Decke. Ihre Mutter und ihr Stiefvater waren zur Arbeit gefahren, Ylva und Oliver in der Schule. Sie fühlte ein leichtes Stechen in der Brust. Sie wäre auch gern in die Schule gegangen. Um Arvo Pekka Samuelsens Tod würde viel Aufhebens gemacht werden. Alle würden sich um den Hals fallen und weinen. Die Lehrer würden etwas sagen. Sie würden Kerzen anzünden und ein Bild von ihm auf einem kleinen Tisch aufstellen. Wie auf einem Altar. Am Schwimmbad hatte es auch schon eine Mahnwache gegeben. Ylva war gestern Abend da gewesen, zusammen mit den anderen. Idun hatte gewusst, dass sie das nicht schaffen würde. Wenn jemand auf die Party zu sprechen käme! Wenn jemand erzählte, dass er sie und Arvo Pekka zusammen gesehen hatte! Nein. Es konnte sie niemand gesehen haben, sie waren schließlich nicht zusammen gegangen.

Idun hätte sich gerne Ulrik an den Hals geworfen. Er hätte die Hände auf ihre Hüften gelegt und sie an sich gezogen. Sie hätte eine Hand unter seinen Pullover geschoben und sie ihm auf den Rücken gelegt. Sein Kopf wäre in ihrem Haar vergraben gewesen, und ihre Lippen hätten seinen Hals gestreift. Sie stöhnte, als ihre Finger die warme Stelle zwischen den Schenkeln berührten. Ulrik! Später hätten sie sich im Medienraum eingeschlossen und das Schild »Aufnahme. Ruhe« aufgehängt. Idun wand und krümmte sich. Hitze durchflutete sie, und sie strampelte die Decke fort. Sie hielt sich den Finger unter die Nase und atmete den Geruch nach Geschlecht ein. Näher konnte sie Ulrik nicht kommen. Versager-Ulrik. Er hatte nur Augen für Ylva, so ähnlich sie sich auch waren, Ylva und sie.

Unten an der Tür klingelte es, und sie sprang aus dem Bett. Riss den Morgenmantel vom Haken und lief mit nackten Füßen die Treppe hinunter. Sie zögerte einen Moment, bevor sie den Schlüssel umdrehte und die Tür einen Spaltbreit öffnete. Die Polizistin, die ihr ihren Dienstausweis hinhielt, war nicht die Gleiche, die gestern mit Ylva gesprochen hatte.

»Idun Hegge?«, sagte sie und legte den Kopf leicht schräg.

»Ja«, antwortete Idun.

»Darf ich hereinkommen? Ich weiß, dass du krank bist, aber es dauert nicht lange«, lächelte sie.

Es gibt keinen Grund zu lächeln, das ist taktlos, dachte Idun.

Sie führte die Polizistin in die Küche und bereute es sofort, als sie sah, wie es dort aussah. Der Raum war ganz offensichtlich von einer Familie verlassen worden, die es eilig gehabt hatte. Niemand hatte sich die Zeit genommen, Teller, Gläser und Tassen in die Spülmaschine zu räumen. Die Butter stand halb geschmolzen zusammen mit einem Karton Magermilch auf dem schmutzigen Kieferntisch. Auf der Spüle standen zwei leere Bierdosen, und im Spülbecken lagen alte

Zwiebelstücke und ein Aufwischtuch, das braun von Kaffeeflecken war. In einer Ecke auf dem Boden stand der Käfig von Olivers Meerschweinchen. Das kleine Tier hatte Scheiße und Sägespäne über den Küchenboden verstreut. Oliver schien den Käfig nicht sauber gemacht zu haben, wie er das vor der Schule hätte tun sollen. Und niemand hatte sich die Mühe gemacht, ihn dazu anzuhalten. Idun seufzte und begegnete dem Blick der Polizistin.

Sie räumte schnell das Kaffeegeschirr zusammen und stellte es in die Spüle. Dann setzten sie sich jede auf einen Stuhl, und die Polizistin holte einen Notizblock heraus. Idun steckte sicherheitshalber die Hände in die Taschen ihres Morgenmantels, obwohl genug Gerüche im Raum hingen, um den begabtesten Spürhund zu verwirren.

Nein, sie hatte nicht gesehen, wo Arvo Pekka Samuelsen am Samstag hingegangen war. Ja, sie kannte ihn gut, sie gingen schließlich auf dieselbe Schule, besuchten denselben Zweig, waren in derselben Stufe, wenn auch nicht in derselben Klasse. Ja, sie waren auf derselben Party gewesen, aber sie hatten nicht miteinander geredet. Sie waren nicht in derselben Clique. Nein, sie interessierten sich nicht für dieselben Dinge. Arvo Pekka war mehr mit ihrer Zwillingsschwester Ylva zusammen. Ihr, Idun, war schlecht geworden, und sie war nach Hause gegangen. Ihr ging es noch immer schlecht. Sie war krank. Irgendetwas ging um. Irgendein Virus. Nein, sie wusste nicht, wie spät es gewesen war. Sie war nach Hause gegangen und hatte sich hingelegt und bis spät in den Sonntag hinein nichts gehört und gesehen. Da hatte sie dann erfahren, dass Arvo Pekka tot war. Die anderen, die auf der Party gewesen waren? Sie zählte sie auf, so gut sie konnte. Es waren wohl nicht mehr als acht Leute gewesen, soweit sie sich erinnerte. Ulrik war da gewesen, aber Ulrik erwähnte sie nicht. Auch nicht, dass er sich mit Arvo Pekka gestritten hatte. Sie bemühte sich, so wenig wie möglich über die beiden Jungen zu sagen.

Die Polizistin machte sich Notizen.

»Er hat Selbstmord begangen, nicht?«

»Was lässt dich das glauben?«, fragte die Polizistin und sah sie erneut mit leicht schräg gelegtem Kopf an.

Idun spürte, wie sie rot wurde. Selbst die Ohren glühten unter dem Haar.

»Das sagen alle«, murmelte sie.

»Alle?«

»Ja, laut Ylva, sie hat mit Leuten geredet. Ich war ja die ganze Zeit hier.«

»Nein, wir wissen nicht, ob er Selbstmord begangen hat«, sagte die Polizistin. »Er kann auch umgebracht worden sein.«

»Wie das?«, rutschte es Idun heraus.

Die Polizistin musterte sie. Dann lächelte sie traurig. Ihr blondes Haar war zu einem langen Bob geschnitten.

»Wir wissen noch nicht, was im Schwimmbad passiert ist, Idun. Deshalb reden wir mit allen, die an dem Abend, an dem er gestorben ist, Kontakt zu Arvo Pekka hatten. Aber du kannst ganz beruhigt sein, wir finden den Täter, falls er ermordet wurde«, sagte sie, während sie ihre Sachen einpackte. »Und wenn dir noch etwas einfällt, von dem du glaubst, dass es uns helfen kann, ruf mich an.«

Die Polizistin reichte ihr eine Karte. Maiken Kvam hieß sie.

Nachdem die Haustür sich hinter Maiken Kvam geschlossen hatte, lehnte Idun sich dagegen. Sie hatte eine Aufgabe zu erledigen, heute. Sie musste nachsehen, was sich auf der

Speicherkarte befand. Jetzt *musste* sie das! Es war zu spät, sie der Polizei zu geben. Jetzt hielt das Geheimnis sie gefangen. Es kitzelte im Bauch, wie es das immer getan hatte, wenn sie als Kind etwas Verbotenes gemacht hatte.

*

Aron Storm stand hinter der Hausecke verborgen auf dem Parkplatz und rauchte. Eigentlich war das verboten, aber niemanden kümmerte es. Bald würde das ganze Schulgelände zur rauchfreien Zone erklärt werden, doch Aron Storm war das egal. Er war Gelegenheitsraucher und konnte es ebenso gut lassen. Doch im Moment war er seltsam nervös und unruhig und traurig. Er würde Arvo Pekka Samuelsen vermissen. Nichts würde mehr so sein wie vorher. Hatte er damit gerechnet, dass das passieren könnte? Nein, das hatte er eigentlich nicht. Er hatte daran gedacht. Die Fantasie unverbindlich damit spielen lassen, aber nicht damit gerechnet.

Ihm fiel das NRK-Auto auf, das auf den Parkplatz rollte. Es hielt, und eine Frau mit blondem lockigem Haar stieg aus. Sie warf sich einen Rucksack über die Schulter und ging mit schnellen Schritten auf die Schulgebäude zu. Aron Storm schnipste die Kippe in den Schnee und schlich zur Längsseite des Mediengebäudes. Die Frau blieb stehen und sah sich ein wenig ratlos um, ließ den Blick über die Gebäude um den leeren Schulhof schweifen. Aron Strom stellte fest, dass sie offensichtlich nicht wusste, wohin sie sich wenden sollte, und eilte hinzu, um ihr zu helfen. Sie strahlte, als sie ihn sah. Er lächelte sie breit an.

»Entschuldigung, wo sind Medien und Kommunikation untergebracht?«

»Hier«, sagte er und zeigte auf das große, grau gestrichene Holzgebäude, vor dem sie standen.

»Danke.«

Sie drehte sich um und ging auf die Eingangstür zu. Er lief vor ihr her und hielt ihr die Tür auf.

»Danke«, lächelte sie ihn erneut mit ihren blauen Augen an. Sie muss in meinem Alter sein, dachte Aron Storm und fühlte sich seltsam gut aufgelegt.

»Mette Minde vom NRK«, sagte sie. »Ich würde gerne mit Monica Rui sprechen.«

»Ah, Sie sind alte Kollegen«, meinte er augenzwinkernd und streckte ihr die Hand hin. »Aron Storm, ich bin hier Fotolehrer. Monica hat Unterricht, aber ich werde Bescheid sagen, dass Sie mit ihr reden möchten.«

Sie kamen in eine Art Atrium, wo Tische und Stühle wie in einem Café zu kleinen Gruppen zusammengestellt waren. Grünpflanzen und Bilder an den Wänden unterstrichen die gemütliche Atmosphäre des Raums, von dem mehrere Türen vermutlich zu Klassenzimmern abgingen. Auf einem runden Tisch stand eine Fotografie von einem Jungen. Eine weiße Kerze brannte auf jeder Seite des Bildes. Mette ging zu dem Tisch und drehte sich fragend zu Aron Storm um. Er hatte die Hände unter dem Kinn gefaltet und wiegte sich leicht hin und her. Seine dunklen Augen sahen sie traurig an.

»Das ist Arvo Pekka Samuelsen. Der Junge, der im Schwimmbad gestorben ist«, sagte Aron Storm.

»Arvo Pekka Samuelsen«, wiederholte Mette mit klopfendem Herzen.

»Ja, er war Schüler hier. Im Abschlussjahr.«

»Was für ein merkwürdiger Name«, meinte sie vorsichtig.

»Er hatte eine finnische Mutter und einen norwegischen

Vater«, sagte Aron langsam, während er ihr Gesicht auf irgendeine Reaktion hin absuchte. Es kam keine. Dann wusste sie wahrscheinlich nichts über Arvo Pekka Samuelsen.

»Ist er mit Ylva Hegge in eine Klasse gegangen?«

»Ja, kennen Sie Ylva?«

»Sie passt hin und wieder auf unsere Jungen auf«, sagte Mette.

»Aha«, meinte Aron Storm.

Natürlich war sie verheiratet. Einen kurzen Augenblick sah er all die weißen Kleider. All die Haarlocken, die wie zufällig in die Stirn fielen. All die Perlen und Spitzen, all die Beine in glatten Seidenstrümpfen, die Füße, die in weißen Schuhen steckten. All die Blumen und all die Bräutigame mit glänzenden Ringen und nassen auf die Kamera gerichteten Augen. Sieh hierhin, sieh hoch, seht euch an, lächelt. Die ganzen Jahre mit den Hochzeitsfotos und den Porträtaufnahmen von kleinen, molligen Kindern. Immer hatte er die Augenblicke der anderen eingefangen. Die glücklichsten. Nie die eigenen.

Mette fuhr mit dem Finger an dem Bilderrahmen entlang. Arvo Pekka Samuelsen. Seine Augen sahen direkt in ihre, so intensiv, als wären sie lebendig. Er musste hundertmal, womöglich viele hundert Mal hier gestanden haben, vielleicht genau am gleichen Fleck wie sie. Traurigkeit ergriff von ihr Besitz. Traurigkeit über ein Leben, das allzu schnell vorbei war.

Wer warst du, Arvo Pekka Samuelsen? Wie konnte es so enden? Warum? Was ist passiert? Sie merkte, dass sie dem Gesicht in dem Rahmen die ewigen Fragen des Journalisten stellte. Sie drehte sich zu dem Lehrer um. Er hatte die Hände noch immer unter dem Kinn gefaltet.

»Wer hat das Bild gemacht?«

Er räusperte sich und schloss die Augen.

»Ich«, sagte er leise.

»Sie müssen ein unglaublich guter Fotograf sein«, sagte sie. »Das Bild lebt.«

Er lächelte schwach und murmelte etwas, das sie nicht verstand.

Sie sah, wie eine Tür aufging, dann noch eine und noch eine. Im Lauf von Minuten füllte sich das Atrium mit Schülern. Jungen Menschen in den merkwürdigsten Kreationen. Jungen in Baggy Pants mit einem Halstuch oder einer Strickmütze. Mädchen in karierten Faltenröcken oder in schwarzen Gothic-Klamotten mit entsprechend geschminkten Augen und Piercings. Und einige, oder eher die meisten, in ganz gewöhnlichen Jeans, Turnschuhen und Tops in den verschiedensten Ausführungen. Manche ziemlich kurz, sodass der Bauch über dem Hosenbund zu sehen war. Sie begegnete ihren Blicken. Neugierig, forschend, vielleicht war sie ja eine neue Vertretungslehrerin? Mette registrierte, dass Aron Storm verschwunden war, doch in dem Gewimmel erspähte sie Monica Rui. Monica war bis zum vorigen Herbst, als man ihr bewilligt hatte, sich ein Jahr als Lehrerin in einem Medienfach zu versuchen, Chefin vom Dienst beim Fernsehen gewesen.

»Hallo, Mette«, rief Monica und breitete die Arme aus.

»Hallo!«

Sie umarmten sich schnell, dann wurde Monicas Gesicht ernst. Sie nickte zu dem Bild von Arvo Pekka Samuelsen hin.

»Du bist seinetwegen hier, nehme ich an?«

Mette bestätigte das und hörte sich Monicas geflüsterte Erklärung an, dass ihre Schweigepflicht die Möglichkeit, etwas zu der Sache oder überhaupt zu dem Schüler Arvo Pekka Samuelsen zu sagen, einschränkte. Auch wenn er tot war.

»Aber du kannst mit den Schülern reden. Ich sehe mal, ob ich einen finde, der ihn gekannt hat«, flüsterte sie.

*

Idun steckte die Speicherkarte in ihren PC. Sie enthielt mehrere Dateien, und alle waren mit langen Zahlenkombinationen nummeriert, denen ein Großbuchstabe wie beispielsweise B-123897 und A-987235 voranstand. Die Titel ließen nicht darauf schließen, was die Dateien enthielten. Auf gut Glück öffnete sie eine Datei in der Mitte, Y-193224. Es war eine Filmsequenz von einer Minute und dreißig Sekunden. Ylva tanzte allein zu einer merkwürdigen altmodischen Musik. Auf einer Allee vor einem rosa Schloss in ihrem, Iduns, altem Ballkleid von dem Schulball in der zehnten Klasse. Eine seidige hellbeige Kreation, die sie sich bei Lindex im Ausverkauf zugelegt hatte. Ihr Haar war zu einer fremden Frisur hochgesteckt und lag dicht am Kopf an. Ihre Lippen waren kirschrot und wirkten dunkel und hart im Kontrast zu der weißen Haut, ihre Augen waren kräftig geschminkt. Sie drehte sich langsam im Tanz. Jedes Mal, wenn sie sich zu der Linse herumdrehte, blickten ihre Augen in die Kamera. Seltsam. Idun starrte den Bildschirm an. Sie wusste, dass sie diesen Ort schon einmal gesehen hatte, konnte sich aber nicht erinnern, wann und wo. Eine lange Allee, an deren Ende ein rosa Schloss stand. Plötzlich trat von rechts eine dunkel gekleidete Gestalt ins Bild. Ein Mann in einem etwas zu großen Anzug mit einem Zylinder auf dem Kopf. Er ging zu Ylva, griff ihren Arm und zog sie an den Bildrand. Sie protestierte, versuchte sich loszureißen, doch er war stark. Sie wackelte auf den hohen Absätzen und ließ sich mitziehen. Die Musik verebbte, während die Kamera langsam rauszoomte, bis das Schloss nur noch ein kleiner Punkt in der Mitte des Bildes war. Ylva und der Mann waren fort. Der Mann mit dem Zylinder war Aron Storm, der Fotolehrer, da war sie sich sicher.

Idun versuchte sich zu erinnern, ob sie irgendwann in der Schule eine solche Fotoaufgabe gestellt bekommen hatten, doch ihr fiel nichts ein, das in das Genre passte. Für *Bewegte Bilder* hatten sie durchweg Nachrichtenbeiträge und Reportagen gemacht. Das musste demnach etwas Privates sein. Eigentlich nicht weiter überraschend, da Arvo Pekka davon geträumt hatte, ein berühmter Regisseur zu werden, genau wie Ylva davon träumte, Nachrichtensprecherin bei TV2 zu werden. Idun schüttelte leicht den Kopf. Seht mich an, na klar!

Sie öffnete eine neue Datei. M-196301. Noch eine Filmsequenz von knapp zwei Minuten. Die gleiche Musik, diesmal jedoch ein Schwarzweißfilm. Ein kleines Mädchen von zwei, drei Jahren tanzte allein und etwas unbeholfen mit unsicheren, ein wenig steifen Bewegungen auf einem Teppich in einem Wohnzimmer. Es trug ein helles Kleid, helle Strümpfe und schwarze Riemchenschuhe. Sein Haar war blond und lockig mit einer großen Schleife, die etwas schief über einem Ohr saß. Es lächelte den Fotografen mit seinen kleinen, gleichmäßigen Milchzähnen an. Seine Wangen hatten Grübchen. Dann trat von rechts plötzlich ein zweites Mädchen ins Bild, das dem ersten zum Verwechseln ähnlich sah. Es ging auf das erste los und schubste es kräftig. Die Kamera fokussierte das Gesicht des ersten Mädchens. Es verzerrte sich zu einer Grimasse. Sein Mund öffnete sich zu einem stummen Schrei, während seine Augen das neu hinzugekommene Mädchen, das die Arme zum Schlag erhoben hatte, erschrocken ansahen. Im gleichen Moment erschienen vom linken Rand ein paar erwachsene Arme im Bild. Sie griffen nach der Schlägerin und hoben sie aus dem Bild. Dann halfen sie dem anderen Mädchen auf und richteten sein Kleid. Die Kleine lächelte den Besitzer der Arme an. Tränen glitzerten an den langen Wimpern wie Tropfen in einem Spinnennetz, dachte Idun, überrascht über die Assoziation. Sie spürte, dass sie das lächelnde Mädchen nicht mochte. Sie fragte sich, was aus der Schlägerin geworden war, wo war die Schwester geblieben, der Zwilling? Die Musik schnarrte laut, und die Kleine begann erneut zu tanzen. Unangefochten, triumphierend, zufrieden.

Idun sah sich den Film ein zweites Mal an. Wer waren diese Kinder? Konnten das sie und Ylva sein? Nein, sie hatte noch nie einen solchen Film gesehen oder überhaupt einen Film aus der Zeit, als sie klein gewesen waren. Auch so gut wie keine Fotografien und die, die es gab, zeigten Zwillinge mit blondem, glattem Haar, doch die waren älter und nicht so klein wie die Zwillinge in dem Film. Konnten sie Locken gehabt haben, als sie richtig klein gewesen waren? Aber hatte eine von ihnen Grübchen und runde Pausbacken gehabt? Sie konnte Ylva fragen, sicherheitshalber, oder ihre Mutter. Arvo Pekka Samuelsen konnte sie nicht fragen. Vielleicht hatte er den Film aus dem Internet heruntergeladen, oder es war etwas Privates. Idun spürte eine leichte Unruhe. Irgendetwas war mit der Situation in dem Film. Ein Ungleichgewicht. Etwas Wohlbekanntes.

Unten knallte die Haustür. Bestimmt Oliver. Idun zog die

Speicherkarte heraus und klappte den Laptop zu. Dann ließ sie sich nach hinten kippen und zog sich die Decke über den Kopf. Es gab noch viele Dateien, die sie sich ansehen musste.

*

»Ulrik Steen-Jahnsen«, sagte er und reichte ihr die Hand.

Sein Händedruck war fest, aber feucht. Vielleicht spürte er es selbst, denn er blieb sitzen und rieb sich die Handflächen an den Oberschenkeln ab. Nach der kurzen Pause waren keine Schüler mehr im Atrium. Mette erkannte ihn sofort wieder. Das gelbe Stirnband war durch ein blaues ersetzt worden, aber die Augen blickten noch genauso intensiv. Ulrik Steen-Jahnsen war der Junge, der Ylva nach dem Chaos am Samstag getröstet hatte. Sie hatte mit keinem von ihnen reden können. Die Polizei hatte sie aus dem Haus geführt. Ylva hatte sich noch einmal umgedreht und sie unglücklich angesehen, doch Mette hatte die Zähne zusammengebissen und in die andere Richtung geschaut. Sie hatte vor Wut gekocht. Jetzt war alles anders. Trotzdem schien Ulrik Steen-Jahnsen die Spannung zwischen ihnen zu spüren. Seine Augen flackerten kurz, bevor er sie direkt ansah und Anlauf nahm: »Das war ziemliche Scheiße, was am Samstag passiert ist«, sagte er.

»Was ist eigentlich passiert? Man hat mir gesagt, dass sich Mitglieder der G-Force Bande gewaltsam Einlass verschafft haben, gehörst du zu ihnen?«

»Nein, ich bin mit Ylva zusammen, und außerdem gibt es keine G-Force Bande mehr. Mathias Garmo ist nach Frankreich gegangen«, antwortete er schroff.

»Aber das heißt doch wohl nicht, dass sich die Bande aufgelöst hat? Es vergeht doch keine Woche, in der sie sich nichts zuschulden kommen lassen.«

»Wie gesagt, die G-Force Bande gibt es nicht mehr. Die, die jetzt von sich reden machen, sind frühere Bandenmitglieder, die sich zu neuen Gruppen formiert haben, und über die weiß ich so gut wie nichts. Das sind nicht die Leute, mit denen ich abhänge, um es einmal so auszudrücken.«

»Aber was wollten sie bei mir?«

»Das weiß ich nicht. Ylva und ich haben friedlich ferngesehen, als sie aufgetaucht sind. Vielleicht haben sie nach jemandem gesucht, der nicht da war, ich weiß es nicht. Alles ging so schnell, und wir haben sofort die Polizei gerufen. Und dann haben sie uns angegriffen, gestoßen und geschlagen. Das war total krank, das Ganze.«

»Kannst du mir Namen von Leuten nennen, die zu der Bande gehören?

Ulrik wand sich. »Darüber mag ich nicht reden.«

»Ein paar Namen wirst du mir doch wohl geben können. Wie hieß der, der niedergeschlagen wurde, und der, den die Polizei mitgenommen hat?«

»Kenneth Andersen. Er besucht den Sportzweig hier auf der Schule. Ich hab ihn niedergeschlagen, wenn Sie es genau wissen wollen«, sagte Ulrik. »Ich hatte keine Wahl, wir mussten sie loswerden und das haben wir geschafft. Zu dem Typen, den die Bullen mitgenommen haben, müssen sie *die* fragen!«

»Danke. Erzähl mir etwas über Arvo Pekka Samuelsen«, sagte sie.

Ulrik schien erleichtert. Er schob eine Hand unter das Stirnband. Seine blauen Augen sahen sie an, ohne ihrem Blick auszuweichen. Er atmete tief durch, bevor er antwortete.

»Appa war ein super Kumpel. Wir haben uns gekannt, seit wir klein waren. Haben nur ein paar Häuser voneinander entfernt in Enggrav gewohnt. Wir sind immer in dieselbe Klasse gegangen, erst in der Grundschule in Buer, später in die Sekundarstufe Eins in Menstad und jetzt hier. Wir haben uns *so* nahegestanden«, sagte er und kniff Daumen und Zeigefinger zusammen.

»Was denkst du, ist passiert? Glaubst du, dass er ermordet wurde?«

»Nein, ich glaube, dass er Selbstmord begangen hat, und das überrascht mich auch nicht besonders. Appa hatte Riesenprobleme, was nicht so merkwürdig ist, wenn man bedenkt, aus was für einer Familie er kommt.«

»Erzähl.«

»Das hier gehört nicht ins Radio, nur damit Sie das wissen. Sie nehmen das nicht auf oder so?«

»Nein, ich will nur hören, was du zu erzählen hast«, sagte Mette.

Ulrik räusperte sich und rieb sich die Handflächen an der löchrigen Jeans ab.

»Ich weiß nicht, wo ich anfangen soll. In der Familie war einfach alles Scheiße. Appas Vater hat seine Mutter die ganzen Jahre geschlagen, und schließlich hat er sie mit einem Messer umgebracht. Damals sind wir noch in die Sekundarstufe Eins gegangen. Appa war in allen Ferien bei uns. Im Sommer sind wir zu unserem Wohnwagen nach Rognstranda gefahren und im Winter auf die Hütte im Øyfjell, Appa war immer mit. In seiner Familie haben sie nie etwas gemacht, und Appas Mutter hatte immer blaue Flecken, ist im Garten mit einer Sonnenbrille herumgelaufen. Sie haben um das Haus eine Hecke gepflanzt, die riesig hoch geworden ist. Damit niemand in den Garten sehen konnte. Wir waren nie bei Appa zu Hause, wissen Sie.«

»War er deprimiert, bevor er gestorben ist?«

»Ich weiß es nicht. Appa war Appa. Er war speziell. Redete nur, wenn er was zu sagen hatte. In der letzten Zeit hat er sich vor allem für den Film interessiert. Er wollte einen Film drehen oder eine Art Dokumentation über sein Leben. Wir haben Szenen gespielt, Ylva und ich und ein paar andere, und er hat Regie geführt. Er hat uns nie gesagt, wie der Film werden soll. Das waren bloß Szenen, die Appa zu einem Film zusammenschneiden wollte.«

»Wovon sollte er handeln?«

»Ich weiß es nicht, das waren nur Bruchstücke von etwas. Mich hat das eigentlich nicht so interessiert. Vielleicht hätte es das tun sollen.«

»Hast du die Aufnahmen?«

»Nein.«

»Hat Arvo Pekka irgendwann zu Garmos Bande gehört?«

Ulrik rückte von ihr ab und sah sie ungläubig an.

»Nein, er hatte absolut nichts mit denen zu tun. Appa war schwul«, rutschte es ihm heraus.

»Schwul? War das ein Problem?«

»Für mich nicht und für Appa auch nicht, glaube ich, aber in der G-Force Bande bist du nicht ungestraft schwul. Direkt nachdem Appas Vater seine Mutter umgebracht hatte, hab ich mich kurz mit der Bande eingelassen, das gebe ich ruhig zu. Appa hatte sich ganz zurückgezogen und war über ein Jahr total unnahbar, selbst für mich. Da habe ich mit jemandem abgehangen, der zum Umfeld der Bande gehörte, doch dazugehört habe ich nie. Aber dann war Appa wieder da, und wir waren wieder Kumpel. Haben zusammen auf dem Gymnasium angefangen und waren Freunde. Und wir haben nie über den Mord gesprochen, um es gleich zu sagen. Das war kein Thema.«

Mette hätte gerne noch mehr Fragen zu Arvo Pekka gestellt, doch Ulrik erhob sich schnell, als die Tür zum Lehrerzimmer aufging und der Fotolehrer den Kopf herausstreckte.

»Ulrik, kommst du mal, wenn du fertig bist? Ich habe hier eine Aufgabe, die du dir ansehen musst«, sagte er.

»Ist Ylva in der Schule?«, fragte Mette.

»Nein, sie ist nach der Gedenkstunde nach Hause gegangen«, sagte Ulrik und nickte zu dem Bild von Arvo Pekka hin.

Mette stand auf, ging zu dem Tisch und griff nach dem Foto. Arvo Pekka war ein gut aussehender Junge. Er hatte grüne Augen mit langen Wimpern. Wären da nicht die kräftigen Brauen, die das Bild korrigierten, hätte er feminin gewirkt. Die Haut war glatt und frisch. Keine Anzeichen von Pickeln oder anderen störenden Elementen. Die Lippen waren normal voll. Genau richtig. Er lächelte leicht, ohne die Zähne zu entblößen. Ein schöner Junge mit braunem, halb langem welligem Haar. Und jetzt war er tot. Wie sinnlos. Er war der kleine Junge einer Mutter gewesen, der Gedanke traf sie wie ein Faustschlag in den Magen.

Als Mette Minde kurz darauf zu ihrem Auto ging, hatte sie beschlossen, alles über Arvo Pekka Samuelsen in Erfahrung zu bringen. Sie musste versuchen, an den Film zu kommen, an dem er gearbeitet, an die Aufnahmen, die er gemacht hatte. Irgendetwas an Ulrik Steen-Jahnsens Erzählung hatte ihre Neugier geweckt. Natürlich konnte sie nichts davon für einen Nachrichtenbeitrag verwenden. Nicht wenn es sich um einen Selbstmord handelte, wie Ulrik glaubte. Und auch nicht, wenn es Mord war. Doch wenn Arvo Pekka ermordet worden war, konnte sie in dem, womit er sich beschäftigt hatte, vielleicht einen Hinweis finden. In dem Film? Oder in dem, wovon er Abstand genommen hatte. Von der G-Force Bande? Ulrik glaubte, dass sie an dem Abend, an dem sie bei ihr eingedrungen waren, nach jemandem gesucht hatten. Konnte das Arvo Pekka gewesen sein? Auf jeden Fall musste sie mit der Polizei sprechen. Morgan Vollan konnte sie vorerst vergessen, aber sie würde es bei Maiken Kvam versuchen. Sie beschloss, ihr eine gemeinsame Trainingseinheit vorzuschlagen. So etwas abzulehnen fiel Maiken schwer.

*

Nicht Oliver war nach Hause gekommen, sondern Ylva. Idun hörte sie die Treppe heraufkommen und in ihr Zimmer gehen. Sie knallte die Tür hinter sich zu. Sie kam nicht herein, um zu sehen, wie es ihr ging. Natürlich nicht, sie dachte nur an sich, wie üblich. Idun blieb liegen und wälzte sich im Bett. Die Rastlosigkeit ließ ihren Körper prickeln. Sie warf die Decke zur Seite und ging ins Bad, schloss die Tür hinter sich ab und stellte sich unter die Dusche, blieb lange unter dem warmen Strahl stehen.

Als sie aus dem Bad kam, stand Ylva in ihrer Zimmertür und lehnte sich gegen den Rahmen. Ihr Gesicht war verweint. Die Mascara war ihr über die Wangen gelaufen. Sie sah wie eine Hure aus.

»Geht es dir besser?«

»Ja, etwas«, antwortete Idun.

»Magst du reinkommen und einen Wein mit mir trinken?«

»Wein? Jetzt?«

»Uhu, scary«, sagte Ylva theatralisch und rieb sich mit den

Handrücken über die schmutzigen Wangen. »Ich wasche mir das Gesicht, und du holst unten Gläser.«

Sie verschwand im Bad. Idun zog sich einen Jogginganzug aus grauer Baumwolle an und lief auf nackten Füßen nach unten, um zwei Weingläser aus der Anrichte im Wohnzimmer zu holen. Die alte Wanduhr ihrer Großmutter schlug zwölf, als sie wieder nach oben ging. Mit anderen Worten, noch viele Stunden, bis ihre Mutter und ihr Stiefvater von der Arbeit nach Hause kamen. Sie hatten von ihnen auch nichts zu befürchten. Die Erwachsenen kamen nur selten hoch in den ersten Stock. Ihr Stiefvater hielt sich konsequent im Erdgeschoss auf, und ihre Mutter blieb gewöhnlich unten an der Treppe stehen und rief. Die drei Jugendlichen waren selbst für ihre Zimmer verantwortlich. Mit dem Bad wechselten sie sich wochenweise ab. An der Wand im Flur hing eine Liste, auf der sie jedes Mal, wenn sie geputzt hatten, ein Kreuz machten. In der Regel blieb alles an Idun hängen. Nachlässige Ferkel, das waren sie. Idun konnte Haare im Abfluss und Zahnpasta im Becken und auf dem Spiegel nicht ausstehen. Es nützte nichts, sich darüber zu beklagen, dass die anderen schlampten. Ihre Mutter zuckte nur mit den Schultern und seufzte. Sie griff nie ein. Idun fand das so ungerecht, dass ihr die Worte fehlten. Sie war jedes Mal sauer, wenn sie hinter den anderen herputzen musste. Ylva lief dann herum und schnupperte und meinte, dass es nach verbranntem Märtyrer roch.

Ylvas Zimmer passte zu Ylva. Das reinste Hurenhaus. Kleider und Schuhe bedeckten jeden freien Zentimeter des Bodens. Schulunterlagen, Zeitungen, Bücher und leere Colaflaschen lagen dazwischen. Das Bett war der einzig ordentliche Platz im Raum. Das große Doppelbett ihrer Eltern, in dem zu schlafen ihr Stiefvater sich geweigert hatte, war oben bei Ylva gelandet. Idun schauderte bei dem Gedanken an all das, was in dem Bett passiert war, doch Ylva schien das nicht weiter zu stören. Ein Meter fünfzig bedeckt mit einer lila Bettdecke, großen bestickten Hippiekissen und alten Kuscheltieren. Das war Ylva.

»Wo hast du den her?«, fragte Idun und zeigte auf den Drei-Liter-Karton mit Weißwein.

»Aus dem Keller. Die merken das doch nicht, das ist nicht das erste Mal«, antwortete Ylva.

Sie setzten sich auf das Bett, den Pappkarton zwischen sich. Ylva stapelte ein paar Kissen in ihrem Rücken und goss ihnen beiden ein. Sie tranken gierig und schwiegen eine Weile vor sich hin. Idun konnte sich nicht erinnern, jemals so mit Ylva gesessen zu haben, nur sie beide. So gesessen und etwas Verbotenes getan zu haben. Eigentlich konnte sie sich nicht erinnern, dass Ylva sie jemals in ihr Zimmer eingeladen hatte. Jedenfalls nicht, seit sie klein gewesen waren. Idun hatte Ylva auch nie zu sich eingeladen. Sie gingen nicht einmal zusammen zur Schule. Idun verließ immer als Erste das Haus, und Ylva kam in der Regel zu spät. Ylva hatte getobt, als Idun erzählt hatte, dass sie sich nach der Sekundarstufe Eins für den Medien- und Kommunikationszweig beworben hatte. Eigentlich hatte sie auf den ganz normalen Zweig gehen sollen, doch dann hatte sie sich anders entschieden und sich für den Medienzweig beworben, und beide waren genommen worden. Glücklicherweise kamen sie nicht in dieselbe Klasse. Ihre Mutter hatte sich mit der Schule in Verbindung gesetzt. Ylva hatte in diesem Monat kein Wort mit ihr geredet. Hatte getan, als würde sie nicht existieren. An dem Tag, an dem die Zusage mit der Post gekommen war, hatte Idun ein Gespräch zwischen der Mutter und Ylva mitgehört. Ylva hatte ihrer Mutter die Ohren vollgeheult, dass sie es satt hatte, dieses Versagerbaby im Schlepptau zu haben. Versagerbaby, damit war sie gemeint, Idun.

»Appa hat gesagt, dass ich dich fragen soll, ob du eine Rolle in dem Film willst, den er dreht«, sagte Ylva.

»Ich?«

»Ja, du«, meinte Ylva.

»Warum? Und was für eine Rolle sollte das sein?«

»Ich weiß es nicht«, sagte Ylva.

»Das weißt du nicht, du machst doch da mit?«

»Alle machen mit, alle aus der Filmclique, aber niemandem hat er erzählt, wie der Film werden soll«, sagte Ylva. »Und jetzt ist er tot!«

Ylva begann erneut zu weinen. Dann wischte sie sich die Augen trocken und füllte ihre Gläser. Sie tranken stumm.

»Glaubst du, dass er Selbstmord begangen hat?«

»Ich weiß, dass er Selbstmord begangen hat«, sagte Ylva.

Idun wusste nicht, was sie dazu sagen sollte, und schwieg. Der Wein stieg ihr zu Kopf und dämpfte alle Gefühle, aber sie war nichtsdestotrotz auf der Hut. Woher wollte Ylva wissen, dass Arvo Pekka nicht ermordet worden war? Idun lächelte leicht und legte den Kopf nach hinten gegen das Kissen. Niemand konnte wissen, dass sie dort gewesen war.

»Wir haben darüber gesprochen, dass der, der sich irgendwann dazu entschließt, Selbstmord zu begehen, einen Drecksack mit in den Tod nimmt«, sagte Ylva.

»Hä? Dass er jemanden umbringt?«

»Ja, dass er jemanden umbringt, der es verdient hat. Dass er einen Drecksack umbringt.«

»Aber Arvo Pekka hat doch nur sich selbst umgebracht?«

»Ja, und genau das ist das Seltsame«, sagte Ylva. »Vielleicht hat er sich nicht getraut.«

Idun leerte ihr Glas und wollte sich aus dem Karton nachschenken. Sie machte sich am Zapfhahn zu schaffen und kleckerte ein paar Tropfen auf die Bettdecke. Ylva nahm ihr den Wein ab und beendete die Operation.

»Mensch, wie du dich anstellst«, sagte sie ärgerlich. »Nie machst du was richtig.«

»Entschuldige«, sagte Idun.

»Okay!«

Idun versuchte das, was Ylva gerade gesagt hatte, zu verdauen. Arvo Pekka hätte einen Drecksack mit in den Tod nehmen sollen. Einen, der den Tod verdient hatte. Aber dann hatte er sich nicht getraut. Sie schloss die Augen und spürte die Pistolenmündung in ihrem Gesicht. War sie, Idun, der Drecksack, der es verdient hatte zu sterben?

»Wen würdest du mit in den Tod nehmen, wenn du wählen könntest?«

»Ich sterbe nicht«, antwortet Ylva. »Ich bin glücklich. Ich habe Ulrik. Bei Appa war das anders, und jetzt will ich nicht mehr darüber reden. Das macht mich nur traurig!«

Idun dämmerte etwas. Irgendetwas schlummerte in ihrem Kopf, das jetzt langsam an die Oberfläche stieg. Der Abend nach der Fete. Sie hatte sich unten am Weg in ein paar Büsche übergeben, als Arvo Pekka angetorkelt kam. Es war ihm beschissen gegangen. Er war sturzbetrunken gewesen. Sie hatten sich umarmt. Dann erinnerte sie sich erst wieder ab dem Moment, als sie in der Schwimmhalle gewesen waren. Sie wusste nicht, wie sie hineingekommen waren. Sie meinte, dass Arvo Pekka einen Schlüssel gehabt hatte. Sie hatten sich ausgezogen und waren ins Wasser gegangen. Dann fiel es ihr plötzlich ein. Er hatte gesagt, dass sie in seinem Film mitspielen sollte. Sie sollte den netten Zwilling spielen. Und Ylva den bösen. Aber der Nette war eigentlich der Böse. Das hatte er gesagt. Daran erinnerte sie sich jetzt. Ganz klar.

Ylva redete mit ihr, und sie zwang sich zurück ins Hier und Jetzt.

»Ich weiß, dass du auf Ulrik scharf bist.«

»Hä?«

»Gib es ruhig zu. Alle wissen das, und alle lachen darüber, Idun. Du hast keine Chance. Ulrik lacht auch darüber«, sagte Ylva.

Idun schrumpfte auf Zwergengröße. Dann blies sie sich auf.

»Wenn ich Ulrik überhaupt ansehe, dann nur, um mir einen Versager anzusehen. Einen kriminellen kleinen Drecksack. Du solltest dich von ihm fernhalten, Ylva. Du musst nicht glauben, dass ich nicht weiß, dass er mit den Typen von der G-Force Bande herumhängt.«

»Ah ja, weißt du das, kleine Idun. Und jetzt geh, ich muss schlafen.«

Idun stand auf und machte ein paar Schritte zur Seite, um das Gleichgewicht nicht zu verlieren. Sie trat auf eine leere Colaflasche und musste sich am Schreibtisch festhalten.

»Weißt du eigentlich, was aus meinem Ballkleid geworden ist? Dem beigefarbenen von dem Ball in der Zehnten.«

»Das liegt im Fotoraum in der Schule. Du kannst es dir holen, wenn du willst, aber ich bezweifle, dass du noch hineinpasst«, sagte Ylva.

Idun stapfte über den Boden und trat mit voller Kraft nach einem Buch, sodass es gegen die Wand flog. Sie spürte einen beißenden Schmerz im großen Zeh. In ihrem Zimmer warf sie sich aufs Bett und weinte lautlos in ihr Kissen. Das Zimmer drehte sich. Dann beugte sie sich über die Bettkante und übergab sich auf den Boden.

*

Die Ermittlerin Maiken Kvam wohnte in einem der Wohnblöcke im Buervei. Sie hatte vorgeschlagen, sich vor dem Friseur in Borgeåsen zu treffen, und Mette hatte sich mit Peder abgesprochen. Er würde die Jungen zum Fußballtraining mitnehmen. Eigentlich walkte Mette lieber mit Stöcken. Das tat ihrem alten Rückenproblem gut, doch Maiken weigerte sich schlichtweg zu walken. Sie wollte laufen, und Mette lief mit.

Vor knapp einem halben Jahr hatten sie sich durch den Beruf kennengelernt. Sie gingen ins Café und tranken Rotwein, gingen ins Kino und liefen ein- bis zweimal pro Woche zusammen. Am liebsten auf der Ballestadhöhe, wo ein Fuß- und Fahrradweg mehrere Kilometer weit oben auf dem Bergrücken entlangführte mit Aussicht über weite Felder, Höfe und Waldgebiete.

Maiken wartete schon, als Mette den alten Golf auf dem Parkplatz parkte. Sie hatte sich auf der Arbeit umgezogen und trug Joggingschuhe, eine eng sitzende Jogginghose und eine lose hängende Überziehjacke. Maiken hatte ähnliche Sachen an. Sie umarmten einander und liefen in langsamem Tempo über den Parkplatz zu der Unterführung, die auf den Fuß- und Fahrradweg führte.

»Was für ein Ärger mit der Randale bei euch am Samstag«, sagte Maiken.

»Ja, das sitzt mir noch immer in den Knochen«, sagte Mette. »Axel hält Peder auf dem Laufenden, was sich tut. Mit mir mag er nicht reden, weil ich Journalistin bin. Ich glaube, er hat Angst, dass ich das durcheinanderbringe. Aber du weißt schon, dass Ylva Hegge, unsere Babysitterin, eine Freundin von Arvo Pekka Samuelsen war?«

»Ja, aber ich arbeite nicht an dem Fall, Mette. Für die G-Force Bande ist eine eigene Arbeitsgruppe ins Leben gerufen worden. Axel gehört dazu. Du musst mit ihm reden«, sagte Maiken.

»Ja, Peder macht das, wie gesagt.«

Sie liefen schweigend, bis sie auf Höhe der Buer Schule waren.

»Ich habe einen Antrag gestellt, das letzte Jahr auf der Polizeihochschule nachzuholen«, sagte Mette.

»Wow! Das klingt spannend, vielleicht werden wir ja Kolleginnen«, rief Maiken enthusiastisch. »Was sagt Peder dazu?«

»Er weiß es noch nicht. Du bist die Einzige, die es weiß.«

»Das bleibt unter uns«, sagte Maiken vielsagend.

»Das bleibt unter uns«, antwortete Mette.

Dann lachten sie, soweit das beim Laufen möglich war.

»Erzähl mir von dem Mord an Arvo Pekka Samuelsen«, sagte Mette, als sie an einer Wegkreuzung wegen eines Traktors stehen bleiben mussten. »Das bleibt unter uns!«

»Der Mord oder der Selbstmord«, sagte Maiken. »Er hat sich erschossen, mit oder ohne fremde Hilfe, aber jemand hat das Blut fortgewischt, das gespritzt haben muss, als die Kugel durch seinen Kopf gegangen ist. Er kann nicht allein gewesen sein, als er sich erschossen hat, oder es muss anschließend jemand gekommen sein und sauber gemacht haben.«

»Wer hat ihn gefunden?«

»Der Hausmeister«, sagte Maiken. »Und das macht das

Ganze auch etwas problematisch. Bei dem Mann ist eine Schraube locker. Wir können nicht ausschließen, dass *er* sauber gemacht hat, doch als der Junge sich erschossen hat, kann der Hausmeister nicht da gewesen sein. Er hat ein wasserdichtes Alibi.«

»Gibt er zu, dass er sauber gemacht hat?«

»Nein, aber er macht einen ziemlich verwirrten Eindruck. Möglicherweise bekam er einen Schock, als er den Jungen fand, und hat versucht aufzuräumen. Der Bodenwischer, der nachweislich zum Saubermachen benutzt wurde, ist voll mit seinen Fingerabdrücken. Dass er diesen Wischer täglich benutzt und es nicht weiter verwunderlich ist, dass seine Fingerabdrücke darauf sind, macht die Sache nicht einfacher«, sagte Maiken. »Ein weiteres Problem ist, dass schon mehrere Leute in der Halle waren, als wir gekommen sind. Er hat Leuten von außen Bescheid gesagt, bevor er uns verständigt hat. Auf diese Weise sind eine Menge Gerüchte entstanden, und die Sache stand im Netz, bevor wir es verhindern konnten.«

»Was habt ihr sonst noch?«

»Nichts Großartiges. Wir haben mit allen in seinem Freundeskreis gesprochen und erfahren, dass Arvo Pekka Samuelsen des Öfteren über Selbstmord geredet hat. Dass er mit dem Gedanken gespielt hat. Das war in der Clique, mit der er abgehangen hat, bekannt.«

»Der G-Force Bande?«

»Nein, bist du verrückt, mit denen hatte er nichts zu tun«, sagte Maiken. »Er war in der Film-Clique des Medienzweigs am Klosterskogen Gymnasium. Seinem Fotolehrer Aron Storm zufolge hat er einen Film über Leben und Tod gedreht.«

»Habt ihr den Film gefunden?«

»Nein. Wir haben seinen PC danach durchforstet, aber er ist spurlos verschwunden.«

»Ist das nicht seltsam?«

»Ja, sehr, aber er kann ihn vernichtet haben, weil er gewusst hat, dass er sterben würde. Wir waren auch zu Hause bei seiner Tante, einer merkwürdigen Frau. Sie ist vor ein paar Jahren aus Finnland gekommen, um sich um ihn zu kümmern, nachdem sein Vater seine Mutter umgebracht hatte. Eine hässliche Sache«, sagte Maiken.

Sie liefen schweigend bis zum Ballestad Kindergarten.

»Ihr tappt also im Dunkeln?«

»Richtig, wenn nichts Neues auftaucht. Bislang deutet alles auf Selbstmord hin. Vor ein paar Tagen sind wir von Mord ausgegangen, doch das hat sich radikal geändert, seit wir mehr wissen«, sagte Maiken.

»Sag mir, wenn ich darüber berichten kann. Oder zumindest eine Nachricht bringen kann, falls es Selbstmord war. Die Leute fragen sich schließlich, was passiert ist, und ihr habt sehr wenig preisgegeben«, sagte Mette.

Am Hoels Gartencenter schlug Maiken vor, in Intervallen weiterzulaufen. Drei Minuten Sprint, drei Minuten schnelles Gehen. Maiken würde die Zeit stoppen. Als sie nach mehreren Intervallen an der Tankstelle in Bratsberg ankamen, waren beide ziemlich erschöpft.

»Jetzt *gehen* wir zurück«, keuchte Mette.

»Einverstanden, aber erst wird gedehnt.«

In schnellem Tempo machten sie sich auf den Rückweg.

»Wenn sie dich für das letzte Jahr auf der Polizeihochschule zulassen, musst du ein Jahr in Oslo wohnen«, sagte Maiken. »Wie willst du das mit den Jungen und Peder machen? Sollen sie mit?«

»So weit habe ich noch nicht gedacht«, sagte Mette. Plötzlich kam ihr das gesamte Projekt hoffnungslos vor.

»Du kannst Wochenendpendler werden«, sagte Maiken. »Der Grenlands-Express braucht nur zweieinhalb Stunden bis Oslo. Du kannst fast täglich hin- und herfahren.«

»Mit einem Mann, der im Krankenhaus Schichtdienst mit ewig langen Schichten macht? Das ist unmöglich.«

»Ja.«

Sie liefen wieder ein Stück. Zwischen dem Gartencenter und dem Kindergarten blieb Maiken stehen, die Hände auf die Knie gestützt.

»Ich werde dich vermissen, falls du gehst«, sagte sie.

Mette stand aufrecht da und lächelte. Maiken richtete sich ebenfalls auf und umarmte sie. Sie stießen mit den Stirnen gegeneinander. Sie waren gleich groß. Gleich blond und gleich alt. Maikens Lippen berührten ihre, ohne dass sie das merkwürdig fand. Sie küssten sich vorsichtig. Das Herz klopfte in der Brust, und die Ohren sausten. Dann ließen sie einander abrupt los und lachten.

»Ich werde Axel Lindgren heiraten«, sagte Maiken lachend.

»Gratuliere! Wann?«

»Im Sommer, am 24. Juni, dem Johannistag. Willst du meine Trauzeugin werden?«

»Ja, klar will ich das!«

»Man ist nicht untreu, nur weil man eine Frau küsst«, sagte Maiken.

»Auf keinen Fall«, antwortete Mette.

Dann liefen sie den ganzen Weg zurück nach Borgeåsen, ohne noch wirklich etwas zu sagen.

*

Aron Storm bog vom Valebøveg, der Abkürzung zwischen Skien und Notodden, auf eine schmale Schotterstraße ab. Sie wand sich ungefähr eine Meile durch ein Waldgebiet, bevor sie auf dem Parkplatz des Loipennetzes von Løvenskiold-Fossum endete. Dem Gutsbesitzer Løvenskiold gehörten enorme Wald- und Bergflächen, die sich vom Luksefjell bis hoch nach Skrim bei Kongsberg erstreckten. In dieser Gegend war Aron Storm im Sommer tagelang gewandert, ohne etwas anderem als Waldvögeln, Adlern, Luchsen, Eulen, Wild, Elchen, Füchsen und dem ein oder anderen Eichhörnchen zu begegnen. Einmal im Frühling hatte er auch Bärenspuren gesehen, aber keinen Bären. Doch es stand außer Frage, dass es hier Bären gab. Zumindest Streiftiere. Multebeerenpflücker hatten immer wieder von Begegnungen mit Bären berichtet. Jedes Mal kam es in den Regionalzeitungen auf der ersten Seite. In Telemark gab es zwei Blätter, *Telemarksavisa* und *Varden*. Beide hatten ihren Sitz in Skien, und beide waren voller Hochzeitsfotos und Bildern von Neugeborenen mit stolzen Eltern und älteren Geschwistern. Aron Storm schüttelte den Kopf bei dem Gedanken an diese längst der Vergangenheit angehörenden Arbeitsaufgaben. Die Kamera lag selbstverständlich in seinem Rucksack, doch jeden neuen Tag schätzte er sich glücklich, diese idiotischen Aufnahmen nicht mehr machen zu müssen. Der Job als Lehrer war ein Segen. Sein Leben hatte eine neue Dimension bekommen. Der große Toyota fuhr die letzten Hügel hinauf, und er freute sich über den Wagen mit Allradantrieb. Der Schnee auf der Straße war an den Westhängen geschmolzen, sodass Sand und Kies glitzerten und den Frühling ankündigten. Doch es würde noch Wochen dauern, bis der Schnee auch im Luksefjell geschmolzen war.

Auf dem Parkplatz standen zwei Autos. Es war Freitag, und die Uhr zeigte zehn nach zwei. Er studierte das Uhrwerk und war wieder einmal beeindruckt. Vor einer halben Stunde war er im Zentrum von Skien losgefahren, und jetzt stand er hier, sozusagen mitten in der Wildnis. Schnell überprüfte er sein Mobiltelefon, nur um festzustellen, dass es kein Netz hatte. Aron Storm holte die Skier von dem Dachgepäckträger. Er blinzelte in die Sonne und spürte die Wärme wie eine Liebkosung auf der Haut.

Dann war er auf der Loipe. Der Rucksack lag schwer auf Rücken und Schultern auf. Er entschied sich, so weit möglich, für die ausgefahrenen Loipen, doch bald würde er lockeren Schnee erreichen, und das Vorwärtskommen würde schwierig werden. Tannen und Fichten säumten stumm und massig die Skispuren. Wie Wächter oder Zuschauer. Wie Schlachtenbummler. Aron, Aron, genau. Als Kind hatte er geglaubt, dass Tannen Männer und Fichten Frauen waren. Kleiner, dummer Aron.

Er war bereits bei der Hütte des Fremdenverkehrsvereins, in der man übernachten konnte und wo an den Wochenenden frisch gebackene Waffeln serviert wurden. Die Hütte lag hoch und bot im Sommer freie Sicht auf See und Moor. Jetzt deckte der Schnee alles zu. Bald würde er körnig werden und glitzern, bevor er irgendwann im Mai schmolz und ganz verschwand. Er blieb kurz stehen, um zu Atem zu kommen, drehte sich um und nahm die Landschaft in sich auf. Schneeweiße Wipfel hinter schneeweißen Wipfeln. Er schloss die Augen und ließ das Vogelgezwitscher auf sich wirken. Nie war Aron Storm glücklicher als in solchen Augenblicken, doch jetzt lag ein Dämpfer auf seiner Zufriedenheit. Arvo Pekka Samuelsen.

Er legte an Tempo zu und rammte die Stöcke in den Schnee. Die Skier waren schnell. Kurz darauf bog er von der ausgefahrenen Loipe ab und stapfte über unwegsames Terrain. Die Skier sanken leicht in den Schnee ein. Die Schneekruste war nicht hart genug, um ihn und den Rucksack zu tragen. Hier und da durchschnitten alte Spuren das Gelände wie lange Linien. Genau hier waren sie vor nur wenigen Wochen mit der ganzen Clique gewesen. Im Sommer nahm er nie diesen Weg, wenn er auf die Hütte wollte. Da fuhr er an der Ostseite des Fjellsees entlang und auf schönen Forstwegen weiter nach Norden, fast ganz bis zur Hütte. Er hatte Schlüssel für die Schlagbäume. Alle Wege waren durch Schlagbäume versperrt, man konnte nicht mit dem Auto hindurch, es sei denn, man gehörte zu den Glücklichen, die einen Schlüssel besaßen. Soviel er wusste, hatte die Jäger- und Fischereivereinigung einen Schlüssel. Und das Rote Kreuz und möglicherweise noch ein paar andere Vereine, aber viele waren es nicht. Im Winter kam man auf den ungeräumten Wegen nicht weiter, sodass er über Svanstul fahren musste. Beschwerlich, aber es ging.

Endlich sah er die Hütte durch die Bäume. Er blieb kurz am Rand der Lichtung stehen und nahm den Anblick in sich auf. Früher war die Hütte von den Waldarbeitern des Gutsbesitzers genutzt worden.

Vor dem Fenster, das zur Lichtung hinging, waren die Läden geschlossen. Die kleine, überdachte Veranda vor der Eingangstür war in neuerer Zeit angebaut worden. Dort ließ es sich am Abend gut ein oder zwei Stunden im Schaukelstuhl sitzen, den man von drinnen mit hinausnehmen konnte. Ein Stück links von der Hütte stand der Geräteschuppen, in dem das Holz aufbewahrt wurde, zusammen mit den Angelsachen und anderem, was man so brauchte. Eine Schubkarre zum Beispiel oder ein paar Kübel und anderes Hausgerät, das sich über die Jahre angesammelt hatte. Rechts, zwischen zwei Tannen, ein paar Meter von der Hütte entfernt, lag das Plumpsklo. Die Lichtung kreuzten keine neuen Skispuren, doch er konnte die Reste von alten Spuren erahnen. Es hatte geschneit, seit er das letzte Mal hier gewesen war.

Die Familie Storm hatte die Hütte von den Løvenskiolds gepachtet, so lange er zurückdenken konnte. Er war als Kind mit seinen Eltern hier gewesen. Später nur mit seinem Vater und schließlich allein, viele Jahre lang. Und dann zusammen mit seinen Schülern. Hier war die Location für den Film. Hier drehten sie. Wie würde es jetzt werden ohne Arvo Pekka? Das war sein Projekt gewesen. Seine Idee.

Als Arons Vater noch gelebt hatte, hatten sie einen Hund gehabt. Einen Drever, den der Vater mit auf die Jagd genommen hatte. Der Drever hatte Ohren so dünn wie Pfannkuchen und so weich wie Seidenhaar. Ohren, die er in die Hand nehmen und sich auf das Gesicht legen und an denen er schnuppern konnte. Aron Storm hinterließ frische Spuren auf der Lichtung, schnallte die Skier ab und stellte sie auf die überdachte Veranda. Der alte Schnee war weggefegt worden, und der Neuschnee hatte offensichtlich den Weg noch nicht hierher gefunden.

Als Aron Storm die Hüttentür aufschließen wollte und den Schlüssel im Schloss drehte, stellte er fest, dass die Tür nicht abgeschlossen war. Sie glitt leise auf, und er spürte leichten Ärger. Wer hatte abschließen sollen, als sie das letzte Mal hier gewesen waren? Ylva? Arvo Pekka? Ulrik? Oder sogar er selbst? Der Unmut ging vorüber. Nichts war passiert. Er klappte die Läden auf, lüftete und machte im alten Eisenofen ein Feuer. Die Dochte in den Paraffinlampen waren feucht, und bald lag ein warmes Licht auf dem alten Holz. Er verstaute das Essen in dem kleinen Erdkeller unter der Klappe im Boden. Der Schlafsack hing bereits zum Lüften an einer Schnur unter der Zimmerdecke. Er hätte sich am liebsten in den Schaukelstuhl gesetzt, die Beine vor den Flammen im Ofen ausgestreckt und sich von der anstrengenden Tour erholt, doch er wusste es besser. Er nahm den Eimer und ging nach draußen. Auf der Veranda stand die Brechstange an die Wand gelehnt.

Der Bach auf der Rückseite des Schuppens war zugefroren, doch da, wo er im Frühjahr zuerst taute, war unter dem Eis eine kleine Vertiefung im Bachbett zu sehen. Aron hackte mit der Stange ein ausreichend großes Loch und ließ den Eimer hinab. Als er sich umdrehte, um in seiner eigenen Spur zurückzugehen, sah er es. Links von der Hütte, in Richtung der Rückwand, auf die die Nachmittagssonne ihre letzten Strahlen warf. Skispuren. Tiefe Skispuren, die auf die Hüttenwand zuliefen. Von der Vorderseite aus nicht zu sehen, aber von hier. Sein Herz schlug ihm hart und eigensinnig in der Brust. Er stapfte zurück zur Veranda und stellte den Wassereimer ab. Dann schritt er die Hüttenwand ab. Auch hier waren Spuren von Füßen, dicht an der Wand. Sie konnten neu sein, sie konnten alt sein. Sie waren neu, stellte er fest, als er an der Rückwand war. Frische Skispuren, jedenfalls frischer als die, die sie selbst vor ein paar Wochen auf der Vorderseite hinterlassen hatten. Jemand musste aus dem Wald hinter der Hütte gekommen sein, die Skier abgeschnallt und an die Wand gelehnt haben, um dann an der Wand entlang auf die Veranda zu stapfen. Die Tür war nicht verschlossen gewesen. War jemand in die Hütte gegangen? Hatte jemand dort Spuren hinterlassen? Nein, bestimmt nicht, das hätte er gesehen. Höchstwahrscheinlich hatte nur ein Langläufer auf dem Hügel eine Verschnaufpause eingelegt. Morgen würde er der Spur in den Wald folgen. Jetzt war es zu spät. Bald würde die Dunkelheit alles umschließen.

Er stellte die Brechstange auf die Veranda, doch dann überlegte er es sich anders und nahm sie zusammen mit dem Eimer hinein. Er lehnte sie drinnen gegen die Tür, dachte eine Weile nach, zog einen Schemel unter dem Kieferntisch hervor, stieg darauf und sah im obersten Fach des Küchenschranks nach. Seine Finger schlossen sich um die Metalldose. Er stieg von dem Hocker hinunter und öffnete den Deckel der schwarzen Pralinendose. Sie waren noch da. Die Speicherkarten mit den Filmaufnahmen. Er wollte sie wieder zurücklegen, überlegte es sich jedoch anders. Unsinn, sie hier zu lassen. Vor allem jetzt, wo Arvo Pekka nicht mehr war. Es würde ohnehin keinen Film geben. Aron Storm wickelte die Speicherkarten in eine Serviette und steckte sie in eine der Rucksacktaschen. Dann holte er sich ein kaltes Bier aus dem Erdkeller unter dem Hüttenboden, setzte sich in den Schaukelstuhl und starrte durch die offene Ofentür in die Flammen.

Kein Fernsehen, kein Radio, nicht einmal ein Netz gab es hier. Keinen Strom. Die Hütte war das Primitivste, das man sich vorstellen konnte. Und trotzdem perfekt. Ganz in Thoreaus Sinn. Der amerikanische Philosoph Henry D. Thoreau, der Mitte des 19. Jahrhunderts sein berühmtes Buch *Walden oder Leben in den Wäldern* geschrieben hatte, in dem er seine Ansicht darlegte, dass die Menschen ein glücklicheres Leben führen könnten, wenn sie sich für eine einfache und autarke Existenz im Wald entschieden, wie Thoreau selbst das getan hatte. Zumindest eine Zeit lang hatte er ganz allein in einer selbstgebauten Hütte am Walden Pond in Concorde gelebt. Aron Storm hatte Thoreaus Thesen mit seinen Schülern diskutiert. Nur wenige hatten den Gedanken des Philosophen etwas abgewinnen können. Die meisten hatten affektiert gejohlt oder schon bei dem bloßen Gedanken gestöhnt, einen einzigen elenden Tag ohne Fernsehen verbringen zu müssen. Und ohne Mobiltelefon war ihr Leben sinnlos. Nicht einmal eine Stunde konnten sie sich vorstellen, darauf zu verzichten. Bei Arvo Pekka, Ylva, Even und Ulrik war das anders. Sie verstanden das. Sie hatten das nötige Einfühlungsvermögen, hatten begeistert zugehört, als er davon erzählt hatte. Hier in der Hütte.

Sie hatten auch über anderes geredet. Über den Zweiten Weltkrieg. Aron Storms Großvater war während des Kriegs im Widerstand gewesen. Er hatte Selbstmord begangen, hatte die Blausäureampulle geschluckt, als die Deutschen so gut wie vor der Tür standen. Absolut vorbildlich. Ewald Storm, Arons Vater, hatte dem Sohn lange Vorträge gehalten, während sie mit der Schrotflinte und dem Drever mit den weichen Ohren durch das Gelände hier gestreift waren. Über Ehre und Mut. Über das Edle und Gute. Darüber, die richtige Entscheidung zu treffen und dazu zu stehen und nicht zu wanken. Dem Tod direkt ins Auge zu sehen und zu wissen, dass du das Recht auf deiner Seite hast. Der Großvater war so großartig gewesen, dass Ewald Storm sein ganzes Leben von seinen Großtaten hatte zehren können. Ewald selbst wurde ironischerweise von einem Baum erschlagen.

Zuletzt hatten sie vor ein paar Monaten hier gesessen und über den *Selbstmord* geredet. Arvo Pekka hatte Émile Durkheims Theorien über die Unterschiede in den Selbstmordraten bei Katholiken und Protestanten studiert. Er hatte in seinem Wahlfach Politische Ideengeschichte eine Arbeit darüber geschrieben. Wie die Beichttradition und das enge Verhältnis unter den Katholiken präventiv gegen Selbstmord wirkten. Ulrik hatten die muslimischen Selbstmordattentäter und ihr Glaube an die heilige Märtyrerrolle und das Leben nach dem Tod beschäftigt. Sie hatten hier bei offener Ofentür um das Feuer gesessen. Die Flammen hatten die Gesichter golden gefärbt, und die Wärme hatte die Augen zum Glänzen gebracht. Ylva hatte gesagt, dass sie eine große Nummer daraus machen würde, wenn *sie* Selbstmord begehen würde, dass sie jemanden mitnehmen würde. Jemanden, der es verdient hatte. Doch sie würde sich bestimmt nicht aus idealistischen Gründen umbringen. Aber vielleicht falls sie Krebs bekäme. Einen unheilbaren Gehirntumor. Da könnte sie schon auf den Gedanken kommen, sich eine Kugel in den Kopf zu jagen, doch zuerst würde sie noch eine gute Tat vollbringen, indem sie einen Drecksack mit in den Tod nähme. Ylvas Augen hatten im Halbdunkel geglüht. Sie würde den Vater von Yvonne, ihrer besten Freundin in der Kindheit, mitnehmen. Er hatte ein Jahr und vier Monate für Inzest bekommen, als Yvonne dreizehn gewesen war. Ylva und Yvonne waren unzertrennlich gewesen, bevor ihr Vater sie kaputtgemacht hatte. Er verdiente es zu sterben, meinte Ylva, und die anderen waren mit ihr einer Meinung gewesen. Aber er hatte seine Strafe schließlich abgebüßt, hatte Aron Storm eingewandt. Die Strafe war viel zu milde, hatte Ylva erwidert. Der Vater von Yvonne verdiente den Tod.

Ulrik hatte sich gefragt, warum der Großvater von Aron nicht ein paar Deutsche erschossen hatte, bevor er die Blausäureampulle geschluckt hatte. Aron war unsicher. Das war in

Ewalds Erzählungen nie ein Thema gewesen. Vielleicht hatte er keine Waffe gehabt, meinte Aron Storm. Ja, denn wenn er eine gehabt hätte, hätte er doch geschossen, das war klar wie Kloßbrühe, meinte Ulrik.

Aber konnte man einfach jemanden umbringen, der es verdiente, ohne anschließend Selbstmord zu begehen, hatte Ylva gefragt. Plötzlich war es ganz still geworden. Ylva war rot angelaufen, und Ulrik hatte eine hässliche Grimasse geschnitten. Aron Storm war sich frustriert mit den Fingern durchs Haar gefahren. Der Einzige, der die Ruhe bewahrt hatte, war Arvo Pekka Samuelsen gewesen, der seinen Vater seit fünf Jahren nicht gesehen und seine Mutter für immer verloren hatte, brutal niedergestochen und misshandelt von seinem eigenen Vater. Und sein Vater hatte anschließend nicht Selbstmord begangen. Mord war keine gute Tat. Mord war böse.

Aron Storm trank den letzten Schluck aus der Bierdose und stand auf, um sich eine neue aus dem Erdkeller zu holen. Draußen kroch die Dunkelheit heran. Er ging zum Fenster und sah auf die Lichtung vor der Hütte hinaus, wo der Mond, den er von hier aus nicht sehen konnte, ein bläuliches Licht auf den Schnee warf. Er belegte vier Scheiben Brot mit Makrele in Tomatensauce, setzte sich an den Tisch und aß. Da hörte er den Laut. Einen merkwürdigen Laut, den er nicht eindeutig einzuordnen vermochte. Aron blieb mit geneigtem Kopf und halb offenem Mund sitzen. Sein Körper erstarrte, und sein Blick wanderte zu der Schrotflinte an der Wand. Das Problem war nur, dass es im Umkreis von einer Meile keine Patronen gab.

Aron hatte nie selber schießen wollen. Wie oft ihn Ewald auch aufgefordert hatte, für ihn kam das nicht infrage. Er würde einem Reh nie in die braunen Augen sehen können, um es dann zu erschießen. Plötzlich durchschnitt ein langgezogenes *uhhuuu … uhhuu* die Luft. Er stand vorsichtig auf. *Uhuu … uhhuu … uhhuu … uhhuu.* Das war der Ruf einer Waldohreule, dachte er erleichtert und lächelte seinem Spiegelbild in der dunklen Fensterscheibe zu, doch dann war der unbestimmbare Laut wieder da. Resolut griff er nach den Gamaschen, die zum Trocknen über dem Ofen hingen, und zog sie über die Hose, steckte die Füße in die Skistiefel und knotete die Schnürsenkel fest zu. Er zog seine Jacke an, holte die Taschenlampe, die in einem Regal neben einer der unteren Kojen stand, und warf einen Blick auf die Brechstange, bevor er die Klinke herunterdrückte und die Tür langsam aufschob. Die Kälte schlug ihm ins Gesicht, die Laute draußen wurden lauter und klarer. Die Waldohreule stieß noch immer ihren Lockruf aus. Wahrscheinlich saß sie in einer Baumspitze in der Nähe. Er nahm eine Bewegung am Plumpsklo wahr. Zwei Füchse oder waren das Vielfraße oder Luchse? Er war sich nicht sicher. Die Tiere waren im Mondlicht nur schwer zu erkennen, aber ihre Laute waren durchdringend, eine Art Kläffen, gemischt mit einem kräftigen Fauchen. Aron schlich vorsichtig die Treppe der Veranda herunter und machte probeweise ein paar Schritte im Schnee. Die Eiskruste trug ihn beinahe. Er sank bis zu den Knöcheln ein. Die Tiere nahmen Arons Witterung auf. Wie auf Kommando verstummten sie und verschwanden als graue Schatten aus seinem Blickfeld. Selbst die Eule war ruhig. Aron war wieder allein in der Stille unter dem Mond.

Er schaltete die Taschenlampe an und stapfte zum Plumpsklo. Als er fast bei dem kleinen, grün gestrichenen Häuschen war, fiel das Licht der Lampe auf rot gefärbten

Schnee. Sie mussten sich um die Beute gestritten haben, dachte Aron, während seine Augen nach Resten von Federn oder Fell suchten. Er sah weder das eine noch das andere, dafür aber ein paar blutige Fleischstücke. Aron ging in die Hocke und richtete das Licht der Taschenlampe darauf. Der Schnee war rot gefärbt. Er ging in einem Bogen um den blutroten Schnee herum und blieb an der Ecke zur Rückwand des Plumpsklos stehen. Der Lichtkegel fiel auf den vermeintlichen Schlachtplatz. Alles war blutrot. Hier musste der Fuchs oder der Vielfraß oder was es nun gewesen war die Beute erlegt haben. Der Menge an Blut nach zu schließen, musste sie riesig gewesen sein. Er wollte sich gerade umdrehen, als der Lichtkegel auf die Rückwand des Plumpsklos fiel.

Aron Storm schrie aus vollem Hals. Flügelschläge waren in der Luft über ihm zu hören, bevor Stille sich ausbreitete. Die Taschenlampe war ihm aus der Hand in den Schnee gefallen. Ihr Lichtstrahl beschien zwei Menschenbeine, die an der Rückwand an den Knöcheln aufgehängt waren, die fleischigen Oberschenkel nah am Boden. Viele Tiere hatten sich bereits bedient. Er hob die Taschenlampe auf, beugte sich vor und erbrach die Makrele in Tomantensauce. Der Trangeschmack verstärkte den Brechreiz nur noch. Dann wollte plötzlich alles am anderen Ende heraus. Sein Magen war völlig in Aufruhr. Aron kniff die Pobacken zusammen und rannte zum Plumpsklo. Er riss den eiskalten Deckel hoch, zog die Hose bis zu den Knien herunter und sank auf das Klo. Er stöhnte erleichtert und spürte Schweißperlen auf der Stirn, während sein Darm krampfte. Anschließend blieb er leicht vornübergebeugt sitzen und versuchte, mit offenem Mund zu atmen. Er spürte die Kälte nicht. Sein Körper fühlte sich leer an, sein Kopf zum Bersten voll. Die Gedanken überschlugen sich. Er griff nach der Klorolle. Das Papier war feucht. Er hatte gerade ein gutes Stück abgerollt, als er ein neues Geräusch hörte. Es kam aus dem Klo unter ihm. Eine Art Blubbern, als würde jemand unter Wasser ausatmen. Das Klogespenst, dachte er zu Tode erschrocken. Kleiner, dummer Aron. Er wollte aufstehen, saß aber wie festgesaugt auf dem Loch. Dann war das Geräusch wieder da, blopp, blopp, blopp. Er holte mit zusammengebissenen Zähnen Luft, putzte sich den Hintern ab, stand ruhig auf und zog die Hose hoch. Blopp, sang es aus dem Behälter. Das kam ihm merkwürdig vor, denn eigentlich hätte dessen Inhalt gefroren sein müssen. Wie konnte gefrorene Scheiße Geräusche machen? Am liebsten hätte er den Deckel auf seinen Platz zurückgelegt, doch er zwang sich, in das Loch hinunterzuleuchten. Eine Hand und Teile eines Arms steckten gut sichtbar dort unten. Die Form war unverkennbar, das war ein Arm. Aron fühlte sich bar jeder Kraft. Er konnte nicht schreien. Er spürte keine Furcht. Er war nur unglaublich erschöpft. Leer. Er legte den Deckel auf seinen Platz über dem Loch und schleppte sich wie ein Schlafwandler über die Lichtung zurück in die Hütte.

*

Es war schon ziemlich spät, als Idun zum vierten Mal an dem Haus des Fotolehrers Aron Storm vorbeiging. Vielleicht etwas zu spät für einen Besuch, doch sie wollte unbedingt mit ihm über Arvo Pekkas Speicherkarte sprechen. Sie hatte sich genau überlegt, was sie sagen wollte. Sie wollte Aron Storm den Eindruck vermitteln, dass sie Arvo Pekka gut gekannt hatte, besser als es in der Schule den Anschein hatte. Dass

Arvo Pekka ihr die Speicherkarte anvertraut hatte, sie diese jedoch jetzt, wo er tot war, Aron Storm geben wollte.

Eigentlich mochte sie Aron Storm nicht besonders. Er interessierte sich überhaupt nicht für sie. Nie lächelte er sie an. Nie ermunterte er sie in den Stunden. Ihn interessierten nur die Schüler, die gut im Fotografieren und Filmen waren wie Ylva, Arvo Pekka, Ulrik und Ida Storemyr, Janne Rasmussen und Even Ivarstuen. Die Filmclique. Aron Storm war ein schlechter Lehrer, aber er hatte trotzdem eine gewisse Anziehungskraft. Er war jung oder zumindest jünger als die meisten anderen Lehrer. Und er war entspannt. Cool auf eine gewisse Weise. Es störte ihn nie, dass sie chatteten, wenn sie eigentlich anderes hätten machen sollen. Er notierte sich nicht, wenn jemand nicht da war, und er korrigierte auch die Aufgaben, die zu spät abgegeben wurden. Aber er war selbst auch nicht der Schnellste. Oft mussten sie ihn drängen, um die Noten von Arbeiten zu bekommen, die sie vor langer Zeit abgegeben hatten. Aron Storm rauchte heimlich mit den Schülern hinter dem Mediengebäude und spielte in den Pausen mit ihnen Fußball.

Nein, eigentlich mochte Idun ihn nicht, aber andererseits wollte sie auch gerne zu dem magischen Kern der Coolen gehören, obwohl ihr klar war, dass sie und Ylva nie zu derselben Clique gehören konnten. Da musste sie Ylva schon übertrumpfen, und das würde nie passieren. Doch sie wollte vor Aron Storm angeben. Ihm zeigen, dass sie wichtig war. Dass Arvo Pekka sie in sein Projekt einbezogen hatte. Dass sie eine Eingeweihte war.

Im Erdgeschoss brannte Licht. Die erste Etage war dunkel. Das Haus war schön. Ziemlich groß und frisch gestrichen. Der Garten war von einem Zaun und einer niedrigen, gut gepflegten Hecke umgeben, die Auffahrt gepflastert. An ihrem Ende lag eine Doppelgarage im gleichen Stil wie das Haus. Das Garagentor war geschlossen. Idun hatte überlegt, ob Ylva hier sein könnte. Sie wusste, dass Ylva und die anderen oft ihre Freizeit mit Aron Storm verbrachten. Vielleicht nicht bei ihm zu Hause, aber mit ihm zusammen. Aron Storm war nicht verheiratet, und er lebte mit niemandem zusammen. Das wussten alle. Sicherheitshalber hatte sie früher am Abend Ylva und Ulrik beobachtet und nach Hause zu Even Ivarstuen gehen sehen. Sie wusste, dass sie dort waren.

Sie lief zum fünften Mal an dem Haus vorbei und entschloss sich spontan. Mit schnellen Schritten ging sie zur Haustür. Zwei Klingeln. Sie war verwirrt und blinzelte die Namensschilder an. *Aron Storm* stand auf dem oberen. *Anna Storm Pettersen* auf dem unteren. Sie drückte auf die obere Klingel, obwohl ihr klar war, dass er nicht zu Hause war. Er wohnte bestimmt in der ersten Etage, und da war es dunkel. Sie wollte gerade wieder gehen, als die Tür aufging.

»Ja, bitte«, sagte eine schrille Frauenstimme.

»Ich wollte mit Aron Storm sprechen. Er ist mein Lehrer«, antwortete Idun.

»Komm rein, es zieht«, sagte die Frau, die Anna Storm Pettersen sein musste. Sie humpelte ins Haus, und Idun folgte ihr, zog die Tür hinter sich zu und blieb in der hellen Diele stehen.

Die Frau vor ihr stützte sich auf einen Stock. Eine riesige Katze strich um ihre Beine. Sie sah sie aus schmalen Augen an.

»Wer bist du?«

»Ich heiße Idun und gehe auf den Medienzweig. Ich wollte mit Aron reden«, antwortete sie.

»Du bist wohl noch ein bisschen zu jung, um auf ihn zu stehen«, sagte die Frau.

Idun wurde so rot, dass ihr die Wangen wehtaten. Die Ohren glühten unter den Haaren. Die Frau lächelte bissig.

»Ich wollte ihm nur etwas zeigen«, sagte Idun hitzig und spürte, wie ihr die Tränen kamen. Verdammtes Weibsstück. Sie kochte vor Wut.

»Ach, das sagen sie alle«, sagte die Frau. »Komm zurück, wenn du trocken hinter den Ohren bist, wenn er dann noch frei ist. Was mich nicht wundern würde, wenn er das ist. Ledig, meine ich.«

Idun bewegte sich auf die Haustür zu, ohne die Frau mit dem Stock aus den Augen zu lassen. Sie streckte die Hand nach der Tür aus, schlüpfte hinaus und knallte sie hinter sich zu. Dann lief sie los. Lief und lief, während sie laut weinte. War das peinlich! Nicht auszudenken, wenn das idiotische Weibsstück das Aron Storm erzählte. Nicht auszudenken, wenn er dachte, dass sie hinter ihm her war. Sie würde nie mehr in die Schule gehen.

☼

Aron Storm wurde langsam wach. Die Sonne schien durch das Ostfenster und streichelte sein Gesicht. Er drehte sich zur Wand um, um ihr zu entkommen. Plötzlich rückten die Ereignisse des vergangenen Tages zurück in sein Bewusstsein, und er setzte sich abrupt auf. Frustriert fuhr er sich mehrmals mit den Fingern durchs Haar. Es war eiskalt in der Hütte. Aron stand auf und fütterte den lauwarmen Eisenofen mit ein paar Holzscheiten, um ein Feuer zu entfachen. Die Flammen loderten auf. Er goss Wasser auf den alten Kaffeesatz im Kessel und war angezogen, bevor der Kaffee fertig war. Er schenkte Kaffee in eine Tasse und trat auf die Veranda hinaus.

Die Hände um die Tasse gelegt starrte er zu dem Plumpsklo hinüber. Der rote Schnee war von hier aus gut zu sehen, jetzt, wo er davon wusste. Er schauderte, trank gierig seinen Kaffee und ging wieder hinein.

Es hatte ihn die halbe Nacht gekostet, die Situation zu durchdenken. Sein erster Gedanke war gewesen, die Polizei anzurufen, und hätte er in der Wildnis ein Netz gehabt, hätte er das garantiert auch getan. Doch wenn er länger darüber nachdachte, war das so schlau? Würde er nicht in die Sache hineingezogen werden? War die Leiche im Plumpsklo Arvo Pekkas Rache, bevor er sich umgebracht hatte, oder war auch er ermordet worden? Aron Storm brachte die Rechnung einfach nicht zum Aufgehen. Wenn Arvo Pekka Selbstmord begangen hatte, gehörten die an der Wand des Plumpsklos aufgehängten Beine vielleicht dem Vater von Yvonne, den Ylva mit in den Tod genommen hätte? Konnten die Jugendlichen wirklich Ernst mit den Theorien gemacht haben, mit denen sie an dem Abend auf der Hütte gespielt hatten? Und wenn jemand von ihnen der Polizei erzählte, dass sie vor nur wenigen Wochen auf Arons Hütte über das Thema diskutiert hatten und er dabei gewesen war, würde man ihn möglicherweise der Mittäterschaft beschuldigen? Oder würde er seinen Job als Lehrer verlieren und von dieser engen Gemeinschaft mit den Schülern abgeschnitten und in sein nutzloses Dasein als Porträtfotograf zurückkatapultiert werden, für immer dazu verdammt, das Glück anderer Menschen zu verewigen?

Doch wenn Arvo Pekka ebenfalls ermordet worden war, handelte es sich möglicherweise um denselben Täter? Der vielleicht weiter töten würde? Aron hatte sich letzte Nacht zähneklappernd in seinem Schlafsack in Embryostellung zusammengerollt. Er konnte nicht einfach die Hände in den Schoß legen und ihnen zeigen, wie wenig erwachsen er sich verhalten hatte. Kleiner, dummer Aron. Er würde diese Situation meistern. Doch zuerst musste er aufräumen.

Bewaffnet mit einer Schere, einem Spaten, einem Kübel und einem alten Rutschbrett, das ihm im Schuppen in die Hände gefallen war, näherte er sich der Fundstätte. Die Eiskruste trug nach dem Nachtfrost gut. Er atmete tief durch und bog um die Ecke des Plumpsklos. Ungläubig starrte er die Rückwand an. Ein Bein fehlte. Aron sah sich um, doch das Bein war nirgends zu sehen. Die Erklärung war offensichtlich und ziemlich ärgerlich. Einem der Tiere musste es gelungen sein, das Bein von der Wand zu reißen und mit der Beute zu verschwinden. Verdammt. Die Reihenfolge der Arbeitsaufgaben war trotzdem schnell festgelegt: erst aufräumen, dann nach dem Bein suchen. Wie wahrscheinlich war es, dass jemand anders es fand? Die Unruhe arbeitete in ihm, während er sich ausrechnete, dass diese Chance gleich null war, um diese Jahreszeit war das eine öde Gegend.

Als Erstes schnitt er die Schnur durch, die das noch vorhandene Bein an der Wand festhielt. Aron versuchte, das Zittern unter Kontrolle zu bekommen. Das Bein mit Oberschenkel, Knie, Unterschenkel, Knöchel, Fuß und Zehen, an denen, wie er annahm, Mäuse oder Vögel genagt hatten, lag jetzt vor ihm im Schnee. Es war verblüffend schwer und fast hautlos. Schwer zu sagen, wem es einmal gehört hatte, aber er tippte auf einen Mann. Die Größe des Fußes ließ darauf schließen. Aber ob jung oder alt? Unmöglich zu sagen. Er hatte beschlossen, sich den Inhalt des Plumpsklos genauer anzusehen, wenn er mit Aufräumen fertig war. Bestimmt war der restliche Körper dort versteckt.

Aron Storm arbeitete konzentriert und zielgerichtet. Das Bein versteckte er zwischenzeitlich unter einem Schneeberg, den er eigens dafür aufgeschüttet hatte. Anschließend schaufelte er eine Lage roten Schnee nach der anderen in den Kübel, den er auf das Rutschbrett gestellt hatte. Dann zog er alles zum Bach und entleerte den Kübel in der eisfreien Vertiefung. Er schob eine Fuhre nach der anderen über die Lichtung. Bald führte eine kleine Straße über seinen Hof. Die Sonne stieg höher am Himmel, und Aron musste seine Jacke ausziehen. Der Boden hinter dem Plumpsklo bereitete Probleme. Ein paar mit Blut durchtränkte Eisbuckel ließen sich nicht abtragen. Aron holte die Brechstange und hackte die Eisbuckel in kleine Stücke. Anschließend schaffte er Wasser aus dem Bach heran und goss es über das Eis. Nach mehreren Litern war die rote Farbe verschwunden.

Er verschnaufte bei einer Tasse Kaffee auf der Veranda. Etwas gegessen hatte er nicht. Er bekam Lust auf eine Zigarette, hatte aber keinen Tabak mitgenommen. Wie ärgerlich. Sein Rücken war steif und schmerzte beim Aufstehen. Er schnallte die Skier an, band sich das Rutschbrett mit einem Seil um die Taille und machte sich daran, das Gebiet hinter dem Plumpsklo abzusuchen. Schon bald fand er Pfotenspuren und eine Vertiefung im Schnee, die darauf schließen ließen, dass hier etwas Schweres entlanggeschleppt worden war. Er folgte der Spur in den Wald und entfernte sich immer weiter von der Hütte. Nach zwanzig Minuten verschwanden die Pfotenabdrücke unter einem flachen Stein. Ein Versteck, stellte er resigniert fest. Der Fuchs hatte die Beute offenbar versteckt, um sie später zu verzehren. Es war nicht möglich, das Bein dort herauszuholen. Für ihn nicht, aber auch für niemand anderen. Im selben Moment hörte er Motorenlärm. Eine Schneeraupe sprang in der Nähe an. Jemand jagte den Motor hoch und ließ die Kupplung kommen.

Aron Storm machte sich ganz klein und zog das Rutschbrett zu sich heran. Er drückte sich an den Stein, während der Laut immer näher kam, bis er glaubte, die Schneeraupe würde ihn überfahren, doch da änderte sie plötzlich die Richtung. Aron blieb noch eine Weile liegen, bevor er all seinen Mut zusammennahm und sich in eine kniende Stellung aufrichtete. Zwischen den Bäumen sah er, wie sich die Schneeraupe entfernte. Eine kleine, grün gekleidete Person saß rittlings darauf, den Rücken ihm zugewandt. Unmöglich zu sehen, wer das sein konnte. Wahrscheinlich ein Angestellter von Løvenskiold. Ein Aufseher, der das Gelände abfuhr. Aron beschloss, in die Zivilisation zurückzukehren, doch zunächst musste er den Inhalt des Plumpsklos abdecken. Das Bein, das er unter dem Schnee versteckt hatte, musste auch ins Klo. Dort war es bis auf Weiteres sicher.

Der Plan, den Skispuren hinter der Hütte zu folgen, den er gestern gemacht hatte, war definitiv begraben. Aron wollte so schnell wie möglich von hier fort. Alles war wie erwartet still, als er von seiner Jagd nach dem Bein des Toten zurückkam. Kein Motorengeräusch weit und breit. Resolut ging Aron zum Schuppen und holte ein Stück Plastikfolie und ein paar alte Zeitungen heraus.

Eine Stunde später war er auf Skiern auf dem Weg über die Lichtung und ziemlich sicher, dass weder Arm noch Bein noch andere Körperteile zu sehen waren, falls jemand auf die Idee kommen sollte, einen Blick in das Plumpsklo zu werfen. Er würde sich später um dessen Inhalt kümmern. Er hatte sich zweimal versichert, dass die Tür zu der Hütte abgeschlossen war. Eine unheimliche Stimmung lag wie eiskalter Nebel über dem Ort, fand Aron. Zum ersten Mal in seinem Leben hatte er hier, wo er sich immer am sichersten gefühlt hatte, Angst.

*

Mette Minde lief auf bloßen Füßen und in einer alten Trainingshose herum. Sie hatte gestaubsaugt und im Erdgeschoss geputzt, und das ganze Haus roch nach Schmierseife. Im Kaminofen knisterte es hinter den Fenstern der schmiedeeisernen Türen. Auf den Tisch im Wohnzimmer hatte sie eine große Vase mit bunten Tulpen gestellt, dem fantastischen Geschenk des Frühjahrs an die Menschheit. Sie war an einem Samstagnachmittag allein zu Hause. Etwas Besseres konnte sie sich nicht vorstellen. Peder hatte bis Sonntagnachmittag im Krankenhaus Dienst. Trym und Eirik waren drüben bei den Nachbarsjungen.

Im November hatten sie neue Nachbarn bekommen, ein paar Häuser weiter die Straße hinunter. Eine Familie mit zwei Jungen. Kristian war acht und Bjørn sieben, im gleichen Alter wie die Zwillinge. Die vier Jungen waren so gut wie immer zusammen, entweder bei ihnen oder bei den Nachbarn. Heute waren sie bei den Nachbarn.

Sie schmierte sich zwei Brote mit Leberwurst, goss sich ein Glas Milch ein und setzte sich an den PC im Arbeitszimmer, das neben dem Wohnzimmer lag. In den Archiven der Lokalzeitungen und des NRK fand sie reichlich Informationen zu dem alten Mordfall. Sie druckte einige Artikel aus, aß ihre Brote, las und notierte sich wichtige Informationen zu der Ermittlung und dem Prozess in ihrem Spiralblock. Der 44 Jahre alte Thor Magne Samuelsen hatte im März 2001 seine finnische Frau Marija (38) zu Hause in der Wohnung des Paars mit mehreren Messerstichen getötet. Er wurde zu Hause festgenommen, nachdem der Sohn die Polizei gerufen und den Mord gemeldet hatte. Der vierzehnjährige Sohn hatte sich zur Tatzeit in seinem Zimmer aufgehalten. Die Polizei war bereits mehrmals wegen häuslicher Gewalt in der Wohnung gewesen. Die ermordete Marija war zusammen mit dem Sohn zweimal im Frauenhaus gewesen, weil der Ehemann gewalttätig geworden war. Thor Magne Samuelsen wurde im August desselben Jahres wegen des Mordes an seiner Frau zu fünfzehn Jahren Gefängnis verurteilt.

Mette seufzte und trank ihre Milch aus. Arvo Pekka Samuelsen hatte keinen leichten Start ins Leben gehabt, und jetzt war er tot. Sie spürte Wut in sich aufsteigen. Was hatte Arvo Pekka an Hilfe bekommen? Sollte man einfach akzeptieren, dass der Junge nicht mehr gekonnt und sich an einem Samstagabend in einer Schwimmhalle eine Kugel in den Kopf gejagt hatte? Nein, dachte sie. Dem musste nachgegangen werden. Etwas oder jemand musste versagt haben. Appa war schwul, hatte Ulrik Steen-Jahnsen gesagt, doch war das ein Grund, Selbstmord zu begehen? Wohl kaum, konstatierte sie. Er hatte gelitten wie ein Hund, hatte Ulrik gesagt. Aber Jugendliche, denen es so schlecht ging, mussten doch bemerkt und gesehen werden und Hilfe bekommen? *Schulkrankenschwester* schrieb sie auf ihren Block. Arvo Pekka war drei Jahre auf das Klosterskogen Gymnasium gegangen. Sie hatten bestimmt eine Schulkrankenschwester.

Arvo Pekka stand für ein Jugendproblem. Die G-Force Bande für ein anderes. Sie verspürte einen ausgeprägten Widerwillen, sich mit dieser Problematik zu beschäftigen. Es fühlte sich unüberschaubar an. Die Zeitungen hatten kilometerweise Artikel über die Untaten der Bande gebracht. Viele Bandenmitglieder waren noch nicht einmal strafmündig. Die Polizei nahm sie fest und musste sie wieder gehen lassen. Sie terrorisierten ihre Umgebung, wo immer sie wollten. Verschafften sich Einlass auf Partys, bei denen die Jugendlichen allein zu Hause waren, und nahmen alles mit, was wertvoll war. Verprügelten Leute. Stahlen verzweifelten jungen Mädchen, die sich nicht trauten, Anzeige zu erstatten, die Motorroller vor der Nase weg. Dealten mit allen möglichen Drogen. Beraubten Kioske und Bingolokale. Warfen anabole Steroide ein und stemmten Gewichte. Schulleiter und Schulkrankenschwestern weigerten sich einzugreifen. Denen, die eingriffen, wurden die Autos demoliert oder die Fensterscheiben eingeschlagen. Einem Schuldirektor war der Briefkasten in die Luft gesprengt worden. Seine Frau, die den Briefkasten geöffnet hatte, war auf einem Auge erblindet und hatte zwei Finger verloren. Mit diesen Leuten war nicht zu spaßen. Und der Anführer der Bande hieß Mathias Garmo, sagte man. Der Junge war neunzehn Jahre alt, lebensgefährlich und aus der Stadt verschwunden.

Es klingelte an der Tür, und sie erhob sich, um zu öffnen. Draußen stand Anita, die Mutter von Kristian und Bjørn, den neuen Freunden der Zwillinge. Sie hatte ihren Hund Tara bei sich, einen ausgelassenen langhaarigen Mischling mit freundlichen Augen.

»Hallo, komm rein«, grüßte Mette, doch Anita lehnte ab.

»Ich glaube nicht, dass du im Moment Besuch von Tara willst«, lachte sie. »Guck mal, wie sie aussieht.«

Tara war bis zum Bauch eingesaut. Der Hund versuchte

stürmisch, Mette zu begrüßen, doch Anita hielt ihn fest an der Leine.

»Nein, hör zu, ich habe nur eine Frage. Wir wollen über Ostern hoch auf die Hütte in Gautefall und haben uns gefragt, ob Trym und Eirik nicht mitkommen wollen. Wir sind nur von Freitag bis Sonntag weg«, sagte Anita. »Es ist noch eine Weile hin, aber ich wollte rechtzeitig fragen.«

»Oh, wird euch das nicht zu anstrengend?«

»Nein, im Gegenteil«, lachte Anita. »Sie spielen doch so schön zusammen. Für Bjørnar und mich ist das eher eine Entlastung, wenn wir die beiden mitnehmen. Natürlich nur, wenn sie wollen.«

Mette zweifelte nicht eine Sekunde, dass die Zwillinge mit auf die Hütte wollten. Peder hatte während der Ostertage Dienst im Krankenhaus, sodass es hier daheim wahrscheinlich ziemlich langweilig werden würde. Sie hatte darüber nachgedacht, ein paar Tagestouren mit ihnen zu machen, aber mehr auch nicht. Dieses Angebot war wie ein Geschenk des Himmels. Anita sollte die Ehre zukommen, die Jungen zu fragen.

*

Aron Storm fuhr mit dem Toyota in die Waschanlage der Statoil Tankstelle in Nenset. Er blieb im Auto sitzen, während sich die großen Bürsten über dem Auto drehten und alle Spuren der Schotterstraße abwuschen. Seine Mutter würde sauer werden, wenn er mit einem schmutzigen Auto nach Hause kam.

Wenig später parkte er zu Hause in der Auffahrt und verschaffte sich Einlass ins Haus. Er blieb kurz stehen und lauschte, bevor er beschloss, sich in seine Wohnung hochzuschleichen, doch da hörte er, wie der Stock aus der Wohnung seiner Mutter sich näherte, und seufzte tief. Sie öffnete die Tür und starrte ihn biestig an.

»Gestern Abend war ein junges Mädchen hier und hat nach dir gefragt«, sagte sie.

Mons Mockery schlüpfte zwischen ihren Beinen hindurch und sprang ihn an, ohne Halsband.

»Und wer war sie?«

»Ich erinnere mich nicht an ihren Namen. Sie war blond und wollte dir etwas zeigen«, sagte die Mutter und sah ihn an, als wartete sie auf eine Erklärung.

Aron Storm dachte an die Journalistin vom NRK, aber die war wohl eher eine Frau als ein junges Mädchen.

»Na schön, wenn es etwas Wichtiges war, werde ich es schon noch erfahren«, sagte Aron und ging die Treppe hoch. Mons Mockery folgte ihm. Hinter sich hörte er die Tür seiner Mutter ins Schloss fallen.

Er wechselte Jaco das Wasser und ließ ihn aus dem Käfig. Der Vogel war redselig und plapperte drauflos. Er ließ sich auf Arons Schulter nieder und biss ihm vor lauter Wiedersehensfreude ins Ohr.

Aron Storm sah die Aufnahmen der Kamera durch, die er unten in der Diele installiert hatte. Das Herz hämmerte in seiner Brust. Gestern Abend. Er spulte zurück, bis Bewegung ins Bild kam. Seine Mutter auf dem Weg hinaus, seine Mutter auf dem Weg hinein und noch einmal hinaus und wieder hinein. Und dann, um 21:44: Seine Mutter trat aus dem Bild, bis sie mit einer Person im Gefolge wieder im Bild erschien. Langes blondes Haar. Sie stand ganz still. Er konnte nur ihren Hinterkopf sehen und den halben Körper, doch es bestand kein Zweifel. Ylva. Seine Mutter sah mürrisch und sauer aus.

Aron ärgerte sich. Dann machte Ylva ein paar Schritte rückwärts, während die Mutter vorwärtshumpelte. Und das war es. Seine Mutter verschwand in ihrer Wohnung.

Aron blieb mit gerunzelter Stirn sitzen. Was hatte Ylva bei ihm gewollt kurz vor zehn an einem Freitagabend? Zu dumm, dass auf den Aufnahmen kein Ton war, doch Tonaufnahmen waren nicht sein Gebiet. Er spürte ein seltsames Kribbeln im Bauch. Ylva, hier, bei ihm zu Hause.

*

Der März war in den April übergegangen, und der Winter lockerte langsam seinen Griff. Der Tag, an dem Arvo Pekka um elf in der Borgestad Kirche beerdigt werden sollte, begann unter einer dicken, trostlosen Wolkendecke, die Regen versprach. Idun erwachte in aller Frühe von dem Gezwitscher der Vögel vor dem offenen Fenster. Sie wusste sofort, welcher Tag heute war. Mit geschlossenen Augen lauschte sie dem Spektakel draußen. Ein paar Elstern machten einen riesigen Krach. Sie hatten im Apfelbaum ein Nest gebaut. Ihr Stiefvater hatte gedroht, den ganzen Baum zu fällen, doch Oliver hatte Protest eingelegt. Die Elstern sollten ihre Eier in das Nest legen! Oliver war zurzeit ein eifriger Hobbyornithologe und von Vögeln und Meerschweinchen gleichermaßen fasziniert. Sie zog sich die Decke über den Kopf, doch die Laute verschwanden nicht. Irgendwie war es seltsam, dass selbst wenn jemand beerdigt wurde, alles wie immer weiterging. Nichts hörte auf. Der Welt war das egal, dachte Idun und musste weinen. Es war gut eine Woche her, dass Arvo Pekka sich in der Schwimmhalle erschossen hatte. Es fühlte sich wie ein halbes Jahr an.

Die Wolkendecke war noch genauso dicht, als sich einige Stunden später verstreute Menschengruppen die Kirchentreppe hinaufbewegten. Beide Abschlussklassen und alle Lehrer waren da. Idun ging zusammen mit Ylva und ein paar anderen Mädchen. Jede von ihnen hatte eine weiße langstielige Rose in der Hand. Die würden sie auf den Sargdeckel legen. Am Eingang standen ein Mann und eine Frau in schwarzen Kleidern und teilten ein Programm aus. Idun nahm es entgegen und ging zusammen mit den anderen in die Kirche. Sie bekamen fast ganz vorne Plätze. Auf der gegenüberliegenden Seite des Mittelgangs saß eine Frau mit Hut und Schleier allein in der ersten Reihe. Die Tante von Arvo Pekka, dachte Idun. Die aus dem fernen Finnland gekommen war, um sich um Arvo Pekka zu kümmern, nachdem sein Vater seine Mutter umgebracht hatte. Idun war ihr nie begegnet, doch sie kannte die Geschichte. Es war kühl hier drinnen, und die braunen Holzbänke waren hart. Das Schweigen wirkte gezwungen. Niemand sprach laut. Einige flüsterten leise miteinander. Die Geräusche von Schniefen, Weinen und leisem Husten wurden durch die Stille verstärkt und hallten zwischen den Steinwänden wider. Die meisten blickten in das Programm, aus dem sie Arvo Pekkas Gesicht ansah. Andere wie Idun studierten die Glasmalereien im Kirchenraum. Hin und wieder wanderten ihre Augen zu der Frau in der ersten Reihe. Eine einsamere und in sich zusammengesunkenere Gestalt hatte sie noch nie gesehen. Als die Frau den Kopf leicht zur Seite drehte, konnte sie unter dem Schleier kurz ihr Profil erahnen. Dann donnerten plötzlich die Kirchenglocken los, und sie fuhr so zusammen, dass es ihr im Herzen wehtat.

Mette Minde setzte sich in die hinterste Reihe, als die Glocken zu läuten begannen. Die Kirche war bis auf den letzten Platz voll. Ein Stück schräg vor sich sah sie Kriminalkommissar Morgan Vollan. In der Kirchenbank war es eng, sodass sie den Lederrucksack hinter ihre Beine unter die Bank schob. Von draußen fiel Licht durch die Glasmalereien von Emmanuel Vigeland herein. Ein Kunstwerk der Meisterklasse, dachte Mette, um sich von dem traurigen Anlass abzulenken. Sie hatte Probleme mit Beerdigungen, seit ihre Eltern bei einem Verkehrsunfall umgekommen waren. Die Glocken verstummten, und nach einigen Sekunden der Stille erfüllte der Klang der Orgel kraftvoll und intensiv den Kirchenraum. Eine schöne Frauenstimme sang oben auf der Galerie das Ave Maria. Mette kapitulierte, genau wie die meisten anderen. Die Tränen durften laufen. Arvo Pekka würde draußen auf dem Friedhof neben seiner Mutter seine letzte Ruhe finden, dachte Mette und schluckte schwer und lange.

Aron Storm lauschte den Worten des Pfarrers mit geschlossenen Augen und gesenktem Kopf. Er hatte die Hände im Schoß gefaltet. Sie saßen dicht gedrängt. Er spürte Ulriks Schulter auf der einen und Ylvas auf der anderen Seite. Sie saßen wie aneinandergehakt. Er hatte noch nicht unter vier Augen mit Ylva sprechen können. Einerseits freute er sich darauf, und andererseits graute ihm davor sie zu fragen, was sie so spät am Abend bei ihm zu Hause gewollt hatte. Er hatte fantasiert. Sich diverse Gründe ausgemalt. Am besten gefiel ihm die Vorstellung, dass sie sich mit ihren Eltern gestritten und einen Schlafplatz gebraucht hatte. Jemanden, mit dem sie reden konnte, jemanden, bei dem sie sich geborgen fühlte. Der Pfarrer sprach von Vergebung und Versöhnung und von dem absolut Unverständlichen, das trotzdem einen Sinn hatte, denn Gottes Wege waren unergründlich. Aron dachte an das Bein, das der Fuchs versteckt hatte, und an das, was sich im Plumpsklo verbarg. Sobald der Boden nicht mehr gefroren war, würde er ein großes Loch hinter dem Klohäuschen graben und den gesamten Inhalt darin entleeren und alles mit Steinen und Erde für immer zudecken. Die Gedanken daran plagten ihn Tag und Nacht. Er musste herausfinden, wer der Tote war. Warum war niemand vermisst gemeldet? Und warum hielt sich die Polizei so bedeckt, was Arvo Pekka anging? Von einem »verdächtigen Todesfall« war die Rede gewesen. Die Zeitungen berichteten nicht mehr darüber. Aron war überzeugt, dass Arvo Pekka Selbstmord begangen hatte. Wahrscheinlich war er so raffiniert vorgegangen, dass die Polizei einen Mord nicht ausschloss. Doch *warum* er sich umgebracht hatte, war ein Rätsel. Aron Storm hätte nie gedacht, dass es so enden würde. Sie hatten viel darüber geredet. Doch vom Reden zum Handeln war ein weiter Weg. Nein, das war absolut unverständlich. Nur wessen Beine hatte er an der Wand des Plumpsklos aufgehängt? Und warum hatte er es so gemacht? War das eine Nachricht an den Besitzer des Klos? Aron knurrte der Magen. Er war hungrig, hatte jedoch mehr Lust auf eine Zigarette. Und dann war da das Problem mit den Osterferien. Es war geplant, mit der ganzen Filmclique ins Luksefjell zu fahren. Die Tour stand seit Langem fest, doch jetzt, wo Arvo Pekka tot war, erschien ihm das Ganze sinnlos. Aber die anderen wollten gern auf die Hütte. Even Ivarstuen hatte heute noch davon gesprochen. Ulrik auch. Wie kam er aus der Nummer heraus? Er konnte unmöglich einen Haufen Jugendlicher mitnehmen und auf die Körperteile im Plumpsklo scheißen lassen. Und wenn das Klo wieder gluckste? Nein, er musste sich etwas einfallen lassen. Krank werden. Sich das Bein brechen. Und wenn sie vorschlugen, alleine zu fahren? Konnte er ihnen das verbieten? Würden sie ihn dann als stur und miesepetrig ansehen? Würde das die Magie in der Gruppe zerstören? Aron Storm hatte mehrere Herausforderungen zu meistern. Er faltete die Hände noch fester.

Alle sangen »Hin zu dir mein Gott«, das letzte Lied, bevor der Sarg hinausgetragen und in die Erde gelassen wurde. Dem Programm zufolge sollte draußen bei der zeremoniellen Beisetzung »So nimm denn meine Hände« angestimmt werden. Ein völlig üblicher Abschluss, dachte Mette. Alle erhoben sich. Sie sah, wie sich die Prozession weiter vorne langsam durch den Mittelgang bewegte. Der Sarg wurde von Pfadfindern getragen. Ulrik, der Kumpel von Arvo Pekka, hatte ihr das erzählt. Dass sie zusammen bei den Pfadfindern gewesen waren. Alle sechs, drei auf jeder Seite des weißlackierten Sargs, trugen Pfadfinderhemden und karierte Halstücher. Hinter dem Sarg ging die schwarz gekleidete Tante von Arvo Pekka.

Mette trat ein Stück hinter Morgan Vollan in das graue Licht hinaus. Als das Gefolge fast an dem offenen Grab war, fiel ihr ein, dass sie ihren Rucksack in der Kirche vergessen hatte. Sie wurde langsamer, drehte um und ging zurück. Sie hörte Stimmen und trat leise in den Kirchenraum. Sie wusste es, sowie sie ihn sah. Ein mittelgroßer, etwas gedrungener Mann Ende 40. Dunkles, kurz geschnittenes Haar und eine Brille mit einem Stahlgestell. Seine Augen blickten leer, als sie ihre streiften, während sie den Raum betrat. Ein Handgelenk war mit einer Handschelle an einen uniformierten

Gefängniswärter gekettet. Ein weiterer Beamter stand neben dem Mann und vor den dreien ein Kirchenmitarbeiter. Sie gesellte sich zu den vier Männern und stellte sich vor, Mette Minde, NRK Østafjells. Dann reichte sie Thor Magne Samuelsen, dem Vater von Arvo Pekka, die Hand.

Er ergriff ihre Hand mit seiner und drückte sie kräftig. Sie starrte auf die große Hand, die Ulrik Steen-Jahnsen zufolge Arvo Pekkas Mutter geschlagen hatte, bevor er sie mit einem Messer getötet hatte.

»Mein herzliches Beileid«, sagte sie und neigte in einer kurzen Geste den Kopf.

Dann drehte sie sich zu dem Kirchenmitarbeiter um:

»Ich habe meinen Rucksack vergessen. Ich hole ihn eben, dann bin ich wieder weg.«

Der Kirchenmitarbeiter nickte. Sie blieb einen Moment mit dem Rucksack in der Hand stehen und sah, wie die vier sich zur Sakristei hinbewegten. Der Vater von Arvo Pekka drehte sich um und schaute ihr nach. Auf der Rückseite war ein Ausgang, dort wartete bestimmt ein Auto, dachte sie.

Als sie wieder hinaus ins Licht kam, beschloss sie, sofort zurück in die Redaktion zu fahren. Leiser Gesang war von dem Grab zu hören. »So nimm denn meine Hände und führe mich bis an mein selig Ende und ewiglich.« Der Vater von Arvo Pekka und die Beamten mussten oben auf der Galerie gesessen haben, dachte sie, und sie wusste plötzlich, was sie zu tun hatte. Sie musste mit der Tante von Arvo Pekka Samuelsen reden, mit seinem wegen Mordes verurteilten Vater und mit der Mutter von Ulrik Steen-Jahnsen. Sie musste dem Jungen Arvo Pekka, Appa, nachspüren, dem Vernachlässigten.

*

Die Tage vergingen, doch der Gedanke an Arvo Pekkas Tante, die so einsam in der ersten Reihe gesessen hatte, ließ Idun nicht los. Sie hatte im Netz nach der Adresse gesucht. Solves veg, Enggrav. Sie wusste in etwa, wo das war.

Sie nahm das Fahrrad. Eigentlich hatte sie gehofft, das Auto nehmen zu dürfen, doch ihre Mutter hatte klipp und klar Nein gesagt. Sie brauchte es selbst. Das tat sie immer. Idun durfte das Auto ihrer Mutter nur leihen, wenn Oliver zum Training gefahren oder abgeholt werden musste oder wenn sie für irgendwelche anderen Fahrten gebraucht wurde. Das war so ungerecht, dass sie fast keine Worte dafür fand.

Es war zwölf Uhr mittags und der Montag nach Palmsonntag. Natürlich würden sie in den Osterferien nichts Besonderes unternehmen. Nur zu Hause herumsitzen und relaxen. Ylva würde mit der Filmclique für ein paar Tage ins Luksefjell fahren. Mit denen, die noch davon übrig waren.

Sie guckte nach der Hausnummer, als sie in den Solves veg einbog. Gerade Zahlen auf der einen Seite, ungerade auf der anderen. Sie sprang vom Fahrrad und schob es den Hügel hinauf. Die Hecke war riesig hoch. Idun öffnete das schmiedeeiserne Tor und ließ ihr Fahrrad hinter der Hecke stehen. Das Haus war klein und grauweiß mit großen, rechteckigen Fenstern. Es wirkte tot und leblos, und Idun schauderte. Da drinnen war die Mutter von Arvo Pekka erstochen worden. Wie konnten sie weiter hier wohnen? Langsam ging sie den gekiesten Weg hoch und bog um die Hausecke. Eine kleine Steintreppe mit einem schwarzen Geländer führte zu einer braun lackierten Haustür mit einem länglichen Fenster aus gewelltem Glas. Sie drückte auf die Klingel und hörte es schellen. Nichts rührte sich. Sie drückte noch einmal und drehte sich zu dem Fenster links von der Haustür um, das das

Küchenfenster sein musste. Ein Schatten bewegte sich dort drinnen, dann ging die Tür auf.

Idun wusste nicht genau, was sie erwartet hatte. Die Frau in der Kirche hatte schwarze Kleider und einen Schleier getragen, der das Gesicht verbarg. Sie war davon ausgegangen, dass die Tante von Arvo Pekka alt war. Vielleicht so alt wie ihre Großmutter, aber das war sie nicht. Sie war nicht älter als ihre Mutter, vielleicht sogar jünger. Plötzlich war Idun verlegen. So hatte sie sich das nicht vorgestellt. Sie hatte sie besuchen und nett sein, hatte sie trösten und etwas Freundliches und Kluges sagen wollen. Sie hätte sich am liebsten umgedreht und wäre wieder gegangen, doch stattdessen blieb sie wie angewurzelt stehen und starrte die Frau in der Tür an, die plötzlich rief:

»Ylva. Ylva!«

Ihre Stimme war sanft und vertraulich, als wäre Ylva ein geliebter und ersehnter Gast, ihr Haar glatt und hell, fast weiß und zu einem kurzen Pferdeschwanz zusammengebunden. Sie hatte blaue Augen mit dichten Wimpern, die eindeutig getuscht waren. Ihre Haut war makellos und weiß. Sie lächelte traurig.

Idun wollte sagen, dass sie Idun war, doch nicht ein Laut kam über ihre Lippen. Die Stimme blieb ihr im Hals stecken.

»Komm herein, meine Liebe. Liisa, ich bin Liisa. Ylva, Liebe.«

Sie sprach Schwedisch. Natürlich. Sie war ja Finnin, und Finnen konnten Schwedisch. Ein seltsames Schwedisch. Die Beine trugen Idun gerade eben noch die Treppe hinauf und ins Haus. Sie wusste nicht mehr, was sie hier sollte. Mit einem Knall fiel die Tür hinter ihr ins Schloss. Sie wollte ihre Turnschuhe ausziehen, doch Liisa winkte ab.

»Komm einfach herein!«

Das Wohnzimmer war klein mit einem grünen Teppichboden. Eine braune Ledergarnitur nahm den größten Teil des Raums ein. An einer Wand stand eine Regalwand mit offenen und geschlossenen Bereichen, ein paar Büchern, vielen Bildern und einem Fernseher in der Mitte. Große Fenster gingen auf eine Terrasse hinaus, die von einer weiteren Hecke umgeben war. Die gestreiften Markisen waren heruntergelassen. Der Raum wirkte dunkel, und es roch seltsam. Idun wäre am liebsten wieder gegangen, doch das war unmöglich. Ein großer Blumenstrauß aus rosa und braun gestreiften Lilien stand auf dem Wohnzimmertisch. Von ihnen kam der Geruch. Stark und kräutrig, eklig und intensiv. Gelber Blütenstaub war auf den Boden gefallen. Ein Laptop stand neben der Vase. Eine Schiebetür zu einer nicht ganz so dunklen Küche war offen.

»Arvo Pekka hat dich so gern gemocht.«

Liisas Stimme war leise und traurig.

»Möchtest du sein Zimmer sehen?«

Jetzt war es völlig unmöglich zu sagen, dass sie Idun war. Sie folgte Liisa in eine schmale Diele, von der aus braune Türen in ein Schlafzimmer und ein Bad zu führen schienen. Drei Türen. Die letzte war Arvo Pekkas. Liisa blieb in der Diele stehen, während Idun in das Zimmer trat. Sie wusste nicht, was sie tun oder sagen sollte, deshalb schwieg sie, während ihr Blick über die Plakate an den Wänden wanderte.

Filmplakate. »Blade Runner«, »Apocalyse Now«, »Charlie Chaplin«, »Der Herr der Ringe«. Ein vollgestopftes Bücherregal. Ein Bett mit einer Bettdecke. Harry Potter. Kein PC, wo war der? Iduns Augen waren nass. Vor allem, weil sie nach Hause wollte. Sie drehte sich zu Liisa um, die ihr einen

Arm um die Schultern legte und sie zurück ins Wohnzimmer führte.

»Ylva, Kleine.«

Sie wurde auf das Sofa gesetzt. Liisa verschwand in der Küche und kam mit einem Glas Cola zurück.

»Trink, Ylva.«

Idun studierte den Bildschirmschoner des unförmigen Laptops auf dem Wohnzimmertisch. Er zeigte ein einstöckiges Haus hinter hohem Schilf, das von der Seeseite aufgenommen sein musste, wo gerade ein weißer Schwan abhob. Ein paar große Bäume standen um das Haus herum. Sie blickte zu Liisa hoch.

»Wo ist das?«, fragte sie und zeigte auf den Bildschirm.

Liisas Gesicht verschloss sich ein wenig, dann klappte sie schnell den Laptop zu und zog ihn zu sich heran.

»Das ist mein Elternhaus. In Vasa in Finnland, vor langer Zeit«, sagte sie.

Sie saßen eine Weile schweigend da. Idun merkte, dass sie es kaum abwarten konnte zu gehen. Arvo Pekkas Tante war ganz anders, als sie sich vorgestellt hatte. Nichts war so, wie sie es sich vorgestellt hatte. Sie trank die Cola aus und erhob sich. Zögerte einen Moment, bevor sie sich entschloss, den Plan durchzuziehen. Sie steckte die Hand in die Tasche ihrer Jeans und zog die Speicherkarte heraus. Die blaue Speicherkarte, die sie in der Schwimmhalle in Arvo Pekkas Mund gefunden hatte. Sie gab sie Liisa, die ihre Hand danach ausstreckte. Ihre Finger waren eiskalt, als sie sich um Iduns schlossen.

»Arvo Pekka hat mich vor einer Weile gebeten, die für ihn aufzubewahren. Ich weiß nicht, was darauf ist, doch was immer es ist, ich finde, dass Sie sie bekommen sollten«, sagte Idun.

»Du weißt nicht, was darauf gespeichert ist?«

Idun sah Liisa in die Augen, konnte ihrem Blick aber nicht standhalten.

»Nein, vielleicht eine Schulaufgabe, ich weiß es nicht. Ich wollte sie nicht öffnen. Es wäre falsch gewesen«, sagte sie und arbeitete sich um den Wohnzimmertisch herum, sodass ihr Gesicht den Regalen zugewandt war, aus denen sie ein paar gerahmte Fotografien anblickten. Sie zuckte zusammen, als ihr Blick auf ein Foto von zwei molligen kleinen Kindern mit blonden Locken und Schleifen in den Haaren fiel. Die Grübchen bohrten sich in ihre Wangen, als sie ihre kleinen, gleichmäßigen Milchzähne entblößten. Bevor sie nachdenken konnte, griff sie nach dem Bild und drehte sich zu Liisa um.

»Wer ist das?«

»Das bin ich mit meiner Zwillingsschwester. Zu Hause in Finnland, vor sehr langer Zeit«, antwortete sie.

»Schön«, sagte Idun und lächelte mit leicht schräg gelegtem Kopf, wie die Polizistin das getan hatte. »Wirklich schön. In der Schule haben wir eine Foto-AG, wissen Sie. Ich interessiere mich sehr fürs Fotografieren.«

Liisas Gesicht war ausdruckslos. Leer und flach. Auch Iduns Gesicht verschloss sich, und vorsichtig stellte sie das Bild zurück auf seinen Platz.

Als Idun auf dem Fahrrad die Straße hinunterfuhr, dachte sie, dass sie nach ihrer spontanen Reaktion auf das Foto gut reagiert hatte. Die Zwillingsschwestern auf der Aufnahme waren mit denen aus dem Film auf Arvo Pekkas Speicherkarte identisch. Sie hätte sich leicht verraten können, dass sie die Speicherkarte doch geöffnet hatte, wenn sie es nicht geschafft hätte, sich aus der Situation herauszureden. Es war gut gegangen, sie hatte das richtig gemacht, versuchte sie sich zu überzeugen, während sie nach Hause radelte.

*

Der Anruf von Rechtsanwalt Torkel Vaa ging ein, als Mette Minde am Montag der Osterwoche noch eine halbe Stunde nach ihrer Morgenschicht in der Redaktion saß. Vor einigen Tagen hatte sie sich an das Gefängnis in Skien gewandt und einen Antrag gestellt, den wegen Mordes verurteilten Thor Magne Samuelsen, den Vater von Arvo Pekka, besuchen zu dürfen. Rechtsanwalt Torkel Vaa teilte ihr mit, dass das Treffen morgen, am Dienstag, um zwölf Uhr stattfinden konnte und dass er zusammen mit seinem Mandanten daran teilnehmen würde. Sie war mehr als zufrieden, als sie das Gespräch beendete, und ging sofort zu der Chefredakteurin Rita Rieber die hinter ihrer Glaswand in irgendetwas vertieft war. Sie schaute über den Rand ihrer PC-Brille und warf ihre enorme Haarpracht nach hinten. Die vielen Armbänder, die sie um das schmale Handgelenk trug, klirrten.

»Setz dich«, sagte Rita einladend und lächelte.

»Sitzt du an den Dienstplänen?«

»Ja«, seufzte Rita, »aber ich habe Zeit für dich.«

»Schön, dann hör zu. Ich habe große Lust, eine Dokumentation über das Leben von Arvo Pekka Samuelsen zu machen«, sagte Mette.

Rita runzelte die Stirn, und Mette begann, ihr Vorhaben so überzeugend wie möglich darzulegen. Engagiert sprach sie darüber, wie wichtig es war, Selbstmorde unter Jugendlichen näher zu beleuchten, wie viele unterschiedliche Instanzen offenbar über Jahre die Augen verschlossen, wie Schule und Nachbarschaft versagt hatten. Sie spürte, wie ihr beim Reden die Wärme den Hals hinaufkroch. Das war ihr wirklich wichtig.

»Das Problem ist, dass wir nicht genug Ressourcen haben, um dir die Zeit zu geben, die du für so ein Projekt brauchst, Mette«, sagte Rita traurig. »Ich verstehe deinen Eifer, aber so, wie die Personalsituation im Moment aussieht, habe ich keine Möglichkeit, dich freizustellen. Tut mir leid.«

Mette war nicht wirklich optimistisch gewesen, aber trotzdem enttäuscht.

»Dann muss ich das in meiner Freizeit machen«, sagte Mette. »Denn ich will das unbedingt.«

»Du bekommst die Zeit, die ich freischaufeln kann, und ich werde Kvisle bitten, im Kopf zu behalten, was du machst. Vielleicht kommt er zwischendurch ohne dich aus, aber rechne nicht damit«, sagte sie. »Übrigens sollten wir bald diese Mitarbeiterbesprechung einberufen«, fügte sie hinzu.

Mette wand sich auf ihrem Stuhl. Wenn sie auf etwas keine Lust hatte, dann darauf, Zeit auf Mitarbeiterbesprechungen zu verschwenden.

»Ich habe den Eindruck, dass die Zusammenarbeit zwischen dir und Tomas jetzt besser funktioniert«, sagte Rita. »Das ist wirklich gut, dass ihr das geklärt habt.«

Sie hatten das nicht geklärt. Sie und Tomas Evensen waren sich noch immer nicht wohlgesinnt, doch nach außen hin schafften sie es, ihre Unstimmigkeiten zu verbergen. Sie mochten einander nicht und hatten quasi zu allem gegensätzliche Auffassungen. Sie waren von oben angewiesen worden, Frieden zu halten, und das taten sie. Aber sie redeten nicht miteinander, es sei denn, sie waren dazu gezwungen.

»Ich habe einen Antrag gestellt, das letzte Jahr auf der Polizeihochschule nachzuholen«, sagte Mette. »Falls ich genommen werde, möchte ich um Urlaub bitten.«

Rita blieb sitzen und trommelte eine Weile mit ihren langen Fingernägeln auf die Tischplatte.

»Willst du wirklich zur Polizei, Mette? Ich denke, das solltest du dir gut überlegen. Du bist Journalistin. Eine der Besten, die wir haben. Ich würde ein solches Talent nicht verschleudern, wenn ich an deiner Stelle wäre. Falls du dich durch die Dienstpläne eingeengt fühlst, ist nicht auszuschließen, dass sich in absehbarer Zeit auch andere Möglichkeiten auftun. Der NRK ist ein fantastischer Arbeitsplatz für tüchtige Leute, das weißt du«, sagte Rita.

Mette hatte enorme Schuldgefühle. Sie verließ Ritas Büro mit der Versicherung, dass der Kurs für Videojournalisten mehr oder weniger auf sie wartete. Alles würde super werden, wenn sie nur etwas Geduld aufbrachte.

Der Chef vom Dienst, Kvisle, hatte ihr allergnädigst eine Stunde der Morgenschicht erlassen, sodass sie die Verabredung mit Torkel Vaa einhalten konnte. Der Anwalt wartete schon auf dem Parkplatz vor dem Gefängnis in Rødmyr auf sie, als Mette ihren klapprigen Golf auf einem freien Platz neben seinem blank polierten englischgrünen Rover parkte.

»Sie fahren ein interessantes Auto«, lächelte Vaa und reichte ihr die Hand. »Als Student hatte ich auch so eines.«

Es musste lange her sein, dass Vaa Student gewesen war, dachte Mette und lächelte zurück. Sie gingen zusammen zu dem bunten Tor, das in der grauen Betonmauer, die das Gefängnis umgab, wie eine psychedelische Malerei wirkte.

»Soweit ich das verstanden habe, wollen Sie mit Samuelsen über seinen Sohn sprechen«, sagte der Anwalt und blieb stehen, bevor sie das Tor erreicht hatten. »Ich möchte Ihnen raten, behutsam vorzugehen. Seit er vor fünf Jahren festgenommen wurde, hat er Arvo Pekka weder gesehen noch mit ihm gesprochen. Es ist jetzt, wo sein Sohn tot ist, natürlich sehr schwer für ihn. Aber er redet gerne mit Ihnen, das ist es nicht.«

»Ich werde mich ordentlich benehmen«, sagte Mette. Sie war bereits zu dem Schluss gekommen, dass sie den Anwalt mochte. Er war klein, hatte eine Glatze mit einem Kranz aus schwarzem lockigem Haar und trug eine ovale goldene Brille. Über dem dunklen Anzug hatte er einen hellgrauen Mantel an. Tadellos gekleidet, im Gegensatz zu ihr in ihrer alten Lederjacke, den Jeans und den Boots, was ihn jedoch nicht weiter zu stören schien. Der Kommentar zu ihrem Auto war freundlich gewesen, nicht ironisch.

Eine Viertelstunde und eine Reihe von Formalitäten später wurden sie von einem Strafvollzugsbeamten zu einem Besuchsraum gebracht. Torkel Vaa grüßte und nickte allen zu, denen sie begegneten. Er war offensichtlich kein Unbekannter hier. Sie wurden in einen hellen Raum geführt und nahmen Platz, um auf Thor Magne Samuelsen zu warten. Es war ihr erlaubt worden, das Gespräch aufzunehmen, und alles war bereits auf dem Tisch aufgebaut, aber sie holte trotzdem einen Notizblock und einen Stift aus dem Rucksack und setzte sich auf dem Stuhl zurecht. Ihr Körper kribbelte vor Nervosität. Nicht aus Angst vor dem Mörder, dem sie gleich gegenübersitzen würde, sondern weil sie unsicher war, wie sie ihre Fragen stellen sollte.

Nach ein paar Minuten ging die Tür auf, und Samuelsen kam herein. Der Beamte nickte kurz und schloss die Tür hinter ihm. Rechtsanwalt Vaa erhob sich und begrüßte seinen Mandanten. Mette stand ebenfalls auf und gab ihm die Hand. Dann saßen sie da, und sie war plötzlich wie gelähmt. Der Vater von Arvo Pekka wirkte noch angeschlagener als in der Kirche, in der sie ihn nach dem Begräbnis gegrüßt hatte. Die Augen blickten traurig, er sah blass und erschöpft aus. Der Anwalt ergriff das Wort und kam ihnen zu Hilfe. Sie sah ihn dankbar an. Samuelsen saß ruhig da, die Hände im Schoß gefaltet, und warf ihr durch seine Brille mit dem Stahlgestell einen Blick zu, bevor er die Augen abwandte und sich räusperte.

»Sie möchten über Arvo Pekka reden. Da kann ich Ihnen wirklich nicht viel erzählen«, begann er langsam. »Seit es passiert ist, habe ich keinen Kontakt mehr zu meinem Sohn gehabt. Der Tag, an dem ich seine Mutter umgebracht habe, ist jetzt fünf Jahre, einen Monat und einen Tag her. Mein Sohn war damals vierzehn.«

Es folgte eine lange Pause.

»Aber Sie können mir etwas über die Zeit davor erzählen? Bevor es passiert ist«, sagte Mette vorsichtig.

Samuelsen lächelte schwach und sah auf seine Hände hinunter.

»Das kann ich. Ich kann mit dem Anfang beginnen, falls Sie Zeit haben.«

Er sah unsicher von einem zum anderen. Der Anwalt nickte ermunternd.

Thor Magne Samuelsen war viele Jahre als Maschinist auf einem Frachtschiff unter norwegischer Flagge zur See gefahren, als die schmucke, in Finnland geborene Marija Beijar an einem schönen Herbsttag in Antwerpen als Funkerin angemustert hatte. Das war 1985 gewesen, und er konnte sich noch immer daran erinnern, wie er sie das erste Mal gesehen hatte. Er war aus dem Maschinenraum hoch auf Deck gekommen, als Marija Beijar und der zweite Steuermann gefolgt von ein paar Matrosen die Laufbrücke heraufkamen. Die Matrosen trugen zwei Koffer. Marija Beijar hatte ein hellblaues Kostüm mit einem eng sitzenden Rock an. Die Jacke war kurz und tailliert, das Haar blond mit zahllosen Locken, zusammengehalten von einem weißen Seidenband. Ihre Absätze klapperten auf Deck und übertönten den Krach der Unmenge an Kränen, die in einem der geschäftigsten Häfen Europas ihre Arbeit taten. Das Gefolge kam auf ihn zu, wie er in seinen Arbeitsklamotten dastand, voller Öl aus dem Maschinenraum. Marija Beijars Augen begegneten kurz den seinen, bevor ihr der Wind in die Locken fuhr und sie wie einen Schleier vor ihr Gesicht wehte. Sie hob eine zierliche Hand und strich sie zurück, lächelte schnell und ging an ihm vorbei, das Gefolge im Schlepptau. In diesem Augenblick hatte er gewusst, dass von nun an alles anders werden würde. Und das wurde es.

Sie heirateten 1987 in der Seemannskirche in Singapur. Kurze Zeit später musterte Marija Samuelsen ab, und Arvo Pekka wurde im Oktober desselben Jahres geboren. In der Zwischenzeit hatten sie das Haus im Solves veg gekauft, nicht weit von seinem eigenen Elternhaus in Borgestad entfernt. Über den Namen hatten sie gestritten. Sie hatte auf Arvo Pekka bestanden. Er hatte seinem Sohn einen norwegisch klingenden Namen geben wollen, doch Marija war standhaft geblieben, und er hatte nachgegeben. Thor Magne Samuelsen war bis 1990 weiter zur See gefahren. Dann hatte er abgemustert und sich einen Job in der Borgestad Fabrik unten am Fluss Skienselv gesucht, näher war er dem wirklichen Meer seitdem nicht mehr gekommen, und da hatte es angefangen schiefzulaufen zwischen ihnen.

Vielleicht war er zur Landratte nicht geboren. Er sehnte sich nach den Wellen und dem salzigen Meer. Marija kam besser damit zurecht. Sie hatte sich mit dem Leben als Hausfrau arrangiert. Arvo Pekka ging für einige Stunden am Tag auf den betreuten Kinderspielplatz in Borgestad. Marija hielt das Haus in Ordnung, kaufte ein und machte Essen, arbeitete im Garten und sonnte sich vom frühen Frühjahr an halb nackt auf der Terrasse vor dem Haus, die hinter einer Hecke verborgen war. Das ärgerte ihn maßlos.

Das erste Mal schlug er sie, als Arvo Pekka vier Jahre alt war. Das war im Dezember. Es war ziemlich spät am Abend. Er hatte Alkohol getrunken, eine schlechte Angewohnheit, die er sich zugelegt hatte, seit er an Land war. Nicht dass er abstinent gewesen wäre, als er noch zur See gefahren war, doch das war anders gewesen. Da hatte er bei Landgang viel und heftig getrunken, aber sonst keinen Tropfen angerührt. Da war er konsequent gewesen. An Land hatte sich das geändert. Alkohol war leicht zugänglich und billig im Vergleich zu den Preisen in den staatlichen Alkoholmonopol-Läden. Sie kauften von den Schiffen, die unten am Fluss be- und entladen wurden. Alkohol und Zigaretten. An diesem Dezemberabend hatte ziemlich spät das Telefon geschellt. Er war drangegangen. Am anderen Ende war ein Mann gewesen, der mit Marija hatte sprechen wollen. Er hatte nach ihr gerufen, und sie war ans Telefon gegangen. Sie war knallrot geworden und hatte nach ein paar Sätzen aufgelegt. Er hatte die Wut wie einen warmen roten Glühdraht im Körper gespürt. Er hatte sie an den Schultern gepackt und geschüttelt. Sie hatte sich gewehrt. Er hatte sie mit der flachen Hand ins Gesicht geschlagen. Einmal, zweimal, dreimal. Er hatte mit beiden Händen geschlagen. Sie war nach hinten getaumelt und hatte geschrien. Er hatte wissen wollen, wer der Hurenbock war. Sie hatte geschnieft, dass es ihr Bruder war. Er hatte gebrüllt, dass das eine Lüge war. Sie hatte keinen Bruder.

Marija hatte Arvo Pekka nicht auf den Kinderspielplatz bringen können. Ihr Gesicht war geschwollen und gelbgrün gewesen. Ein Auge war verklebt und Flüssigkeit rann heraus. Die Oberlippe war aufgesprungen und klaffte auseinander. Er konnte sie nicht ansehen. Mehrere Tage trank er nichts Hochprozentiges. Sie schrieb Einkaufszettel, und er ging einkaufen. Er radelte bis zum Kolonialwarenladen in Frogner, um nicht im Supermarkt vor Ort, in dem sie gewöhnlich einkaufte, gesehen zu werden. Er nahm heimlich eine Flasche Bier mit oder zwei, hielt sich aber von hochprozentigem Alkohol fern. Arvo Pekka verschwand jeden Nachmittag in seinem Zimmer, wenn er nach Hause kam, und Thor Magne Samuelsen wagte es nicht, ihn wieder herauszuholen. Eines Abends hörte er Arvo Pekka im Bad mit der Mutter Schwedisch reden, und das ärgerte ihn. Er griff zum Alkohol, doch er schlug sie nicht, nicht an diesem Abend.

Kurz vor Weihnachten kam ein Abholzettel für ein Paket. Sie konnte sich noch immer nicht draußen blicken lassen, deshalb holte er es für sie ab. Sie öffnete es, während er zusah. Seit dem Abend vor vierzehn Tagen hatten sie nur wenige Worte miteinander gewechselt. In dem Paket waren ein Brief, ein Fotoalbum und ein paar lose Bilder sowie Kinderkleidung. Marija las den Brief und gab ihn ihm. Er las den schwedischen Text, während er ihr über den Rand des Briefbogens einen Blick zuwarf. Sie blätterte in den Bildern und griff nach einem weißen Kinderkleid, hob es hoch und presste es an ihr Gesicht. Dann begann sie hysterisch zu weinen. Sie drehte sich um und lief ins Bad und schloss die Tür hinter sich ab. Er konnte sie dort drinnen weinen hören. Arvo Pekka kam aus seinem Zimmer. Er sah den Vater mit leeren Augen an.

Liebe Marija,
jetzt ist Mutter tot. Sie ist ein paar Tage, nachdem ich dich angerufen habe, gestorben, und wir haben sie am Donnerstag begraben. Da Vater und sie jetzt beide nicht mehr sind, müssen wir das Erbe aufteilen. Liisa hat zu einem Rechtsanwalt Kontakt aufgenommen. Er wird dich kontaktieren, damit wir die Formalitäten ordentlich geregelt bekommen. Liisa und ich denken an dich und hoffen, dass wir uns eines Tages als Freunde treffen können. Du bist uns jederzeit zu einem Besuch willkommen.
Herzliche Grüße von deinem Bruder,
Eero

Samuelsen hatte lange mit dem Brief in der Hand dagesessen, außerstande irgendetwas zu tun. Das Gewissen nagte an ihm wie eine ausgehungerte Ratte. Schließlich zog er sich eine Jacke an und ging in den dunklen Dezemberabend hinaus. Er ging am Borgestad Kindergarten und weiter am Kinderspielplatz vorbei, der vom Roten Kreuz betrieben wurde und auf dem Arvo Pekka nicht spielen konnte, weil sein Vater seine Mutter so übel zugerichtet hatte, dass sie sich nicht unter die Leute wagen konnte. Er schämte sich. Er weinte, während er zum Haus seiner Eltern ging. Er sah seine Mutter in der Küche stehen. Er war ein vom Glauben Abgefallener, ein Ausgestoßener aus der Gemeinde von religiösen Abweichlern, in der er aufgewachsen war. Einer, dessen sie sich schämten. Sie kam ab und zu bei ihnen vorbei, blieb aber immer nur kurz. Sie sah ihn mit diesem traurigen Blick an, der die Wut in ihm aufsteigen ließ. Den Vater sah er nie. Auch jetzt nicht. Wahrscheinlich saß er mit der Bibel im Schoß auf dem Plüschsofa.

Sie hatten niemanden. Sie waren zwei einsame Schiffe in der Nacht, er und Marija. Der Mast war gebrochen, und der Motor lief nicht mehr. Selbstmitleid übermannte ihn.

»Zwischen dem ersten Schlag und der Verurteilung wegen Mordes lagen zehn Jahre«, sagte Thor Magne Samuelsen und sah plötzlich ein wenig überrascht aus. Als wäre ihm dieser Gedanke noch nie gekommen. Seine Wangen hatten ein fiebriges Rot angenommen.

»Hatte sie irgendwann Kontakt zu ihrer Familie in Finnland?«

Samuelsen runzelte die Stirn, nahm die Brille ab und legte sie auf den Tisch.

»Ja, viele Jahre später. Sie hat nie über ihre Familie reden wollen. So gesehen waren wir uns ähnlich. Ich habe sie gut verstanden. Aber ein halbes Jahr bevor sie … bevor sie gestorben ist, hat sie ihre Zwillingsschwester Liisa in Vasa besucht. Da war der Bruder tot, glaube ich. Sie haben auch miteinander telefoniert und sich E-Mails geschickt.«

»Sie hat auch ein Testament gemacht, in dem die Schwester begünstigt wurde«, warf der Anwalt ein.

»Ja, sie wollte, dass Liisa ein Teil ihres Erbes bekommt und dass sie sich um Arvo Pekka kümmert, falls ihr etwas zustoßen sollte«, sagte Samuelsen.

Vielleicht hat sie gewusst, dass sie sterben würde. Vielleicht war ihr klar, dass die Misshandlungen eines Tages fatale Folgen haben würden. Mette schauderte.

»Warum hat sie Sie nicht verlassen? Warum ist sie bei Ihnen geblieben?«, fragte sie.

»Das weiß ich nicht«, sagte Samuelsen. »Sie hat ein paarmal versucht, mich zum Ausziehen zu bewegen, aber ich habe mich geweigert, und sie wollte nicht ausziehen.«

»Wie ist es Arvo Pekka in all den Jahren gegangen?«

»Schlecht. Ich war ein elender Vater. Ich habe nie etwas mit ihm unternommen. Habe ihm nichts beigebracht. Kaum mit ihm geredet. Habe ihn hin und wieder gefragt, wie es in der Schule lief, nur um etwas zu sagen. Er hat immer höflich geantwortet, dass es gut lief. Er war viel in seinem Zimmer, mit der Kamera draußen oder bei den Nachbarn. Bei Steen-Jahnsens. Wären die nicht gewesen, wäre er wohl kaputtgegangen«, sagte er mit dünner Stimme und stützte den Kopf in die Hände. »Und dann ist genau das passiert, ohne dass jemand es gemerkt hat. Er ist kaputtgegangen!«

Thor Magne Samuelsens Körper wurde vom Weinen geschüttelt. Ein Beamter steckte den Kopf in den Raum und teilte mit, dass sie zum Ende des Gesprächs kommen mussten. Samuelsen erhob sich und wandte den Kopf ab.

»Danke, dass Sie mit mir geredet haben«, sagte Mette zu seinem Rücken, der durch den Korridor verschwand.

Ein anderer Beamter brachte sie hinaus.

»Er hat den Mord sofort zugeben, als er festgenommen wurde«, sagte der Anwalt Torkel Vaa. »Auch wenn er sich nicht erinnern kann, dass er sie niedergestochen hat. Er lag stockbetrunken in seinem Bett und schlief. Dann ist er mit einem blutigen Messer in der Hand und einer toten Frau auf dem Küchenboden aufgewacht.«

»Was denken Sie? Ich meine, hier einen Zweifel zu hören«, sagte Mette.

»Es ist meine Aufgabe zu zweifeln. Ihre übrigens auch. Wenn mich das Leben unter Kriminellen eins gelehrt hat, dann das, dass die Dinge nicht immer so sind, wie sie an der Oberfläche erscheinen. Meiner Meinung nach wurde der Mord von der Polizei nicht gründlich genug untersucht«, sagte Vaa.

»Aber wenn Sie tatsächlich meinen, es bestünde Grund zur Annahme, dass Samuelsen sie nicht getötet hat, wer denken Sie, hat es dann getan?«

»Ich denke nichts, doch der Prozess hat *mich* nicht überzeugt, dass Samuelsen der richtige Mann ist. Er hat allerdings sein Bestes getan, um die Geschworenen von seiner Schuld zu überzeugen, und das ist ihm gelungen, obwohl auch sie die Widersprüche und die krampfhaften Versuche, sich an den Handlungsverlauf zu erinnern, was ihm übrigens nicht gelungen ist, gehört haben müssen.«

»Moment«, sagte Mette und blieb mitten auf dem Parkplatz stehen. »In meinen Ohren hört sich das so an, als hätten Sie den Sohn, Arvo Pekka Samuelsen, im Verdacht? Das ist nicht sonderlich nobel.«

»Nein, und es ist auch nicht meine Aufgabe, nobel zu sein. Ihre übrigens auch nicht. Theoretisch gesehen kann der Junge seine Mutter umgebracht haben, doch das ist wenig wahrscheinlich. Es gibt kein Motiv. Bei Samuelsen dagegen passte alles. Die Tendenz zu brutaler Gewalt. Die Aggressionen, die Eifersucht, die Angst verlassen zu werden und der Alkohol als guter Helfer. In nüchternem Zustand hat er nie geschlagen«, sagte der Anwalt. »Und genau das dürfen Sie nicht vergessen. Samuelsen hat geschlagen. Er ist nie mit dem Messer oder mit anderen Werkzeugen auf seine Frau losgegangen. Bei der Mordwaffe handelte es sich jedoch um ein Jagdmesser. Samuelsen ist nie auf die Jagd gegangen. Er hat kaum jemals einen Fuß in den Wald gesetzt, vielleicht mit Ausnahme des kleinen Wäldchens in Haugsåsen, in dem er als Kind gespielt hat. Dafür hatte er eine Schusswaffe, die in einer abgeschlossenen Schublade im Schlafzimmer lag. Eine Pistole mit Munition. Warum hat er die nicht benutzt? Woher kam das Messer?«

»Was wollen Sie damit sagen?«

»Dass wir wieder einmal mit der Tatsache konfrontiert werden, dass alle Menschen ihre Geheimnisse haben. Was wissen wir über Marija Samuelsens Geheimnisse? Ihr Leben außerhalb der häuslichen Mauern war in dem Prozess so gut wie kein Thema. Jedes Menschenleben hat verborgene Seiten. Wenn jemand anfinge, in Marija Samuelsens Leben zu graben, würde möglicherweise das eine oder andere auftauchen.«

»Warum haben Sie dann damals nicht selbst gegraben?«

»Im Licht der heutigen Erkenntnisse ist die Kritik berechtigt, aber damals war das kein Thema. Auch nicht für mich. Ich war vollauf damit beschäftigt, die Strafe auf das Mindestmaß zu reduzieren. Den Schaden für meinen Mandanten zu begrenzen«, sagte Vaa.

»Und haben Sie das geschafft?«

»Nein, er ist wegen vorsätzlichen Mordes verurteilt worden, das Gericht hat keine mildernden Umstände gelten lassen.«

»Diese Pistole. Ist das die, mit der Arvo Pekka sich erschossen hat?«

»Seltsam, dass Sie das fragen. Ich habe mich diesbezüglich selbst an die Staatsanwaltschaft gewandt. Wenn das der Fall ist, haben wir es hier mit einer groben Amtspflichtverletzung zu tun. Die Pistole hätte sofort, nachdem sie gefunden wurde, beschlagnahmt werden müssen.«

»Ist es nicht seltsam, dass Arvo Pekka keinen Abschiedsbrief hinterlassen hat, falls er denn Selbstmord begangen hat?«

»Nein. Viele Selbstmorde passieren in einer Art Affekt, genau wie die meisten Morde nicht geplant sind. Man spricht von dem Wahnsinn eines Augenblicks. Die Polizei geht von Selbstmord aus. Einem Selbstmord mit Komplikationen. Das unterstützt nur das, was ich gesagt habe, nämlich dass die Dinge nicht immer so sind, wie es an der Oberfläche den Anschein hat«, sagte der Anwalt.

»Aber er hatte die Pistole bei sich. Das bedeutet doch wohl, dass er die Absicht hatte, sich zu erschießen?«

»Nein, das ist kein Beweis, dass die Tat geplant war. Er kann die Pistole mitgenommen haben, um sich zu beschützen oder um jemanden zu bedrohen. Was wissen wir eigentlich über Arvo Pekka Samuelsen?«

»Wo Sie gerade von Bedrohung reden, wissen Sie etwas über die G-Force Bande?«

»Das lässt sich wohl kaum vermeiden. Es gibt nicht *so* viele Strafverteidiger in Grenland. Ich habe einige von ihnen in ein paar Fällen verteidigt.«

»Haben Sie schon mal von Kenneth Andersen, Mathias Garmo oder Magga und einem, der Jogge genannt wird, gehört?«

»Jon Gjermund oder Jogge kenne ich. Kein angenehmer Typ, doch was gegen ihn vorlag, war harmloserer Art, soweit ich mich erinnere. Magga oder Mathias Garmo dagegen würde ich als unberechenbar beschreiben. Trotz seines jungen Alters hat er zweimal wegen Gewaltverbrechen eingesessen.

Von einem Kenneth Andersen habe ich noch nicht gehört. Warum fragen Sie mich das?«

Mette erzählte kurz, was an dem Abend, als Arvo Pekka sich in der Schwimmhalle erschossen hatte, bei ihr zu Hause passiert war. Torkel Vaa runzelte die glatte Stirn, während sie sprach. Seine braunen Augen blickten direkt in ihre. Er war minimal größer als sie und vielleicht zehn Jahre älter. Er nahm ihren Arm und führte sie zu dem grünen Rover. Dort ließ er sie los, öffnete die Tür auf der Beifahrerseite und beugte sich hinein, um gutmütig etwas zu murmeln. Ein braunhaariger Dackel mit wachen Augen und einem wilden Schwanz kam heraus.

»Das ist Aktor«, sagte er sanft.

Ein Hund. Mette ging in die Hocke und kraulte das Tier hinter dem Ohr. Aktor setzte sofort die Vorderpfoten auf ihre Knie und reckte den Hals. Seine Schnauze war nass und kalt. Torkel Vaa befestigte die Leine an seinem Halsband, bevor sie zum Ende des Parkplatzes gingen. Aktor hob das Bein, sobald sie nicht mehr auf Asphalt liefen.

»Sie haben gesagt, Sie hegten den Verdacht, dass die Bande es auf Arvo Pekka abgesehen hatte?«

»Ja, vielleicht«, meinte Mette.

»Ich möchte Sie ganz entschieden davor warnen, jemanden von ihnen zu kontaktieren«, sagte Torkel Vaa. »Wenn Sie unbedingt meinen, das tun zu *müssen*, rufen Sie mich vorher an. Versuchen Sie nicht, es allein mit der Bande aufzunehmen. Einzeln mögen sie ganz umgänglich sein, aber als Gruppe sind sie völlig unberechenbar. Sie sind für Taten verantwortlich, für die man einen guten Teil Fantasie braucht, um sie sich vorstellen zu können. Über einige ist in den Medien berichtet worden, doch bei Weitem nicht über alle. Vor denen müssen Sie sich in Acht nehmen, und das meine ich wirklich ernst«, sagte er. »Die haben raffinierte Methoden, jemandem zu drohen und Leute zu schikanieren. Ich würde die Bande der Polizei und dem Jugendamt überlassen.«

Sie gingen langsam zurück zu ihren Autos. Er gab ihr zum Abschied die Hand. Sie war warm, trocken und fest. Dann griff er in die Manteltasche und holte eine Visitenkarte heraus.

»Wir sitzen in der Storgate in Porsgrunn. Rufen Sie ruhig an oder schauen Sie vorbei. Ich finde das gut, dass Sie etwas über die Selbstmordproblematik unter Jugendlichen machen wollen, wirklich. Ich freue mich zu sehen, was daraus wird.«

Torkel Vaa parkte den Rover aus und fuhr davon, bevor sie den Golf gestartet bekam. Beim dritten Versuch gehorchte er und brummte übellaunig.

*

Idun Hegge saß mit nassen, frisch gefärbten Haaren im Frisörsalon Tango. Die Frisörin, eine erwachsene Frau, die nicht die ganze Zeit plapperte, kämmte das Haar aus. Ihre Augen trafen sich im Spiegel, und die Frisörin lächelte.

»Wie viel sollen wir abschneiden?«

»Bis hierhin vielleicht«, meinte Idun und zeigte mit dem Zeigefinger bis zur Mitte des Halses.

»Okay, willst du einen Pony, oder sollen wir die Länge lassen? Ich denke, dass dir ein kurzer Pony gut stehen würde, du hast eine sehr schöne Stirn«, sagte sie und kämmte das Haar leicht zurück.

»Machen Sie es so, wie Sie es am besten finden, ich brauche einfach ein bisschen Veränderung«, sagte Idun.

Sie schloss die Augen, während die Frisörin schnitt. Endlich hatte ihre Mutter ihr das Geld fürs Schneiden und Färben gegeben. Idun hatte versprochen, dafür Staub zu saugen und das Haus zu putzen, wenn ihre Mutter, ihr Stiefvater, Ylva und Oliver am Gründonnerstag auf Hamstertour nach Strømstad fuhren, um billig Fleisch, Süßigkeiten und Alkohol einzukaufen. Sie konnte auch das Auto ihrer Mutter ausleihen, wenn sie nicht da waren. Idun freute sich riesig. Sie würde die gröbsten Putzarbeiten bereits am Mittwoch erledigen, sodass sie den freien Tag voll nutzen konnte. Karfreitag wollte Ylva ins Luksefjell fahren. Sie selbst hatte nichts Besonderes vor, wie üblich.

Die Frisörin begann zu fönen und stylte das Haar mit der Bürste. Als die Haare trockener wurden, kam die neue Farbe richtig zur Geltung. Idun lächelte und stellte fest, dass sie ihr neues Aussehen mochte. Die braune Farbe passte gut zu den dunklen Augenbrauen. Sie musste sie nur ein wenig zupfen. Durch die dunkle Haarfarbe wirkten die blauen Augen noch stärker. Der kurze Pony ließ das Gesicht wacher aussehen. Lebhafter. Auch die Frisörin war mit ihrer Arbeit zufrieden. Sie lächelte Idun im Spiegel an.

»Jetzt bist du schön«, sagte sie.

In Iduns Körper war Musik. Sie stand von dem Stuhl auf und bewegte sich auf eine neue Weise. Leichter, schneller. Jetzt konnte die Russzeit, die hochgepriesene Vor-Abiturzeit, gerne kommen. Sie war die neue Idun.

Sie überquerte den Markt und ging in die Arkaden, das Einkaufscenter. Drinnen hingen ein paar Typen von der G-Force Bande herum. Sie erwog umzudrehen, biss aber die Zähne zusammen und ging hinein, den Blick steif auf den Boden gerichtet. Ihr Herz hämmerte, als sie an der Jungenbande vorbeiging und die Rolltreppe in die erste Etage hoch nahm. Sie verschwendeten nicht einen Blick auf sie, und Idun atmete erleichtert auf. Wenig später verließ sie das Center durch einen anderen Ausgang, eine Tüte mit billiger Unterwäsche von Lindex in der Hand.

Idun machte sich auf den Heimweg, am Brekkepark und dem grauen Verwaltungsbau des Telemark Museums vorbei und weiter zur Grensegate, wo sich auf beiden Seiten der Straße hinter Hecken und Zäunen große, alte Häuser befanden.

Ylva und Ulrik standen rittlings über ihre Roller gebeugt vor dem Gartenzaun, während sie sich über etwas, das Idun nicht hören konnte, unterhielten. Sie blickten auf, als sie sich näherte.

»Jesus Christ!«, rief Ylva, als sie Idun sah.

»Wow!«, sagte Ulrik und lächelte sie an, das erste Mal, soweit sie sich erinnern konnte.

Sie wechselten ein paar Worte über Iduns neuen Look, »the total makeover«, wie Ylva es nannte. Ulrik meinte, dass Ylva es ihrer Schwester gleichtun sollte, und Ylva wurde sauer. Idun verschwand im Haus. Oliver war nicht zu Hause. Sie ging in sein Zimmer hoch und schaute im Schutz der Gardine vorsichtig hinaus. Ylva und Ulrik diskutierten noch immer unten am Zaun. Ylvas Körpersprache war hitzig und schroff. Sie gestikulierte heftig mit den Armen, dann gab sie Ulrik plötzlich mit aller Kraft einen Schubs. Er griff nach ihrem Arm, als müsste er sich festhalten, um nicht zu fallen. Ylva riss sich los und blickte zum Haus hoch. Blitzschnell zog Idun sich zurück. Sie ging in ihr eigenes Zimmer und schaute aus dem Fenster, das auf die Øvregate hinausging. Sie sah zu ihrem alten Kindergarten hinüber. Ketchup, hatten sie sie damals genannt. Wegen ihrer roten Wangen. Frostschäden von den vielen Stunden im kalten Winterwetter draußen. Wie hatten ihre Eltern sie nur Idun nennen können, wie die Ketchupmarke! Sie setzte sich an ihren Schminktisch und legte eine neue Schicht Make-up auf.

*

Solfrid Steen-Jahnsen stand in der Tür, als Mette Minde den Golf vor dem Haus im Solves veg parkte. Sie trug eine Kniebundhose und Skistrümpfe. In der kleinen Diele warteten eine Kühlbox, ein Rucksack und eine fertig gepackte Tasche.

»Wir fahren ins Øyfjell hoch, sobald Johan von der Arbeit kommt«, sagte sie als Erklärung. »Wir haben da oben eine Hütte.«

Es war Mittwoch und später Nachmittag. Mette hatte seit fünf Uhr morgens am Mischpult gesessen. Der letzte Arbeitstag vor einer Reihe von freien Tagen, die wie eine gelbe Oase geschmückt mit Osterküken, Eiern und dem Osterkrimi vor ihr lagen. Solfrid Steen-Jahnsen wirkte ein wenig hektisch. Sie bewegte sich rasch, als sie Mette in eine helle, eindeutig frisch renovierte Küche führte, wobei sie betonte, dass es nicht nötig sei, die Schuhe auszuziehen. Sie hatte Nachtschicht gehabt und stand ein wenig neben sich, hatte nur ein paar Stunden geschlafen, aber Ostern konnte sie sich ausruhen. Ihr Dienst fing erst Mitte nächster Woche wieder an. Sie war Krankenschwester und arbeitete unten im Haugsåsen Wohn- und Kulturcenter, konnte zu Fuß zur Arbeit gehen. Sie setzten sich an den Küchentisch, wo mit Teetassen und etwas, das wie selbstgebackene Zimtbrötchen aussah, für zwei gedeckt war. Es roch auch nach frisch Gebackenem. Solfrid goss Tee ein und bot Mette von den Brötchen an.

»Ich habe das immer noch nicht begriffen«, sagte sie. »Dass ich Appa nie mehr sehen werde. Dass er für immer fort ist. Sie waren wie Brüder, er und Ulrik.«

»Arvo Pekka war oft bei Ihnen, soweit ich das verstanden habe«, sagte Mette.

»Ja, von dem Tag an, an dem sie in der Buer Schule hier oben in die erste Klasse gekommen sind. Vorher haben wir Appa selten zu Gesicht bekommen, obwohl er nur ein Stück weiter die Straße hinunter wohnte. Seine Mutter hat ihn nicht oft rausgelassen. Er ist auf den beaufsichtigten Spielplatz gegangen, während Ulrik im Kindergarten war. Appas Mutter hat im Gegensatz zu mir nicht gearbeitet.«

»Haben Sie seine Mutter gekannt?«

»Nein, überhaupt nicht. Weder sie noch seinen Vater. Sie hat angerufen, wenn etwas war und umgekehrt. Sie hatte Angst vor den Menschen, und der Vater war Alkoholiker. Er ist zwar jeden Tag in die Borgestad Fabrik zur Arbeit gegangen, hat aber in der Freizeit viel getrunken. Sie waren eine wirklich merkwürdige Familie«, sagte Solfrid. »Ich denke, ich habe nur drei- oder viermal von Angesicht zu Angesicht mit Appas Mutter gesprochen, und zwar im Lauf der ersten Jahre, als die beiden in die Grundschule gegangen sind. Appa ist immer mit uns in die Ferien gefahren. Ich glaube, wir waren nicht ein Mal ohne ihn weg.«

»Das war sehr nett von Ihnen«, sagte Mette.

Solfrid biss in ihr Zimtbrötchen und kaute fertig, bevor sie antwortete.

»Nein. Das war nicht besonders nett. Das war sehr eigennützig. Ein bisschen egoistisch, habe ich im Nachhinein gedacht, nachdem er sich umgebracht hatte. Vielleicht haben wir ihnen Appa weggenommen«, sagte sie leise. »Wir hatten mit unseren Mitteln einfach mehr zu bieten als sie. Ulrik ist unser einziges Kind, und jeder weiß, wie sehr Kinder sich in den Ferien langweilen können. Appa hat unser Leben bereichert. Ulriks und meins und Johans. Wir alle haben es genossen, dass Appa mit in die Sommerferien, die Winterferien und in die Osterferien gekommen ist. Aber vielleicht haben wir seinen Eltern etwas gestohlen. Wenn wir wirklich hätten helfen oder nett sein wollen, wie Sie sagen, dann hätten wir ganz andere Sachen gemacht.«

»Zum Beispiel?«

»Dann hätten wir eingegriffen. Kontakt aufgenommen. Sie zu uns eingeladen. Geredet. Hilfe angeboten. Das Unbequeme getan«, sagte sie. »Appa hat nie ein Wort über seine Mutter oder seinen Vater verloren. Nicht ein einziges Wort, und wir haben nicht gefragt.«

Solfrids Stimme zitterte, und sie fuhr sich vorsichtig mit der Serviette über die Augen.

»Wissen Sie was? Sie sind nicht einmal vor die Tür gekommen, um sich den Umzug am 17. Mai anzusehen. Wir haben Appa angefeuert und mit Flaggen gewunken. Nach den Reden, dem Eis, den Würstchen und den Spielen unten in Menstad ist er immer mit zu uns nach Hause gekommen. Wir sind wie eine vierköpfige Familie nach Hause gegangen. Was glauben Sie, macht das mit einem Jungen?«

»Sie sind nicht überrascht, dass er Selbstmord begangen hat?«

»Nachdem seine Mutter tot war, hat er sich über ein Jahr abgesondert. Er ist nicht mehr zu uns gekommen. Seine Tante aus Finnland haben wir auch nie kennengelernt. Sie sah genauso aus wie seine Mutter und war genauso menschenscheu. Appa ist in die Schule gegangen, hat sich von den anderen Schülern aber abgekapselt, ist nach der Schule direkt nach Hause gegangen und dort geblieben. Ulrik war verzweifelt und hat sich einer Bande mit ziemlich schlechtem Ruf angeschlossen. Er wurde bei einem Einbruch in einen Supermarkt geschnappt, wo er Zigaretten und Bier gestohlen hatte. Dann ist Appa plötzlich wieder zu uns gekommen, und alles hat sich normalisiert. Ohne dass wir darüber geredet haben«, sagte Solfrid. »Ob ich überrascht bin? Ja und nein, er muss genug gehabt haben. Und dann hat es Klick gemacht, vielleicht.«

»War das die G-Force Bande, mit der Ihr Sohn sich eingelassen hat?«

»Ja«, sagte Solfrid leise. »Sie haben Ulrik Schläge angedroht, als er und Appa wieder Freunde geworden sind. Sie haben sowohl ihm als auch Appa gedroht, doch soweit wir wissen, ist nichts passiert. Ich glaube, dass es irgendwann einfach vorbei war. Dass sie das Interesse an unseren Jungen verloren haben.«

»Wie war Arvo Pekka, als Mensch?«

»Er war ein stiller, bescheidener Junge. Höflich. Angenehm. Eloquent. Er hat viel gelesen. Hatte super Noten, sowohl in der Sekundarstufe als auch auf dem Gymnasium. Er hat sich sehr fürs Fotografieren interessiert, und laut Ulrik hatte er zu Hause im Keller eine eigene Dunkelkammer, wo er Fotos auf die herkömmliche Art entwickelt hat, aber Ulrik ist nie dort gewesen. Niemand durfte zu Appa nach Hause. Auf dem Gymnasium hat sich eine ganze Clique zusammengefunden, die sich fürs Filmen interessiert. Sie haben einen fantastischen Lehrer, Aron Storm, der viele interessante Sachen mit ihnen macht. Über Ostern fährt Ulrik ins Luksefjell hoch. Sie wollen dort an einem Filmprojekt arbeiten«, sagte sie.

Sie schwiegen eine Weile. Solfrid bot ihr noch einen Tee an und sah auf die Uhr.

»Hatte Appa eine Freundin?«

»Nein, nicht soweit ich weiß, aber Ulrik hat eine Freundin, Ylva. Sie gehen in dieselbe Klasse. Sie ist sehr nett. Sie hat übrigens neulich seine Tante besucht. Am Montag, glaube ich, war das. Ich habe die Hecke geschnitten, als sie auf dem Fahrrad vorbeigeradelt ist. Ich habe es noch seltsam gefunden, dass sie jetzt, wo die Straßen wieder schneefrei sind, nicht den Motorroller genommen hat, denn das macht sie sonst immer. Sie hat das Fahrrad am Tor stehen lassen und war eine halbe Stunde oder so bei ihr. Ich habe vergessen, Ulrik zu fragen, was sie dort gewollt hat. Irgendwann bin ich ins Haus gegangen, und als ich wieder herausgekommen bin, war das Fahrrad fort. Wir können das Haus von hier aus sehen«, sagte Solfrid, stand auf und zeigte die Straße hinunter.

»Das mit der hohen Hecke davor«, sagte sie. »Ich denke übrigens, dass sie ausziehen wird. Einer unserer Nachbarn hat dieser Tage einen Immobilienmakler von der Postbank vor ihrem Haus parken sehen. Es wundert mich nicht, wenn sie nach all dem zurück nach Finnland will.«

Sie verabschiedeten sich draußen auf der Treppe. Mette drehte an der ersten Kreuzung und fuhr denselben Weg zurück. Sie parkte vor der hohen Hecke und ging durch das schmiedeeiserne Tor. Die Gardinen waren vor allen Fenstern vorgezogen. Nirgendwo war auch nur ein Spaltbreit offen. Sie ging um das Haus herum, entdeckte die Haustür, schellte und wartete. Nichts tat sich. Ein Rollo war vor das Fenster gezogen, das auf die Treppe hinausging, auf der sie stand. Die Tante von Arvo Pekka war eindeutig nicht zu Hause. Vielleicht war sie bereits ausgezogen.

Sie holte ihr Mobiltelefon heraus, rief die Auskunft an und ließ sich mit der Immobilienabteilung der Postbank in Skien verbinden. Der Eigentumsmakler, den sie ans Telefon bekam, wusste zu berichten, dass das Haus im Solves veg Ende April zum Verkauf ausgeschrieben werden sollte. Nein, er wusste nicht, wo die Besitzerin im Augenblick war, leider. Ja sicher, er hatte die Mobilnummer der Eigentümerin. Sie notierte sie sich auf ihrem Notizblock und rief an.

Die gewählte Rufnummer ist zurzeit nicht zu erreichen. Bitte versuchen Sie es zu einem späteren Zeitpunkt noch einmal. Hier konnte sie nicht mehr tun, stellte sie fest. Dann rief sie die Nummer ihrer Babysitterin Ylva auf, die auf ihrem Mobiltelefon gespeichert war.

*

Idun und Ylva saßen am Küchentisch und aßen Joghurt, als Ylvas Mobiltelefon klingelte. Sie sah auf das Display und verdrehte die Augen.

»Mette Minde vom NRK«, sagte sie. »Was will sie?«

Sie meldete sich.

»Ylva Hegge«, sagte sie, blieb sitzen und hörte zu, während sie sich auf die Lippe biss.

»Nein, in dem Mörderhaus war ich nie«, sagte sie. »Ernsthaft, niemand ist je bei Appa zu Hause gewesen. Ich bin da vorbeigefahren, wenn ich bei Ulrik war, klar.«

Sie schwieg eine Weile.

»Nein, das weiß ich nicht.«

Ylva hörte wieder zu, während sie mit dem Fingernagel über den Kieferntisch kratzte.

»Okay, das ist super«, sagte sie und klappte das Mobiltelefon zu.

»Was war?«, fragte Idun.

»Mette Minde glaubt, dass ich Appas Tante besucht habe. Das ist total krank. Niemand war je bei Appa zu Hause. Nicht einmal Ulrik. Ich würde nie auch nur einen Fuß in dieses Mörderhaus setzen«, sagte Ylva und verließ die Küche.

Den Joghurtbecher hatte sie auf dem Tisch stehen lassen. Idun stand auf und warf beide Becher in den Abfalleimer unter der Spüle. Mette Minde musste mit Liisa gesprochen haben, und jetzt glaubten sie, dass Ylva bei ihr gewesen war. Was, wenn Liisa ihr von der Speicherkarte erzählt hatte? Was, wenn sie danach fragten?

Idun holte den Staubsauger heraus und begann mit der Rückzahlung fürs Schneiden und Färben. Sie war plötzlich darauf gekommen, wo die Bilder von Ylva in ihrem Ballkleid von dem Ball in der zehnten Klasse gemacht worden waren. Sie sah das rosa Schloss hinter der hohen schmiedeeisernen Pforte am Ende der langen Allee vor sich. Die Rosenbeete und die alten Bäume in dem großen Park, in dem der Gärtner mit einem elektrischen Treckerrasenmäher herumfuhr, um den Rasen zu mähen. Den Fluss mit der Brücke, die man überqueren musste, um auf das Grundstück zu kommen. Es gehörte der Familie Løvenskiold und lag ein paar Kilometer außerhalb der Stadt. Sie würde morgen dorthin fahren, wenn die anderen auf Hamstertour in Strømstad waren.

*

Die Birkenzweige, die sie vor einigen Tagen ins Wasser gestellt hatte, waren ein wenig aufgegangen. Ihre kleinen hellgrünen Blättchen, die wie Mäuseohren aussahen, kündeten von dem nahenden Frühjahr. Gründonnerstag. Sie ließ das Wort auf der Zunge zergehen, während sie die gelben Osterküken an den Zweigen aufhängte. Der Frühstückstisch in der Küche war für vier Personen gedeckt. Froh und wehmütig zugleich hatte Mette die alte Osterdecke ihrer Mutter aus der Anrichte im Wohnzimmer geholt. Ihre Mutter hatte die Decke mit kleinen Kreuzstichen bestickt. Das musste eine Ewigkeit gedauert haben. Jetzt lag sie auf dem Kieferntisch, wie sie das zu jedem Osterfest getan hatte, solange Mette zurückdenken konnte. Sie schälte zwei Zwiebeln und warf die Schalen in einen Topf, den sie mit Wasser füllte. Dann gab sie die Eier hinein. In ein paar Minuten würden gelb gefärbte Eier in ihren Eierbechern auf dem Frühstückstisch stehen. Sie freute sich wie ein Kind über die Farbänderung, die die Zwiebelschalen bei den Eiern bewirkten.

Erwartungsvoll blickte sie in den Topf auf dem Herd, als sie seine Arme um ihre Taille spürte. Sie erschrak und schnappte nach Luft, drehte sich um und brach spontan in Gelächter aus. Sie schlug ihm mit der Handfläche leicht auf die Brust.

»Du hast mich erschreckt«, lachte sie.

»Das war auch die Absicht«, sagte er. »Grrr …«

Sie lehnte sich an ihn und schlüpfte mit den Fingern unter seinen Morgenmantel. Spürte warme Morgenhaut unter den Fingerkuppen. Atmete seinen Geruch ein. Genieß das Hier und Jetzt, dachte sie. Schieb alle Widrigkeiten fort. Jetzt sind wir hier, zusammen. Sie legte den Kopf an seine Brust und schloss die Augen. In dem Topf auf dem Herd blubberte es.

»Buh!«

Die Zwillinge standen in der Küchentür. Im Schlafanzug, mit nackten Füßen und abstehenden Haaren. Eirik mit dem Teddy unter dem Arm.

»Sind das Ostereier?«, fragte Trym.

»Ja«, lachte Mette. »Ostereier von den Hühnern und nicht vom Osterhasen.«

»Keine Süßigkeiten?«

»Keine Süßigkeiten. Die gibt es erst Ostern«, antwortete sie.

»Das dauert doch noch so lange«, seufzte Eirik und gähnte.

Kurz darauf saßen sie um den Tisch und köpften ihre gelben Eier. Auf dem Tisch standen zwei Pflanztöpfe aus abgeschnittenen Milchkartonböden voller keimender Kresse, die Trym und Eirik aus der Schulbetreuung mit nach Hause gebracht hatten. Peder schnitt sich eine große Portion Kresseblätter ab und streute sie auf sein Brot. Trym legte sich ein klitzekleines Blatt auf die Zunge und probierte. »Bäh!« verkündete er und verzog angewidert das Gesicht. »Das schmeckt scheiße! Das brauchst du gar nicht erst zu probieren, Eirik!«

Eirik lächelte seinen Bruder an und zupfte sich etwas Kresse ab. Er steckte sie in den Mund und kaute lange und ausgiebig mit geschlossenen Augen.

»Nam, nam«, sagte er und sah Trym triumphierend an. »Ich glaube, Teddy will auch etwas haben.«

Mette und Peder lächelten sich über den Tisch hinweg an. Sie hatte ihre nackten Füße unter dem Tisch auf seine gestellt.

»Aber Mama«, rief Eirik. »Wir fahren doch mit Kristian und Bjørn und ihren Eltern ins Gebirge. Da findet der Osterhase uns doch nicht!«

»Öh, ja«, sagte Mette. »Der Osterhase war schon hier und hat die Eier gebracht. Er weiß alles, wisst ihr.«

Eirik folgte ihrem Blick zu dem Versteck oben auf dem Küchenschrank.

»Ach, da sind die! Dann können wir die Ostereier doch auch jetzt bekommen!«

»Nein, das könnt ihr nicht. Die Ostereier kommen mit ins Gebirge.«

Eirik seufzte und aß sein Hühnerei auf. Das schien auch nicht so schlecht zu sein, wie es schien.

Peder fuhr nach dem Frühstück ins Krankenhaus. Sie blieb auf der Stufe vor der Haustür stehen, während er rückwärts aus der Einfahrt setzte. Eine seltsame Sehnsucht brannte in ihr. Sie hob die Hand und winkte. Er rollte das Seitenfenster herunter, streckte den Arm heraus und winkte zurück. Dann drückte er auf die Hupe und war weg.

Sie packte die Kleider, die die Jungen mit ins Gebirge nehmen sollten, und kontrollierte, ob Skier und Stöcke in Ordnung waren. Die Ostereier legte sie vorsichtig oben auf jeden Rucksack. Leichte Traurigkeit übermannte sie. Das war das erste Osterfest, das sie nicht zusammen verbrachten. Zum ersten Mal würde sie die Freudenausbrüche nicht mitbekommen, wenn die Ostereier aufgemacht wurden und der Inhalt zum Vorschein kam. Das soll nie wieder passieren, dachte sie. Nächstes Ostern sind wir zusammen, alle vier.

Sie saß allein im Wohnzimmer auf dem Sofa, als die Titelmelodie der Tagesschau im Fernsehen erklang. Bei der letzten Meldung vor dem Sport handelte es sich um einen Beitrag aus Strømstad in Schweden, wo die Norweger in den staatlichen Alkoholmonopol-Laden eingefallen waren. Eine lange Schlange Kauflustiger stand auf dem Bürgersteig vor dem Laden. Betrunkene Norweger grölten aus den offenen Fenstern der Autos, die die Hauptstraße hinunterfuhren. Die schwedische Polizei hatte Zusatzkräfte anfordern müssen, um die Situation unter Kontrolle zu bekommen. Jetzt wollten die Schweden dieser zweifelhaften Ostertradition einen Riegel vorschieben. Es wurde erwogen, den Alkoholmonopol-Laden am Gründonnerstag zu schließen. Die Norweger sorgten für Chaos und Mehrausgaben. Es ist nicht immer so lustig, Norweger zu sein, dachte sie. Das da war einfach peinlich. Was glauben wir, wer wir sind?

*

Als Aron Storm am Karfreitag erwachte, war der Himmel so verheißungsvoll und hellblau, dass er einen Moment lang all seine Sorgen vergaß. Das Luksefjell. Die Hütte. Die Leichenteile im Plumpsklo. Das Bein, mit dem der Fuchs abgehauen war. In der Nacht hatte er in seinen Alpträumen den Fuchs mit dem Bein im Maul über den Hof schleichen sehen. Er war durchgeschwitzt und erhitzt aufgewacht und von dem einen Gedanken beherrscht gewesen: Wie sollte er aus der Sache herauskommen? Den Ausflug hatten sie am Freitag vor den Osterferien in der Schule bis ins Detail geplant. Ylva, Ulrik, Even Ivarstuen und Janne Rasmussen, die hatte absagen müssen, doch das änderte nichts. To-do-Listen und Aufgaben waren verteilt worden. Zeiten und Abholroute standen fest. Alle waren verhalten, aber fest entschlossen gewesen zu fahren. Einwände galten nicht. Sie würden hoch auf die Hütte fahren. Sie würden Arvo Pekka gedenken. Sie würden dorthin fahren – als eine Form von ritueller Handlung.

Als Aron Storm Ulrik und Even abgeholt hatte und auf dem

Weg nach Kleiva war, um Ylva einzusammeln, saß er in einer Art künstlicher Ruhe am Steuer des Toyotas. Nichts ließ sich mehr ändern. Jetzt musste das Schicksal entscheiden. Es war kurz nach halb zehn am Vormittag.

Er bog in die Brekkegate ein. Kurz darauf hielt er vor dem Haus in der Grensegate. Er stellte den Motor aus und blieb sitzen. Ulrik sprang aus dem Auto und ging zur Haustür hoch. Es dauerte eine kleine Ewigkeit, bis jemand öffnete. Endlich erschien eine Frau mittleren Alters in einem gelben Morgenmantel in der Tür. Ulrik verschwand im Haus, und die Tür schlug hinter ihm zu. Aron Storm wartete schweigend, zusammen mit Even Ivarstuen.

*

Idun erwachte davon, dass jemand kräftig an ihre Tür hämmerte. Es dauerte ein paar Sekunden, bis sie begriff, dass es Morgen war und sie im Bett in ihrem Zimmer lag. Jemand rüttelte an der abgeschlossenen Tür. Sie schwang die Beine über die Bettkante und kam verwirrt auf die Füße, schloss auf und sah direkt in die Augen ihrer Mutter. Sie schien aufgeregt, wie sie da mit strubbeligen Haaren in dem gelben Morgenmantel stand.

»Weißt du, wo Ylva ist?«

»Nein, ich hab geschlafen«, antwortete Idun. »Was ist das Problem?«

»Sie wollen sie abholen. Ulrik und die anderen, die hoch ins Luksefjell fahren, aber Ylva ist nicht da«, sagte ihre Mutter.

»Aha, hast du nachgesehen, ob ihr Roller da ist? Vielleicht wollte sie noch irgendwas besorgen«, meinte Idun.

»Besorgen? Wir haben Karfreitag, Idun, heute kann man nichts besorgen. Und sie hat nicht gepackt! Der Rucksack liegt leer in ihrem Zimmer«, sagte ihre Mutter mit einer Stimme, die klang, als ob sie gleich einen hysterischen Anfall bekommen würde.

»Dann ruf sie auf dem Mobiltelefon an«, schlug Idun vor und wollte die Tür wieder schließen, doch ihre Mutter hielt dagegen.

»Das haben wir versucht, aber nur die Mailbox erreicht. Sie muss es ausgestellt haben«, sagte sie. »Und jetzt ziehst du dir was an und hilfst uns, das zu klären!«

Idun seufzte und versuchte, sich den Schlaf aus den Augen zu wischen. Sie zog ihre graue Jogginghose und einen weißen Pullover an, der über dem Rücken des Stuhls vor dem Schminktisch hing.

Eine gute Stunde später war allen, die in der Küche in der Grensegate versammelt waren, klar, dass es das einzig Vernünftige war, die Polizei anzurufen.

Seit Mittwochabend hatte niemand mehr Ylva gesehen, und inzwischen war Freitagvormittag. Es hatte sie auch niemand vermisst. Ulrik hatte ihr am Mittwoch spätabends eine SMS geschickt und eine Antwort erhalten. Er hatte geglaubt, dass sie am Donnerstag mit nach Schweden fahren würde, und im Lauf des Tages keinen Kontakt zu ihr aufgenommen. Abends hatte er ihr eine weitere Nachricht geschickt, doch auf die hatte sie nicht geantwortet. Daraufhin hatte er angenommen, sie sei schon ins Bett gegangen, und keinen weiteren Kontaktversuch unternommen.

Die Mutter hatte Mittwochabend mit Ylva gesprochen. Da hatte die Tochter ihr gesagt, sie wolle doch nicht mit nach Strømstad fahren. Sie müsse vor der Tour ins Luksefjell noch etwas erledigen, hatte sie ihr erzählt, und die Mutter hatte nicht weiter nachgefragt, um was es dabei gegangen sei. Der Stiefvater und Oliver hatten sie nicht gesehen, und es war auch niemandem aufgefallen, ob der Roller im Hof gestanden hatte oder nicht – weder Donnerstagmorgen noch als sie abends nach Hause gekommen waren. Niemand hatte Donnerstagabend bei Ylva ins Zimmer geschaut, um zu sehen, ob sie zu Hause war.

Aron Storm hatte seit dem Freitag vor den Osterferien nicht mehr mit ihr gesprochen. Even Ivarstuen hatte sie zuletzt am Montag dieser Woche gesehen, als Ulrik und Ylva bei ihm zu Hause waren, um einen Film anzuschauen.

Idun war als Einzige des Haushalts am Gründonnerstag zu Hause gewesen, doch auch sie konnte nicht helfen, Licht in das Dunkel zu bringen.

»Ich habe angenommen, dass sie mit euch nach Schweden gefahren ist. Ich habe überhaupt nicht an sie gedacht. Im Haus hab ich sie gestern nicht gesehen, und ob der Roller da war oder nicht, ist mir auch nicht aufgefallen«, sagte sie aufgebracht.

Jetzt war der Roller definitiv nicht da.

All das mussten sie in vertiefter Form noch einmal dem Ermittler Axel Lindgren erzählen, der eine Stunde später eintraf. Zum dritten Mal innerhalb kürzester Zeit war die Polizei in dem Haus in der Grensegate.

*

Aron Storm saß draußen auf der Treppe und rauchte, während er darauf wartete, dem Polizisten das, was er bezüglich Ylvas Verschwinden wusste, beziehungsweise nicht wusste, zu erzählen. Ein Gedanke taumelte verschlafen in seinem Kopf herum. Jetzt wurde doch nichts aus der Tour ins Luksefjell. Der taumelnde Gedanke entwickelte eine eigene Melodie, die summend von ihm Besitz ergriff. Eine lustige Melodie in Dur.

*

Ihr Mobiltelefon riss sie aus dem Schlaf. Mette Minde hatte sich einige Stunden, nachdem die Jungen mit den Nachbarn nach Gautefall gefahren waren, mit einem Krimi auf die Couch gelegt. Die Erwachsenen hatten das Gepäck in dem großen Siebensitzer verstaut, der ausreichend Platz für Mensch und Hund und alles andere hatte. Die Nachbarjungen und die Zwillinge waren kribbelig und wild gewesen. Trym und Eirik hatten kaum Zeit gehabt, sie ein letztes Mal zu umarmen, bevor es ins Abenteuer oben auf der Gebirgshütte ging. Sie hatte einen kleinen Stich verspürt, als das Auto die Sackgasse hinunter verschwunden war, doch die Traurigkeit währte nicht lange. Sie würden es gut haben. Sie waren sieben Jahre alt und große Jungs, tröstete sie sich.

Der Anruf kam von der Chefredakteurin Rita Rieber. Jensemann hatte oben in der Østafjellsredaktion Dienst und Rieber gerade angerufen, um ihr zu erzählen, dass ein achtzehnjähriges Mädchen mit Namen Ylva Hegge aus seinem Elternhaus in Kleiva verschwunden war. Mette war auf der Stelle hellwach.

»Was sagst du da? Ylva Hegge hat an dem Abend, an dem die G-Force Bande bei uns eingefallen ist, auf unsere Jungs aufgepasst. Ich hab doch von ihr erzählt«, sagte Mette aufgebracht.

»Aha«, meinte Rita. »Bei dem Namen hat etwas bei mir geklingelt, aber ich habe ihn nicht mit dieser Sache in Verbindung gebracht. Hast du die Möglichkeit, dich darum zu kümmern? Die Polizei geht gerade in der Nachbarschaft Klinken putzen.«

»Ja, ich fahre sofort hoch zum NRK und hole die Ausrüstung«, sagte Mette. »Hast du eine genaue Adresse?«

»Sie wohnt in der Grensegate in Kleiva. Du kannst über Ballestadhøgda fahren und die Brekkegate nehmen, das geht am schnellsten«, antwortete Rita.

»Ich möchte, dass Jensemann am Mischpult bleibt. Um einen Fotografen kümmere ich mich, ich weiß nur noch nicht, wer das sein wird. Je nachdem, wie sich die Sache entwickelt, will die Tagesschau bestimmt auch was haben. Du solltest dich darauf einstellen, für Radio und Fernsehen zu berichten, dann kann Jensemann die Internetberichterstattung übernehmen und die Meldungen auf den neuesten Stand bringen«, sagte Rita.

»Ich bin unterwegs«, antwortete Mette.

☼

Jensemann saß am Telefon, als sie in die Redaktion kam. Sie nickten einander kurz zu. Er legte einen Finger auf die Lippen, um anzuzeigen, dass er nicht reden konnte. Dann konzentrierte er sich wieder auf den Notizblock vor sich. Mette ging in die Ausrüstungskammer, nahm sich, was sie brauchte, und verstaute alles in ihrem Rucksack. Als sie wieder in die Redaktion kam, hatte Jensemann sein Gespräch beendet.

»Was hast du schöne Haare«, kommentierte sie lächelnd.

Jensemann hatte sich die langen struppigen Haare abrasiert, die er immer mit Wachs und anderen Stylingprodukten einschmierte. Jetzt saß das Haar glatt und superkurz, glänzend und dunkel an seinem gut geformten Schädel. Er war viele Jahre jünger als sie, weshalb sie mit der größten Selbstverständlichkeit zu ihm hinging und ihn von hinten umarmte.

»Mmmm«, schnupperte sie.

Er war genau der kleine Bruder, den sie sich als Einzelkind immer gewünscht hatte. Jensemann brummte mit. Sie ließ ihn los.

»Rita hat Jonas Vik erreicht, einen Freien, der derzeit der Vestfoldredaktion angegliedert ist«, sagte Jensemann. »Er fährt jetzt in Larvik los und trifft dich am Tatort.«

»Am Tatort? Hat man sie gefunden?«

»Nein, sie wird nur vermisst. Die Familie hat sie seit Mittwochabend nicht mehr gesehen«, informierte er sie.

»Seit Mittwochabend? Das sind anderthalb Tage«, sagte Mette. »Und sie ist erst achtzehn.«

»Im Prinzip also volljährig und bestimmt imstande, auf sich selbst aufzupassen und ihre eigenen Entscheidungen zu treffen«, erwiderte Jensemann säuerlich. »Ich tippe, sie hat sich mit ihren Eltern gestritten und ist über das Wochenende mit jemandem, den sie kennt, oder mit einem heimlichen Geliebten, der verheiratet und zehn Jahre älter ist als sie, auf eine Hütte gefahren.«

»Okay, wir werden sehen«, sagte Mette. »Ich bin weg. Ruf an, wenn sich was tut«, fügte sie über die Schulter hinzu.

Sie setzte sich in den Dienstwagen und rollte langsam den Berg vom NRK-Haus hinunter, das oben zwischen hohen Tannen auf Borgeåsen thronte. Das Vogelgezwitscher war zu dieser Jahreszeit so überwältigend, dass die Kollegen von der Morgenschicht die Radiosendungen hin und wieder nach draußen verlegten. Nur die Nachrichtenblöcke kamen aus dem Studio. Das Setting war so gelungen, dass die Hörer das Gefühl hatten, sich mitten in der Natur zu befinden. Der Moderator senkte automatisch die Stimme, um die berauschende Geräuschkulisse aus Umwerben, Eifersucht, Anlocken, Abweisen, Glück und Verzweiflung nicht zu übertönen. Menschen- und Vogelleben hatten viel gemein, dachte sie auf dem Weg über die unsichtbare und sinnlose Gemeindegrenze zwischen Porsgrunn und Skien. Weniger als zehn Kilometer von Rathaus zu Rathaus. Die besten Läufer des Neujahrslaufs legten die Strecke gut unter einer halben Stunde zurück.

Ylva. Sie sah sie vor sich, wie sie an dem Abend mit verweinten Augen bei ihr zu Hause gesessen hatte. Ulrik. Die G-Force Bande. Die Verzweiflung in ihrem Gesicht. Die SMS, die Ylva ihr geschickt hatte. »Bin sehr traurig wegen einem Freund, der tot ist.« Arvo Pekka Samuelsen. Was war passiert? War die G-Force Bande an dem Abend, an dem Ylva bei ihr auf die Jungen aufgepasst hatte, hinter ihm her gewesen? An demselben Abend, an dem er sich in der Schwimmhalle erschossen hatte? Sie dachte an die Mutter von Ulrik Steen-Jahnsen, die Ylva zu Hause bei der Tante von Arvo Pekka Samuelsen gesehen haben wollte, und daran, dass Ylva das abgestritten hatte. Mette Minde war längst zu der Auffassung gekommen, dass sie den Informationen von Solfrid Steen-Jahnsen vertraute. Die Krankenschwester wirkte absolut glaubwürdig. Warum also stritt Ylva das ab? Gab es irgendeinen Grund zu leugnen, dass sie zu Hause bei Arvo Pekkas Tante gewesen war? Andererseits wirkte Ylva aufrichtig. Sie hatte ohne zu zögern geantwortet. Wie hatte Ylva das Haus genannt? Ja, das Mörderhaus. Sie würde nicht einen Fuß in dieses Mörderhaus setzen. Was mochte Ylva passiert sein?

Die meisten, die verschwanden, tauchten wieder auf, dachte sie. Jensemann hatte bestimmt recht.

Die Grensegate lag in einer geraden Linie vor ihr. Ein Stück die Straße hinunter sah sie zwei Streifenwagen. Sie hielt hinter dem ersten, nahm ihren Rucksack und stieg aus. Ein Stück weiter parkten noch mehrere andere Wagen, und sie sah eine Horde Journalisten und Fotografen der regionalen Zeitungen. Sie ging auf sie zu und begrüßte eine Videojournalistin von TV-Telemark, die letztes Jahr als Sommervertretung beim NRK gejobbt hatte. Ihren eigenen Fotografen, Jonas Vik, konnte sie nirgendwo entdecken, aber man brauchte wohl auch eine halbe Stunde von Larvik nach Skien.

»Die Polizei befragt gerade die Anwohner und redet mit den Nachbarn«, erklärte Jorunn, wie die Journalistin von TV-Telemark hieß. »Sie haben uns nachher ein kurzes Briefing versprochen, und wir haben dafür zugesichert, uns ruhig zu verhalten.«

»In welchem Haus wohnt Ylva Hegge?«

»In dem weißen«, sagte Jorunn und zeigte darauf. »Du hast direkt davor geparkt.«

»Habt ihr irgendwas erfahren?«

»Nein, nur dass sie verschwunden ist«, meinte Jorunn.

Journalisten und Fotografen unterhielten sich über Themen von gemeinsamem Interesse wie die Arbeitsbedingungen in den verschiedenen Redaktionen, Überstundenabsprachen, Ferienregelungen und die Möglichkeiten, Überstunden abzufeiern. Es verging eine gute halbe Stunde, bis sie Jonas Vik auf sich zukommen sah. Mette begrüßte ihn, und sie zogen sich ein Stück von den anderen zurück, um den Beitrag zu besprechen.

Jonas arbeitete als freier Mitarbeiter für die drei Redaktionen im Sendebereich von Østafjells, Vestfold, Telemark und Buskerud. Er war tüchtig und kreativ und nicht gewillt, sich eine feste Stelle zu suchen, doch es fehlte ihm nur selten an Aufträgen. Sie legte ihm schnell die Problemstellung dar. Nach einer weiteren halben Stunde des Wartens kam Bewegung in die Pressemeute. Wie von einem Wespenschwarm gestochen preschten sie vor. Blitze summten, und ausgetretene Joggingschuhe liefen los, als die Horde sich auf die Ursache dieser kollektiven Kraftanstrengung zubewegte: drei Polizeibeamte, alle in Uniform. Der Ermittler Axel Lindgren hob abwehrend die Hände und bremste den Ansturm.

»Pressekonferenz in einer Viertelstunde in der Polizeiwache«, rief er. »In einer Viertelstunde. Dort erfahren Sie alles, was wir haben!«

Journalisten und Fotografen machten auf der Stelle kehrt und rannten zu ihren Autos. Axel Lindgren stieg zusammen mit einem Beamten, den Mette Minde nicht kannte, in einen der Dienstwagen und fuhr davon. Der dritte Polizeibeamte verschwand in dem Haus, in dem Ylva wohnte. Jonas Vik lief zu seinem eigenen Auto und wendete hinter dem Streifenwagen. Mette ging ruhig zurück zum NRK-Wagen. Sie musterte Ylvas Elternhaus. Ein weiß gestrichenes, einstöckiges Haus im Jugendstil. In der kurzen gekiesten Einfahrt zu der Doppelgarage, die überhaupt nicht zu dem übrigen Haus passte, standen zwei Autos, ein schwarzer Toyota Avensis Kombi und ein roter Toyota Yaris. Mann und Frau, dachte sie und ließ den Blick über die Hausfassade wandern. In einem der Fenster in der ersten Etage sah sie ein junges Gesicht. Das Mädchen hatte braunes Haar und einen Pony, sah Ylva aber zum Verwechseln ähnlich. Das war nicht Ylva, nein, das musste eine Schwester sein. Mette hob die Hand und winkte vorsichtig. Das Mädchen verschwand vom Fenster, ohne zurückzuwinken.

*

Exakt eine Viertelstunde nachdem Axel Lindgren in der Grensegate losgefahren war, stand er vor versammelter Pressemannschaft in der Halle der Polizeiwache in der ersten Etage, in der man sonst saß, wenn man seinen Pass verlängern lassen wollte oder etwas Ähnliches. An einem Feiertag waren die Schalter natürlich geschlossen. Mette nahm kurz Augenkontakt zu ihm auf, und er nickte ihr freundlich, aber formell zu. Maiken Kvams zukünftiger Ehemann. Sie kannte Axel von einem früheren Fall her gut, und natürlich durch Maiken. Er war ein ungewöhnlich netter Typ.

Die Ziegelsteinwände und der Linoleumbelag dämpften den Ton, stellte Mette fest, als sie alles für die Aufnahme bereitmachte. Jonas hatte die Kamera auf der Schulter positioniert. Sie wollte für den Radiobeitrag nicht den Fernsehton verwenden, sondern selber aufnehmen. Idealerweise würde sie nach dem Pressebriefing ihr eigenes Interview bekommen. In der Regel funktionierte das, doch sicherheitshalber nahm sie das Ganze auf. In dem Moment, als Axel Lindgren sich vor der Presseerklärung noch einmal räusperte, kam Hauptkommissar Morgan Vollan aus einer der rotbraunen Türen, die von den Büros in die Halle führten, und bezog neben ihm Platz. Das verlieh der Situation einen ernsten Anstrich, der durch Vollans düstere Miene noch unterstrichen wurde. Axel Lindgren stellte sich kurz vor und kam direkt zur Sache.

»Ylva Hegge, geboren am 6.6.1987, wurde heute Morgen vermisst gemeldet. Die Vermisste ist Schülerin am Klosterskogen Gymnasium in Skien. Sie besucht die Abschlussklasse des Medien- und Kommunikationszweigs. Die Familie der Vermissten hatte am Mittwochabend das letzte Mal Kontakt zu dem Mädchen. Sie wurde heute Vormittag um 11 Uhr bei uns als vermisst gemeldet«, sagte Lindgren.

Unter den Presseleuten entstand Gemurmel, und ein paar Journalisten unterbrachen Lindgrens Erklärung, um Fragen zu stellen, die er jedoch schroff abwies.

»Ich gebe Bescheid, wenn Fragen gestellt werden können«, sagte er ruhig. »Der Grund, dass die Polizei erst nach anderthalb Tagen benachrichtigt wurde, ist der, dass ein Teil der Familie den Gründonnerstag über in Strømstad war. Wir bitten, in die Zeitperspektive nichts hineinzuinterpretieren, das eine im Augenblick bereits hart geprüfte Familie unter Umständen noch weiter belasten könnte«, sagte Lindgren ernst.

Er machte eine kleine Pause, während der er in seinen Unterlagen blätterte.

»Die heute Morgen vorgenommene Befragung der Nachbarschaft hat gewisse Resultate erbracht«, fuhr er fort. »Einer Aussage, der zufolge die verschwundene Ylva Hegge am Gründonnerstag um zehn Uhr vormittags in der Grensegate gesehen wurde, wird unsererseits große Glaubwürdigkeit beigemessen. Es wurde beobachtet, wie sie zu dem angegebenen Zeitpunkt auf ihrem Roller Richtung Norden fuhr, das heißt Richtung Brekkegate. Weitere Beobachtungen liegen im Augenblick nicht vor. Als Ylva Hegge das letzte Mal gesehen wurde, war die Familie bereits nach Schweden aufgebrochen.«

Er machte eine weitere Pause, in der er seine Unterlagen studierte, bevor er eine gründliche Beschreibung des Rollers gab, der ebenfalls vermisst wurde, und des Helms, den Ylva Hegge getragen hatte.

»Des Weiteren trug Ylva Hegge dunkle Jeans, weiße Turnschuhe und eine kurze weiße Daunenjacke und aller Wahrscheinlichkeit nach dunkle Handschuhe und einen tiefrosa Schal«, schloss Lindgren. »Fragen?«

Ein Journalist der Regionalzeitung Varden stellte die erste Frage und wahrscheinlich diejenige, die alle gestellt hätten, wären sie zuerst an der Reihe gewesen:

»Wie ernst nehmen Sie dieses Verschwinden?«

»Sehr ernst. Wir sind zu dem Schluss gekommen, das sehr ernst zu nehmen«, sagte Lindgren. »Es besteht jedoch kein Grund zur Krisenmaximierung. Die meisten Vermisstenfälle haben eine natürliche Erklärung und enden gut. Wir müssen jedoch befürchten, dass die Vermisste sich verletzt hat und keine Hilfe holen kann, dass sie mit dem Roller irgendwo hinuntergestürzt ist oder etwas in der Art. Deshalb sind wir in extremem Maß auf Hilfe aus der Bevölkerung angewiesen. Halten Sie Augen und Ohren offen und melden Sie sich, wenn Sie glauben, etwas zu wissen oder beobachtet zu haben, ungeachtet wie bedeutungslos es Ihnen erscheint.«

»Was ist mit ihrem Mobiltelefon?«, fragte der Mann von Varden.

Lindgren seufzte.

»Leider nichts. Ihr Mobiltelefon ist ausgeschaltet«, antwortete er.

»Ylva Hegge geht in dieselbe Klase wie Arvo Pekka Samuelsen, der Selbstmord begangen hat, wie die Polizei jetzt behauptet, nachdem zunächst von einem verdächtigen Todesfall die Rede war. Besteht hier ein Zusammenhang?«, wollte ein Journalist von Telemarksavisa wissen.

»Wir sind uns dieser Verbindung bewusst, aber es gibt nichts, das auf einen Zusammenhang hindeutet. Absolut nichts«, unterstrich Lindgren.

Mette Minde stellte selten offene Fragen auf einer Pressekonferenz. Das brachte nur wenig. Zehn Minuten nachdem das Briefing vorbei war, hatte Lindgren ihr gegenüber alles wiederholt, was er bereits gesagt hatte, und noch ein wenig mehr. Sie hatte alles auf dem digitalen Aufnahmegerät gespeichert. Und Jonas hatte alles gefilmt, mit eigenem Ton. Er würde oben im NRK-Haus alles redigieren, doch zuerst mussten sie noch einmal zurück in die Grensegate und dort ein paar Aufnahmen und ein Stand-up machen.

Axel Lindgren wurde erst privat, als die Journalisten und die Fotografen der anderen Medien aus der Halle verschwunden waren.

»Super, dass du Maikens Trauzeugin wirst«, lächelte er.

»Ich freue mich riesig«, strahlte Mette zurück. »Ihr werdet ein wunderbares Paar. Gratuliere!«

Sie hätte ihn am liebsten umarmt, ließ es klugerweise aber bleiben.

Die Uhr zeigte nach achtzehn Uhr, als Mette in der Diele die Schuhe von den Füßen kickte. Sie registrierte, dass Peder von seinem Dienst im Krankenhaus nach Hause gekommen war, doch das Erdgeschoss lag ruhig und verlassen da. Sie warf einen flüchtigen Blick ins Schlafzimmer in der ersten Etage. Er lag auf dem Rücken, die Decke bis zum Kinn hochgezogen, und schnarchte rhythmisch. Mette zog die Tür leise wieder zu und ging ins Bad. Seine Kleider lagen verknüllt auf dem Boden. Sie griff nach seiner Jeans, um sie auf den Schemel zu legen, den die Jungen benutzt hatten, um ans Waschbecken zu kommen und sich die Zähne zu putzen, als sie noch kleiner gewesen waren. Eine Schachtel rutschte aus der Tasche. Sie hob sie auf und wollte sie zurückstecken, dann stutzte sie. Es waren Tabletten. »Cipramil« stand auf der Packung, auf der der kleine Aufkleber fehlte, auf dem in der Regel der Name des verordnenden Arztes und der des Patienten stand. Dann musste das Medikament rezeptfrei sein. Sie drehte die Schachtel um, um die Aufschrift auf der Rückseite zu lesen, während ihr das Herz erst stehen blieb und dann in die Hose rutschte. Sie stopfte die Packung zurück in die Tasche und legte die Jeans ordentlich auf dem Schemel zusammen. Mit dem Pullover tat sie das Gleiche. Die Unterwäsche steckte sie in den Schmutzwäschekorb, bevor sie sich ins Erdgeschoss hinunterschlich.

Sie ging auf die Startseite des PCs und gab »Rote Liste« in die Suchmaschine ein. Als die Seite erschien, schrieb sie den Namen des Medikaments in die Suchleiste. Cipramil. Ihre Augen überflogen die Seite. Antidepressivum. Indikationen: Depressionen. Rückfallprophylaxe bei Depressionen. Paniksyndrom mit oder ohne Agoraphobie. Zwangsstörung (OCD).

Sie griff nach dem Fremdwörterduden. Agoraphobie bedeutete Platzangst, krankhafte Angst, alleine über einen offenen Platz zu gehen. Die hatte er zumindest nicht, dachte sie, doch dass er depressiv war, passte schon eher. Sie hatte es schon lange gemerkt. Die Gedanken in ihrem Kopf kämpften miteinander. Vielleicht hatte er die Packung im Krankenhaus einfach vom Boden aufgehoben und, ohne weiter darüber nachzudenken, in die Tasche gesteckt? Nein, sie musste aufhören, die Augen zu verschließen. Sie hatte es schon lange gemerkt. Peder war depressiv.

Am liebsten wäre sie hoch ins Schlafzimmer gegangen und hätte sich neben ihn gelegt. Sein Gesicht in die Hände genommen und ihn getröstet. Gesagt, dass alles wieder gut werden würde. Dass sie hingehen konnten, wohin immer er wollte, doch stattdessen schaltete sie den Fernseher an. Die Titelmelodie der Tagesschau erklang.

Der letzte Beitrag vor den Sportnachrichten und dem Wetter war von ihr. Sie sah ihr eigenes Gesicht vor dem Haus, in dem Ylva wohnte. Die blonden Locken, die ernsten Augen und die vom Winter blasse Haut. Das um den Hals geschlungene Tuch. Den oberen Teil der Lederjacke. Sie hörte ihre eigene Stimme berichten, dass die achtzehnjährige Ylva Hegge aus der Grensegate in Skien als vermisst galt und am Gründonnerstag um zehn Uhr vormittags das letzte Mal gesehen worden war. Der restliche Beitrag glitt an ihr vorbei, ohne dass sie etwas davon mitbekam. Sie dachte an Peder.

Es hatte vor zweieinhalb Jahren begonnen, als er in seiner Zeit als Notarzt in Oslo bei einem jungen Mädchen eine Fehldiagnose gestellt hatte. Das Mädchen war an einem Blutgerinnsel in der Lunge gestorben. Er hatte seine Approbation abgegeben und sich mit den zwei Jahren, die er als »ungelernte Arbeitskraft« im Pflegeheim und im Rettungsdienst gearbeitet hatte, selbst eine Sühnezeit auferlegt. Er war oft still und in sich gekehrt gewesen, doch sie hatte geglaubt, dass das vorübergehen würde, wenn er erst wieder als Arzt praktizierte. Und in den ersten Monaten lief es auch gut. Er schien voller Energie und Arbeitsfreude. Doch dann kam der Rückfall. Er wurde immer verschlossener. Arbeitete immer mehr. Sie sahen sich kaum dieser Tage. Immer diese langen Schichten. Sie hatte ihn gefragt, ob das sein musste. Ob Krankenhausärzte wirklich so viel arbeiten mussten. Hatte darauf hingewiesen, dass das unmöglich gesund sein konnte, doch er hatte es abgetan. Das war eben so. Alle arbeiteten viel. Alle hatten lange Schichten. Er konnte nichts daran ändern. Das musste sie einfach verstehen und akzeptieren.

Als sie sich ein paar Stunden später fertig gemacht hatte, um ins Bett zu gehen, hörte sie Peders Schnarchen bis auf den Gang zwischen den Schlafzimmern hinaus. Sie seufzte tief und ging in das Zimmer von Trym und Eirik. Dort kroch sie in das untere Bett und atmete den Geruch des Bettzeugs mit dem Spiderman-Motiv ein. So weit ist es also gekommen, dachte sie. Jetzt liege ich hier allein. Peder schlief auf der anderen Seite der Wand, doch es fühlte sich an, als wäre er meilenweit weg. Die Gedanken arbeiteten bis spät in die Nacht. Am Samstagvormittag, dem Osterabend, wachte sie mit hämmernden Kopfschmerzen auf, nur um festzustellen, dass er bereits fort war. Und das waren seine Kleider auch, plus der Schachtel Cipramil.

*

Aron Storm lief auf Strümpfen rastlos hin und her, um nicht seine Mutter im Erdgeschoss aufzuschrecken. Jaco plapperte in seinem Käfig. Mons Mockery hatte sich in dem Sessel vor dem Fernseher zusammengerollt. Aron war zu einem Entschluss gekommen. Alles lag fertig gepackt im Auto. Er hatte seinen Rucksack nicht wieder mit ins Haus gebracht, als er gestern nach dem Gespräch mit der Polizei zurückgekommen war. Er musste auf die Hütte. Er würde aufräumen, selbst wenn er die Körperteile im Plumpsklo verbrennen musste. Vielleicht konnte er den ganzen Scheiß abfackeln. Der Gedanke war verlockend. Er war ihm heute Nacht gekommen, als er sich schlaflos im Bett herumgewälzt hatte. Eine Zigarette dürfte das Plumpsklo entzünden können. Oder besser noch eine Kerze. Er konnte sie dort vergessen. Sie konnte umkippen, sodass der Stapel mit den alten Zeitschriften, der im Klo lag, Feuer fing. Alte Ausgaben von »Jagd und Angeln« und ein paar knochentrockene, vergilbte Regionalzeitungen. Aron Storm war guter Dinge. Seine Schritte wurden schneller, bis er vor plötzlicher Freude ausgelassen tanzte. Mons Mockery blinzelte mit den Augen und sah ihn verachtungsvoll an. Dummer Mensch.

Das kräftige Klingeln an der Haustür ging ihm durch Mark und Bein. Aron Storm hielt abrupt inne, stand still wie ein Jagdhund und lauschte, bevor er sich zusammennahm und hinunterlief.

Der Polizist von gestern lehnte im Türrahmen. Axel Lindgren hieß er. Sein Mund bewegte sich, und eine lange Tirade von Worten kam heraus. Sie waren ihm zuvorgekommen!

Die Türen schlossen sich. Der Fahrstuhl bewegte sich langsam auf den Untergang zu. Aron Storm spürte den Geruch von Schwefel in den Nasenlöchern kribbeln. Er schnaubte wie ein erschöpftes Pferd. Das Blut wich zusammen mit den Gedanken aus seinem Kopf. Alles um ihn herum wurde leer und still.

Er kam davon zu sich, dass seine Mutter ihm ein Glas Wasser ins Gesicht schüttete, wie sie das immer getan hatte. Bilder aus der Kindheit zogen in einem langsamen Film an ihm vorbei. Ewald und der Jagdhund mit den weichen Ohren. Aron wollte weinen. Er klammerte sich an den Hund. Kleiner, dummer Aron.

»Das ist eine gesundheitliche Störung«, hörte er die Stimme seiner Mutter. »Er hat schon immer an Blutarmut gelitten. In der Kindheit hatte er Anämie. Er ist bei jeder Kleinigkeit ohnmächtig geworden. Jetzt ist er wahrscheinlich zu schnell aus dem Bett aufgestanden und hinuntergelaufen, um aufzumachen. Sehen Sie nur, wie er aussieht!«

Aron Storm war nackt unter dem Morgenrock, der beim Fallen aufgegangen war. Da lag er, wie ein Spiegelei in der Bratpfanne, mit der Sonnenseite nach oben. Im Morgenmantel, mit Wollsocken an den Füßen. Schlimmer konnte es nicht mehr kommen.

Doch Axel Lindgren hatte offenbar schon Schlimmeres gesehen. Er ließ sich nichts anmerken und gab keinen Kommentar von sich. Er half Aron Storm auf und bat ihn, sich auf die Treppe zu setzen. Lindgren hockte sich neben ihn.

»Wie geht es Ihnen?«

Fürsorge, dachte Aron. Fürsorge hieß ein Schuhlöffel von Ikea. Ein langer Schuhlöffel aus Plastik. Er hatte einen grünen Fürsorge oben in der Wohnung. Denk an etwas anderes. Reiß dich zusammen.

Eine Stunde später waren sie auf dem Weg ins Luksefjell. Er fuhr in seinem eigenen Auto beziehungsweise in dem seiner Mutter, um genau zu sein. Vor und hinter ihm fuhr die Polizei. Eventuell sollten noch Freiwillige des Roten Kreuzes hinzugezogen werden, falls Ylva nicht mehr auf der Hütte, aber höchstwahrscheinlich dort gewesen war. Sie waren als Teil der Osterbereitschaft bereits in Svanstul stationiert, wie üblich. Die Polizei würde nach Ylva suchen. Vielleicht hatte sie den Roller genommen und war alleine auf die Hütte gefahren. Vielleicht war sie jetzt dort oder war dort gewesen, meinte die Polizei. Es war besser, als völlig ohne Anhaltspunkt vorzugehen, fand Lindgren, an einem konkreten Ort mit der Suche zu beginnen. Doch wie hätte sie auf dem Roller ihre Skier mitnehmen sollen? Aron hielt das Ganze für unmöglich, doch Lindgren beharrte darauf. Sie würden sich die Hütte ansehen.

Diesmal fuhren sie an der Ostseite des Fjellvanns entlang. Den Sommerweg. Lindgren hatte Bescheid bekommen, dass der Forstweg weiter oben geräumt war. Die tiefen Schlaglöcher, die der winterliche Frost verursacht hatte, waren hier und da mit frischem Sand aufgefüllt worden. Gutsbesitzer Løvenskiold war über die Aktion informiert, hatte Lindgren erklärt. Sie hatten sich die Schlüssel für die Schlagbäume besorgt, die Unbefugten den Zugang zu den Forstwegen versperrten. Falls Ylva den Roller genommen hatte, dürfte sie keine Probleme mit der Durchfahrt gehabt haben. Mit einem Roller kam man gut um einen Schlagbaum herum.

Die Luksefjell-Kapelle, die auf einer Landzunge im Wasser lag, rückte ins Blickfeld. Die kleine Holzkirche sah aus wie ein Schmuckstück, wie sie da auf der Wiese thronte. Aron Storm passierte die niedrige Brücke, die zu den Holzhäusern der Luksefjellsiedlung hinüberführte. Uralten Häusern mit moosbewachsenen Dachziegeln und kleinen Fenstern, Spitzengardinen und altmodischen Topfblumen mit roten und rosa Blüten auf den Fensterbänken. Langsam fuhren sie durch die Siedlung und Richtung Bestul. Bei Åmot bogen sie nach links auf den Eiangsveg ab und hielten. Aron Storm sah Axel Lindgren aus dem Auto springen und den Schlagbaum öffnen. Lindgren blieb am Schlagbaum stehen und winkte Aron. Er fuhr vor und öffnete das Seitenfenster.

»Am besten fahren Sie voraus, Sie kennen sich in der Gegend aus«, sagte Axel Lindgren.

Die Kolonne fuhr langsam am Åmotmoor vorbei. Aron

hielt krampfhaft das Steuer fest. Die Landstriche hier oben waren voller Geschichten über die Menschen, die hier gelebt und über die Heldentaten, die sie vollbracht hatten. Einige der Orte waren nach diesen Taten benannt. Aron kannte die meisten der Geschichten aus seiner Kindheit, als er mit seinem Vater Ewald und dem Drever hier gewandert war. In den alten Tagen herrschte auf den Almen im Luksefjell und im Sauheradfjella eine rege Geschäftigkeit. Die Telemarkkühe mit ihren Silberkugeln an den Hörnern waren hier noch vor wenigen Generationen ein alltäglicher Anblick. Genau wie der Arbeitsgaul, der im Winter die Holzfuhren zog. Jäger und Angler waren zu allen Zeiten durch die schier unendliche Wildnis gestrichen, die sich nur einen Steinwurf nördlich des Zentrums von Skien erstreckte, und taten das immer noch. Es gab Hunderte von kleinen und großen Seen, viele Flüsse, Moore und Felsplateaus in diesem wunderbaren Himmelreich auf Erden. Aron Storm hatte sich wieder einmal fortgeträumt. Oft brauchte es nicht mehr als den Anblick des Tannenwalds, dass er in seinen Gedanken versank.

Er bog in eine kleine Haltebucht ein und parkte. Die beiden Streifenwagen hielten hinter ihm. Aron stieg aus und streckte seinen Körper zu den Baumspitzen hin, hielt jedoch mitten in der Bewegung inne, als er das Tier sah. Der Schäferhund hatte abstehende Ohren und eine niedrige Hinterpartie. Die Zunge hing ihm rot und riesig aus dem Maul, und die Zähne waren scharf und gelbweiß. Das Tier winselte und drehte den Kopf zu seinem Besitzer hin. Scharrte mit der Vorderpfote im Schnee. Begierig loszulaufen. Aron Storms Herzschlag setzte nahezu aus, doch er wurde nicht ohnmächtig.

*

Mette Minde schnallte die Skier neben dem anderen Paar auf dem Skiträger fest und kletterte auf den Beifahrersitz neben Jonas Vik. Den Rucksack hatte sie auf den Rücksitz geworfen. Die Karte hielt sie in der Hand. »Skien Nord, Valebø – Svanstul, Luksefjell West« stand darauf. Ein Punkt weit draußen in der Wildnis war mit blauer Tusche markiert.

»Polizeifunk?«, wunderte sich Jonas Vik.

»Nein. Eine wohlmeinende Quelle«, antwortete Mette und reichte ihm die Karte. »Wir werden langsam populär. Aber wir haben keinen Schlüssel für den Schlagbaum«, sagte sie und zeigte auf die Stelle, wo der Schlagbaum auf der Karte markiert war. »Wenn sie hinter sich abgeschlossen haben, ist es noch ein ganzes Stück zu gehen.«

»Okay, wir halten in Wattenberg und decken uns mit Proviant ein«, sagte Jonas. »Eigentlich wollte ich heute Abend auf eine Party, auf der es Lammbraten geben soll. Ein Kamerad feiert seinen Vierzigsten, aber vielleicht schaffe ich das ja noch. Wenn nicht, feiere ich mit dir«, grinste er.

»Mit Brötchen und Schokolade«, lachte sie. »Nein, bis zum Abend ist es noch lange hin. Das hier dauert bestimmt nicht so lange. Nur ein paar Stunden.«

*

Von dem Roller hatten sie nichts gesehen, doch Ylva hätte natürlich den Weg über Svanstul genommen, wenn sie denn allein auf die Hütte gefahren war. Sie konnte unmöglich wissen, dass Løvenskiold diesen Forstweg geräumt hatte. Selbst Aron hatte das nicht gewusst. Er war überzeugt, dass sie nicht auf der Hütte war. Er hörte den Atem des Hundes hinter sich, als sie durch den Wald unterwegs waren. Auf den Skiern bewegte er sich schnell und mühelos. Er musste anhalten und auf sie warten. Es waren insgesamt vier Polizisten. Axel Lindgren ging hinter ihm. Der Hundeführer, der hinter Axel ging, sah aus, als käme er direkt von einer Übung. Er trug eine Art grüne Tarnuniform. Die anderen hatten ihre Polizeiuniformen an. Dicke Jacken und derbe militärartige Stiefel mit Spikes und Mützen auf dem Kopf. Die Spikes schienen auf dem Harschschnee gut zu tragen. Axel Lindgren hatte einen großen Rucksack auf dem Rücken. Aron Storm hatte gesehen, wie er eine Rolle mit Klebeband hineingesteckt hatte, bevor sie aufgebrochen waren. Warum hatte er das getan? Was erwarteten sie eigentlich zu finden?

Sie näherten sich dem Ort von Nordosten. Das Plumpsklo lag hinter der Hütte versteckt. Die Skispuren, die er, als er beim letzten Mal hier gewesen war, auf der Rückseite der Hütte gesehen hatte, waren fort. Feiner Neuschnee war auf den alten Schnee gefallen und hatte sie zugedeckt. Er steuerte die Vorderseite der Hütte an, das Gefolge im Schlepptau. Die Polizisten verteilten sich auf dem Hof und sahen sich um. Kein Zeichen von Ylva, so weit er blicken konnte. Keine Spuren auf der Lichtung.

»Ein schöner Fleck ist das hier«, rief Lindgren. »Wie lange haben Sie die Hütte schon?«

»Seit meiner Kindheit. Ursprünglich hatte sie mein Vater von Løvenskiolds gepachtet. Und jetzt ich«, antwortete Aron Storm von der Veranda her. Er hatte die Skier abgeschnallt und gegen das Geländer gelehnt.

Er sah nach der Tür. Sie war verschlossen. Aron schloss auf. Es roch feucht und ein wenig muffig. Sein Blick fiel auf den Kaffeekessel, der vergessen auf der Platte des kleinen Ofens stand. Er öffnete den Deckel. Der Kaffeesatz war schimmlig geworden. Er war ziemlich gestresst gewesen, als er das letzte Mal von hier aufgebrochen war. Und jetzt war es nicht anders. Seine Hände zitterten, als er den Kessel mit nach draußen nahm, um den Kaffeesatz auszuleeren und den Kessel im Bach zu spülen. Dem Bach, in den er den blutigen Schnee gekippt hatte. Und wenn noch Blut am Ufer zu sehen war? Wenn noch Blut unter dem Schnee war?

Einer der Polizisten rumorte drinnen im Schuppen. Der Hund war auf dem Hof von der Leine gelassen worden. Auf langsamen Pfoten bewegte er sich mit der Schnauze im Schnee vorwärts. Axel Lindgren gesellte sich zu Aron, der wieder auf der Veranda stand.

»Nichts deutet darauf hin, dass sie hier war, oder?«

»Nein. Alles sieht noch genauso aus wie das letzte Mal, als ich aufgebrochen bin und die Tür hinter mir abgeschlossen habe. Sie hat ja auch keinen Schlüssel«, antwortete Aron.

»Nichtsdestotrotz war es einen Versuch wert«, sagte Lindgren. »Darf ich mal aufs Klo?«

Aron Storm hätte sich beinahe an seiner eigenen Zunge verschluckt. Er nickte blass und setzte sich auf die Verandatreppe, den Kaffeekessel zwischen den Beinen und zeigte zum Plumpsklo hinüber. Er stützte den Kopf in die Hände und betete leise. Von weit her, wie ein Echo aus einer anderen Wirklichkeit, hörte er einen der anderen Polizisten schelmisch rufen:

»Ist das ein Zweisitzer? Ich muss auch!«

Der Polizist ging mit Spikes an Aron vorbei in die Hütte. Er hörte ihn drinnen lärmen. Stühle scharrten, Schranktüren wurden geöffnet und wieder geschlossen. Dann kam er wieder heraus und ging zum Klo.

Aron Storm hob ein wenig den Kopf und spähte zwischen

den gespreizten Fingern hindurch. Der Hund lief zum Bach. Das Tier blieb stehen und trank aus dem offenen Loch. Bleib, wo du bist, murmelte Aron vor sich hin. Bleib, wo du bist! Er fixierte den Hinterkopf des Hundes und wünschte sich, über telepathische Fähigkeiten zu verfügen. Ich steuere dein Gehirn, bleib, wo du bist. Nein, geh nach Hause und bleib da.

»Caro! Komm!«

Der Hund sprang auf den Hundeführer in dem grünen Tarnanzug zu, der zwischen Schuppen und Plumpsklo stand. Axel Lindgren kam pfeifend aus dem Abtritt. Der Nächste ging hinein. Hund und Hundeführer bewegten sich in einem Bogen um den Schuppen herum. Der Schäferhund schnüffelte ausgiebig an einer kleinen Kiefer. Dann hob er das Hinterbein. Aron Storm stand auf. Axel Lindgren stand vor ihm. Die beiden Männer sahen sich direkt in die Augen, bevor Lindgren meinte:

»Hier ist wohl nichts mehr zu tun«, sagte er. »Aber danke, dass Sie mit hochgefahren sind. Ohne Ihre Hilfe hätten wir die Hütte nicht so leicht gefunden. Sie liegt ziemlich versteckt, aber sehr schön. Sie bleiben hier?«

»Ja, ich bleibe«, antwortete Aron schnell.

Das Plumpsklo muss abgefackelt werden, abgefackelt, abgefackelt, sang es in Aron Storm.

»Okay, Leute«, rief Lindgren. »Klar zum Abmarsch!«

Aron Storm hatte Caro und den Hundeführer aus den Augen verloren. Sie waren irgendwo hinter dem Plumpsklo. Er konnte sie von hier aus nicht sehen. Kommt, zum Teufel, verdammt noch mal. Es geht nach Hause!

☼

Sie sahen die Autos, als sie um eine Kurve des schmalen Forstwegs bogen. Zwei Streifenwagen und einen dunklen Toyota mit Allradantrieb und dem Bild eines Vogels auf der Rückscheibe. Die Polizei war so freundlich gewesen, den Schlagbaum offen zu lassen.

»Wir parken ein Stück weiter vorn«, schlug Jonas Vik vor.

Nach ein paar Hundert Metern fanden sie einen guten Platz und hielten am Wegrand, sodass noch ein Auto an ihnen vorbeikam. Draußen studierten sie erst einmal die Karte.

»Hier führt ein Weg in den Wald, im Sommer wohlgemerkt«, sagte Mette und zeigte auf eine dünne, gestrichelte Linie auf der Karte.

Sie schnallten sich ihre Skier an und setzten sich in Bewegung, fuhren den Weg zurück, den sie gekommen waren. Hundert Meter weiter sahen sie links vom Weg einen Pfad.

»Hier sind sie langgegangen«, sagte Jonas »Hier sind Spuren von Skiern und Spikes. Ich denke mal, dass wir denen einfach folgen können.«

Sie glitten vorwärts. Jonas Vik vorne, Mette hinten. Der Tannenwald war hoch und dicht. Jonas blieb an einem dicken Tannenstamm stehen und klaubte etwas Harz ab, das er sich in den Mund schob.

»Schmeckt das?«

»Mmm. Das Kaugummi meiner Kindheit, solltest du mal probieren.«

Sie kamen auf ein offenes Feld und blieben stehen, um nach dem Anstieg, den sie gerade hinter sich gebracht hatten, wieder zu Atem zu kommen. Bestimmt verbarg sich ein Holzschlaggebiet unter dem Schnee.

»Wir müssen in die Richtung«, sagte Mette und zeigte nach Nordwesten, wo ihnen die Spuren den Weg wiesen.

»Stimme zu.«

Schwerfällig stapften sie weiter und hatten das offene Feld fast überquert, als Jonas plötzlich abrupt stehen blieb.

»Guck mal«, flüsterte er und drehte sich halb zu ihr herum. »Guck mal, da!«

Ein Elch mit einem riesigen Geweih schritt schnell über das baumlose Feld, kaum zehn Meter von ihnen entfernt.

»Der König des Waldes«, flüsterte Jonas. »Ist er nicht schön?«

»Ja«, flüsterte sie. »Ich habe noch nie einen Elch von so Nahem gesehen.«

»Løvenskiold füttert sie im Winter. Letztes Jahr habe ich eine Reportage darüber gemacht. Für *Norwegen auf einen Blick*. Die fressen Berge von Mohrrüben«, sagte er eifrig.

»Ja, ich weiß«, sagte sie. »Deshalb ist auch der Forstweg geräumt, den wir gekommen sind. Sie haben eine neue Futterstation für die Elche angelegt. Das ist ein Versuchsprojekt.«

Der Elch verschwand zwischen den Bäumen. Sie folgten den frischen Spuren von Skiern und Spikes. Kurz darauf standen sie am Rand dessen, was auf der Karte als Moor eingezeichnet war.

»Wenn meine Quelle den Platz richtig eingezeichnet hat, müssten wir gleich da sein«, meinte Mette.

Sie schreckten zusammen, als neben ihnen zwei Schneehühner aufflogen.

»Oh, Gott, ist hier ein Betrieb«, sagte Mette und griff sich an den Hals. »Weitere Begegnungen mit Fremden verkrafte ich nicht!«

Jonas lachte. Im selben Moment war in der Nähe kräftiges Hundegebell zu hören. Sie sahen sich an und beschleunigten.

*

Aron Storm, Axel Lindgren, der Hundeführer und die beiden anderen Polizisten standen zusammen hinter dem Plumpsklo. Der Schäferhund kratzte hektisch an der Rückwand, während er lauthals bellte. Aron wurde bewusst, dass er sich die Ohren zuhielt und die Augen zusammenkniff. Sein Blick begegnete Lindgrens, als er die Arme senkte. Lindgren musterte ihn.

»Möchten Sie uns etwas erzählen, Aron?«

Axel Lindgrens Stimme war sanft und mild. Verständnisvoll in gewisser Weise. Ein bisschen wie Ewalds Stimme gewesen war. Nicht wie die seiner Mutter. Die hart und anklagend war. Misstrauisch.

Es war vorbei. Scham überschwemmte ihn.

»Was haben Sie mit ihr gemacht, Aron? Was haben Sie mit Ylva gemacht?«

Aron starrte Axel mit weit aufgerissenen Augen an. Dann begann er zu lachen. Abgehackt und hysterisch.

»Das ist nicht Ylva! Das ist nicht Ylva!«

Er brüllte mit einer lauten, grellen Stimme, die ihm selbst völlig fremd war. Das war doch nicht Ylva. Wie konnten sie glauben, dass das Ylva war? Plötzlich erschien ihm alles viel einfacher. Das war doch nicht Ylva!

Ihm wurde eine grobe Lodendecke um die Schultern gelegt, und er wurde in die Hütte geführt. Jemand hatte den Ofen angeheizt. Die Holzscheite prasselten. Er zitterte am ganzen Körper. Seine Zähne klapperten. Jemand hatte den Kaffeekessel gespült. Durch die offene Tür sah er den Hundeführer in ein Mikro sprechen. Er hatte Kopfhörer auf. Eine lange Antenne ragte aus der Box, die er an einem Riemen über der Schulter trug. Bestimmt ein VHF oder ein UHF oder was immer sie benutzen, um Kontakt mit der Zivilisation aufzunehmen. Mobilnetzempfang gab es hier oben nicht. Denk an etwas anderes. Das war unmöglich. Das funktionierte nicht länger. Immer wieder sah er die Körperteile im Plumpsklo vor sich. Das Bein, das der Fuchs geholt hatte. Die Tür wurde geschlossen, und Wärme breitete sich in dem kleinen Raum aus. Aus dem Kessel auf dem Ofen roch es nach Kaffee. Seine Zähne hatten aufgehört zu klappern. Ein warmer Becher wurde ihm in die Hand gedrückt. Er saß in dem Schaukelstuhl und schaukelte leicht. Axel Lindgren saß auf einem Stuhl ihm schräg gegenüber. Dann begann Aron Storm zu erzählen.

*

Mette Minde und Jonas Vik erreichten in dem Moment die Hütte, als Aron Storm mit einer grauen Wolldecke um die Schultern auf die Veranda geführt wurde. Er sah sie nicht. Auch Axel Lindgren, der einen Arm um den Fotolehrer gelegt hatte, bemerkte sie nicht. Draußen auf dem Hof stand ein Mann in einer grünen Tarnuniform und sprach in ein Funkgerät. Zwei Polizisten zogen ein Sperrband um etwas, das wie ein Plumpsklo aussah. Mette Minde spürte, wie ihr das Herz in die Hose rutschte. Sie hatten sie also gefunden. Wahrscheinlich tot. Das kleine Mädchen.

Jonas Vik hatte bereits die Kamera geschultert. Er schwenkte von rechts nach links. Von der Hütte zum Hof mit dem Plumpsklo und weiter zum Schuppen. Und zurück. Die Kamera zoomte den Hof heran. Den Rücken des Grüngekleideten. Die Polizisten bei der Arbeit. Das Absperrband. Den Schäferhund, der plötzlich in großen Sprüngen auf sie zukam.

Der Gründgekleidete drehte sich blitzschnell zu ihnen um. »Caro! Steh! Platz!«

Der Schäferhund hielt inne und blieb stehen. Der Mann kam auf sie zu. Sein Gesicht war düster und verschlossen.

»Mette Minde, Jonas Vik, NRK Østafjells«, sagte Mette.

»Machen Sie die Kamera aus!«, befahl der Hundeführer. »Was wir jetzt gar nicht brauchen können, ist die Presse. Steht zu befürchten, dass gleich die ganze Horde hier einfällt?«

»Wohl kaum, es sei denn, Sie informieren sie selbst«, sagte Mette. »Unsere Informationen über die Aktion stammen aus Quellen außerhalb der Polizei, und ich bezweifle, dass andere Medien über gleiche Kontakte verfügen. Was ist los? Haben Sie Ylva Hegge gefunden?«

»Wir haben Ylva Hegge nicht gefunden!«

»Aber Sie haben etwas gefunden?«

»Warten Sie hier! Keinen Schritt weiter. Verstanden?«

Er wartete keine Antwort ab, sondern drehte ihnen den Rücken zu. Auf dem Weg zur Hütte rief er Caro einen Befehl zu. Der Hund antwortete mit einem Winseln. Er kroch langsam ein paar Meter auf sie zu, bevor er liegen blieb und sie mit wachsamen Augen und aufgerichteten Ohren beobachtete. Mette und Jonas sahen sich an.

»Was glaubst du?«

»Ich weiß es nicht«, antwortete sie. »Irgendetwas haben sie.«

Nach einer kleinen Ewigkeit kam der Hundeführer aus der Hütte und auf sie zu. Jemand rief etwas vom Plumpsklo. Der Hundeführer drehte sich um. Ein Polizist unten rief ihn zu sich. Abweisend hielt er Mette und Jonas die offene Handfläche hin.

»Warten Sie hier!«

Er verschwand in dem Häuschen. Die Tür stand halb offen. Es blitzte ein paarmal, als würde dort drinnen fotografiert. Nach einigen Minuten kam der Hundeführer wieder heraus, ging um die Ecke und übergab sich. Jonas, der dem Filmverbot getrotzt hatte, zoomte den Grüngekleideten heran. Er flüsterte aufgeregt:

»Herrgott noch mal, was ist da los?«

Mette reckte den Hals und trat einen Schritt vor. Caro knurrte drohend. Sie zog sich zurück, und der Hund verstummte. Die Tür zum Plumpsklo, die halb offen gestanden hatte, ging ganz auf. Heraus kam ein Polizist mit einer weißen Plastiktüte, wie es aussah.

»Zoom das Klo heran, Jonas! Jetzt! Oh, pass auf. Da kommt der Kommandant. Runter mit der Kamera!«

Der Hundeführer war weiß im Gesicht. Kleine Schweißperlen glitzerten auf seiner Stirn. Er fuhr sich mit dem Handrücken über den Mund.

»Tut mir leid«, sagte er und machte plötzlich einen ganz menschlichen Eindruck. »Wir brauchen Ihre Hilfe, damit nichts Falsches an die Öffentlichkeit dringt. Ich lasse mich nicht vor der Kamera interviewen. Sie können mich folgendermaßen zitieren: Wir haben die Reste einer männlichen Leiche im Plumpsklo gefunden. Wir wissen nicht, wer der Tote ist. Wir wissen nicht, wie lange er schon dort liegt. Der Mann wurde höchstwahrscheinlich ermordet. Oder zumindest nach seinem Tod versteckt, falls er eines natürlichen Todes gestorben ist«, korrigierte er sich. »Wir wissen nichts über das Alter des Mannes. Mein Name ist Atle Sommer, ich bin Polizeiobermeister bei der Hundepatrouille.«

»Was meinen Sie mit den Resten einer männlichen Leiche?«

»Kein Kommentar«, sagte Sommer.

»Besteht Ihrer Meinung nach eine Verbindung zu dem Verschwinden von Ylva Hegge?«

»Nein!«

»Aber Sie haben nach ihr gesucht?«

»Ja, aber nichts deutet daraufhin, dass sie nach ihrem Verschwinden hier gewesen ist. Wir suchen weiter.«

»Hier?«

»Das ist keine Pressekonferenz!«, erwiderte Sommer hitzig. »Wir suchen dort, wo wir es für richtig halten. Das Wichtigste ist jetzt, dass Sie sich an eine korrekte Berichterstattung halten und nicht Dinge miteinander in Verbindung bringen, die nichts miteinander zu tun haben. Wir wollen keine Spekulationen, die die Angehörigen beunruhigen, verstanden? Sie sollen nur das bringen, was ich gesagt habe, nur das«, knurrte er und schielte zu seiner Armbanduhr hin. »Sie können selbst entscheiden, ob Sie hierbleiben und glotzen oder runter in die Stadt fahren, sodass der Beitrag noch in die Tagesschau kommt.«

»Welche Rolle spielt Aron Storm bei dem Ganzen?«, fragte Mette.

»Er hat die Hütte hier gepachtet und trägt zu der Ermittlung bei. Punkt.«

»Wird er verdächtigt, irgendetwas mit dem Mord zu tun zu haben?«

»End of story«, sagte Sommer und drehte sich zu dem Hund um.

»Wir gehen dann. Danke für das Gespräch«, sagte Jonas Vik.

Atle Sommer antwortete nicht. Als sie durch den Wald zurückstapften, sahen sie, wie die Polizisten eine dünne weiße

Plane über dem Plumpsklo ausbreiteten. Sommer hatte eine Rolle mit Absperrband in der Hand und weitete den abgesperrten Bereich aus. Sie bereiten sich auf die Horden vor, dachte Mette.

»War der Ton der Kamera eingeschaltet?«

»Jepp, die ganze Zeit!«, grinste Jonas.

»Gut!«

Als sie sich ein Stück von der Hütte entfernt hatten, diese aber noch gut zu sehen war, blieb Jonas stehen.

»Können wir hier ein Stand-up machen? Hast du alles im Kopf?«

Mette bejahte das. Jonas rammte die Skier fest in den Schnee, stellte sich mit der Kamera auf der Schulter vor sie hin und zoomte von fern nach halb nah. Mette schaute direkt in die Kamera und sprach mit klarer, ernster Stimme.

»Super!«, sagte er, als der Beitrag aufgenommen war. »Super!«

Der Schnee wurde graduell weniger, als sie tiefer kamen. Nördlich des Zentrums auf Höhe des Stadtteils Sommerfryd kam ihnen ein rotes Auto mit einem TA-Logo entgegen. Ein Journalist mit einem Fotografen.

»Pech für sie«, grinste Jonas.

☼

Idun saß in ihrem Zimmer und sah die Tagesschau. Vor einer Stunde hatte jemand von der Polizei angerufen, um ihre Mutter darauf vorzubereiten, dass möglicherweise ein Beitrag über einen Leichenfund im Luksefjell kommen würde. Er hatte nichts mit Ylva zu tun, obwohl die Polizei dort nach ihr gesucht hatte. Die anderen saßen unten im Wohnzimmer.

Ihre Mutter, ihr Stiefvater und Oliver. Idun wollte lieber in ihrem Zimmer alleine sein. Sie saß auf dem Bett, die Decke um sich herum und das gefüllte Osterei im Schoß. Sie und Oliver hatten ein Osterei bekommen, obwohl Ylva verschwunden war.

Der Beitrag wurde im Studio anmoderiert. Bilder aus dem Luksefjell glitten über den Bildschirm. Dort war die Filmclique gewesen. Dorthin waren sie gefahren.

Sie sah die Hütte mit dem Platz davor, der von weißem Schnee bedeckt war. Mehrere Polizisten und einen Hund. Dann erschien Mette Minde, auf deren Jungs Ylva aufgepasst hatte, auf dem Bildschirm und berichtete, dass die Polizei die Reste eines toten Mannes im Plumpsklo der Hütte gefunden hatte. Die Reste eines toten Mannes! Idun zog die Decke enger um sich und steckte sich eine Schokoladenbanane in den Mund.

Als der Beitrag zu Ende war, hörte sie ihre Mutter im Erdgeschoss weinen. Sie mochte nicht hinuntergehen. Sie wollte hier oben sein, allein. Sie griff nach dem Laptop und öffnete eine der Dateien, die sie gespeichert hatte. Ylva tanzte über den Bildschirm, vor dem Schloss der Løvenskiolds oben in Fossum, in Iduns Ballkleid vom Ball in der zehnten Klasse. Bis dorthin war es nicht weit. Man musste nur vom Zentrum aus ein gutes Stück die Mælagate hochfahren, an der Sportanlage von Fossum vorbei und vor der langgestreckten Ebene, die an der Hoppestad Brücke endete, nach links abbiegen. Das rosa Schloss lag am Ende der langen Allee.

Sie schloss die Datei und öffnete eine neue, die mit dem bösen und dem guten Zwilling in Schwarzweiß. Der Mutter von Arvo Pekka und seiner Tante. Als sie noch klein gewesen waren, zu Hause in Finnland. Sie hatte Liisa die Speicherkarte gegeben, doch vorher hatte sie alle Dateien auf ihren Laptop heruntergeladen. Viele hatte sie noch nicht geöffnet. Sie wünschte, sie wäre nie zu ihr gegangen. Liisas Augen verfolgten sie jedes Mal, wenn sie einschlafen wollte. Sie meinte sie an einem Tag auch wirklich gesehen zu haben, unten in der Øvregate, auf Höhe der Schule. Sie waren beide Zwillinge. Auch die Kinder von Mette Minde waren Zwillinge, fiel ihr ein. Das hatte Ylva erzählt. Es hat etwas Besonderes, ein Zwilling zu sein. Du bist nie ganz allein. Doch jetzt war Idun allein. Und Liisa auch.

*

»Ihr müsst mir helfen, das hier zusammenzufassen«, bat Mette Minde.

Sie saßen in der Redaktion, Mette, Jonas und Jensemann. Der Tagesschaubeitrag war ausgestrahlt worden. Die Chefredakteurin Rita Rieber und der Chef vom Dienst Anders Kvisle hatten beide angerufen und ihnen zu ihrem Einsatz gratuliert. Selbst die Internetausgaben der Regionalzeitungen waren diesmal nicht schneller gewesen als sie.

»Also: Aron Storm ist Fotolehrer am Medienzweig des Klosterskogen Gymnasiums. Einer seiner Schüler, Arvo Pekka Samuelsen, wurde tot aufgefunden, erschossen in der Schwimmhalle. Die Polizei spricht erst von einem verdächtigen Todesfall, dann von einem Selbstmord. Wahrscheinlich hat der Hausmeister Blut weggewischt, das er nicht hätte wegwischen sollen. Einige Wochen später wird eine andere Schülerin von Storm, Ylva Hegge, vermisst gemeldet. Sie wurde heute vor zweieinhalb Tagen das letzte Mal gesehen. Und heute hat man die Reste einer Leiche, bei der es sich nicht um Ylva handelt, in Aron Storms Plumpsklo gefunden«, sagte Mette. »Was glaubt ihr?«

»Beide, sowohl Arvo Pekka als auch Ylva, gehörten zu der Filmclique, von der du gesprochen hast«, sagte Jensemann.

»Ja, das ist richtig. Die beiden sowie Ulrik Steen-Jahnsen und ein Even Ivarstuen und noch ein paar andere«, sagte Mette. »Drei der Mitglieder sind in der letzten Zeit mit gewaltsamen Ereignissen konfrontiert worden, wenn wir Aron Storm mit einrechnen.«

»Ich wäre verdammt nervös, wenn ich Ulrik oder Even wäre«, sagte Jensemann.

»Es sei denn, Aron Storm steckt hinter dem Ganzen«, meinte Jonas Vik. »In dem Fall wird er wohl eingelocht.«

»Du glaubst, die Polizei beantragt Untersuchungshaft?«

»Wenn er keine glaubwürdige Erklärung für den Fund in seinem Plumpsklo hat«, sagte Jonas.

»Was ist, wenn Ylva Hegge auch Selbstmord begangen hat?«, warf Jensemann ein. »Wenn sie irgendeinen Pakt geschlossen haben. Ich habe so was schon im Netz gesehen.«

»Das ist nicht unmöglich«, meinte Jonas. »Aber wer wurde dann in Aron Storms Plumpsklo gefunden? Und warum genau da, verdammt tief im dunklen Wald und mehrere Kilometer von einem öffentlichen Weg entfernt? Wer auch immer die Leiche dort versteckt hat, muss den Ort gekannt haben. Wahrscheinlich hat Aron Storm selbst irgendjemanden um die Ecke gebracht.«

»Aber es ist niemand vermisst gemeldet, oder? Abgesehen von Ylva?«

»Nein«, sagte Jonas. »Seit ich frei arbeite, bin ich für gewöhnlich ganz gut über so etwas informiert. In Vestfold oder Buskerud wüsste ich auch niemanden.«

»Moment mal«, rief Mette. »Was ist mit der G-Force Bande! Dieser Verrückte, Magga. Mathias Garmo. Der ist doch verschwunden!«

»Soll der nicht zur Fremdenlegion gegangen sein? Nach Korsika?«, warf Jensemann ein.

»Ja, aber eigentlich kann niemand bestätigen oder widerlegen, dass er das wirklich getan hat«, sagte Mette.

»Er ist nach einer Anzeige wegen Vergewaltigung abgehauen, stimmt's?«

»Nicht ganz«, sagte Mette. »Nach Gerüchten über eine Vergewaltigung. Es wurde keine Anzeige erstattet.«

»Und wen soll er vergewaltigt haben?«, fragte Jonas.

»Das weiß ich nicht, es sind nur Gerüchte«, sagte Mette.

»Dann müssen wir versuchen, das herauszufinden«, meinte Jonas.

»Wie ihr, oder zumindest du, Jensemann, wisst, sind Mitglieder der G-Force Bande bei mir zu Hause eingedrungen und haben Randale gemacht, als Ylva vor ein paar Wochen auf unsere Jungs aufgepasst hat«, sagte sie. »An demselben Abend, an dem Arvo Pekka sich in der Schwimmhalle erschossen hat. Es spricht einiges dafür, dass die Bande es auf jemanden abgesehen hatte, der nicht da war. Vielleicht haben sie Jagd auf Arvo Pekka gemacht.«

»Demnach bestehen eindeutige Verbindungen zwischen der G-Force Bande und der Filmclique am Klosterskogen Gymnasium«, sagte Jonas. »Ich habe früher schon ein paar Beiträge über die Bande gemacht, aber über Magga weiß ich nichts.«

»Es muss eine Verbindung geben. Ulrik Steen-Jahnsen hat vor ein paar Jahren übrigens eine Zeit lang zu der Bande gehört«, sagte Mette.

»Ich wette meinen Lottoschein darauf, dass der Fremdenlegionär im Plumpsklo liegt. In kleine Teile zerhackt«, sagte Jonas.

»Dann sollten wir diejenige finden, die er vergewaltigt hat«, meinte Mette.

»Kann das Ylva gewesen sein?«, fragte Jensemann.

Mette sah Ylvas verweintes Gesicht an dem Abend vor sich, an dem die G-Force Bande bei ihr eingedrungen war und Ulrik sie getröstet hatte.

»Vielleicht«, antwortete sie.

Ihr kam ein anderer Gedanke.

»Was, wenn er Arvo Pekka Samuelsen vergewaltigt hat? Er war schwul«, meinte sie.

»Zum Teufel, nein, vergiss es, Mette«, sagte Jensemann und schnitt eine hässliche Grimasse. »Das kann man, verdammt noch mal, nicht einmal denken!«

»Das würde zumindest den Selbstmord erklären«, wandte Jonas ernst ein. »Wen können wir hier ausquetschen? Irgendjemand muss doch etwas wissen.«

»Ulrik Steen-Jahnsen«, sagte Mette. »Ich habe schon mit ihm gesprochen, aber er ist aalglatt. Ylva hat auch noch eine Schwester. Falls Ylva etwas gewusst oder falls man ihr etwas angetan hat, ist es nicht ausgeschlossen, dass sie sich ihr anvertraut hat.«

Sie dachte kurz nach, bevor sie die Arbeitsaufgaben für den morgigen Tag verteilte.

»Okay, wir machen morgen weiter. Jonas, du nimmst dir Ulrik Steen-Jahnsen und Even Ivarstuen vor. Ich spreche mit Ylvas Schwester, und Jensemann, du hältst den Kontakt zur Polizei und informierst uns, wenn etwas Neues auftaucht. Abgemacht?«

»Abgemacht«, stimmten Jensemann und Jonas zu.

Mette erzählte kurz von ihrer Begegnung mit dem Vater von Arvo Pekka und seinem Anwalt im Gefängnis und ihrem erfolglosen Versuch, Kontakt zu der Tante, Liisa Beijar, aufzunehmen. Sie würde es weiter versuchen. Doch zuerst wollte sie mit Ylvas Schwester sprechen. Dann fiel ihr plötzlich noch etwas ein:

»Ulriks Mutter hat erzählt, dass Ylva Arvo Pekkas Tante am Montag besucht hat, doch Ylva hat das bestritten, als ich am Mittwoch mit ihr telefoniert habe«, sagte Mette.

»Hmmm«, meinte Jonas. »Merkwürdig.«

Als Mette am Osterabend durch das Zentrum von Porsgrunn nach Hause fuhr, war sie guter Dinge. Jetzt waren sie ein Team. Sie würden das zusammen lösen und vielleicht ein paar richtig gute Beiträge hinbekommen. Sie hoffte, dass Jonas den größten Teil der Party zum Vierzigsten seines Kameraden noch mitbekam und dass sie ihm zumindest etwas von dem Lammbraten übrig gelassen hatten. Plötzlich fühlte sie sich sehr einsam. Trym und Eirik kommen morgen nach Hause, dachte sie. Doch was war mit Peder?

Am ersten Ostertag wachte Mette um acht Uhr auf. Das Haus war noch immer leer. Sie ging in die Dusche und blieb lange unter dem warmen Strahl stehen. Der Ostermorgen verschlingt alle Sorgen, dachte sie. Doch so war das nicht. Plötzlich fiel ihr ein, dass sie keine Ahnung hatte, wann die Jungen heute nach Hause kamen. Sie musste Anita anrufen und nachfragen.

Sie warf einen Blick in die Internetzeitungen, als sie hinunter ins Arbeitszimmer kam. Nichts Neues bis auf das, was sie bereits wusste. Sie nahm ihr Mobiltelefon und rief Axel Lindgren an. Er meldete sich beim zweiten Klingeln.

»Du bist also aus dem Luksefjell zurück«, leitete sie das Gespräch ein.

»Ja, in diesem Moment«, antwortete er. »Ich war die ganze Nacht da oben. Ich habe gehört, dass du auch da warst.«

»Habt ihr die Leiche identifiziert?«

»Dazu kann ich nichts sagen, Mette, das weißt du.«

»Natürlich, aber das ist nicht zufällig Mathias Garmo von der G-Force Bande, auch Magga genannt?«

Es blieb lange genug still, um Mette begreifen zu lassen, dass sie ins Schwarze getroffen hatte.

»Ich sage die Hochzeit ab, wenn du irgendwelche Extratouren fährst, Minde. Willst du das auf dem Gewissen haben, dann okay«, spaßte er.

»Was ist mit Aron Storm?«

»Er wird am Dienstag dem Haftrichter vorgeführt«, sagte Lindgren.

»Welcher Verteidiger?«

»Torkel Vaa. Beinahe hätte ich gesagt, wie üblich«, meinte er.

Vaa trat bei Strafprozessen in Grenland oft als Anwalt auf. Es gab nicht so viele Strafverteidiger.

»Gibt es etwas Neues von Ylva Hegge?«

»Nein, leider nicht«, sagte Lindgren.

»Besteht ein Zusammenhang zwischen der Leiche von Mathias Garmo und Ylva Hegges Verschwinden?«

»Nichts ist unmöglich, aber denk daran, dass ich in keiner Weise bestätigt habe, dass das Mathias Garmo ist, der oben im Luksefjell gefunden wurde.«

»Okay, danke. Ich will dir deine Hochzeit nicht ruinieren, Lindgren, also bleib ruhig«, sagte sie und legte auf.

Sie blieb eine Weile sitzen und lächelte zufrieden vor sich

hin. Dann ging sie an ihren PC und rief das Telefonverzeichnis auf. Sie gab den Namen Mathias Garmo ein. Er war mit einer Mobilnetznummer aufgeführt, die sie mit ihrem Telefon anwählte. Sie hielt es ans Ohr und zuckte zusammen, als sich am anderen Ende jemand meldete. Eine metallische Stimme wie von einer Mailbox verkündete »Der Ochse ist tot«. Sie legte auf und blieb erstaunt sitzen. Dann rief sie noch einmal an. Das Gleiche wiederholte sich. »Der Ochse ist tot.« Sie erwog, Lindgren eine SMS mit der Info zu schicken, ließ es jedoch sein. Das konnte er selbst herausfinden. Stattdessen rief sie Jonas Vik an. Er klang groggy, war jedoch Feuer und Flamme, als sie erzählte, was sie herausgefunden hatte. Sie verabredeten, sich um zwölf in der Redaktion zu treffen.

Sie wählte die Nummer von Anita, die am Telefon frisch und gut aufgelegt klang. Im Hintergrund waren Bellen und frohe Kinderstimmen zu hören. Ja, sie rechneten damit, um fünf zurück zu sein, wenn das für Mette in Ordnung war. Sie wollten den Tag gerne noch oben in Gautefall genießen. Mehr als in Ordnung, dachte Mette zufrieden. Da hatte auch sie den Tag für sich.

Die Schwester von Ylva oder die Tante von Arvo Pekka? Sie musste zu beiden Kontakt aufnehmen. Mette schaute auf die Uhr auf dem Display ihres Mobiltelefons. Kurz nach neun. Jugendliche schlafen an freien Tagen lange, dachte sie. Am besten fing sie im Solves veg an. Die Nummer von Liisa Beijar hatte sie gespeichert. Sie versuchte, sie zu erreichen, doch das Mobiltelefon war immer noch ausgeschaltet. Sie rief erneut das Telefonverzeichnis auf und gab die Adresse in der Grensegate ein. Fünf Mobiltelefone waren unter der Adresse registriert: Ylva Hegge, Idun Hegge, Oliver Hegge Svendsen, Margrethe Hegge Svendsen und Ole-Johannes Svendsen.

Die Familienverhältnisse schienen klar. Margrethe Hegge Svendsen musste Ylva und Idun mit ihrem ersten Mann bekommen haben. Dann hatte sie nach der Scheidung oder dem Tod ihres ersten Mannes Ole-Johannes Svendsen geheiratet und Oliver mit ihm bekommen. Ganz normal, dachte sie und speicherte Iduns Nummer auf ihrem Mobiltelefon. Das musste Idun gewesen sein, die sie an dem Tag, an dem Ylva vermisst gemeldet worden war, am Fenster gesehen hatte. Am Freitag. Vor zwei Tagen. Drei Tage waren vergangen, seit Ylva mit Sicherheit zum letzten Mal gesehen worden war. Was brachte ein achtzehnjähriges Mädchen dazu, von zu Hause zu verschwinden und drei Tage kein Lebenszeichen von sich zu geben? Dafür gab es viele Gründe, dachte sie, doch wenn sie aus eigenem Willen verschwunden war, musste dem etwas Dramatisches vorausgegangen sein. Ihr kam ein neuer Gedanke. Und wenn Arvo Pekkas Tante auch verschwunden war? Unfreiwillig. Wer würde sie vermissen, eigenbrötlerisch, wie sie war? Warum war ihr Telefon die ganze Zeit ausgeschaltet? Sie sah die schwarz gekleidete Frau vor sich, die in der Kirche hinter Arvo Pekkas Sarg hergegangen war. Der Schleier hatte ihr Gesicht verborgen, und Mette wurde klar, dass sie keine Ahnung hatte, wie Liisa Beijar aussah.

Die Haustür in der Diele öffnete sich. Sie stand von ihrem PC auf, ging ins Wohnzimmer hinüber und stand ihm gegenüber. Peder sah aus wie eine lebendige Leiche. Grauweiß im Gesicht mit Tränensäcken unter den Augen. Er lächelte sie müde an.

»Da bist du ja, endlich«, sagte er. »Du bist jedes Mal weg, wenn ich zu Hause bin.«

»Gleichfalls, Peder, doch im Gegensatz zu dir habe ich mein Telefon immer eingeschaltet. Du hättest mich einfach anrufen können«, sagte sie und hörte, dass ihre Stimme schärfer klang, als sie es beabsichtigt hatte.

»Es war so viel zu tun«, sagte er. »Wir haben heute Nacht zwei Patienten verloren.«

Peder war als Assistenzarzt der medizinischen Abteilung des Krankenhauses zugeordnet. Er war nicht da, wo er sein wollte. Er fühlte sich nicht wohl, und das sah sie. Sie hätte ihn unterstützen, ihm helfen, mit ihm dorthin gehen sollen, wo er hinwollte. Und vor allem hätte sie mit ihm reden sollen. Sie waren schön Essen an dem Abend, an dem Ylva auf die Jungen aufgepasst hatte. Hatten über anderes als über Trivialitäten und praktische Dinge gesprochen. Doch in den Wochen darauf hatten sie kaum ein Wort miteinander gewechselt. Sie hatte es ein paarmal versucht, doch Peder war fern und unzugänglich gewesen, und sie hatte es nicht geschafft, nachzuhaken. Vielleicht hatte sie auch Angst, weil sie wusste, dass Peder gerne in den Norden wollte, während sie in ihrem tiefsten Inneren wusste, dass das für sie unmöglich war.

»Entschuldige«, sagte sie, ging zu ihm und umarmte ihn. So blieben sie eine kleine Ewigkeit stehen, wiegten sich langsam hin und her, bis er sich freimachte.

»Wann kommen die Jungs?«

»Gegen fünf heute Nachmittag«, sagte sie.

»Schön, dann kann ich noch etwas schlafen. Bist du heute Nachmittag zu Hause?«

»Ja«, sagte sie. »Aber ich befürchte, dass wir den Pizzadienst anrufen müssen oder so. Der Kühlschrank ist ziemlich leer.«

Er lachte lahm und kraftlos, fast als würde er in sich hineinlachen.

»Typisch Mette, aber wir werden überleben.«

»Wann hast du wieder Dienst?«

»Ich habe jetzt mehrere Tage frei«, meinte er. »Ich weiß nicht genau, wie viele.«

Er tappte die Treppe in die erste Etage hoch.

»Willst du nichts essen, Peder? Wir haben Brot«, rief sie ihm nach.

»Ich habe an der Tankstelle ein Würstchen gegessen, als ich getankt habe«, sagte er und drehte sich mitten auf der Treppe zu ihr um.

»Irgendwann müssen wir miteinander reden«, sagte sie. »Ordentlich«, fügte sie hinzu.

»Ja, ich weiß«, antwortete er und steckte eine Hand in die Tasche seiner Jeans.

Da drin steckte die Packung Cipramil. Das wusste sie. Schnell drehte sie sich um. Vielleicht wusste er auch, dass sie das wusste.

»Gute Nacht«, hörte sie ihn hinter sich sagen.

»Gute Nacht, Peder«, sagte sie sanft. Es war halb zehn. Guten Vormittag wäre richtiger gewesen, doch in diesem Haus stand die Welt Kopf.

Mette Minde parkte den Golf vor dem Haus, in dem Arvo Pekka Samuelsen sein ganzes kurzes Leben gewohnt hatte. Sie blieb davor stehen und atmete den Geruch des Frühlings ein, der endlich auf dem Weg zu sein schien. Das Haus sah genauso verschlossen aus wie beim letzten Mal. Sie trat in den Garten hinter der hohen Hecke und lief den gekiesten Weg zur Haustür hoch. Das helle Rollo vor dem Küchenfenster war noch immer heruntergezogen. Mette drückte auf die Klingel und ließ es lange schellen. Nichts rührte sich. Eigentlich wie erwartet. Was wollte sie hier? Nun ja, Liisa Beijar konnte ihr am ehesten etwas über Arvo Pekka erzählen. Sie *musste* mit ihr reden.

»Hallo, was machen Sie da?«

Die Stimme kam aus dem Nachbargarten. An der Ecke zwischen den beiden Grundstücken, wo die Hecke nicht ganz so dicht wuchs, tauchte das Gesicht eines älteren Mannes auf.

»Hallo, ich komme zu Ihnen herum«, sagte sie und lief den Kiesweg wieder hinunter.

Der Mann mit der Harke war in den Siebzigern. Sein Gesicht war von Sonne, Wind und Wetter gezeichnet, das Haar kräftig und grau. Er hatte eine karierte Jacke an, wie man sie in den kanadischen Wäldern trug, und versuchte, das Laub unter einem Obstbaum fortzuharken, ohne an die Krokusse zu kommen, die überall auf dem braunen Rasen sprossen. In einem Beet, das an der Hauswand entlang angelegt war, drückte sich ein Meer aus Schneeglöckchen zusammen wie eine Schar Pinguine, die vor dem Wind Schutz suchte.

»Ich sollte den Feiertag wohl heiligen, aber das ist gut für die Seele und leiser, als wenn ich drinnen auf dem Sofa liege und herumfurze«, sagte er mit einem Anflug von Trotz.

Mette lächelte und gab ihm aus tiefster Seele recht, bevor sie ihr Anliegen vorbrachte.

»Liisa Beijar«, sagte er und kratzte sich das bärtige Kinn. »Die ist verreist, ja, aber wann habe ich sie zuletzt gesehen? Hmmm, warten Sie. Das muss Gründonnerstag gewesen sein, ziemlich früh. Ich habe sie nur ganz kurz durch die Hecke gesehen, aber ich habe sie reden hören. Wahrscheinlich hat sie telefoniert. Zumindest waren keine anderen Stimmen zu hören, das heißt, wenn sie nicht mit sich selbst gesprochen hat, muss sie telefoniert haben. Sie ist bestimmt in die Osterferien gefahren«, sagte der Mann. »Ich habe sie mit dem Auto wegfahren hören.«

»Sie hat ein Auto?«

»Ja, sicher, einen großen Opel. Rot. Ziemlich neu. Jedenfalls nicht alt. Gut erhalten. Ich verstehe mich nicht so auf Autos, aber das ist ein Opel.«

»Hat sie Gepäck mitgenommen?«

»Nicht soweit ich gesehen habe, aber das muss sie wohl, wenn sie in die Osterferien gefahren ist«, sagte der Mann.

»Kennen Sie sie?«

»Nein, nein. Wir grüßen einander, aber ich habe nie mit ihr gesprochen. Mit dem Neffen übrigens auch nicht. Eine traurige Geschichte«, sagte er und schien es auch wirklich zu meinen.

»Dann haben Sie Arvo Pekka auch nicht gekannt?«

»Nein.«

»Was glauben Sie, wohin Liisa Beijar in die Ferien gefahren ist?«

»Keine Ahnung, ich habe sie, wie gesagt, nur kurz gesehen, aber sie ist bestimmt nicht ins Gebirge gefahren. Sie hatte einen Mantel an. Und Stiefeletten. Stadtstiefel mit Absätzen«, sagte er. »Sie zieht sich anders an, wenn sie ins Gebirge will oder in den Wald oder wo immer sie hinfährt. Ich sehe sie hin und wieder in Wanderkleidung. Ich glaube, im Herbst pflückt sie Beeren und Pilze und so.«

Mette fragte sich, ob sie genauso viel über ihre Nachbarn wusste wie dieser Mann über Liisa Beijar, eine Frau, mit der er seiner eigenen Aussage zufolge nie geredet hatte. Darüber hinaus wurden die Grundstücke noch von einer dicken, widerspenstigen Hecke getrennt. Nicht so hoch wie die Hecke zum Weg hin, aber hoch genug, bis auf die Stelle an der Ecke.

Vielleicht spionierte er ihr von dort aus hinterher, dachte sie. Er hatte sie eindeutig länger als nur kurz gesehen.

»Hat Liisa Beijar oft Besuch?«, fragte sie und wunderte sich, ob der Mann nicht bald misstrauisch werden und sich über ihre Fragen wundern würde, aber nein, er antwortete bereitwillig.

»Nein«, sagte er. »Sie bekommt keinen Besuch. Deshalb habe ich mich ja auch gewundert, dass Sie da gestanden und geschellt haben. Ich wusste schließlich, dass sie nicht zu Hause ist.«

»Ich hätte gerne mit ihr gesprochen«, sagte Mette.

»Ja, das kann ich mir denken«, sagte er. »Kommt das im Radio oder im Fernsehen? Ich habe Sie in der Tagesschau gesehen, und ich höre Sie fast jeden Tag im Radio.«

Sie lächelte ihn an und hatte eine Idee. So redselige Quellen musste man sich warmhalten. Sie zog ihre Brieftasche hervor, die flach in der Hintertasche ihrer Jeans klemmte, nahm eine Visitenkarte heraus und gab sie ihm.

»Rufen Sie mich an, wenn Sie sie sehen«, sagte sie. »Es ist wichtig.«

Er studierte die Visitenkarte und lächelte sie verschmitzt an.

In dem Moment war oben aus dem Haus eine johlende Stimme zu hören.

»Arne! Arne, Esseeeen!«

»Meine Alte«, sagte er entschuldigend. »Ich halte Sie auf dem Laufenden, Mette Minde!«

»Prima«, sagte sie und setzte eine vielsagende, vertrauliche Miene auf, bevor sie sich umdrehte und den Weg hinunterlief.

Sie parkte in der Grensegate, ein kleines Stück von Ylvas Haus entfernt. War es besser, Idun Hegge auf dem Mobiltelefon anzurufen, oder sollte sie einfach schellen? Sie konnte sich nicht entschließen. Eigentlich graute ihr ein wenig vor dem, was sie vorhatte. Es kam ihr so sensationslüstern vor, die Familie aufzusuchen, obwohl sie wusste, wie verzweifelt sie alle sein mussten, seit Ylva kein Teil mehr von ihnen war. Welche Angst sie hatten. Wie sie sich das Schlimmstmögliche vorstellten. Und mitten in all dem stand eine Journalistin vor der Tür. Wie ein mit der Pest infizierter Eindringling. Sie mochte das nicht, doch das war ihr Job. Und er war wichtig. Der Journalist war auf der Seite der Angehörigen. Der Journalist wollte enthüllen, abklären, analysieren, aufklären. Die Gesellschaft war darauf angewiesen, dass die Journalisten ihre Arbeit taten. Das war ein wichtiger Job, dachte sie, und hatte gerade beschlossen, die Sache in Angriff zu nehmen, als eine junge Frau, die Idun Hegge sein musste, aus der Haustür trat. Sie ging zielstrebig auf den roten Toyota Yaris zu, schloss ihn mit der Fernbedienung auf und setzte sich hinter das Steuer. Setzte rückwärts aus der Einfahrt, gab Gas und fuhr Richtung Brekkegate.

Mette Minde war froh, dass der Golf im Leerlauf lief, das ersparte ihr die Probleme beim Starten. Sie trat auf das Gaspedal und folgte dem Yaris, wie im Film.

*

Der Film wirbelte in Iduns Kopf herum. Ylva in dem Kleid von dem Ball in der zehnten Klasse vor dem rosa Schloss der Løvenskiolds. Sie war dort gewesen. Hatte da gestanden, wo Ylva getanzt hatte. Die neuen Dateien von Arvo Pekkas Speicherkarte hatten sie nervös gemacht. Da war so viel, das sie nicht verstand. Die Tankanzeige näherte sich dem roten Feld. Sie musste tanken. Ihre Mutter hatte gesagt, dass sie von ihrem eigenen Geld tanken musste, wenn sie das Auto nehmen wollte. Sie seufzte und sah abwechselnd auf die Straße, die Tankanzeige und in den Rückspiegel, der die Straße hinter ihr zeigte. Der Fahrlehrer hatte ihr eingebläut, wie wichtig es war, den Verkehr vor und hinter sich im Auge zu behalten. Man konnte riskieren, dass einem jemand hinten auffuhr, wenn man nicht oft genug in den Spiegel sah. Idun hatte den Führerschein erst seit Kurzem und war noch zu unsicher, um die Ermahnungen des Fahrlehrers in den Wind zu schießen. Der grauweiße Golf war noch immer da. Er war ihr schon zu Hause in der Grensegate aufgefallen. Wahrscheinlichkeitsrechnung, dachte sie und schauderte. Eine einfache Methode. Wie wahrscheinlich war das auf einer Skala von eins bis zehn? Drei, entschied sie und hielt an der Tankstelle in Wattenberg. Der Golf fuhr weiter und bog nach links Richtung Rising ab. Idun tankte für fünfzig Kronen und bezahlte mit ihrer Scheckkarte. Dann musste sie nicht in die Tankstelle hineingehen. Es war extrem peinlich, nur für fünfzig Kronen zu tanken. Fotze, dachte sie. Verdammte geizige Fotze. Das half ein wenig.

Sie bog wieder auf die Straße ein und fuhr in die Richtung zurück, aus der sie gekommen war. Der Golf war nirgendwo zu sehen. Am Kreisel bei der Statoil Tankstelle nahm sie die Abfahrt Richtung Nylende Bahnhof. Der nördliche Teil der Stadt, dachte sie, und kurz darauf war sie auf dem Land. Hinter ihr fuhr ein schwarzer Mercedes, dahinter ein Lkw. Die Straße erstreckte sich gerade vor ihr. Ein Stück hinter der Sportanlage von Fossum bog sie nach links ab. Jetzt war sie alleine auf der Straße. Sie fuhr unter den blattlosen Bäumen der Allee hindurch, die sich wie ein Tunnel über die dunkle Erde bogen. Auf der linken Seite stand ein großes Steinhaus. Dann folgte eine Kurve, und das Schloss rückte ins Blickfeld. Es lag hinter einem schmiedeeisernen Zaun auf der anderen Seite der Brücke über den kleinen Fluss, der das herrschaftliche Anwesen wie ein Burggraben umgab, tief in dem Park mit den großen, alten Bäumen am Ende der Allee. Das rosa Schloss der Løvenskiolds. Idun schloss die Augen und fuhr weiter. Trat das Gaspedal durch, als gelte es ihr Leben, von hier fortzukommen.

*

Mette glaubte, sie verloren zu haben, doch am Kreisel bei der Statoil Tankstelle sah sie flüchtig das rote Auto, das nach links zum Bahnhof abbog. Hinter dem Yaris war ein schwarzer Pkw. Bei der Einfahrt zum Firmengelände der EFD kam von rechts ein Lastwagen und reihte sich hinter dem schwarzen Wagen in den Verkehr ein. Sie hielt reichlich Abstand. Auf Höhe der Sportanlage von Fossum sah sie den Yaris nach links abbiegen. Als sie selbst an der Kreuzung ankam, war er nicht mehr zu sehen. Unter einem Dach von Tausenden von nackten Ästen fuhr sie weiter. Faszinierend. Kurz darauf lag weiter vorne das rosa Schloss der Familie Løvenskiold, doch von dem roten Yaris fehlte jede Spur. Sie folgte der schmalen, kurvigen Straße durch den Wald, während ihre Augen die Straßenränder absuchten, um zu sehen, ob Idun vielleicht zwischen den Bäumen geparkt hatte. Schließlich kam sie auf die Straße, die nach Svanstul führte. In der entgegengesetzten Richtung ging es zurück in die Stadt. Sie sah auf die Uhr und entschied sich für die Stadt. Es blieb keine Zeit mehr vor dem Treffen, das sie mit Jonas und Jensemann im NRK-Haus in Borgeåsen vereinbart hatte.

*

Im Zentrum von Skien hielt Idun reichlich Abstand zu dem grauweißen Golf. Mehrere Autos waren zwischen ihrem Yaris und dem Golf. Auf dem Bøleveg hatte sie einen Schwerlastzug vor sich. Der Golf fuhr weiter Richtung Porsgrunn. Im Kreisel am Hovenga-Center fuhr er in den nächsten Kreisel und kletterte die Straße nach Borgeåsen hinauf. Idun hielt sich hinter einem Landrover. Die Katze jagt die Maus, die Maus jagt die Katze, dachte sie. Oben auf dem Hügel teilte sich die Straße in drei. Sie blieb an der Kreuzung stehen und sah die Rückseite des Golfs zum NRK-Haus hoch verschwinden. An der Kreuzung wies ein Schild in die Richtung. Norwegischer Rundfunk. Sie wartete, bis der Golf nicht mehr zu sehen war, bevor sie ihm folgte. Das oberste Haus auf dem Hügel sah leer und verlassen aus. Es herrschte österliche Stille. Idun parkte auf dem bekiesten Hof und nahm die letzte Steigung zu Fuß. Als sie oben angekommen war, sah sie eine blonde Frau langsam auf den Eingang zugehen, während sie ein Mobiltelefon bediente. Der Golf stand auf dem Parkplatz. Sie zog sich die Mütze über den Kopf. Mette Minde, dachte sie. Mette Minde war ihr gefolgt. Warum? Ihr ganzer Körper war angespannt. Idun zog sich die Mütze noch tiefer in die Stirn und versteckte sich zwischen den Bäumen, als ein weiteres Auto den Hügel hochkam.

Mette gab den Code ein, der den Alarm deaktivierte, und schloss auf. Die Redaktionsräume lagen in einem gedämpften Licht. Es rührte von dem verregneten Frühlingstag her, der durch die grünen Kiefernkronen sickerte. Der unverkennbare Geruch nach Papier und frischem Staub, Teppichboden und Computern stieg ihr in die Nase. Jeder Ort hatte seinen ureigenen Geruch, dachte sie, einen nur ihm eigenen Geruch, der ihn von allen anderen Orten unterschied. Das hier war ein guter Geruch. Ein bekannter, lieb gewordener, sicherer Geruch. Sie versuchte sich in Erinnerung zu rufen, wie es auf der Polizeiwache roch. Sie war oft dort gewesen, aber sie hatte nie einen speziellen Geruch ausmachen können. Sollte sie irgendwann einmal diesem Arbeitsplatz den Rücken kehren, würde sie das Licht und den Geruch vermissen. Es würde ihr fehlen, alleine durch die Redaktion zu gehen. Die Erste zu sein, die morgens kam, oder die Letzte, die abends ging. Sie schaltete die Lampen an und spürte, wie bei dem Aufblinken der Leuchtstoffröhren etwas von der Magie verschwand.

Von ihrem Versteck zwischen den Bäumen aus sah Idun, dass es ein weißes Auto mit dem blauen NRK-Logo war. Ein junger Mann in engen Jeans und einer kurzen Lederjacke sprang aus dem Wagen und ging mit schnellen Schritten auf den Eingang zu. Er hatte eine Papiertüte von McDonald's in der Hand. Idun spürte den Hunger in ihren Eingeweiden nagen, aber sie hatte kein Geld für den Drive-in unten in Hovenga. Sie wollte gerade zurück zu ihrem Auto gehen, duckte sich jedoch wieder, als ein weiteres Auto den Hügel zum NRK-Haus hinaufkam. Der dunkle Kombi parkte neben dem Golf. Sie riss verblüfft die Augen auf, als sie sah, wer auf der Beifahrerseite ausstieg. Jogge von der G-Force Bande. Jogge Hansen, daran bestand kein Zweifel, gefolgt von einem erwachsenen Mann, der ihn nahezu auf die Eingangstür zuschob. Ein eiskalter Schauer lief ihr den Rücken hinunter.

Als Jensemann einige Minuten später pfeifend auftauchte, gurgelte im Pausenraum die Kaffeemaschine. Er hatte eine Tüte mit Burgern bei sich, über die er sich sofort hermachte. Mette begnügte sich mit einem Becher frisch aufgebrühten Kaffees. Die Eingangstür ging auf, und aus dem Foyer waren Stimmen zu hören. Dann betrat Jonas Vik den Raum. Er schob einen Unbekannten vor sich her, einen jungen Mann in einer weißen Jogginghose, weißen Turnschuhen und einem viel zu großen Kapuzenshirt.

»Das ist Jogge Hansen. Mitglied der berüchtigten G-Force Bande. Oder, um genau und damit nicht ganz so cool zu sein, Jon Gjermund Hansen«, sagte Jonas Vik. In dem ironischen Tonfall schwang ansatzweise Stolz mit. »Ich hoffe, er hat uns etwas zu erzählen.«

»Über die G-Force Bande erfahrt ihr von mir kein Wort«, brauste Jogge auf. »Ich bin so was von angepisst!«

Es brauchte Zeit, Jogge Hansen gesprächig zu machen. Zuerst wollte er überhaupt nichts sagen. Jonas Vik schmeichelte und drohte, doch Jogge saß stumm da, die Arme vor dem Körper verschränkt, die Unterlippe vorgeschoben.

»Es ist verboten, Leute zu entführen, gegen ihren Willen sozusagen. Ich zeige Sie alle an«, maulte Jogge.

»Klar, weil du noch nie jemanden entführt und zu etwas gezwungen hast«, sagte Jonas Vik hart.

Das funktionierte nicht. Die beiden Hirsche wetzten ihre Geweihe aneinander und kamen nicht weiter. Mette und

Jensemann verfolgten das Ganze wie grasende Rehkühe am Rand der Lichtung. Mette stand auf.

»Willst du eine Cola oder was anderes zu trinken?«

Jogge blickte überrascht zu ihr auf und sagte, dass er gern eine Cola nahm, wenn sie eiskalt war. Sie zog eine aus dem Automaten und gab ihm die Flasche.

»Okay, jetzt reicht es«, sagte sie. »Soll ich dich Jogge oder Jon Gjermund nennen, was ist dir lieber?«

»Ist mir egal«, sagte Jogge.

»Okay, dann Jon Gjermund«, meinte Mette ungerührt. »Es interessiert mich nicht, was du an Scheiße in deinem Leben gebaut oder nicht gebaut hast. Es geht hier nicht um dich, Jon Gjermund. Ich will alles erfahren, was du über die folgenden vier Personen weißt. Arvo Pekka Samuelsen, Ulrik Steen-Jahnsen, Ylva Hegge und Mathias Garmo«, sagte sie.

Jon Gjermund Hansen sah irgendwie erleichtert aus. Er richtete sich auf seinem Stuhl auf, auf dem er zusammengesunken gesessen hatte, zog eine Dose Lutschtabak aus der Tasche und klemmte sich eine Portion unter die Lippe.

»Ulla kenn ich«, sagte er.

»Ulla?«

»Ja, oder eben Ulrik«, sagte er.

»Ulla ist ein Mädchenname«, sagte Mette leise und unheilverkündend.

Jon Gjermund errötete. Er wurde richtig rot. Vielleicht war er doch nicht so cool.

»Warum Ulla? Warum? Warum hast du ihn Ulla genannt, Jon Gjermund? Ulla ist ein Mädchenname!«

Er dachte nicht schnell genug. Er war nicht darauf vorbereitet, sie gerade hierauf mit einer Lüge abzuspeisen. Mette registrierte das mit einem Auge und erhöhte den Druck. Er gab nach und knickte ein.

»Wir haben uns nur einen Spaß gemacht. Ulla und Appa. Appa war doch schwul. Das war alles nur Spaß«, sagte Jon Gjermund zahm.

»Was heißt das, ihr habt euch nur einen Spaß gemacht? Wer hat sich nur einen Spaß gemacht?«

»Ich und Magga und ein paar andere. Das ist schon viele Jahre her, verdammt noch mal! Das war nur Spaß!«

»Erzähl«, sagte Mette. »Erzähl uns genau, was passiert ist.«

»Das war nachdem Ulrik zu der Bande gehört hat. Er hat bei ein paar Brüchen und bei diesem und jenem mitgemacht, und dann wollte er plötzlich nicht mehr, wegen diesem Finnen, diesem Arvo Pekka, diesem verdammten Schwulen. Magga war scheißwütend. Ich auch. Alle waren sauer, und eine Zeit lang haben wir uns unseren Spaß mit den beiden gemacht. Aber das ist mehrere Jahre her, das habe ich doch gesagt. Das ist Vergangenheit, verdammt. Verstehen Sie das nicht?«

»Was heißt das, ihr habt euch euren Spaß gemacht?«

Jon Gjermund wand sich auf dem Stuhl. Legte den Kopf in den Nacken und ließ die Cola die Kehle hinunterrinnen.

»Wie habt ihr euch euren Spaß gemacht, Jon Gjermund?«, wiederholte Mette Minde beharrlich.

»Wir haben ein paar Sachen ins Netz gestellt. Manipulierte Bilder. Magga ist ziemlich gut in dem ganzen Internetkram. Von Appa und Ulla oder Ulrik. Und dann haben wir ihnen Scheiße in den Briefkasten geworfen. Echte Scheiße, wir haben der Reihe nach geschissen. Haben unterschiedliche Sachen gegessen, damit die Scheiße mal locker und mal fest war, und wir sind ihnen gefolgt. Sind plötzlich aufgetaucht, wenn sie nicht mit uns gerechnet haben und so. Das war nur

Spaß«, sagte Jon Gjermund. »Und einmal hat Magga Appa einen Pullover geklaut und bei einem Einbruch absichtlich liegen gelassen, aber die Bullen haben den gar nicht beachtet! Appa ist nichts passiert. Wenn das mein Pullover gewesen wäre, hätten die Bullen den bestimmt konfisziert. Verdammt, das ist viele Jahre her.«

Drückendes Schweigen breitete sich aus, bevor Mette Minde hörbar seufzte und von Neuem loslegte.

»Ylva Hegge?«, sagte sie. »Was weißt du über Ylva Hegge?«

»So gut wie nichts«, sagte Jon Gjermund. »Nur dass ich sie mit Ulla oder Ulrik gesehen hab und dass sie verschwunden ist. Ich hab nie mit ihr geredet. Ich kenne sie überhaupt nicht.«

Seine Stimme klang jetzt ruhiger. Er wirkte fast ein wenig erschöpft. Mette beschloss, das Thema Ylva Hegge ruhen zu lassen. Wahrscheinlich sagte er die Wahrheit.

»Was meinst du dazu, dass Arvo Pekka Selbstmord begangen hat?«

»Dazu meine ich verdammt noch mal gar nichts«, fuhr er auf. »Was zum Teufel hat das mit mir zu tun?«

»Ja, was kann das mit dir zu tun haben!«, brüllte Jonas Vik plötzlich und beugte sich, die Fäuste auf den Tisch gestützt, halb über Jon Gjermund. »Du hast den Jungen doch nur bis zum Gehtnichtmehr gemobbt, was zum Teufel also kann das mit dir zu tun haben?«

Jon Gjermund sank auf dem Stuhl in sich zusammen und sah Jonas Vik ängstlich an.

»Das ist viele Jahre her, hab ich gesagt Das war noch in der Sekundarstufe. Wenn er sich deshalb hätte umbringen wollen, hätte er das wohl schon damals gemacht. Und nicht jetzt. Verdammt.«

Mette griff ein.

»Es gibt etwas, das sich Nachwirkungen nennt, auch posttraumatischer Stress, aber das ist für dich vielleicht nicht so einfach zu begreifen«, sagte sie sanft.

»Erzähl mir von Mathias Garmo. Wo ist er im Moment?«

»Keine Peilung«, sagte Jon Gjermund gleichgültig.

»Erzähl mir von Mathias Garmo«, wiederholte Mette mit der gleichen ruhigen Stimme.

Jon Gjermund seufzte, richtete sich auf seinem Stuhl auf und nahm sich eine neue Portion Lutschtabak. Die alte schob er unter den Deckel der Dose. Er machte eine ausladende Armbewegung und holte tief Luft.

»Okay. Magga ist speziell. Er ist von den Dingen, für die er sich interessiert, besessen. Zuerst waren es Dinosaurier. Er wusste alles über sie. Alles über Jura und Kreidezeit, über die verschiedenen Arten, Tyrannosaurus Rex und Langhals-Dinosaurier und alles Mögliche. Später waren es dann Bonnie und Clyde, das amerikanische Gangsterpaar. Über die wusste er auch alles, und er hat sich wie Clyde angezogen, hat solche Dreißigerjahre-Anzüge getragen und einen Hut und solche Sachen. Das war total krank, aber auch aufregend, mit so einem Typen zusammen zu sein. Es war nie langweilig, um es mal so zu sagen. Dann haben ihn Brüche total fasziniert. Er hat alles über berühmte Zugräuber gelesen und so, über alte Sachen von früher.«

»Habt ihr euch damals der G-Force Bande angeschlossen?«

»Wir haben nie zu der verdammten G-Force Bande gehört! Ich habe es so verdammt satt, das zu erklären. Die Bullen sind so verdammt begriffsstutzig. Wenn du jemanden kennst, der jemanden kennt, der mit jemandem abhängt, der zu der verdammten Bande gehört, dann glauben die Bullen sofort, dass du selbst dazugehörst. Das ist so scheißbürgerlich. Nur weil du einen oder fünf Brüche gemacht hat, musst du nicht gleich zur G-Force Bande gehören, verdammt. Nur weil du mit der Freundin der Schwester der Braut des verdammten Idioten schläfst, der der Anführer der Bande ist, musst du noch nicht selbst dazugehören. Ich und Magga und noch ein paar andere hatten unsere eigene Clique. Es mag schon sein, dass einige von denen jetzt zur G-Force Bande gehören, aber wir nicht, nur erklären Sie das mal den Bullen. Erklären Sie das mal den verdammten Bullen unten in ihrem Idiotenladen!«

Der Schaum stand Jon Gjermund Hansen vor dem Mund. Er trank den Rest der Cola und rülpste laut. Die drei anderen um den Tisch ließen sich davon nicht beeindrucken.

»Was ist so übel an der G-Force Bande, wenn ich fragen darf?«, sagte Mette ruhig.

Jon Gjermund sah aus wie ein Fragezeichen, bevor er zum Sprechen ansetzte. Langsamer diesmal.

»Dope. Das ist krank. Dope und kleine Kinder. Viele im Harem dieses verdammten Idioten sind minderjährige Kinder. Die rauben alte Bingoladies aus. Das ist so verdammt gemein. Magga verträgt kein Dope, und ich halte mich an Snus-Tabak und Alkohol, um es mal so zu sagen.«

»Und wie heißt dieser verdammte Idiot, der Anführer der G-Force Bande?«, fragte Mette.

Jon Gjermund Hansen lächelte breit.

»Von mir erfahrt ihr nicht einen Namen. Nicht einmal einen Anfangsbuchstaben. Diese Leute sind krank genug, dir ein Messer in den Oberschenkel zu rammen, wenn du den Mund aufmachst. Nicht ein verdammtes Wort werde ich sagen. Fragen Sie doch die Bullen«, sagte er.

»Wann hast du Magga das letzte Mal gesehen?«

Jon Gjermund seufzte und sah aus, als würde er nachdenken.

»Das Problem ist, dass Magga jetzt von der Fremdenlegion besessen ist«, sagte er. »Er ist nach Frankreich gefahren, um sich anwerben zu lassen. Er hat alles über die Fremdenlegion gelesen, und jetzt will er den Rest seines Lebens in ihrem Dienst verbringen. Er ist vor mehreren Monaten runtergefahren.«

»Und seitdem hast du ihn nicht mehr gesehen?«

»Stimmt.«

»Er ist nach einer angeblichen Anzeige wegen Vergewaltigung verschwunden, nicht?«

Jon Gjermund regte sich erneut auf. Er verschränkte die Arme auf dem Tisch.

»Jetzt machen Sie mal halblang«, zischte er. »Das ist alles Quatsch. Magga ist krank. Er erträgt keinen engeren Kontakt zu anderen, um es mal so zu sagen. Er hat niemanden vergewaltigt!«

»Wen soll er denn angeblich vergewaltigt haben?«

Die Frage kam von Jensemann, und alle Blicke richteten sich auf seine fragenden, fast treuherzigen Augen.

»Weiß ich nicht«, sagte Jon Gjermund mürrisch.

»Als sein bester Kumpel wirst du das doch wissen«, meinte Jensemann. »Er hat sich dir doch bestimmt wegen der falschen Beschuldigungen anvertraut?«

»Weiß ich nicht«, wiederholte Jon Gjermund.

»Das war Arvo Pekka, nicht?«, fuhr Jensemann fort.

Die beiden jungen Männer starrten sich eine kleine Ewigkeit in die Augen, bevor Jon Gjermund sich über den Tisch beugte und den Kopf auf die Arme legte. Niemand wagte, ihn anzufassen. Niemand wagte auch nur die kleinste menschliche Geste, wie ihm behutsam eine Hand auf die Schulter zu legen.

»Wann hast du Mathias Garmo das letzte Mal gesehen?«, wiederholte Mette ihre Frage.

»Ein paar Tage bevor Appa sich in der Schwimmhalle erschossen hat. Er war zu Hause zu Besuch, bevor er wieder runtergefahren ist«, sagte Jon Gjermund.

»Was ist passiert?«

»Nichts. Er hat seine Familie besucht.«

»Aber du hast dich mit ihm getroffen?«

»Ja, ein paarmal. Wir haben bei Falkum gebowlt. Das war am Freitag, einen Tag bevor Appa sich erschossen hat. Da hat er gesagt, dass er wieder runterfährt, und das hat er wohl auch getan. Warum fragen Sie das alles?«

»Hat er sich mit Arvo Pekka getroffen?«

»Nee, das kann ich mir nicht vorstellen!«, sagte Jon Gjermund erschöpft. Der junge Mann hatte jegliche Coolness verloren.

Jonas Vik brachte Jogge in die Stadt, bevor er selbst zum NRK-Haus in Borgeåsen zurückfuhr. Niemand hatte dem Jungen gesagt, dass die menschlichen Reste, die man oben im Luksefjell gefunden hatte, höchstwahrscheinlich die von Magga waren, und er selbst schien nicht den geringsten Verdacht zu hegen, dass dem so sein könnte. Möglicherweise verfolgte er nicht einmal die Nachrichten.

»Gute Arbeit«, sagte Mette, als sie mit Jensemann alleine war. »Du hast Jogge drangekriegt. Ich deute seine Reaktion als Eingeständnis, dass etwas an der Vergewaltigungssache dran ist und dass Arvo Pekka das Opfer war.«

»Eigentlich wollte ich nur die Bestätigung, dass dem nicht

so ist«, sagte Jensemann. »Aber die habe ich leider nicht bekommen.«

»Und jetzt sind beide tot«, sagte Mette. »Appa hat sich erschossen, und Magga wurde ermordet, und gegen Aron Storm wird wahrscheinlich wegen Mordes ermittelt werden. Vielleicht hat Aron Storm Arvo Pekka auch einfach gerächt? Oder Ylva hat Appa gerächt und ist abgehauen, weil ihr klar war, dass die Leiche gefunden wird, wenn über Ostern alle auf die Hütte fahren?«

»Das ist alles ziemlich verwirrend«, sagte Jensemann. »Aber die Leiche wurde bei dem Lehrer gefunden. Er muss etwas damit zu tun haben. Vielleicht ist Ylva abgehauen, weil sie Angst hat, das nächste Opfer zu sein?«

Als Jonas Vik zurück in der Redaktion war, wurde er mit Fragen bombardiert, wie er es geschafft hatte, dass Jogge Hansen mit ihm mitgekommen war. Wie sich herausstellte, war Jogge bei ein paar Beiträgen, die Jonas über Bandenprobleme in Grenland gemacht hatte, seine anonyme Quelle gewesen. Sowohl Mette als auch Jensemann erinnerten sich an die Beiträge. Die Art, wie Jonas ihn zum Mitkommen bewegt hatte, war nicht die feinste, aber auch nicht direkt unfein. Sie diskutierten die neuen Infos, die sie von Jogge bekommen hatten. Mette versuchte zusammenzufassen, nachdem das Gespräch eine Zeit lang hin und her gegangen war:

»Wenn aus dem Obduktionsbericht hervorgeht, dass Mathias Garmo ermordet wurde, bevor Arvo Pekka Samuelsen sich in der Schwimmhalle erschossen hat, ist der Gedanke nicht auszuschließen, dass Arvo Pekka ihn aus Rache umgebracht und zerlegt hat.«

»Der Gedanke wäre mir zumindest nicht fremd«, warf Jensemann ein.

»Aber auch der Lehrer Aron Storm kann der Täter sein. Oder Ylva oder Ulrik Steen-Jahnsen oder Even Ivarstuen. Alle, die gewusst haben, was Arvo Pekka passiert ist, können es gewesen sein«, sagte sie. »Er soll in dieser sogenannten Filmclique ein ziemlich hohes Ansehen genossen haben, und die anderen Schüler auf dem Gymnasium haben erzählt, dass der Zusammenhalt in der Clique enorm ist.«

»Und wir wissen nicht, was mit Ylva passiert ist«, sagte Jonas. »Sie kann genauso gut tot wie noch am Leben sein.«

»Jon Gjermund schien die Wahrheit zu sagen, als er behauptet hat, sie nicht zu kennen«, meinte Mette.

»Ja, der Meinung bin ich auch«, sagte Jonas Vik. »Die Tante von Arvo Pekka hast du nicht erreicht?«

Mette erzählte, was der Nachbar beobachtet hatte. Dann berichtete sie von dem missglückten Versuch, Idun Hegge zu beschatten. Jonas lachte in sich hinein.

»Das sieht im Film immer so leicht aus«, sagte er.

»Eigentlich habe ich mich nur dumm angestellt«, meinte Mette. »Ich werde sie anrufen. Ich schlage vor, dass wir hier Schluss machen. Keine der Informationen, die wir haben, können wir in einem Beitrag bringen. Vorläufig jedenfalls nicht. Hast du Ulrik oder Even Ivarstuen erreicht, Jonas?«

»Ich habe beide auf dem Mobiltelefon angerufen, aber niemanden erreicht«, sagte er. »Ich probiere es weiter.«

»Und ich habe heute Morgen mit der Polizei gesprochen«, sagte Jensemann. »Nichts Neues, weder was Ylva Hegge noch was die Leichenteile im Klo angeht. Ich rufe noch mal an, bevor ich gehe.«

»Die Polizei tappt im Dunkeln«, sagte Jonas theatralisch und fuchtelte mit den Armen in der Luft herum.

Dann fiel Mette plötzlich ihr Anruf bei Mathias Garmo ein.

Sie erzählte den beiden davon, während sie die Nummer eingab und das Mobiltelefon laut stellte. Es schellte lange, dann kam es: »Der Ochse ist tot.«

»Der Ochse«, sagte Jonas langsam. »Was mag das bedeuten?«

»Ein Ochse ist männlich, stark und viril. Kann es damit etwas zu tun haben? Kann dem etwas Mythologisches zugrunde liegen?«

»Die Stimme auf der Mailbox klingt jung«, sagte Jensemann. »Zumindest ist sie hell.«

»Und wieso meldet sich nicht sofort die Mailbox, wenn er schon so lange tot ist?«, überlegte Mette. »Müsste die Batterie nicht längst den Geist aufgegeben haben?«

»Wir müssen die Obduktion abwarten«, sagte Jonas. »Warum hat ihn übrigens niemand vermisst gemeldet?«

»Die Familie scheint davon ausgegangen zu sein, dass er wieder nach Frankreich oder Korsika oder wohin auch immer gefahren ist«, sagte Jensemann.

Keiner hatte Lust, der Letzte im NRK-Haus zu sein. Mette und Jonas warteten, bis Jensemann ein letztes Mal bei der Polizei angerufen hatte, bevor sie zusammen zum Parkplatz gingen, sich in ihre Autos setzten und in ihre jeweiligen Richtungen verschwanden. Noch ein Tag war von Ostern übrig. Übermorgen würde alles wieder seinen gewohnten Gang gehen, und Jonas würden vielleicht neue Aufgaben in Vestfold oder Buskerud übertragen, dachte Mette. Sie hatten nur die Tagesschaubeiträge über Ylvas Verschwinden und die Leiche im Plumpsklo sowie ein paar kurze Radiobeiträge zu denselben Themen produziert. Schade, falls Jonas jetzt wieder verschwand, sie waren inzwischen ein gutes Team. Und es standen garantiert noch viele andere Beiträge an. Das wusste sie einfach.

Als sie zu Hause im Hof geparkt hatte, rief sie Axel Lindgren an. Es dauerte eine Ewigkeit, bevor sich jemand meldete.

»Axel Lindgrens Telefon, hier spricht Maiken Kvam.«

Sie klang leicht außer Atem.

»Hallo, Maiken, hier ist Mette. Joggt ihr?«

»Nein, eigentlich nicht«, sagte Maiken und lachte. Sie hörte sich glücklich an.

»Nur ein Tipp, habt ihr mal versucht, Mathias Garmos Mobiltelefon anzurufen?«

»Äh, nein, das weiß ich nicht«, sagte sie.

»Versucht es«, sagte Mette. »Und viel Spaß bei dem, was immer ihr macht!«

Sie klappte ihr Telefon zu, öffnete es wieder und wählte die gespeicherte Nummer von Idun Hegge. Keine Antwort am Sonntagnachmittag. Sie guckte zum Haus hoch. Alles sah dunkel und verschlossen aus. Dort drinnen lag Peder und schlief. In einer Stunde würden die Jungs hereingestürmt kommen, und sie würden wieder eine Familie sein. Sie musste sehen, was sich im Kühlschrank fand. Irgendetwas musste sie doch zusammengezaubert bekommen.

*

Am Montagvormittag spazierte Idun Hegge bereits zum zweiten Mal langsam die Sackgasse in Moldhaugen hinauf. Sie hatte sich die Kapuze ihrer Daunenjacke über den Kopf gezogen und trug eine Sonnenbrille. Nicht weiter merkwürdig bei dem grellen Licht. Das erste Mal, als sie an dem Haus vorbeigegangen war, hatte Mette Minde draußen Wäsche aufgehängt. Kleine Pullover und kleine Hosen. Bestimmt von den Zwillingen. Den Zwillingen, auf die Ylva aufgepasst hatte. Sie hatte sich auf keinen der Anrufe von Mette Minde gemeldet, doch das würde sie bald tun. Jetzt war sie vorbereitet. Das nächste Mal, wenn sie anrief, würde sie den Anruf annehmen. Vielleicht würde sie Mette Minde sogar selbst anrufen. Sie würde sich entschuldigen, dass sie nicht rangegangen war. Sie drehte um, als sie das Ende der Straße erreicht hatte, und ging langsam wieder zurück, während sie vorsichtig von einer Straßenseite zur anderen spähte. Wenn jemand sie fragte, konnte sie sagen, dass sie nach einer entlaufenen Katze suchte.

Als sie auf Höhe des Hauses von Mette Minde war, kamen die Zwillinge heraus. Sie knallten die Tür hinter sich zu, liefen den Kiesweg hinunter und stürmten durch das Gartentor. Zwei blonde Jungen. Dann blieben sie abrupt stehen und diskutierten, bevor sich der eine umdrehte und zum Haus zurücklief, während der andere wartete. Idun ging auf ihn zu. Der Junge blickte auf.

»Hallo«, sagte Idun.

»Hallo«, murmelte der Junge und schaute zu Boden, während er mit dem Turnschuh über einen unsichtbaren Fleck auf dem Asphalt kratzte.

Idun ging weiter. Schon bald hörte sie die beiden hinter sich. Sie liefen an ihr vorbei zu einem Haus ein wenig weiter die Straße hinunter. Sie beschloss, Nägel mit Köpfen zu machen, blieb stehen und rief Mette Minde an. Idun hämmerte das Herz in der Brust, als sie die Stimme der Journalistin am anderen Ende hörte. Sie erzählte mit vom Weinen erstickter Stimme, dass sie ein schlechtes Gewissen habe, weil sie sich nicht schon früher gemeldet hatte. Sie hatte nachts kaum geschlafen, weil sie so traurig gewesen war. Sie war gerade ganz in der Nähe und könnte vorbeikommen, wenn Mette Minde das passte.

Zwei Minuten später klingelte sie. Sie hatte die Sonnenbrille in die Tasche gesteckt und die Kapuze heruntergezogen. Die Tür ging auf, und vor ihr stand Mette Minde, deren blonde Locken ihren Kopf wie ein Heiligenschein einrahmten. Sie lächelte Idun an, führte sie in die Küche und bot ihr einen Platz an. Sie konnte zwischen Tee, Kaffee und Limo wählen. Idun entschied sich für Tee. Ein großer Mann mit zerzausten Haaren steckte den Kopf herein und murmelte etwas, bevor er die Treppe hinauf in die erste Etage verschwand. Ylva zufolge war er Arzt, aber er sah nicht aus wie ein Arzt. Idun schaute sich um. Die Küche war aus Kiefer und altmodisch und erinnerte sie an die, von der ihre Mutter und ihr Stiefvater sich vor vielen Jahren getrennt hatten. Die Wände waren blau gestrichen, Tisch und Boden ebenfalls aus Kiefer.

Mette Minde stellte einen Becher mit Tee vor Idun auf den Tisch und setzte sich ihr gegenüber.

»Schön, dass du angerufen hast, Idun«, sagte Mette Minde.

»Ich verstehe ja, dass Sie nur Ihren Job machen, ich gehe schließlich auf den Medienzweig und will vielleicht selbst einmal Journalistin werden, aber es ist so schwer«, sagte Idun mit dünner Stimme. »Was wollten Sie mich denn fragen?«

»Wir alle, die Polizei und die Journalisten, tun, was wir können, um Ylva zu finden«, sagte Mette. »Wir versuchen alle, an Informationen zu kommen, die uns zu ihr führen können. Ich hatte gedacht, dass sie dir vielleicht etwas erzählt hat, das uns helfen kann.«

»Ich habe der Polizei alles gesagt, was ich weiß«, sagte Idun.

»Ja, das weiß ich«, erwiderte Mette. »Ylva war eine gute Freundin von Arvo Pekka Samuelsen, hast du ihn gekannt?«

Es kotzte Idun an.

»Nein. Wir sind zwar Zwillinge, hängen aber nicht mit denselben Leuten ab«, sagte sie. »Ylva und Arvo Pekka waren beide in der Filmclique. Deshalb waren sie befreundet.«

»Hat Ylva dir irgendwann einmal erzählt, dass sie Probleme mit Leuten aus der G-Force Bande oder anderen unangenehmen Typen hatte?«

»Nein«, sagte sie und sah Mette Minde fragend an.

»Hast du mal von Jogge gehört oder von Magga?«

»Ja, ich kenne die nicht, aber natürlich wissen alle, wer sie sind«, sagte sie.

Mette seufzte lautlos. Das führte zu nichts. Das Mädchen sah erschöpft aus. Es war unsinnig, mit ihr hier zu sitzen und sie auszuquetschen.

»Ich habe auch nach Ylva gesucht«, sagte Idun. »Ich bin überall herumgefahren, wo ich gedacht habe, dass sie sein könnte, aber ich habe sie nicht gefunden!«

Mette dachte an die Tour nach Fossum. Vielleicht hatte Idun an dem Tag nach ihr gesucht. Seit Ylva das letzte Mal gesehen worden war, waren vier Tage vergangen. Ihr tat das Mädchen leid. Sie wirkte so klein und verzagt, wie sie da mit den Händen um den Teebecher saß. Sie setzte zu einem letzten Versuch an:

»Weißt du, ob Ylva nach Arvo Pekkas Selbstmord seine Tante besucht hat? Ein Nachbar im Solves veg meint mit Sicherheit gesehen zu haben, wie Ylva in das Haus gegangen ist.«

Idun schloss die Augen und hielt den Teebecher krampfhaft fest.

»Ja. Sie hat sie besucht, weil sie ihr leidgetan hat. Sie hat Ihnen gesagt, dass sie nicht da war, aber sie war da. Mehr weiß ich nicht. Sie hat mir nichts erzählt«, sagte Idun. »Aber jetzt muss ich gehen. Mama wird hysterisch, wenn ich zu lange weg bin.«

Sie standen auf. Idun bedankte sich für den Tee und stellte den Becher in die Spüle. Du meine Güte, dachte Mette.

»Wenn Sie jemanden brauchen, der auf die Jungen aufpasst, sagen Sie ruhig Bescheid«, sagte Idun und lächelte. »Ich bin Ihren Jungen auf der Straße begegnet. Sie scheinen sehr lieb zu sein. Zwillinge, wie Ylva und ich.«

Mette nickte, bedankte sich für das Angebot und brachte sie hinaus. Sie wollte keinen Babysitter für die Jungen mehr. Nie mehr.

Mette blieb am Küchentisch sitzen, nachdem Idun gegangen war. Sie hörte Peder in der ersten Etage duschen. Sie hatten sich gestern Abend, nachdem die Jungen ins Bett gegangen waren, gestritten. Sie hatten eine Flasche Wein aufgemacht. Das hätten sie nicht tun sollen. Der Damm war bereits gebrochen, als die Flasche noch halb voll gewesen war, und aus der einen Flasche waren zwei geworden, bevor sie sich gegen vier Uhr morgens jeder in ein Zimmer verzogen hatten. Peder ins Schlafzimmer, sie ins Arbeitszimmer. Sie war um acht aufgestanden, um die Jungen nicht zu beunruhigen. Damit sie nicht sahen, dass ihre Eltern nicht im selben Zimmer schliefen. Vielleicht würde es ihr und Peder nicht anders gehen wie so vielen anderen Paaren, obwohl Peder ihr versichert hatte, dass er sich nicht scheiden lassen wollte. Er brauchte nur etwas Zeit für sich. Er musste wieder froh werden. Immer ging es um ihn. Um seine Bedürfnisse. Sie waren von Oslo hierher gezogen, weil er nach dem Unfall mit dem Mädchen, das an einem Blutgerinnsel gestorben war, weggemusst hatte. Dem Mädchen, dem er eine falsche Diagnose gestellt hatte. Aber es war doch nicht Mettes Schuld, dass er nicht darüber hinwegkam. Sie hatte getan, was sie konnte, um ihm zu helfen. Sie hatte keine besondere Lust verspürt, zurück nach Moldhaugen zu ziehen, obwohl sie dort geboren und aufgewachsen war. Sie hatte sich in Oslo wohlgefühlt, aber jetzt, wo sie ein paar Jahre hier gewohnt hatten, wollte sie nicht wieder umziehen, und schon gar nicht in den Norden. Sie brauchte das Licht. Sie ertrug den Gedanken an ein halbes Jahr Dunkelheit nicht. Die Jungen hatten mit der Schule angefangen, sie hatten Freunde, sie selbst hatte langsam Freunde gefunden. Sie würde nicht noch einmal aufbrechen und bei Null anfangen. Zwei kurze Semester auf der Polizeihochschule in Oslo waren etwas ganz anderes. Sie konnte pendeln, sogar täglich.

Dann würde er alleine gehen. Von ihnen fortgehen. Er hatte sich bereits auf zwei Jobs beworben. Natürlich wusste er nicht, ob er einen davon bekommen würde. Eigentlich glaubte er das nicht. Sein Selbstvertrauen war am Boden. Sie sah das, konnte aber nichts dagegen tun. Sie schaffte es nicht, ihn aufzubauen, während es ihm ganz gut gelang, sie zu demontieren. Vielleicht war es nicht das Schlechteste, wenn er für eine Weile fortging.

Er behauptete steif und fest, dass er keine Glückspillen nahm. Er hatte ein Weile welche genommen, bevor er vor einem halben Jahr wieder als Arzt zu arbeiten begonnen hatte. Jetzt hatte er sie nur noch in der Tasche, so wie ein alter Raucher ein Päckchen Zigaretten irgendwo liegen hat. Nur um sich zu beweisen, wie stark er war. Nur um stolz sein zu können, sie nicht zu brauchen. Die Pillen waren völlig ungefährlich. Ein Hilfsmittel in einer schwierigen Situation, einer komplizierten Lebensphase. Er war verdammt noch mal

Arzt. Was glaubte sie eigentlich? Ja, was glaubte sie? Sie hatte aufgehört, irgendetwas zu glauben. Er wollte hoch in den Norden, um wieder froh zu werden, das musste sie doch verstehen. In seiner Kindheit hatte seine Familie ein paar Jahre in Kirkenes gelebt. Sein Vater hatte für eine Bergbaugesellschaft gearbeitet, Süd-Varanger oder so. Er hatte sich die ganzen Jahre zurückgesehnt, hatte er gestern gesagt. Warum hatte er nichts von alldem gesagt, als sie sich kennengelernt hatten? Sie hatte nie auch nur ein Wort von Nordnorwegen von ihm gehört, erst in der letzten Zeit.

Sollte er doch fahren, dachte sie, als das Wasser oben zu laufen aufhörte. Dann würde sie sich ein Au-pair-Mädchen nehmen, wie er das vorgeschlagen hatte. Peder hatte offenbar an alles gedacht. Er hatte nur eine Flasche Wein gebraucht, um es auszusprechen, dachte sie wütend, während der Kopfschmerz hinter ihrer Stirn pochte.

Sie nahm ihre Teetasse mit ins Arbeitszimmer und knallte die Tür hinter sich zu. Die Polizeihochschule konnte sie jedenfalls vergessen, falls er ernst machte und fuhr. Die Tränen brannten hinter den Lidern. Immer ging es um Peder und seine Bedürfnisse.

Sie zwang sich, wieder an den Fall zu denken. Ylva hatte Idun zufolge also Arvo Pekkas Tante besucht. Und? War es wahrscheinlich, dass das etwas mit Ylvas Verschwinden zu tun hatte? Wohl kaum. Vielleicht hatte sie ihr kondolieren wollen. Im Nachhinein war ihr das möglicherweise dumm vorgekommen, und sie hatte geleugnet, dort gewesen zu sein. In Mettes schmerzendem Kopf machte das Sinn, doch irgendetwas passte nicht. Ihr ging der Gedanke nicht aus dem Kopf, dass auch Liisa Beijar verschwunden sein könnte. Sie war eine ganze Weile von niemandem mehr gesehen worden.

Das Haus war verschlossen und sollte verkauft werden. Sie ging nicht an ihr Telefon, was seltsam war, wo der Verkauf des Hauses anstand. Und wer würde sie eigentlich vermissen? Niemand, dachte sie.

Sie rief den Immobilienmakler der Postbank an. Er antwortete sofort. Nein, er hatte nicht mit Liisa Beijar gesprochen. Sie waren zwar gestern verabredet gewesen, doch sie war nicht gekommen. Ja, sicher, in seiner Branche arbeitete man über die Ostertage. Da gab es keine Ferien. Im Moment waren es natürlich vor allem Gebirgshütten, für die sich die Leute interessierten, aber es lief auch einiges mit Einfamilienhäusern, und bald waren die Hütten am Wasser dran. »Der Immobilienmarkt läuft super, wissen Sie. Die Preise steigen, die Angebote sind gut.«

Mette bedankte sich für die Informationen und legte auf. Anschließend rief sie Axel Lindgren an. Niemand meldete sich. Nur die Mailbox. Sie probierte es bei Maiken Kvam und hatte Glück.

»Hallo, ich bin's, Mette. Habt ihr seit Gründonnerstag etwas von Liisa Beijar gehört?«

»Nein, ich glaube nicht, warum?«

Mette erzählte ihr von ihrer Befürchtung, und Maiken versprach, dem nachzugehen.

»Wann bekommt ihr den Obduktionsbericht von Mathias Garmo?«

Am anderen Ende wurde es still.

»Wenn du fragst, wann wir den Obduktionsbericht von dem Körper bekommen, den wir oben im Luksefjell gefunden haben, dann dauert das«, sagte Maiken. »Wir informieren euch«, fügte sie in einem sehr formellen Ton hinzu. Als wäre Mette nicht ihre Trauzeugin bei der bevorstehenden Hochzeit.

Am Nachmittag rief Jonas Vik an. Er hatte mit Ulrik Steen-Jahnsen und Even Ivarstuen, Appas Freunden aus der Filmclique, gesprochen. Keiner von ihnen hatte sich zu Arvo Pekka Samuelsen äußern wollen. Keiner hatte ein Wort zu Mathias Garmo gesagt. Niemand hatte ihn gesehen, als er in der Woche, bevor Appa sich erschossen hatte, zu Hause gewesen war, wie sein bester Kumpel Jogge behauptet hatte.

Kurz vor neun saßen Mette und Peder jeder an ihrem Ende des Sofas und warteten auf den Anfang der TV2-Nachrichten, als die Chefredakteurin Rita Rieber anrief. Jensemann war mit Verdacht auf eine Lebensmittelvergiftung ins Telemark Krankenhaus eingeliefert worden. Ob sie morgen früh tauschen und statt der Tagschicht die Morgenschicht übernehmen konnte? Natürlich. Mette Minde sagte nie Nein.

Die Fantasie übertraf nie die Wirklichkeit. Es wurde schlimmer, als sie gedacht hatte. Jensemann lag mit einer nachgewiesenen Lebensmittelvergiftung im Krankenhaus. Es ging ihm ziemlich schlecht. Bei der Morgenbesprechung wurde beschlossen, dass Tomas Evensen über die Kriminalfälle berichtete, Ylva Hegges Verschwinden, Aron Storms Vorführung vor dem Haftrichter und, falls sich etwas tat, über den Leichenfund im Luksefjell. Die Polizei hatte für zwei Uhr eine Pressekonferenz anberaumt. Tomas Evensen hatte den Kurs für Videojournalisten absolviert und konnte für Radio *und* Fernsehen berichten. Mette würde die ganze Woche die Morgenschicht am Mischpult übernehmen. Jonas Vik war von der Vestfold-Redaktion angefordert worden, die im Augenblick ziemlich unterbesetzt war. Der Chef vom Dienst Anders Kvisle legte die Dienstpläne mit so fester Stimme vor, dass für Proteste irgendwelcher Art kein Raum blieb. In seinen blauen Augen war jedoch so etwas wie Mitleid zu erkennen, als er zu Mette hinschielte, bevor er noch einmal ihren Einsatz in den Ostertagen lobte.

Sie wahrte das Gesicht. Eigentlich war sie erschöpft. Die Probleme zu Hause forderten ihren Tribut. Plötzlich war es nicht mehr so wichtig, über die Fälle zu berichten, die sie über Ostern noch so beschäftigt hatten. Tomas Evensen konnte das gerne übernehmen. Die Chefetage hatte richtig entschieden. Tomas hatte den Kurs für Videojournalisten absolviert, hatte sich in der Reihe der Journalisten, die ihre Kompetenzen erweitern wollten, nach vorne gedrängt. Als Videojournalist zu arbeiten und für alle Medien, das heißt mit Text, Bild und Ton berichten zu können war inzwischen zur Notwendigkeit geworden. Sie stand auf der Liste. Sie würde den Kurs auch besuchen, doch es brauchte seine Zeit, bis alle durch die Mühlen der Ausbildung hindurch waren. Tomas Evensen hatte es geschafft.

Sie würde am Mischpult einen guten Job machen und um halb eins nach Hause gehen und sich hinlegen. So würde es die ganze Woche laufen. Sie würde den Entwurf für die Dokumentation über Arvo Pekka Samuelsen ausarbeiten. Die Tondateien hatte sie in einem eigenen Ordner gespeichert. Das Gespräch mit Appas Vater. Jogges Äußerungen gestern, die sie aufgenommen hatte, ohne dass er es wusste. Sie musste ihn anonymisieren, falls sie überhaupt etwas davon brauchen konnte. Sie hatte die Notizen von den Gesprächen mit Ulrik und Ulriks Mutter. Wenn sie nach und nach die Teile zusammensetzte, würde sie Ulrik und seine Mutter noch einmal aufsuchen, vielleicht sogar Jogge, und sie zu einem Interview überreden, bei dem ein Band lief. Meistens schaffte sie es, andere zu überreden, wenn sie das wollte, zumindest im

Berufsleben. Sie würde diese Dokumentation machen, doch zuerst musste Ylva gefunden, musste Aron Storms Rolle in dem Ganzen geklärt werden. Zuerst mussten sie mit Sicherheit wissen, wessen Leiche im Luksefjell gefunden worden war, und sollte es die von Mathias Garmo sein, galt es herauszufinden, wer ihn umgebracht hatte. Alles hing mit allem zusammen, und Tomas Evensen konnte gern das Grobe erledigen.

Tomas Evensen war über Ostern in Thailand gewesen. Sein Gesicht war braun und voller kleiner ekliger Bartstoppeln. Es würde nicht leicht für ihn werden, sich in die Fälle einzuarbeiten, dachte sie, und er würde sie nicht fragen, so tief würde er nicht sinken. Sie sprudelte vor Lachen. Tomas Evensen würde richtig ins Schwitzen kommen, während sie *die* Dokumentation vorbereitete. Sie würde den Prix Italia gewinnen, zweifellos. Er lächelte sie triumphierend an, als er die Morgenbesprechung verließ. Sie lächelte breit und herzlich zurück. Sie hatte noch genug Überstunden abzufeiern, und die würde sie gut zu nutzen wissen.

Tomas Evensen meldete sich um halb elf vom Gericht zurück. Die Polizei hatte eine vierzehntägige Haft mit Brief- und Besuchskontrolle durchgesetzt. Sie sah die traurigen braunen Augen des Fotolehrers vor sich und musste an Aktor denken, den Hund von Torkel Vaa. Sie brachte die Meldung im Bulletin um 11:03 Uhr. Später schaltete der Moderator der Vormittagssendung von NRK Østafjells Tomas direkt zu. Er machte eine gute Figur. Das musste sie ihm lassen. Tomas Evensen war kein schlechter Journalist.

Mette Mindes Schicht war um halb eins zu Ende. Tomas Evensen würde über die für zwei Uhr anberaumte Pressekonferenz der Polizei berichten. Es kotzte sie an. Die Überlegenheit, die sie heute Morgen noch gespürt hatte, war restlos dahin.

Sie holte ihr Mobiltelefon heraus, um Torkel Vaa anzurufen. In dem Moment meldete er sich. Zwei Seelen, ein Gedanke. Er bat sie, sich auf der Bratsberg Brücke mit ihm zu treffen, gerne sofort.

Sie parkte unterhalb des Haushaltwarengeschäfts Jernia und ging gemächlich am künstlichen Kanal entlang. Er stand mit dem Rücken an das Geländer gelehnt davor und blickte über den Fluss, Aktor an der Leine neben sich. Der Hund entdeckte sie zuerst. Er drehte sich um und wedelte entzückt mit seinem dünnen Schwanz. Mette ging in die Hocke und wiederholte das Begrüßungsritual vom letzten Mal. Sie bekam einen nassen, eiskalten Kuss.

Torkel Vaa begrüßte sie gut gelaunt. Er schlug vor, die Uferpromenade entlangzuspazieren. Über ihnen ragte der Neubau des sechsstöckigen Wohnkomplexes mit seinen zum Wasserspiegel und dem Sonnenuntergang hin ausgerichteten Balkonen auf. Ein paar große Ferienboote lagen bereits an der Anlegestelle. Eine finnische Targa und ein zigarrenförmiges Boot in Weiß und Blau. Am Minnepark blieb Aktor unter einer riesigen Weide mit herunterhängenden Ästen stehen und hob das Bein.

»Erzählen Sie mir etwas über sich«, sagte Torkel Vaa.

»Warum?«, fragte sie überrascht.

»Weil ich ein neugieriger Mann bin, ich frage mich, wer Sie sind«, sagte er und drehte sich zu ihr um.

Wer ich bin, dachte sie. Das frage ich mich auch. Sie lächelte tapfer und erzählte ihm, dass sie in Porsgrunn geboren und aufgewachsen war, in Moldhaugen, um genau zu sein, wo sie jetzt auch wohnte. Dass sie in Oslo studiert hatte, erst auf der

Polizeihochschule, von der sie vor dem Abschluss abgegangen war, und dann auf der Journalistenschule.

Peder, der aus Bærum kam, hatte sie auf einer Party kennengelernt. Er hatte in Oslo Medizin studiert. Sie hatten geheiratet und Zwillinge bekommen, das heißt eigentlich in umgekehrter Reihenfolge. Sie hatten Zwillinge bekommen. Dann waren ihre Eltern bei einem Verkehrsunfall ums Leben gekommen. Alle beide. Auf dem Rückweg aus den Ferien auf Lanzarote, auf der Fahrt vom Flughafen nach Hause. Auf der E18. Zwischen Larvik und Porsgrunn. Als sie fast schon zu Hause waren. Die Zwillinge waren damals noch Säuglinge gewesen. Dann hatten sie geheiratet. Später. Danach.

Er blieb lange still, als wartete er auf die Fortsetzung. Sie schwieg. Als würde ihre Lebensgeschichte dort enden.

»Und dann?«

Sie atmete tief ein und wieder aus. Sie war auf die Journalistenschule gegangen, als die Zwillinge noch klein gewesen waren. Anschließend hatte sie eine Vertretung in der Redaktion der Tagesschau übernommen, und dann waren sie vor zweieinhalb Jahren hierher gezogen, und sie hatte einen Job bei NRK Østafjells bekommen.

»Warum sind Sie nach Hause zurückgezogen?«

Warum war sie nach Hause zurückgezogen? Etwas in ihr zerbrach. Sie spürte ihre Augen brennen und drehte sich weg, damit er die Tränen nicht sah. Doch sie waren unmöglich zu verbergen. Er zog sie an sich. Sie waren gleich groß. Sie konnte ihren Kopf nicht an seine Brust lehnen wie bei Peder. Er hielt ihren Kopf gegen seinen. Sie standen an einem Dienstagmittag Wange an Wange auf der Uferpromenade. Er roch nach Aftershave. Ein schwacher kräutriger Duft. Seine Gesichtshaut war glatt und weich. Sie musste kurz an Maiken denken, mit der sie Stirn an Stirn auf der Ballestadhöhe gestanden hatte. Sie zog sich ein wenig zurück und trocknete sich das Gesicht mit dem Handrücken ab. Er führte sie zu einer der Bänke im Minnepark.

Dort, unter den blattlosen Bäumen, zwischen Kieswegen und Beeten mit den ersten Blüten des Frühjahrs, Krokussen und Schneeglöckchen, erzählte sie ihm unter den Augen der Gedenkstatue für die Gefallenen von Peder und dem toten Mädchen und der Flucht nach Hause. Und jetzt wollte er von ihnen weggehen. Nach Nordnorwegen. In die Dunkelheit, ans Meer, zu den massigen, spitzen Bergen mit ihren Puderzuckergipfeln. Zu Schnee und Nordlicht und Mitternachtssonne, zu Kaffee mit Branntwein beim Nachbarn und endlosen Torfbeermooren. Zu einer Welt aus einem Traum von einem anderen Leben, gesehen durch die Brille eines kurzsichtigen Zehn- bis Elfjährigen, der sich unterwegs selbst verloren hatte und fieberhaft versuchte, sich wiederzufinden. Das Entschwundene ist ein Traum, dachte sie. Ein Buchtitel. Von Aksel Sandemose? Sie schluchzte unterdrückt.

»Du könntest mit ihm gehen.«

»Das kann ich nicht. Und das will ich nicht«, sagte sie.

»Ist es das nicht wert? Eure Beziehung?«

Sie blieb sitzen und dachte nach. Die Stille, die zwischen ihnen entstand, war nicht dröhnend, sondern wie gehaucht und kaum spürbar, wie die Flügelschläge der Ringeltaube, die von der Spitze der Statue mitten im Park abhob.

»Nein. Es kann nicht sein, dass der eine immer die Richtung vorgibt. Dann ist es das nicht wert. Ich bin hier, wenn er zurückkommt, falls er zurückkommt«, sagte sie und wusste plötzlich, dass er wirklich in den Norden gehen würde.

Aktor, der eine Weile herumgeschnüffelt hatte, stupste

seinen Besitzer ungeduldig am Bein an. Sie standen auf und verließen den Park.

»Und du?«, fragte sie. »Wie lebst du?«

»Aktor und ich wohnen dort drüben«, sagte er, drehte sich um und zeigte zum Wohnkomplex am Bratsberg Brygge hinüber. »In der vierten Etage. Und du wohnst da«, er zeigte über den Fluss, Richtung Moldhaugen. »Ich komme aus Vinje und habe mich oft dorthin zurückgesehnt. Vielleicht gehe ich eines Tages auch endgültig zurück. Vorläufig habe ich da oben nur eine Hütte.«

»Du sprichst keinen Vinjedialekt?«

»Nein, meine Mutter hat mich mit nach Oslo genommen, als ich sieben war.«

»Warum?«

»Die Engstirnigkeit und die negativen sozialen Strukturen des Dorfs«, antwortete er knapp.

Sie wartete auf die Fortsetzung, doch sie kam nicht, und obwohl das der Tag für die persönlichsten Fragen und Antworten unter Fremden zu sein schien, spürte sie, dass es genug war. Sie bummelten weiter die Promenade entlang. Der Fluss floss schnell und randvoll der Mündung in den Eidangerfjord entgegen.

»Jon Gjermund Hansen überlegt, euch wegen Freiheitsberaubung anzuzeigen«, sagte Torkel Vaa, als sie an dem rot gestrichenen Holzhaus der Vesta Versicherung vorbeikamen.

»Aha?«

»Ich habe ihm davon abgeraten«, fuhr Vaa fort.

Sie gingen eine Weile schweigend weiter, bevor er wieder das Wort ergriff.

»Aron Storm hat erzählt, dass die Kerngruppe der Filmclique philosophische Diskussionen um das Thema Selbstmord geführt hat. Unter anderem gab es eine lebhafte Diskussion, was sie tun würden, wenn sie eine tödliche Krankheit bekämen. Alle waren sich einig, dass es ein passender Abgang wäre, jemanden mitzunehmen, der es wirklich verdient hat. Diese Diskussionen haben oben auf der Hütte im Luksefjell stattgefunden, wo die Leiche von Mathias Garmo gefunden wurde«, sagte Vaa. »Es ist inzwischen bestätigt, dass er das ist.«

Mette griff im Eifer nach seinem Arm.

»Hatte Arvo Pekka eine tödliche Krankheit?«

»Nein, hatte er nicht. Der Junge wurde obduziert. Er hatte relativ viel Alkohol im Blut, war aber ansonsten physisch fit«, antwortete Torkel Vaa.

»Aber psychisch sah es nicht so gut aus«, sagte Mette. »Er ist von Mathias Garmo vergewaltigt worden.«

»Arvo Pekka ist in der exakten Bedeutung des Wortes nicht vergewaltigt worden. Er wurde diversen, sagen wir einmal, sexuellen Misshandlungen ausgesetzt«, sagte Vaa.

»Woher weißt du das?«

»Meine Quellen sind genauso geheim wie deine«, antwortete er.

»Aber was genau ist unter sexueller Misshandlung zu verstehen? Und wann ist das gewesen? Und wo? Und war Mathias Garmo der Täter?«

Sie waren an dem Seitenarm angekommen, direkt bei dem silberfarbenen Denkmal, das eine Welle darstellte. Äste und Holzstücke, Plastiktüten, leere Trinkbecher und Ähnliches wurden in dem Seitenarm angetrieben und sammelten sich hier. Das ist kein Quatsch, keine Lügengeschichte, mit der die Erwachsenen den Kindern früher Angst eingejagt haben, dachte Mette. Tote Körper sind in genau diesen Seitenarm getrieben.

»Ich denke nicht, dass du Lust hast, dir die Details anzuhören, Mette Minde. Oder vielleicht habe ich auch keine Lust, sie zu wiederholen«, berichtigte er sich. »Die Misshandlung hat vor vier Jahren stattgefunden, hinter der Schwimmhalle, dort, wo er sich umgebracht hat. Und meinen Informationen zufolge war Mathias Garmo für die Misshandlung verantwortlich«, sagte Vaa.

»Nur er?«

»Meiner Quelle zufolge ja.«

»Vertraust du der Quelle?«

»Nein. Die Informationen sind zu detailliert, als dass Garmo das erzählt und die Quelle sie anschließend wiedergegeben haben kann.«

»Wir wissen beide, wer deine Quelle ist, Vaa, aber jetzt bist du meine Quelle und genießt den gleichen Schutz wie deine Quelle«, sagte sie.

Sie sahen sich an und brachen spontan in Gelächter aus. Sie ließen den Seitenarm hinter sich und bummelten zum Anleger, an dem die italienische Schönheit »Ile Flottante« vertäut lag sowie ein umgebauter Fischkutter und ein paar kleinere Boote. Weiter den Fluss hinauf öffnete sich die Landschaft mit Aussicht auf Skien und hoch bis zu den wellenförmigen weißgetupften Bergrücken des Luksefjells und Sauherads.

»Wir haben eine Theorie, dass Arvo Pekka Samuelsen Mathias Garmo umgebracht hat, bevor er Selbstmord begangen hat«, sagte Mette. »Als Rache für das, was wir für eine Vergewaltigung gehalten haben. Aber sexuelle Gewalt ist mindestens ebenso ernst zu nehmen. Was du über die Selbstmorddiskussionen in der Filmclique erzählt hast, untermauert diese Theorie nur noch«, sagte sie eifrig.

»Vergiss es«, sagte er. »Das ist unmöglich. Die vorläufige Obduktion von Garmo hat ergeben, dass er ermordet wurde, kurz bevor Aron Storm ihn gefunden hat, wahrscheinlich ein paar Tage vorher. Da war Arvo Pekka bereits seit mehreren Tagen tot. Alle Körperteile lagen bis auf das Bein, das ein Fuchs unter einem Stein im Wald versteckt hatte, im Plumpsklo. Aron Storm hat die Polizei zu dem Stein geführt, sodass der ganze Körper inzwischen in der Rechtsmedizin ist.«

»Der Obduktionsbericht liegt also vor?«

»Der vorläufige. Er ist gestern gekommen«, sagte er.

»Er ist demnach nicht zurück zur Fremdenlegion gegangen?«

Torkel Vaa lächelte. Dann lachte er leise in sich hinein.

»Selbst die Fremdenlegion wollte Mathias Garmo nicht«, sagte er grinsend. »Er wurde fast wie ein Gefangener in der Wohnung seiner pensionierten Großeltern in Antibes gehalten. Das mit der Fremdenlegion hat er nur seinen Freunden gegenüber behauptet.«

Mette kam sich wie eine Idiotin vor. Sie waren ihm auf den Leim gegangen. Sie hätte die Geschichte mit der Fremdenlegion besser recherchieren müssen. Sie hätte Kontakt zu den Eltern von Mathias Garmo aufnehmen müssen! Nein, das hätte sie nicht tun können. Das wäre unmöglich gewesen. Die Polizei hatte seinen Namen noch nicht freigegeben. Sie hätte nicht einfach bei den Angehörigen aufkreuzen können, die möglicherweise noch nicht einmal benachrichtigt worden waren. Dass das Magga war, der dort in dem Klo gelegen hatte, war nicht bestätigt worden. Es war sehr wahrscheinlich, aber nicht bestätigt. Verdammt, verdammt, verdammt, dachte sie sauer.

»Dann war er also zu Hause? Bis jemand beschlossen hat, ihn mit ins Luksefjell zu schleppen, ihn in Stücke zu zerlegen und seine Leiche in einem Plumpsklo zu verstecken?«

»Nein. In der Woche, bevor Arvo Pekka Selbstmord begangen hat, war er zu Hause. An dem Samstag, an dem Arvo Pekka sich erschossen hat, ist er zurück zu den Großeltern nach Südfrankreich gefahren. Aber dann ist er ein paar Tage später wieder nach Norwegen abgehauen. Wo er in den Tagen, bevor er umgebracht wurde, war, weiß niemand«, sagte Vaa ernst.

»Warum hat die Familie in Antibes ihn gefangen gehalten?«

»Um ihn auf den rechten Weg zu bringen«, sagte Vaa. »Seine Familie besteht aus ziemlich rechtschaffenen Menschen, doch Mathias hat ihnen nichts als Probleme gemacht.«

Das schwarze Schaf, dachte sie. Alle Familien haben ein schwarzes Schaf. Doch was jetzt? Rücken Sie zurück auf Los.

»Die Polizei scheint überzeugt, dass Aron Storm den Mord begangen hat. Was glaubst du?«

»Ich glaube nie etwas. Ich verhalte mich ausschließlich im Hinblick auf das Beweismaterial. Die Polizei hat einiges gegen ihn in der Hand, aber sie ermitteln in alle Richtungen weiter. Das ist mir versichert worden. Die sogenannte Filmclique wird genauestens unter die Lupe genommen, und die Suche nach Ylva Hegge hat hohe Priorität«, sagte er. »Und wenn ich Aron Storm beurteilen soll, dann halte ich ihn für sehr glaubwürdig. Er ist zur Zusammenarbeit bereit. Er gibt zu, versucht zu haben, ein Verbrechen zu vertuschen, er hat den Tatort und das, was als Beweismaterial angesehen werden könnte, manipuliert, doch er bestreitet, Mathias Garmo umgebracht zu haben. Falls sich bei der Obduktion der Todeszeitpunkt genauer eingrenzen lässt, ist nicht auszuschließen, dass er mit einem wasserdichten Alibi aufwarten kann. Er wohnt mit seiner Mutter zusammen.«

Sie waren am Michel Seylmager Haus angelangt, einem Restaurant in einem winzig kleinen, rot gestrichenen Haus aus dem 17. Jahrhundert, das direkt an dem Platz lag, an dem die Gemeinde Porsgrunn eine gigantische Treppe vom Rathausplatz hinunter zum Fluss baute. Wie ein Amphitheater mit dem Fluss als Hintergrund. Sie schlenderten die enge Gasse zwischen dem Seylmager Haus und dem weiß gestrichenen Natursteinhaus der Buchhandlung Dyring hinauf und kamen in die Storgate hoch.

»Apropos Mütter«, sagte Vaa. »Ylva Hegge war wenige Tage, bevor sie verschwunden ist, bei Aron Storm zu Hause, um ihm etwas zu geben. Aron Storm war nicht da. Ylva hat nur mit seiner Mutter gesprochen. Er hat keine Ahnung, was sie ihm geben wollte, aber es kann sich nicht um eine Hausaufgabe gehandelt haben, sagt er.«

Sie blieben vor Dyring stehen und sahen sich die ausgestellten Bücher im Fenster an.

»Magst du Aktor mal festhalten?«, fragte Vaa und reichte ihr die Leine.

Er ging in den Buchladen und war eine Weile fort. Als er wieder herauskam, hatte er eine Tüte der Buchhandelskette ARK in der Hand. An der Kreuzung Stangs gate blieb er erneut stehen.

»Warum hast du mir so viel von den Ermittlungen erzählt?«, fragte Mette.

»Weil ich dir vertraue, und weil du an einer Dokumentation über Selbstmord arbeitest. Weil du Arvo Pekkas Geschichte erzählen willst«, sagte er ernst. »Und weil ich gerne mit dir rede«, fügte er mit einem Lächeln hinzu. »Hier trennen sich unsere Wege. Ich muss ins Vinmonopol.«

Er nickte in Richtung des staatlichen Alkoholmonopolladens auf der anderen Straßenseite, während er gleichzeitig die Hand in die ARK-Tüte steckte und ein eingepacktes Buch herauszog.

»Erst öffnen, wenn du zu Hause bist«, sagte er streng. »Wir hören voneinander.«

Er drehte sich um und ging. Sie eilte die Storgate hinunter in Richtung Bratsberg Brygge, wo Torkel mit seinem Hund, dem Dackel Aktor, in der vierten Etage wohnte, mit Aussicht auf Moldhaugen, wo Mette Minde mit Mann und Kindern lebte. Noch. Sie setzte sich in ihren Golf und riss den Klebestreifen auf, der das Einpackpapier zusammenhielt. Langsam schlug sie das Papier zur Seite. *Das Entschwundene ist ein Traum* von Aksel Sandemose. Sie legte den Kopf auf das Lenkrad.

Mette Minde leistete am Mischpult gute Arbeit, so wie sie sich das gelobt hatte. Ihre Stimmung besserte sich. Heute Morgen um vier hatte sie ihre Periode bekommen, Gott sei Dank. Das Letzte, was sie jetzt brauchten, war ein unüberwindliches Hindernis. Hürden und Verkettungen, die sie unflexibel machten. Peder sollte nach Nordnorwegen gehen können, ohne dass sie ihm Steine in den Weg legte. Es würde trotz allem für sie und die Jungen nicht härter werden als für die Familien, in denen der Ehemann und Vater auf einer Bohrinsel in der Nordsee arbeitete. Es gab Tausende solcher Familien in Norwegen, versuchte sie sich einzureden. Tausende, und obwohl er nicht so lange frei haben würde wie diese Männer, würde er nichtsdestotrotz mehrere Tage hintereinander frei haben, sodass er nach Hause kommen konnte. Aber Nordnorwegen war weit, und es war teuer zu fliegen, flüsterte eine pessimistische Stimme in ihrem Ohr. Er würde nicht oft kommen können. Sie verbannte die Stimme und sagte sich, dass es das Wichtigste war, dass Peder wieder froh wurde. Jeder Mensch hatte ein Recht darauf, sein Glück zu suchen.

Der Montag war in den Dienstag übergegangen, dem der Mittwoch folgte. Jensemann war die ganze Woche krank geschrieben, fürs Erste. Am Vortag waren sie über den vorläufigen Obduktionsbericht informiert worden, und man hatte Mathias Garmos Namen freigegeben. Sie hatte die kurze Meldung für das Bulletin um 12:03 Uhr gestern selbst geschrieben: »Bei dem Toten, der am Osterabend in der Nähe einer Hütte auf dem Besitz der Familie Løvenskiold-Fossum gefunden wurde, handelt es sich um den neunzehnjährigen Mathias Garmo aus Skien. Die Hütte sei über die letzten dreißig Jahre an eine Familie aus Skien verpachtet gewesen, teilt der bei Løvenskiold-Fossum für die Ländereien verantwortliche Andreas Skoger mit. Die vorläufige Obduktion von Garmo hat ergeben, dass er circa zwei Wochen vor seiner Entdeckung getötet wurde. Die Polizei bittet alle, die über relevante Informationen verfügen, sich auf der Polizeiwache Grenland zu melden.«

An diesem Mittwoch war kriminaltechnisch wenig los. Über Ylva lagen weiterhin keine neuen Erkenntnisse vor, und was den Mordfall Mathias Garmo anging, herrschte Informationssperre. Über die Tipps, die zweifelsohne aus der Bevölkerung eingegangen sein mussten, wurde Stillschweigen bewahrt.

Tomas Evensen war nach Møsvatn in der Gemeinde Vinje

geschickt worden, wo ein Vater und sein vierzehnjähriger Sohn nach einem Skiausflug vermisst wurden. Eine Suchmannschaft vom Roten Kreuz und der Norwegischen Volkswohlfahrt sowie ein Sea King Hubschrauber beteiligten sich an der Suche. Mette wartete auf die Rückmeldung des Reporters.

Sie war nach dem Bulletin um 11:03 Uhr gerade auf dem Weg aus dem Studio, als der Chef vom Dienst Anders Kvisle auf sie zugestürzt kam.

»Man hat den Roller von Ylva Hegge gefunden! Auf dem Besitz der Familie Løvenskiold-Fossum. In Fossum. Ein anonymer Tipp. Wo ist Line?«

Er drehte sich um und machte ein paar Schritte den Gang hinunter, während er Monica grüßte, die am Mischpult saß.

»Wo ist Line?«

»Sie redigiert einen Beitrag für *Norwegen auf einen Blick!*«, rief Monica.

»Ich brauche sie, sofort!«, rief Kvisle zurück, während er nach Mettes Arm griff.

»Du fährst mit Line nach Fossum. Ich übernehme das Mischpult bis zur Abendschicht selbst. Beeil dich!«

Line kam angelaufen. Der Islandpullover schlackerte um ihren mageren Körper, und das lange Haar hing wie die Ohren eines afghanischen Windhunds um ihr schmales Gesicht. Mette lächelte ihr aufmunternd zu. Sie hatte schon oft mit Line gearbeitet. Line hatte den Kurs für Videojournalisten absolviert. Es war ihr sogar gelungen, vor Tomas hineinzukommen. Das mochte verstehen, wer immer es konnte. Kvisle informierte sie über den Stand der Dinge.

»Aber ich redigiere gerade den Beitrag über das Lammen in Ordal für *Norwegen auf einen Blick*«, protestierte Line heftig.

Kvisle fand es offenbar nicht der Mühe wert, ihr die Prioritäten klarzumachen. Er hatte einen hohen Blutdruck, zu viel von dem schlechten Cholesterin und nahm Blut verdünnende Medikamente. Wohlweislich machte er auf dem Absatz kehrt und marschierte zurück in die Redaktion. Mette bat Line, in vier Minuten startklar zu sein.

Die hohe schmiedeeiserne Pforte zu dem Besitz war verschlossen. Auf der anderen Seite, mitten auf der Brücke über den Fluss, stand ein Streifenwagen. Weiter vorn, am Ende der Allee, sahen sie das rosa Gutshaus. Es gab nur wenige Gutsbesitzer in Norwegen, aber Skien hatte einen. Die Familie Løvenskiold in Fossum, deren Wurzeln mehrere Jahrhunderte zurückreichten. In früheren Zeiten waren ein Eisenwerk, ein Sägewerk und eine Holzschleiferei auf dem riesigen Besitz betrieben worden. Heute lebte das Gut hauptsächlich von Forstwirtschaft und Energieerzeugung, doch es war nicht leicht, in den heutigen Zeiten Gutsbesitzer zu sein, und das Unternehmen brauchte mehrere Standbeine. Die enorme Baumasse war mit großen Instandhaltungspflichten verbunden.

»Auf der Rückseite führt auch ein Weg hinein, versuchen wir es da«, sagte Mette.

Mette fuhr, sie war schon einmal hier gewesen. Ungefähr auf dieser Höhe hatte sie Idun Hegge und den roten Yaris aus den Augen verloren. Die Schotterstraße, die durch den Wald führte, endete bei dem Verwaltungsgebäude des Guts, das hinter dem Haupthaus lag. Gefällte Baumstämme waren an der Straße gestapelt und warteten darauf, zersägt zu werden. In einem großen roten Wirtschaftsgebäude war die Wildschlachterei untergebracht, eins von Løvenskiold-Fossums neuen Standbeinen. Sie kamen bis zu dem Parkplatz zwischen den Gebäuden, ohne dass jemand sie anhielt. Als Mette die Handbremse des Dienstwagens zog, sah sie einen Streifenwagen den Weg hochfahren, den sie eben gekommen waren.

»Ich glaube, wir sind gerade noch durchgekommen, bevor hier auch abgesperrt wird«, sagte sie zu Line. »Wir müssen vorsichtig vorgehen.«

Sie stiegen aus. Mette informierte Line, dass sie den Fernsehton für den Radiobeitrag nehmen würde. Es galt, so wenig Aufwand wie möglich zu betreiben, damit man sie nur nicht aufhielt. Je weniger Ausrüstung, desto besser. Line sollte sich aufs Filmen konzentrieren. Um das Reden würde Mette sich kümmern.

Auf der Treppe zu dem Verwaltungsgebäude standen drei Männer und unterhielten sich, wobei sie ihr Umfeld im Auge behielten. Einer von ihnen rauchte. Mette und Line gingen entschlossen auf sie zu.

»Andreas Skoger?«, fragte Mette mit fester Stimme.

»Das bin ich«, sagte einer der Nichtraucher.

Mette stellte sich vor und signalisierte Line, sich bereitzuhalten. Sie griff nach dem Mikrophon, das mit der Kamera verbunden war und ging auf Skoger zu, der mit den Händen in den Hosentaschen die kleine Treppe hinunterkam.

»Können Sie mir erzählen, was passiert ist?«, fragte sie, als sie nahe genug heran war.

Andreas Skoger antwortete ihr nur zu gern.

»Also, das war heute Morgen. Der Gärtner hier sollte sich um den Fluss unten kümmern. Da sammelt sich während der Schneeschmelze immer einiges an Ästen und so. Und da hat er den Roller entdeckt. Er lag im Fluss, ganz nah am Ufer, zwischen ein paar Steinen. Der Fluss ist an der Stelle nicht so tief, sodass sich dort ein paar Äste verfangen und gestapelt hatten. Das sah fast wie ein Biberbau aus, und als er die Äste entfernen wollte, hat er den Roller gesehen. Den blauen Roller«, sagte Skoger und schwieg.

»Was hat er dann gemacht?«

»Er hat hier Bescheid gesagt, und irgendjemand hat sich daran erinnert, dass der Roller von dem vermissten Mädchen, Ylva Hegge, noch immer gesucht wurde. Wir haben zwei und zwei zusammengezählt und die Polizei angerufen. Die haben das Nummernschild überprüft, und alles hat gepasst. Das ist Ylva Hegges Roller, den wir gefunden haben«, sagte er mit einem Anflug von Stolz in der Stimme.

»Wie kann der Roller im Fluss gelandet sein?«, fragte Mette.

»Keine Ahnung. Da, wo er gefunden wurde, führt keine Straße am Fluss entlang. In der Nähe verläuft ein kleiner Pfad, aber keine Straße. Jemand muss ihn hineingeworfen oder versucht haben, ihn zu verstecken, ich weiß es nicht. Wir haben kurz darüber gesprochen. Wir glauben, dass jemand ihn loswerden wollte.«

»Kann Ylva Hegge in den Fluss gefahren sein?«

»Nein, da kann man nicht fahren. Dann muss sie ihn schon geschoben haben. Falls *sie* ihn dort versteckt hat. Aber welcher Jugendliche würde schon seinen eigenen Roller in den Fluss werfen? Die Dinger sind teuer. Und wenn sie ihn eine Weile nicht brauchen sollte, würde sie ihn wohl kaum irgendwo verstecken, wo er total kaputtgehen kann«, sagte er.

»Was glauben Sie, ist passiert?«

»Na ja, glauben und glauben. Jemand muss ihr irgendetwas angetan haben«, sagte er.

»Kann Ylva Hegge selbst im Fluss gelandet und von der Strömung mitgerissen worden sein?«

»Ja, das ist nicht unmöglich. Der Fluss fließt jetzt zur Schneeschmelze sehr schnell, aber die Polizei durchforstet gerade das ganze Gebiet, die finden das bestimmt heraus.«

»Der Gärtner hat nichts von Ylva gesehen?«

»Nein, nein«, sagte Skoger. »Gar nichts.«

»Können Sie mir die Richtung zeigen?«

Skoger zeigte leicht seitwärts zum Fluss hinunter. Mette bedankte sich und ging mit Line in die von Skoger gezeigte Richtung.

»Das ging ja wie geschmiert«, sagte Line erleichtert.

»Ja, aber wir brauchen Bilder von der Stelle. Und Bilder von dem Roller wären noch besser«, meinte Mette.

Sie liefen zwischen den Bäumen entlang. Die Stelle, an der der Gärtner den Roller gefunden hatte, war leicht auszumachen. Mehrere Polizisten wateten am Ufer entlang. Mette erkannte Axel Lindgren. Der Roller stand gegen einen Baum gelehnt auf einer Plane. Ein Helm lag neben dem Fahrzeug. Ein Schäferhund schnüffelte am Boden herum.

»Nimm die ganze Szene auf«, flüsterte sie Line zu, die sofort zu filmen begann. »Schwenk, kipp, tu, was du kannst, aber film!«

»Verdammt, Mette«, zischte Line. »Das brauchst du mir nicht zu sagen. Ich weiß, was ich zu tun habe. Manchmal bist du die reinste Pest.«

»Entschuldigung«, sagte Mette kleinlaut. »Mich hat's einfach gepackt.«

»Erzähl mir was Neues«, sagte Line sauer.

Nach zwei Minuten schaltete Line die Kamera aus.

»Okay, jetzt gehen wir zu ihnen«, sagte Mette. »Wenn sie

uns verjagen, haben wir zumindest das, was schon im Kasten ist.«

Axel Lindgrens Gesicht verfinsterte sich, als er sie sah.

»Keinen Schritt näher«, sagte er ruhig und streckte die Hände aus. Wahrscheinlich lernen sie das im dritten Jahr auf der Polizeihochschule, dachte Mette.

»Machen wir es kurz«, sagte er. »Ihr seid hier, ihr solltet nicht hier sein, und ich will euch loswerden. Du hast zwei Minuten, Mette, und dann ab mit euch.«

Er stellte sich neben den Roller, und bevor Mette auch nur eine einzige Frage stellen konnte, leierte er eine lange Tirade herunter, den reinsten Stand-up, als wäre er, Axel Lindgren, der Reporter. Mette verschlug es vor Bewunderung die Sprache. Er erzählte, wie der Roller gefunden worden war, wie die Verhältnisse im Fluss waren und was die Polizei weiter zu unternehmen gedachte. Er zeigte und gestikulierte. Zwei Minuten später war die Zeit um, und sie hatte nicht eine einzige Frage gestellt.

»Ihr verlasst auf der nördlichen Straße den Besitz«, sagte er streng und zeigte in die entsprechende Richtung. »Ich informiere jetzt den Wachmann, und ihr verschwindet auf der Stelle!«

»Danke«, sagte Mette.

Sie kamen an der Wildschlachterei vorbei. Løvenskiold-Fossum fütterte das Wild im Winter und schlachtete es im Herbst. Die Tiere wurden ganz oder in Hälften verkauft. Auf Wunsch bereits zerteilt. Ein grausamer Gedanke ergriff von Mette Besitz. Sie musste an den zerstückelten Körper von Mathias Garmo denken. Was wäre wenn? Nein! Aber trotzdem, das dürfte nicht weiter schwer sein? Wer entschloss sich, sein Opfer zu zerstückeln? Ein Schlachter zum Beispiel.

Ylva konnte durch den Wolf gedreht, beseitigt, in einem der Abläufe der Schlachterei heruntergespült worden sein. Aber dann hätten sie sich, verdammt noch mal, wohl nicht in ihrem eigenen Hinterhof des Rollers entledigt, mit Nummernschild und allem?

Sie taten, was man ihnen gesagt hatte, und passierten den Wachposten, kurz bevor sie auf die öffentliche Straße abbogen. Der Polizist grüßte kurz, als sie vorbeifuhren. Mette fuhr auf demselben Weg zurück, den sie gekommen waren. Als sie zum Haupteingang des Guts kamen, sahen sie mehrere Autos am Straßenrand parken. Journalisten und Fotografen drängten sich vor dem geschlossenen schmiedeeisernen Tor. Bald würden sie sich verteilen und um den riesigen Besitz ausschwärmen. Es kam ihr merkwürdig vor, dass der NRK zuerst da gewesen war. Gewöhnlich war das nicht der Fall. Die Zeitungsjournalisten, die zu den Eifrigsten zählten, schliefen mit dem Polizeifunk unter dem Kopfkissen, und wenn sie einmal kurz eingenickt sein sollten, gab es genug der verschiedensten Leute, die den Polizeifunk heimlich abhörten und die Journalisten informierten, bevor sie ihnen in deren Windschatten folgten. Aber das war ein anonymer Tipp gewesen, hatte Kvisle gesagt. Ebenfalls ungewöhnlich.

War es nicht etwas verdächtig, dass den Løvenskiold-Fossums sowohl die Hütte, in der man Mathias Garmo gefunden hatte, als auch das Gut gehörte, auf dem der Roller aufgetaucht war? Selbst wenn in Skien niemand größere Ländereien besaß als die Løvenskiolds, war das merkwürdig. Sie musste sich eine Übersicht über die Angestellten der Wildschlachterei besorgen. Falls es auch nur eine einzige Verbindung zwischen einem von ihnen und jemandem aus der Filmclique oder Mathias Garmo gab, würde sie dem auf den

Grund gehen. Das tat die Polizei bestimmt auch. Sie fuhr an den Straßenrand und hielt, sobald sie aus der Allee heraus waren. Sie wählte Idun Hegges Nummer. Das Mädchen meldete sich nach dem zweiten Klingeln.

»Hallo, hier spricht Mette Minde«, sagte sie.

»Das sehe ich«, antwortete Idun. »Ich habe Ihre Nummer gespeichert, für alle Fälle.«

Mette krümmte sich innerlich vor Mitleid.

»Wie geht es dir?«, fragte sie.

»Geht so«, antwortete Idun. »Ich bin in der Schule. Das hilft.«

Line trommelte verärgert mit den Fingern auf die Kamera in ihrem Schoß. Der Beitrag für *Norwegen auf einen Blick* schrie danach, fertig redigiert zu werden, dachte Mette. Doch da hatte Line die Rechnung ohne den Wirt gemacht. Zuerst musste sie den Nachrichtenbeitrag bearbeiten. Mette ließ sich Zeit.

»Ich muss dich etwas fragen, Idun«, sagte sie vertraulich. »Hatte Ylva irgendwelche Kontakte zu dem Gut oben in Fossum? Zu den Løvenskiolds?«

Am anderen Ende war es lange still.

»Idun? Bist du noch da?«

»Ja. Ylva hat mir mal erzählt, dass sie da oben gefilmt haben. Für irgendeinen Film, den Arvo Pekka machen wollte. Nicht für die Schule, sondern für einen eigenen Film«, sagte Idun. »Ich bin da vorbeigefahren, um nach Ylva zu suchen, aber ich hab mich nicht in das Schloss getraut.«

»Hast du den Film gesehen? Weißt du, ob Ylva ihn hat?«

»Nein. Ich weiß nicht einmal, wovon der Film handeln sollte. Nur dass sie oben bei den Løvenskiolds Aufnahmen gemacht haben. Es kann sein, dass Ylva den Film auf ihrem

PC hat, aber ihr PC ist verschwunden. Die Polizei hat danach gesucht, aber ich glaube nicht, dass sie ihn gefunden haben.«

»Hat Ylva nicht auch in der Schule einen PC?«

»Nein, wir haben Laptops. An denen arbeiten wir in der Schule und zu Hause. Wir haben alle Programme, die wir brauchen, auf ein und demselben PC«, sagte Idun.

»Okay, danke, Idun.«

»Das ist in Ordnung. Und rufen Sie ruhig an, wenn Sie einen Babysitter brauchen. Ich hab auch schon auf die Kinder von Monica Rui aufgepasst. Ich kann sehr gut mit Kindern«, sagte Idun.

Mette bedankte sich für das Angebot und legte auf. *Arme Idun*, dachte sie. Bald würde die Familie über den Fund von Ylvas Roller informiert werden. Die Polizei war in diesem Moment bestimmt auf dem Weg zu ihnen. Sie blieb einen Moment mit gerunzelter Stirn sitzen. Ylvas PC war verschwunden. Genau wie Arvo Pekkas PC, das hatte Maiken ihr beim Joggen erzählt. Der Film war verschwunden. Sie ließ den Motor an und fuhr zurück zum NRK-Haus.

Line und Mette redigierten eine Kurzversion für die Tagesschau und einen längeren Beitrag für die Østafjells-Sendung. Die Tagesnachrichten brachten einen dreißig Sekunden langen Beitrag, während die Nachmittagssendung von NRK Østafjells ein Feature von drei Minuten bringen würde. Alles während Tomas Evensen auf dem Rückweg von Møsvatn war, wo Vater und Sohn bei guter Gesundheit gefunden worden waren, aber nicht mit den Medien reden wollten. Der Sea King war ohne zwischenzulanden zurück zum Stützpunkt geflogen.

»Donnerstags haben sie länger auf«, hatte Maiken am Telefon gesagt. »Du *musst* einfach mitkommen. Das gehört zu den Pflichten einer Trauzeugin, Mette. Das und der Polterabend! Und die Rede während des Essens!«

Natürlich würde sie Maiken begleiten, um das Brautkleid auszusuchen. Maiken war in mehreren Boutiquen gewesen, die auf Brautkleider spezialisiert waren, und jetzt standen zwei Kleider zur Auswahl, zwischen denen sie sich nicht entscheiden konnte. Glücklicherweise hatte sie beide Kleider in demselben Laden in Skien gesehen. Es waren noch zwei Monate bis zur Hochzeit, klar, dass es eilte.

Mette befand sich auf dem Nachhauseweg von einer Morgenschicht, die keine wirkliche Herausforderung gewesen war. Sie hatte zwischen den üblichen Aufgaben versucht, eine Liste über die Angestellten der Wildschlachterei von Løvenskiold-Fossum zu erstellen. Die Liste bestand aus einem Namen, der sich mit keinem derjenigen in Verbindung bringen ließ, mit denen sie das gerne getan hätte. Ansonsten sah es wohl so aus, dass Schlachter eingestellt wurden, wenn Saison und Bedarf war. Nun gut. Sicherheitshalber hatte sie noch Maiken ausgefragt, als sich durch ihren Anruf die Gelegenheit dazu ergeben hatte. Mette hatte gefragt, ob Mathias Garmo auf professionelle Weise zerteilt worden war, was Maiken verneint hatte, das Gegenteil war eher der Fall. Und dann hatte sie noch hinzugefügt: »Ich weiß, dass du dir die Wildschlachterei vorgenommen hast, Mette, du hast eine lebhafte Fantasie, aber vergiss nicht, dass wir in Grenland und nicht in Neapel sind. Hier wird niemand zu Salami verarbeitet.«

Ihr Mobiltelefon, das auf dem Beifahrersitz lag, klingelte. Sie bog in die Haltebucht für den Bus ein und hielt an, bevor sie sich meldete.

»Hier spricht Eli Vikan, Sie haben versucht mich zu erreichen?«

Ihr Gehirn versagte ihr den Dienst. Eli Vikan?

»Ich bin Schulkrankenschwester am Klosterskogen Gymnasium«, sagte die Stimme. »Sie haben mehrmals angerufen. Es tut mir leid, dass ich es bisher nicht geschafft habe, zurückzurufen.«

Mette dämmerte es. Es war mehrere Wochen her, dass sie in der Schule angerufen hatte, um mit der Schulkrankenschwester zu sprechen. Sie hatte ihr auch mehrere Kurznachrichten geschickt, da sie sie nie erreicht hatte Eli Vikan teilte ihr mit, dass sie jetzt in ihrem Büro war, um Papierkram zu erledigen. Mette konnte gerne vorbeikommen.

Eine gute Viertelstunde später klopfte sie an die Tür von Eli Vikan, einer dunkelhaarigen Frau in den Vierzigern mit frischen, runden Apfelbäckchen, die einen grünen, stark zerknitterten Hosenanzug aus Leinen trug. Ihr wurde der Besucherstuhl angeboten, ein bequemer roter Stuhl mit einer hohen Lehne und angenehmen Armlehnen. Mette brachte ihr Anliegen vor. Sie wollte wissen, ob Arvo Pekka die Schulkrankenschwester aufgesucht hatte, um über das, was ihm offensichtlich zu schaffen gemacht hatte, zu sprechen. Eli Vikan verschränkte die Arme vor der Brust und schlug die Beine übereinander. Sie wippte mit dem Fuß, wobei sie ihren komfortablen flachen Ecco-Schuh studierte. Dann hob sie den Blick und sah Mette streng an.

»Ich kann Ihnen natürlich nichts zu den einzelnen Schülern sagen. Die Schweigepflicht ist heilig und Grundlage des Vertrauensverhältnisses, von dem ich abhängig bin, um denen helfen zu können, die meine Hilfe brauchen«, sagte sie. »Aber ich kann generell sagen, dass erheblich mehr Mädchen als

Jungen zu uns kommen. Und ich kann auch sagen, dass wir nur ungenügend helfen können. Der Bedarf ist riesig. Das Angebot mikroskopisch klein. Das hier ist eine Teilzeitstelle. Ich bin zweimal pro Woche für ein paar Stunden hier, während ich gut Vollzeit arbeiten und trotzdem nicht allen helfen könnte, die meine Hilfe brauchen.«

»Aber Arvo Pekka ist tot. Er hat Selbstmord begangen. Ich interessiere mich für sein Leben, bevor es so weit kam, dass er beschloss, es zu beenden«, sagte Mette leise.

Auf irgendeine Weise war die Erinnerung an Arvo Pekka an diesem Ort lebendig, obwohl er vielleicht nie hier gewesen war. Aber er war draußen auf dem Schulhof gewesen, einen Steinwurf von dem Büro der Schulkrankenschwester entfernt. Drei Jahre lang hatte er seine Tage hier auf dieser Schule verbracht. Ihr Blick richtete sich auf eine Lithografie, die an der Wand hinter Eli Vikan hing. Sie zeigte einen Clown mit einem lächelnden Gesicht und einer großen Träne, die ihm die Wange hinunterlief. Eli Vikan räusperte sich.

»Generell kann ich sagen, dass Selbstmord bei jungen Menschen nicht notwendigerweise das Resultat lange bestehender psychischer Probleme ist. Die Verrücktheit eines Augenblicks, wie wir das nennen, kann ebenso gut der Auslöser sein. Ein depressiver Moment in Kombination mit der Möglichkeit in Form einer Waffe. Für die Hinterbliebenen ist das sinnlos, schmerzhaft und unbegreiflich, aber es gehört zu den Dingen, die passieren und immer wieder passieren werden«, sagte sie.

»War das bei Arvo Pekka Samuelsen der Fall?«

»Das weiß ich nicht. Aber es ist nicht auszuschließen. Jungen und Männer wählen oft eine drastische Methode, wenn sie Selbstmord begehen. Sie erschießen oder erhängen sich.

Wenn man erst den Abzug gedrückt hat oder vom Stuhl gesprungen ist und die Schlinge um den Hals spürt, ist es zum Bereuen zu spät. Die Entscheidung dauert nur eine Sekunde, und wenn sie getroffen ist, ist sie unwiderruflich. Mädchen und Frauen dagegen entscheiden sich eher für die langsame Variante. Wenn man Pillen geschluckt hat, ist immer noch Zeit zu bereuen. Der Selbsterhaltungstrieb kann einen zwingen, den Rückzug anzutreten, selbst wenn man in dem Moment, als man die Pillen geschluckt hat, wirklich sterben wollte. Es ist noch Zeit, jemanden anzurufen. Zeit, um gerettet zu werden. Oft sprechen wir von einem Hilferuf, wenn Mädchen Tabletten schlucken. Jungen bitten leider nicht so oft um Hilfe, weder auf die eine noch auf die andere Art.«

Herzlichkeit und Engagement hatten sich in die Stimme von Eli Vikan geschlichen. Mit jedem Satz wurde sie tiefer und intensiver. Sie wippte wieder mit dem Fuß und schwieg kurz.

Mette wartete schweigend ab.

»Ich denke schon lange, dass wir mehr Männer beschäftigen sollten. Vor allem in der Sekundarstufe Eins und an den Gymnasien. Da sind so viele Jungen, die keine männlichen Rollenvorbilder haben, keine erwachsenen Männer, mit denen sie reden können. Sie haben immer nur mit Frauen zu tun, mit Müttern, oft alleinerziehend, Kindergärtnerinnen, Lehrerinnen, die ganze Grundschulzeit hindurch, während sie eigentlich einen Mann zum Reden bräuchten. Man sollte Männer als Krankenpfleger ausbilden und eine feste Quote in Vollzeit einstellen. An jeder Schule sollte eine halbe Stelle für einen Mann und eine halbe für eine Frau geschaffen werden, die dann jeweils für zwei Schulen zuständig sind. Das würde ein wenig helfen.«

»Aber die Mädchen kommen zu Ihnen? Heißt das, dass die Mädchen die größeren Probleme haben?«

»Ja, die Mädchen sind in der Mehrzahl. Überwältigend in der Mehrzahl, aber das heißt nicht, dass es den Jungen gut geht. So wie ich das sehe, haben wir ein großes verdecktes Jungenproblem«, sagte sie.

»Und womit kommen die Mädchen?«

»Persönliche Probleme, Liebeskummer, Mobbing, Probleme mit den Lehrern, eine unerwünschte Schwangerschaft, dem Wunsch nach Verhütungsberatung, Essstörungen, sexuelle Übergriffe, Selbstverletzungen, Angst, Depressionen, Schlafstörungen. Die Liste ist lang und vielfältig. Von einfachen Kleinigkeiten bis hin zu ernsten und schwierigen Problemen. Ich leite sie an andere weiter, aber wie Sie wissen, sind die Wartelisten lang, vor allem in der Psychiatrie. Ich muss ganz ehrlich sagen, dass die Hilfe oft zu spät kommt. Was nicht so zu verstehen ist, dass das Mädchen sich inzwischen das Leben genommen hat, sondern dass die Schäden größer geworden sind, als sie es hätten werden müssen, wenn Hilfe da gewesen wäre, als sie gebraucht wurde.«

»Aber Arvo Pekka ist nie zu Ihnen gekommen?«

»Was wollen Sie eigentlich? Sagen Sie es mir«, sagte Eli Vikan.

»Ich will eine Radiodokumentation über Arvo Pekka Samuelsens Leben und Tod machen«, sagte Mette und hörte selbst, wie unmöglich das klang.

Eli Vikan lächelte, ein trauriges kleines Lächeln. Sie schloss die Augen und deklamierte: »Ein Mensch kommt auf die Welt, er wandert umher in einer Haut aus Staub, er lebt und strampelt sich ab und kämpft eine Weile, er plagt sich mit Krankheit und Unrecht und Verlust. Dann stirbt er und wird vergessen, und sein Leben vereint sich leise mit dem der Erde. *Markus* steht vielleicht auf dem Grabstein, wer war Markus?«

»Das ist der Anfang aus *Die Quelle des Glücks* von Gabriel Scott. Ich lese das jeden Sommer, um mir in Erinnerung zu rufen, um was es im Leben eigentlich geht«, sagte sie leise und stand auf. »Ich erwarte hundertprozentigen Quellenschutz. Kann ich mich auf Sie verlassen?«

Mette nickte.

Die Schulkrankenschwester ging an den Schreibtisch und schloss eine Schublade auf. Sie zog eine Mappe aus grüner Pappe heraus und blätterte in den Bögen, die lose in der Mappe lagen. Nach einer Weile fand sie, wonach sie gesucht hatte, und hob den Blick.

»Ylva Hegge war Anfang März bei mir und hat mir von ihren Befürchtungen erzählt. Sie wollte, dass ich Arvo Pekka Samuelsen, der ein guter Freund war, und Ulrik Steen-Jahnsen, der ihr Freund ist, zu einem Gespräch einbestelle. Es machte ihr Angst, dass die beiden so viel über Selbstmord redeten. Anfangs war nur auf einem philosophischen beziehungsweise theoretischen Niveau darüber gesprochen worden, inspiriert durch eine Abhandlung für die Schule, die Ulrik über Selbstmord als Phänomen geschrieben hatte. Er hat Politische Ideengeschichte als Wahlfach und einen Text zu dem Thema verfasst. Doch sie hatte den Eindruck, dass das Thema immer mehr Raum einnahm, und Angst, dass sie Ernst machen könnten. Zu Anfang hatte sie selbst noch mitdiskutiert, sich dann aber zurückgezogen, während die beiden anderen weitergemacht haben.«

»Haben Sie mit ihnen gesprochen?«

»Nein, das habe ich nicht geschafft«, sagte die Schulkrankenschwester. »Ich habe es nicht als so dringlich eingestuft. Frische Schnittwunden an Armen und Beinen, Anorexie und Bulimie, Inzestbeschuldigungen und Eltern, die sich um den Verstand trinken, da war so viel anderes, das Vorrang hatte. Ich habe Ylva Hegges Befürchtung leider nicht als ebenso dringlich angesehen wie die anderen dringenden Sachen, die ich auf dem Tisch hatte. Doch nachdem Arvo Pekka Selbstmord begangen hatte, habe ich mit Ulrik Steen-Jahnsen gesprochen.«

»Und?«

»Er hat hier gesessen und geweint. Er hat geglaubt, an Arvo Pekkas Tod schuld zu sein, weil er die Abhandlung über Selbstmord geschrieben und immer wieder mit dem Thema angefangen hat. Arvo Pekka war interessiert gewesen. Sie hatten darüber diskutiert und fantasiert, wie sie es machen würden, wenn sie sich das Leben nehmen sollten, aber für Ulrik waren das nur theoretische Überlegungen, hat er gesagt. Es war nicht ernst gemeint. Reine Theorie. Ein Gedankenspiel. Ein spannendes Gedankenspiel in einem etwas langweiligen Alltag.«

Mette dachte an das Gespräch, das sie mit Ulrik geführt hatte. Sie hätte ihm härter zusetzen, seine Abwehr durchbrechen müssen. Das war ihr nicht gelungen, und einen neuen Versuch hatte sie nicht unternommen. Jonas Vik hatte auch nichts erreicht. Sie dachte an Ulriks Mutter. Ulrik war der Schlüssel zu Arvo Pekkas Leben. Sie musste ihn zum Reden bringen, je früher, desto besser.

»Er hat keinen Abschiedsbrief hinterlassen«, sagte Eli Vikan. »Das wundert mich, falls der Selbstmord geplant war. Er hatte Freunde. Die jungen Leute sind unglaublich mit Netzwerken beschäftigt. Um gesehen, gehört und verstanden zu werden. Sie wollen sich vorführen, selbst im Tod. So wie ich das verstehe, kann ein nicht vorhandener Abschiedsbrief so verstanden werden, dass der Selbstmord nicht geplant war. Dass er aus einem Impuls heraus gehandelt hat. Er war betrunken. Er hatte die Waffe. Er hat es getan.«

Eine lange Pause folgte.

»Vielleicht denke ich das auch, um mich selbst zu rechtfertigen. Um zu rechtfertigen, dass ich nicht sofort nachdem mir Ylva Hegge von ihren Befürchtungen erzählt hat, tätig geworden bin«, seufzte Eli Vikan.

Mette Minde dachte daran, dass Arvo Pekka Opfer sexueller Gewalt geworden war. An seinen Vater, der seine Mutter umgebracht hatte, an das Jahr, in dem er nicht vor die Tür gegangen war. An den Selbstmord in der Schwimmhalle. In derselben Schwimmhalle, vor der er vor einigen Jahren von Mathias Garmo, den irgendjemand zerteilt und in ein Plumpsklo gestopft hatte, misshandelt worden war. Sie spürte, wie sie vor Wut zitterte. Es wäre zu verstehen, wenn Appa aus reiner Rachsucht Magga in kleine Teile zerteilt hätte, aber er konnte es nicht getan haben. Er war bereits tot, als jemand den Plagegeist Mathias Garmo zersägt hatte. Wie wütend war Aron Storm, der Fotolehrer, gewesen? Konnte es sein, dass er Arvo Pekka hatte rächen wollen? Aron Storm könnte es getan haben. Ylva Hegge könnte es getan haben, und Ulrik Steen-Jahnsen könnte es getan haben. Sie könnten es sogar alle zusammen getan haben. Und wenn Liisa Beijar es getan hatte? Wie viel berechtigte Wut konnte eine Tante und Pflegemutter mobilisieren? Oder Solveig Steen-Jahnsen, die für Arvo Pekka ja auch so etwas wie eine Pflegemutter gewesen war? Doch was wussten sie von den Übergriffen auf Appa? Vielleicht alles, vielleicht nichts. Die Polizei findet das heraus, aber langsam sollten sie mal zu Potte kommen, dachte Mette. So verdammt schwer kann das doch nicht sein. Sie haben Zugriff auf alles und alle. Sie können jeden einbestellen, jederzeit, und ihn stundenlang verhören. Sie haben Aron Storm in Untersuchungshaft genommen. Sie haben alle Möglichkeiten.

Es roch kräftig nach gebratenem Fisch, als sie zu Hause in die Diele trat. Peder stand mit einer Schürze in der Küche. Der Tisch war für vier gedeckt, und die Kartoffeln kochten auf dem Herd. Eine große Schüssel mit Gurkensalat stand bereits auf dem Tisch, zusammen mit der Glaskaraffe mit Wasser und den Salz- und Pfefferstreuern. Sogar Servietten hatte er schön gefaltet auf jeden Teller gelegt. Er lächelte sie an. Seine Haare standen ab. Sie lächelte zurück.

»Gibt es etwas zu feiern?«

Bevor er antworten konnte, kamen Trym und Eirik aus dem Wohnzimmer hereingestürmt. Trym in vollem Galopp vorneweg, gefolgt von Eirik, der seinen alten Teddy im Arm hielt.

»Mama, Papa fährt nach Nordnorwegen, und wir besuchen ihn! Ich freu mich riesig«, rief Trym. »Aber Eirik glaubt nicht, dass das lustig wird. Das wird doch lustig, nicht?«

»Ja, das wird bestimmt lustig und ein bisschen traurig«, sagte sie. »Wenn Papa wegfährt, sehen wir ihn ja nicht mehr jeden Tag.«

»Ich will nicht, dass er wegfährt«, sagte Eirik mürrisch und drückte den Teddy an seinen Bauch.

Mette zog den nächsten Küchenstuhl vor, setzte sich und nahm Eirik auf den Schoß.

»Papa kommt, sooft er frei hat, zu uns nach Hause, und wir besuchen ihn, sooft wir können«, tröstete sie ihn tapfer.

Peder goss die Kartoffeln ab und stellte den Topf zusammen mit der Bratpfanne mit den Forellenfilets auf den Tisch.

»Es ist serviert, alle Mann an den Tisch«, kommandierte er mit übertrieben fröhlicher Stimme.

Das Essen fiel schweigsamer aus als sonst. Die Erwachsenen versuchten, ein normales Gespräch in Gang zu halten, was nicht wirklich gelang. Die Zwillinge witterten die Missstimmung und taten nicht viel, um ihnen zu helfen. Sobald sie fertig waren, sprangen sie auf, und niemand versuchte, sie daran zu hindern, wie es die Tischsitte unter normalen Umständen gefordert hätte. Kurz darauf war der Fernsehapparat zu hören.

»Wir hätten ihnen das zusammen erzählen sollen«, flüsterte Mette. »Was denkst du?«

»Während ich draußen in der Garage war, hat das Krankenhaus in Alta angerufen«, sagte er. »Trym hat mir das Handy herausgebracht. Er hat das ganze Gespräch mitbekommen, ich hatte keine andere Wahl, als ihm zu sagen, dass ich mich nach einem anderen Job umsehe, und dann ist alles zusammengekommen. Es tut mir leid, dass es so gelaufen ist.«

»Du gehst also nach Alta?«

»Ich bin zu einem Gespräch eingeladen. Freitag nächster Woche«, sagte er.

»Gratuliere«, erwiderte sie ohne jegliche Begeisterung. »Aber wir schaffen das. Trotzdem müssen wir uns hinsetzen und einen Wochenplan aufstellen. Ich habe die ganze nächste Woche Tagschicht.«

»Ich auch. Da gibt es also keine Probleme. Wir müssen nur jemanden finden, der auf die Jungen aufpasst, jemanden, auf den wir uns verlassen können.«

»Idun Hegge, die Schwester von Ylva, hat sich freiwillig angeboten«, warf sie ein.

Er verdrehte die Augen.

»Das bringt es nicht. Wir brauchen einen Erwachsenen. Ich habe überlegt, meine Mutter anzurufen, ob sie herüberkommen und hier schlafen kann, wenn du Morgen- oder Abendschicht hast«, sagte er.

Sie stand so heftig auf, dass der Stuhl hinter ihr umfiel.

»Nein. Das kommt überhaupt nicht infrage«, fauchte sie. »Ich will nicht, dass deine Mutter hier wohnt.«

Er stand auf und begann, den Tisch abzuräumen.

»Es wäre vielleicht für die Jungen ganz schön, sie hier zu haben«, sagte er, den Rücken ihr zugewandt.

»Es wäre ganz schön für sie, einen Vater zu haben, der mit seiner Familie zusammenleben will«, erwiderte sie.

Eirik stand mit dem Teddy unter dem Arm in der Tür.

»Lasst ihr euch scheiden?«, fragte er mit dünner Stimme.

Mette und Peder sahen sich an. Er ging zu ihr, legte die Arme um sie und bohrte das Gesicht in ihre Locken. Dann sah er zu Eirik hinunter, streckte einen Arm aus und fuhr ihm durch die Haare und lachte herzhaft.

»Nein. Wir lassen uns nicht scheiden. Ich liebe deine Mama, und ich liebe meine Jungen über alles, aber ab und zu streiten Erwachsene, genau wie du dich manchmal mit Trym streitest«, sagte er. »Ich werde eine Zeit lang weit weg von hier arbeiten, aber nicht für immer. Damit müsst ihr euch abfinden.«

Eirik schien die Antwort zu akzeptieren. Er trollte sich zurück zu seinem Bruder vor den Fernseher.

»Sie lassen sich nicht scheiden«, hörte sie ihn durch die Tür verkünden.

Peder zog sie an sich, und sie klammerte sich an ihn. Die Teller mit dem erstarrten Fischfett auf dem Tisch blieben sich selbst überlassen. Sie stürzten die Treppe in die erste Etage hinauf, verschwanden im Bad und schlossen hinter sich ab.

*

Aron Storm lag auf dem Rücken und starrte an die Decke. Er zählte zum hundertsten Mal an den Fingern ab, wie viele Tage, Nächte und Stunden er jetzt in der Zelle eingesperrt war. Das machte es weder besser noch schlechter. Er wollte die Minuten zählen, gab jedoch auf. Ihm kam der Gedanke, dass er ebenso viele Tage, Nächte und Stunden in totaler Einsamkeit oben auf der Hütte verbracht hatte, ohne die Zeit zu merken. Weder das Kommen noch das Gehen der Stunden. Die Wände rückten näher, und die Stille ging ihm auf die Nerven. Hier drinnen herrschte eine andere Stille. Eine falsche Stille. Eine Stille ohne Geräusche.

Er vermisste seinen MP3-Player. Außer Musik hatte er etliche Ausgaben des Freiluftmagazins aus dem Internetradio von NRK darauf heruntergeladen. Aron Storm konnte sich die Sendungen immer wieder anhören. Bei einem Beitrag über die Hasenjagd hatte er an seinen Vater denken müssen, der von einem Baum erschlagen worden war. Der Baum war total morsch gewesen. Von Riesenameisen zerfressen. Der Müllabfuhr des Waldes. Und dann war er, schwer und mit Wasser vollgesogen, seinem Vater Ewald einfach auf den Kopf gefallen, als der mit dem Schrotgewehr und dem Drever mit den weichen Ohren an ihm vorbeigegangen war. Dem Hund, der immer nur der Drever oder einfach Drever genannt wurde. Aron war ein gutes Stück hinter seinem Vater gegangen, wie er das immer tat, ganz von seiner Umgebung in Anspruch genommen. Guck mal, Greisenbart, Trollbart, Waldgeistfaden! Lang wie bei einem alten Wichtel hing er in Fäden von den Ästen der Tanne herunter. Der Uralttanne. Älter als Ewald. Älter als der Urgroßvater Såmund, der längst tot war, doch die Tanne lebte. Die alte Tanne in dem Urwald aus der Urzeit. Als er zu der Stelle gekommen war, an der sein Vater lag, zu Tode gequetscht von einem großen, alten Baum, hatte er sich fest an den Jagdhund geklammert. Kleiner, dummer Aron. Aron hatte lange geglaubt, dass der Hund ihn nicht mochte und nur an Ewald hing. Man hatte ihm gesagt, dass die Trauer den Hund umgebracht hatte, vier Tage nachdem sein Vater auf dem Nordfriedhof begraben worden war. Viele Jahre später hatte er erfahren, dass seine Mutter den Drever zum Tierarzt gebracht hatte. Da, in diesem Moment der Wahrheit, hatte er sie gehasst, doch das war vorbeigegangen. Alles ging vorbei.

Er lag da und fragte sich, ob seine Mutter daran denken würde, Jaco Wasser zu geben. Ob der Vogel ein bisschen fliegen durfte. Das glaubte er nicht, aber Wasser brauchte er. Und Futter. Das konnte sie ihm nicht verwehren. Oder doch? Bei Mons Mockery bestand die Gefahr nicht. Wenn Aron die Augen schloss, sah er die Katze auf dem Schoß seiner Mutter liegen, die schmalen Raubtieraugen auf ihn, Aron, gerichtet.

Er hatte darüber nachgedacht, warum es ihn an besagtem Sonntag Ende März derart erregt hatte, von Arvo Pekkas Selbstmord zu hören. Das war nicht natürlich. Jetzt empfand er ganz anders. Es kam ihm so vor, als wäre er in einer Art Rausch gewesen. In einer künstlichen Blase zusammen mit der Filmclique. Sie waren wie eine Familie. Er war einer von ihnen. Sie hatten über Selbstmord gesprochen. Er war nicht ihrer Meinung gewesen, aber er hatte ihnen auch nicht widersprochen. Das Engagement der Jugend für die wirklich großen Themen hatte ihn fasziniert: Leben, Tod, Bosheit, Moral. Und er hatte sich geehrt gefühlt, der einzige Erwachsene zu sein, mit dem sie ihre Gedanken teilen mochten. Er hatte Angst gehabt, sie zu verlieren. Angst, aus dieser wunderbaren Gemeinschaft ausgeschlossen zu werden, Angst, zurück in ein Leben katapultiert zu werden, in dem er nur der Prügelknabe seiner Mutter und Gesellschaft für Jaco war und sonst niemandem etwas bedeutete. Aron Storm hätte gerne über sich und seinen Verlust geweint, aber er konnte nicht. Nichts würde mehr wie vorher sein. Alles war zerstört, und vielleicht war das sein Fehler.

Der Anwalt Torkel Vaa war vor ein paar Stunden hier gewesen. Er hatte erzählt, dass man Aron bald freilassen würde. Die Staatsanwaltschaft hatte nicht genug, um ihn länger festzuhalten, und sein Alibi war wasserdicht. Er versuchte herauszufinden, was er fühlte. Freude, Triumph? Nichts dergleichen. Erleichterung vielleicht, wenn auch keine große. Nichts würde mehr sein wie vorher.

Ironischerweise war es seine eigene, von ihm unten in der Diele installierte Beobachtungskamera, die ihn retten sollte. Auf dem PC, den die Polizei aus seiner Wohnung in der ersten Etage mitgenommen hatte, waren die exakten Zeitangaben, wann er gekommen und gegangen war, gespeichert. Diese Angaben zusammen mit den Beobachtungen seiner Mutter über seine Lebensführung sowie die genauere Zeitangabe in dem endgültigen Obduktionsbericht, wann Mathias Garmo, wer immer das war, seinen letzten Atemzug getan hatte, würden ihn aus dieser blechdosenhaften Stille herausholen, in der in regelmäßigen Abständen nur der Laut von Metall auf

Metall zu hören war. Doch zu ausgelassenem Feiern bestand kein Grund. Nach wie vor hatte er Beweismittel vernichtet. Nach wie vor hatte er versucht, ein Verbrechen zu verschleiern, und nicht nur ein Verbrechen, nein, einen Mord. Nach wie vor musste er mit einer Anzeige rechnen. Nun gut. Um ehrlich zu sein, hatte er jetzt, da sie das mit der Kamera unten in der Diele wusste, mehr Angst vor seiner Mutter. Ihre Strafe würde härter ausfallen. Dummer, kleiner Aron.

Er brachte die Rechung nach wie vor nicht zum Aufgehen. Er hatte der Polizei alles erzählt, was er wusste, immer wieder. Aber er kannte keinen Mathias Garmo, er war ihm nie begegnet, hatte nie von ihm gehört. Sicher, von Magga hatte er reden hören, aber das brachte nichts. Er konnte ihnen nicht helfen.

Meistens verhörte ihn Axel Lindgren. Manchmal war er in Begleitung von Morgan Vollan, doch der sagte fast nie etwas. Er war älter und bestimmt der Chef. Ein paarmal war Maiken Kvam mit dabei gewesen, doch ihre Gegenwart machte ihn unsicher. Sie war schön. Er redete am liebsten mit Axel Lindgren. Und mit Torkel Vaa, seinem Anwalt. Der hatte auch einen Hund mit weichen Ohren. Einen Dackel. Torkel Vaa hatte er mehr erzählt als jedem anderen lebenden Menschen.

Aber die Rechnung ging noch immer nicht auf. Was, wenn alles nur ein Zufall war? Wenn sich jemand zufällig die Hütte im Luksefjell ausgesucht hatte, um Mathias Garmo zu zerteilen? Nein, das war natürlich unmöglich, dachte er. Völlig unmöglich. Fast niemand wusste von der Hütte, und im Winter war sie äußerst schwer zugänglich. Aber wie sich gezeigt hatte, stimmte das vielleicht doch nicht ganz. Løvenskiold-Fossum hatte die Straße, die in der Nähe der Hütte vorbeiführte, den ganzen Winter über geräumt! Sie hatten eine neue Futterstation für das Wild eingerichtet, ein Versuchsprojekt. Es hatte sogar in der Zeitung gestanden. In *Varden*. Axel Lindgren hatte ihm den Artikel gezeigt. Eine Karte war auch dabei gewesen. Eine Karte, auf der seine Hütte eingezeichnet war. Jeder konnte von der geräumten Straße wissen, doch Aron Storm hatte es nicht gewusst. Er war kein eifriger Zeitungsleser. Er hielt sich in der Regel an die Internetausgaben, und im Internet hatte nichts davon gestanden. Er hatte tatsächlich den Weg über Svanstul und die Loipen genommen und sich durch den lockeren Schnee gekämpft. Das hatten sie alle. Die ganze Filmclique. Hätten sie von der geräumten Straße gewusst, hätten sie nicht den Weg über Svanstul genommen! Aber warum hatte seine Mutter nichts gesagt? Sie las jeden Morgen mindestens zwei Stunden Zeitung. Nicht ein Wort hatte sie gesagt. Vielleicht hatte es sie gefreut, dass er einen riesigen Umweg machen würde? Kleiner, dummer Aron.

Torkel Vaa hatte ihm von der Radiojournalistin Mette Minde erzählt, die an einer Dokumentation über Arvo Pekka und seinen tragischen Tod arbeitete. Dabei waren ihm die Speicherkarten wieder eingefallen. Die Speicherkarten mit den Filmsequenzen, die Arvo Pekka gedreht hatte. Die Speicherkarten, die er in eine Serviette gepackt und in die Seitentasche seines Rucksacks gesteckt hatte. Des kleinen Rucksacks, den er bei sich gehabt hatte, als er die Körperteile von Mathias Garmo gefunden hatte, und der zu Hause an der Wand zum Kellereingang hing, nicht des großen, den er für Ostern für die Hütte gepackt hatte, auf die sie dann doch nicht gefahren waren. Wenn Mette Minde darauf etwas fand, das sie gebrauchen konnte, dann durfte sie die Speicherkarten gerne haben. Sie konnte ja einfach den Ton der Aufnahmen nehmen, die zu einem Film über das Leben von Arvo Pekka hätten werden sollen. Niemand wusste Genaueres, aber es hatte ein richtiger Film werden sollen. Arvo Pekka war sich dessen so sicher gewesen. Torkel Vaa hatte ihn lange angesehen. Dann hatte er gesagt, dass er trotzdem mit seiner Mutter, mit Anna Storm Pettersen, darüber reden musste, dass Ylva da gewesen war und Aron etwas hatte geben wollen. Ihm hatte geben wollen. Torkel Vaa würde seine eigenen Nachforschungen anstellen. Er war Aron Storms Verteidiger. Er konnte nicht blind darauf vertrauen, dass die Polizei ihre Arbeit machte. Dafür war er aus Schaden zu klug geworden, hatte er gesagt. Doch jetzt sah es so aus, als müsste die Polizei ihn ohnehin gehen lassen. Vielleicht waren all diese Nachforschungen nun doch nicht nötig.

Er hatte Axel Lindgren von der Schneeraupe erzählt, der er auf der Suche nach dem Bein, das der Fuchs unter dem Stein versteckt hatte, begegnet war. Løvenskiold-Fossum hatte zu der fraglichen Zeit niemanden von seinen Leuten mit der Raupe draußen gehabt. Wer konnte das dann gewesen sein? Aron wusste es nicht. Er hatte auch von den Skispuren an der Hüttenwand und von der nicht abgeschlossenen Tür erzählt. Axel Lindgren hatte ihn angesehen, und Aron hatte gewusst, dass er ihm nicht glaubte. Das war unangenehm. Er hatte nicht darauf beharren wollen, das wäre nur dumm und noch unglaubwürdiger gewesen. Er hatte einfach gesagt, wie es war. Er hatte die Schneeraupe und die Skispuren gesehen, und die Tür zu der Hütte war nicht abgeschlossen gewesen.

Er hatte nicht erwähnt, dass die Familie Steen-Jahnsen eine Schneeraupe besaß. Sie brauchten sie oben in Øyfjell, wo sie eine Hütte hatten. Das hatte Ulrik ihm vor langer Zeit einmal erzählt. Bevor das alles passiert war. Am Karfreitag, als er Ulrik abgeholt hatte, hatte sie auf einem Anhänger in der Garage gestanden. Aron hatte sie gesehen, als Ulrik das Garagentor geöffnet hatte, um seine Skier zu holen. Wenn die Polizei nicht an die Schneeraupe und an die Skispuren glaubte, wollte er auf keinen Fall etwas sagen, das den Verdacht auf Ulrik lenkte. Wenn alles so lief, wie Torkel Vaa glaubte, war er ohnehin bald hier heraus.

Aron Storm rollte sich zu einem kleinen Ball zusammen und griff nach einer Ecke des Bettbezugs. Er hielt sie sich unter die Nase. Sie war weich, fast wie ein Hundeohr.

*

Mette Minde war besserer Laune als seit Langem. Sie hatte geduscht, und ihr Haar war noch feucht, als sie im Zentrum von Skien über einen Zebrastreifen lief, um sich mit Maiken im Brautsalon zu treffen. Die Schaufensterpuppen, die in helle Kreationen gewandet waren, schauten sie mit kühlen Blicken an. Keusch. Keuschheit wurde eindeutig überbewertet.

Maiken stand mitten im Laden vor einem Kippspiegel auf Löwenfüßen. Ihre blauen Augen leuchteten warm. Die Sommerbraut. Ihre vom Winter blasse Haut ließ das Kleid weniger vorteilhaft wirken als im Sommer, wenn die Sonne erst ihre Arbeit mit den Pigmenten getan haben würde.

»Sie ist meine Trauzeugin«, sagte Maiken an die Inhaberin gewandt.

»Fantastisch«, meinte Mette und sah die Braut entzückt an.

»Und dann lassen Sie sich noch die Haare wachsen, damit Sie sie hochstecken können. Vor der Hochzeit dürfen Sie sie nicht einen Zentimeter mehr abschneiden«, meinte die Inhaberin, eine dunkle, schöne Frau in den Fünfzigern mit einem Anflug von Moll in der Stimme.

»Und ich will Perlen im Haar tragen«, sagte Maiken lachend. »Aber du musst dir das andere auch ansehen, ich bin total unsicher. Ich ziehe mich jetzt um.«

Mette und die Inhaberin wechselten einen Blick, während sie sich einmütig zulächelten.

»Als Trauzeugin brauchen Sie auch ein schönes Kleid«, sagte die Stimme in Moll hinter ihr.

Mette lächelte verlegen und ein wenig unsicher. Natürlich brauchte sie ein Kleid. Sie besaß keins, das sich zu einem solchen Anlass eignete.

»Sie brauchen etwas Grünes«, meinte die Inhaberin. »Ich heiße Elsa, und Sie sind Mette, das weiß ich. Sie brauchen etwas Grünes, in dieser Farbe spiegeln sich Ihre blauen Augen, und sie gibt Ihnen den Widerschein von etwas Fremdem. Ich sehe den Wald in Ihnen. Den Wald und Wasserlilien. Stellen Sie sich mal hier hin.«

Sie führte Mette zu dem Kippspiegel. Elsa trat hinter sie, griff ihr in die Haare und klemmte das Haar an der Seite mit einer Spange am Kopf fest.

»Es steht Ihnen, es hinter den Ohren und offen zu tragen. Sie sollten es nicht hochstecken, sondern glatt am Kopf tragen, nicht wild und bauschig wie jetzt. Und was ist mit Lippenstift, warum nehmen Sie keinen Lippenstift? Mit der Mascara können Sie ruhig auch etwas großzügiger umgehen, das schadet nicht«, sagte Elsa sanft. »Jetzt hole ich Ihnen Ihr Kleid.«

Sie verschwand hinter einem Stativ mit Träumen in Weiß und kam mit etwas Grünem aus einem glänzenden Stoff zurück.

»Thaiseide«, sagte Elsa ehrfurchtsvoll. »Bitteschön, gehen Sie in die Kabine und probieren Sie es an.«

Mette wagte nicht zu protestieren. Als sie das Kleid anhatte, sah sie, dass Elsa recht hatte. Ihre Augen waren nicht länger blau, sie waren grün. Das Kleid war oben figurbetont und von den Hüften ab eng. Es reichte ihr leicht über die Knöchel, sodass man die Schuhe sehen würde. Der Ausschnitt war tief, aber nicht zu tief. Dünne Träger hielten das Kleid oben. Auf dem Rücken hatte es eine große Schleife mit langen Bändern, was fast ein wenig altmodisch wirkte und sie von hinten fülliger aussehen ließ, als sie eigentlich war. Sie musste dieses Kleid haben, egal, was es kostete. Maiken signalisierte ihr aus der Kabine nebenan, dass sie Hilfe mit dem Reißverschluss brauchte. Elsa eilte hinzu. Mette und Maiken kamen gleichzeitig aus den Kabinen, blieben stehen und sahen einander an, bevor sie sich gegenseitig mit Komplimenten überschütteten. Maikens Kleid war knöchellang, eng anliegend, klassisch und einfach. Über der Brust gerade geschnitten und trägerlos. Was den Schnitt anging, passte es gut zu Mettes Kleid, und es gefiel ihr eindeutig am besten. Sie hatten das Traumkleid gefunden, alle beide.

»Café latte?«, fragte Maiken, als sie wieder auf der Straße standen.

»Gern.«

Sie bekamen einen Platz bei Kaffe Kopp unten am Markt. Sobald sie saßen, begannen sie über die Fälle zu reden. Über Mathias Garmo im Plumpsklo und über Ylva Hegge. Maiken erzählte, dass sie rund um die Uhr arbeiteten. Dass sie noch nicht dazu gekommen waren, die Einladungen für die Hochzeit zu schreiben, aber einen Termin für die Trauung gemacht und ein Lokal gemietet hatten. Sie war blass und nicht so lebhaft wie sonst. Falls Mette meinte, dass es lustiger wäre, Polizistin als Journalistin zu sein, sollte sie sich das noch einmal gut überlegen. Es war die reinste Schinderei und das für einen ziemlich schlechten Lohn, nur damit sie es wusste. Sie durchforsteten gerade das Umfeld von Mathias Garmo. Er hatte reichlich Feinde.

»Und du, du hast nach der Tante von Arvo Pekka gesucht, nach Liisa Beijar«, sagte Maiken. »Sie ist wohlbehalten in ihrer Heimat. Die finnische Polizei hat sie als Zeugin in den Fällen Ylva Hegge und Mathias Garmo vernommen. Nur damit du dir keine unnötigen Sorgen machst.«

»Schön«, sagte Mette und griff sich an die Schläfe, wo Elsas Spange noch immer das Haar fest am Kopf hielt. »Ist bei der Vernehmung auch etwas herausgekommen?«

»Nein. Sie ist total verzweifelt. Sie glaubt nicht, dass sie irgendwann einmal zurück nach Norwegen kommen wird. Ihr Haus soll verkauft werden«, sagte Maiken. »Stell dir mal vor, deine Zwillingsschwester wird von ihrem eigenen Mann umgebracht, und dein Neffe, für den du die Pflegemutter warst, begeht Selbstmord. Und das alles innerhalb weniger Jahre und in einem fremden Land.«

»Waren sie Zwillinge? Marija Samuelsen und Liisa Beijar?«

»Ja«, sagte Maiken. »Und noch etwas. Das darfst du natürlich nicht bringen, aber wir haben Mathias Garmos Mobiltelefon gefunden. Es lag im Haus seiner Eltern im Keller zwischen zwei Kissen. Es hing am Ladegerät. Deshalb war der Akku auch nicht längst leer. Wir haben es gefunden, nachdem du angerufen hast.«

»Aha, und was sagt dir das?«

»Das sagt mir gar nichts, wir überprüfen es. Viele haben ihn angerufen, und einige, die eigentlich hätten anrufen müssen, haben nicht angerufen. Die Frage ist, warum sie nicht angerufen haben, und die Antwort ist möglicherweise die, dass sie gewusst haben, dass es sinnlos gewesen wäre. Du verstehst?«

»Jepp.«

Sobald sie sich verabschiedet hatten und jede ihres Wegs gegangen war, musste Mette an ihre eigene Hochzeit denken. Maiken hatte erzählt, dass sie auf fast hundert Gäste kommen würden. Peders und Mettes Hochzeit war recht bescheiden und wenig feierlich gewesen. Nach der Trauung hatten sie zu sechst zu Mittag gegessen. Mit den Trauzeugen, einem Paar aus dem Wohnblock in Majorstua, und den Zwillingen, die damals noch im Kinderwagen gelegen hatten. Mette hatte sich geweigert, ein konventionelles Brautkleid zu tragen, und sich für ein einfaches Kleid aus altrosa Baumwolle entschieden. Peder hatte während des Essens eine fantastische Rede an sie gehalten, sie erinnerte sich noch immer an viele seiner Formulierungen. Dass Mettes Eltern tot waren, war einer der Gründe, dass sie kein großes Fest gewollt hatte. Die Schwiegereltern waren zwar verletzt gewesen, doch Peder und sie hatten die Meinung vertreten, dass das vor allem ihr Tag war und dass sie tun mussten, was sie für richtig hielten.

Wald und Wasserlilien sah sie in ihr, hatte Elsa in dem Laden für Brautmoden gesagt. Mette fand das schön, aber wenig zutreffend. Sie war alles andere als eine Waldnymphe, sie war ein äußerst urbanes Stadtmädchen. Doch es hatte gutgetan, wieder so etwas wie mütterliche Fürsorge zu spüren. Eine sanfte Stimme, einen Blick, der das Schönste in einem sah. Wenn sie doch noch eine Mutter hätte, die so etwas zu ihr sagen würde.

Sie schüttelte die Gedanken ab und rief den Immobilienmakler der Postbank an. Sie wollte das Haus sehen, in dem Arvo Pekka gelebt hatte, doch das sagte sie ihm nicht. Der Immobilienmakler war die Freundlichkeit in Person. Wahrscheinlich witterte er eine willige Käuferin und einen potentiell einfachen Verkauf. Morgen, Freitag, um dreizehn Uhr im Solves veg. Aber gern! Bestimmt war er noch sehr jung und sehr von sich überzeugt, dachte sie.

*

Torkel Vaa rief sie am kommenden Tag eine halbe Stunde vor Ende der Morgenschicht an. Ihr Herz machte einen Satz, als sie seine Stimme hörte, und sie biss sich ärgerlich auf die Unterlippe. Sie erzählte ihm, dass sie sich das Haus im Solves veg ansehen wollte. Er bat sie, auf dem Heimweg nach Moldhaugen in seinem Büro vorbeizuschauen. Er habe etwas, das er ihr zeigen müsse.

Das Auto des Immobilienmaklers parkte schon vor der Hecke, als sie kam. Er lächelte breit und war genauso jung und jungenhaft wie sie ihn sich aufgrund seiner Stimme am Telefon vorgestellt hatte. Er redete ununterbrochen, während er mit seinen dünnen blassen Bürohänden gestikulierte. Wie wunderbar das würde, wenn man die Hecke schnitt. Hell und luftig und die großen Fenster, die auf die Terrasse hinausgingen. Der Hecke dort würde es auch guttun, wenn man sie stutzte. Ja, sicher, allerdings! Die Auffahrt könnte man pflastern und den Platz neben der Haustür vor dem Küchenfenster zu einem wunderschönen Frühstücksplatz machen. Hier hatte man schon früh Sonne, es war windgeschützt und schön und von draußen fast nicht einsehbar. Ihre Augen schweiften zu Nachbar Arne und seiner Alten hinüber, doch er war nirgends zu sehen. Die Enttäuschung war hart, als sie das Haus betraten. Alles war fort. Nicht ein Möbelstück, nicht ein Bild an einer der Wände. Nur Gardinen an den Fenstern und ein paar Lampen an der Decke. Es roch nach Seife und Leere. Die Wände waren fleckig und zeigten Spuren der Möbel, die einmal hier gestanden hatten, aber nicht mehr da waren. Sie ging von Raum zu Raum. Es war unmöglich zu sagen, wo Arvo Pekka Samuelsen geschlafen hatte. Wahrscheinlich in dem kleinsten Schlafzimmer. Die Wände hier drinnen hatten kleine Löcher von Reißzwecken und Nägeln aber es stand kein Bett in dem Raum. Kein Schreibtisch. Die Schranktüren waren offen, die Einbauschränke leer. Der Makler redete ununterbrochen, doch sie hörte nicht zu. Sie dachte an das, was in diesem Haus passiert war.

Mette ging ins Wohnzimmer und zog die Gardinen zur Seite. Licht flutete in den Raum. Sie blieb eine Weile stehen und sah auf die Terrasse hinaus, auf der Marija Samuelsen sich im Schutz der Hecke gesonnt hatte. Sie zog die Gardinen wieder zu und schritt langsam das Wohnzimmer ab, als würde sie überlegen, wie sie die Möbel stellen wollte.

Der Immobilienmakler redete und redete.

»Alles ist eingelagert«, hörte sie. »Wenn es nicht schon abgeholt worden ist. Eine Reinigungsfirma hat das ganze Haus geputzt. Sie kommt nicht wieder zurück. Eine furchtbare Geschichte. Mein Gott. Die arme Frau. Aber die Gegend ist sicher und angenehm, und das Haus kann mit ein paar einfachen Handgriffen wieder topp werden.«

Der Keller war genauso leer wie das restliche Haus. Hier unten hatte Arvo Pekka seine eigene Dunkelkammer gehabt, hatte Solveig Steen-Jahnsen erzählt. Jetzt war alles fort, falls es jemals da gewesen war.

»Kann ich noch die Garage sehen?«, fragte Mette.

»Ja, sicher.«

Die Garage war ebenfalls leer. Nicht ein Gerät. Nicht einmal ein Liter vergessenen Motoröls oder eine Flasche Unkrautvertilgungsmittel. Leer, ausgeräumt, gesäubert.

Pflichtschuldigst nahm sie den Umschlag entgegen, der einen Prospekt und einen Vordruck für ihren Preisvorschlag enthalten sollte, als sie sich an der Hecke verabschiedeten. Sie blieb noch eine Weile im Auto sitzen und dachte nach, bevor sie ausstieg, das Auto abschloss und die Straße zum Haus der Familie Steen-Jahnsen hochlief.

Solveig Steen-Jahnsen öffnete ihr. Sie lächelte, als sie sie erkannte. Mette brachte ihr Anliegen vor. Sie arbeitete an einer Radiodokumentation über Arvo Pekka Samuelsen. Ob Solveig wohl später auf Band etwas über ihn erzählen wollte? Ob sie einen Termin machen konnten? Ja, selbstverständlich, das wollte Solveig Steen-Jahnsen gerne. Mette sagte, dass sie auch mit Ulrik reden musste. Sie wollte mit allen reden, die Arvo Pekka gut gekannt hatten.

»Ulrik und Idun sitzen unten im Partykeller«, sagte Solveig.

»Idun Hegge?«

»Ja. Ich glaube, sie trösten einander. Sie vermissen Ylva beide. Das tun wir alle«, sagte sie.

»Dann will ich nicht stören«, sagte Mette. »Ich muss allein mit Ulrik reden. Ich rufe ihn später an.«

Sie verabredeten, dass Mette in der nächsten Woche vorbeikommen würde, am Mittwochnachmittag.

»Wissen Sie«, sagte Solveig Steen-Jahnsen. »Ich habe viel nachgedacht, nachdem Sie vor den Osterferien hier waren. Ulrik und Arvo Pekka sind fast wie Zwillinge aufgewachsen. Das ist richtig. Wie Ylva und Idun. Und beide haben ihren

Zwilling verloren. Ylva und Arvo Pekka sind weg, und Ulrik und Idun sind allein zurückgeblieben. Ich bete jeden Tag, dass sie Ylva finden. Diese Ungewissheit ist so furchtbar. Und dann das mit dem Roller, den man oben in Fossum gefunden hat. Sie ist tot, glauben Sie nicht?«

»Es ist eine Woche her, seit jemand sie gesehen hat«, sagte Mette. »Es ist wohl nicht so abwegig zu glauben, dass sie tot ist.«

»Glauben Sie, der Lehrer hat etwas damit zu tun? Der, der wegen des Mordes an diesem Garmo in Untersuchungshaft sitzt?«

»Ich weiß es nicht, aber die Polizei findet das bestimmt heraus«, sagte Mette.

»Hoffentlich«, seufzte Solveig Steen-Jahnsen.

Sie parkte am Hotel Vic in einer Querstraße zur Storgate und ging das Stück zu dem zweistöckigen Steinhaus, in dem Torkel Vaa seine Kanzlei in der ersten Etage hatte, zu Fuß. Vor einer Boutique hatte jemand einen Tisch und zwei Stühle herausgestellt. Es wimmelte vor Menschen, die sich die Storgate hinauf und hinunter bewegten, die nur in einer Richtung befahrbare Prachtstraße, die parallel zum Fluss von Osebakken bis zum Einkaufscenter Down Town verlief.

Sie nahm jeweils zwei Stufen auf einmal und spürte den Muskelkater in den Oberschenkeln. Vor einer massiven Tür aus dunklem Holz blieb sie stehen und las die Messingplatte, die darüber informierte, wer hier residierte, bevor sie auf die Klingel drückte. Eine Frauenstimme antwortete über die Sprechanlage, Mette Minde nannte ihren Namen, und die Tür ging auf. Sie trat in ein ziemlich großes Foyer. Der Raum wurde durch eine Empfangstheke geteilt. Vor der Theke gab es eine kleine Garderobe und ein paar Stühle, auf denen man wohl Platz nehmen und warten sollte wie beim Zahnarzt. Auf einem Tisch standen eine Kaffeekanne und Tassen für die Mandanten bereit. Hinter der Theke saß eine Frau in einem dunkelblauen Rock und einer weißen Bluse. In den Ohren, die unter dem kurzen Haar gut zu sehen waren, hatte sie Perlen.

»Rechtsanwalt Vaa erwartet Sie, Sie können gleich durchgehen«, sagte sie formell und musterte Mette, während sie sich von ihrem Stuhl erhob, um die Tür zu Vaas Büro zu öffnen.

Er stand mitten im Raum, die Hände auf dem Rücken. Er trug einen grauen Anzug und ein weißes Hemd mit einer in Grautönen gestreiften Krawatte. Die Schuhe waren schwarz und glänzten. Die Brille lag auf dem Schreibtisch am Fenster, das auf den Fluss hinausging. Er erinnerte sie an eine schlankere Ausgabe des Detektivs Poirot, allerdings ohne Bart, falls das vorstellbar war. Aktor sah flüchtig von seinem Platz in einem geflochtenen Korb auf, der unter dem Fenster stand. Der Hund streckte und schüttelte sich und kam, um sie zu begrüßen.

»Hier bin ich«, sagte sie, um überhaupt etwas zu sagen, während sie sich an die Schläfen fasste, um zu sehen, ob die Spangen noch saßen, wo sie sitzen sollten. Sie war mit der Mascara großzügiger umgegangen als sonst und hatte die Lippen mit einer dünnen Schicht Lipgloss nachgezogen.

»Schön. Hör zu«, sagte er und zog leicht die Brauen hoch.

Torkel Vaa war zu Hause bei der Mutter von Aron Storm, Anna Storm Pettersen, gewesen. Die Mutter war sich sicher, dass ihr Sohn nichts mit dem Mord an Mathias Garmo zu tun hatte. Ausgerechnet er, der nicht einmal einen angeschossenen Hasen töten konnte, hatte sie geschnaubt.

»Aber die habe ich mitgebracht«, sagte er und breitete eine Serviette mit einem Blumenmotiv vor ihr aus.

In der Serviette waren zwei dieser Speicherkarten eingeschlagen, die Fernsehleute als Speicherplatz für ihre Aufnahmen benutzten.

»Darauf sind Szenen aus dem Film, den Arvo Pekka über sein Leben drehen wollte«, sagte Rechtsanwalt Vaa. »Aron Storm hat die Speicherkarten aufbewahrt und gesagt, dass du sie verwenden kannst, wenn dir das bei deiner Dokumentation hilft.«

Sie sah ihn ein paar Sekunden lang atemlos an und wollte nach den Speicherkarten greifen, aber er schloss die Hand um die Serviette und lächelte.

»Stopp, wir sehen uns den Film zusammen an. Und ich besorge Popcorn«, sagte er.

»Hast du ihn dir angesehen? Weißt du, was darauf ist?«

»Nein, ich weiß nicht, wie man mit solchen Speicherkarten umgeht. Mir fehlen auch die nötigen Geräte, um sie mir anzusehen«, sagte er ruhig. »Aber die hast du, das weiß ich.«

»Wir können sofort zum NRK hochfahren und sie uns ansehen«, sagte sie eifrig.

»Nein, das geht nicht, ich bin bis Sonntagvormittag beschäftigt. Ich kann dich um zwölf in Borgeåsen treffen, wenn dir das passt.«

Sie amtete tief durch und willigte ein. Er beugte sich zu einem kleinen Safe hinunter, öffnete ihn, legte die Speicherkarten hinein und schloss die Tür.

»Anna Storm Pettersen ist eine sehr scharfsinnige Frau«, sagte er. »In mehr als einem Sinne. Ich halte sie für ziemlich intelligent. Du merkst das, wenn du mit ihr sprichst, sie begreift sehr schnell. Und obwohl sie als Mutter eine Prüfung sein mag, glaube ich, dass sie auch ein paar versöhnliche Seiten hat. Sie hat erwähnt, dass Ylva Hegge eine Weile vor ihrem Verschwinden bei Aron Storm vorbeigeschaut hat, Aron aber nicht zu Hause war. Und dass Ylva wirklich freundlich war, sie aber an dem Tag furchtbar schlechte Laune hatte und ziemlich unhöflich zu ihr war. Das ist ihr oft durch den Kopf gegangen, hat sie gesagt, jetzt, wo Ylva Hegge verschwunden ist.«

Mette sah die Szene vor sich, wie der Fotolehrer oben im Luksefjell in die Hütte geführt wurde.

»Wie geht es Aron Storm?«, fragte sie.

»Es ist für jeden hart, der für etwas in Untersuchungshaft sitzt, das er nicht getan hat«, sagte Vaa. »Aron Storm kommt gut zurecht, aber sie werden ihn ohnehin freilassen müssen. Er kann Mathias Garmo nachweislich nicht ermordet haben.«

»Aha? Nachweislich?«

»Ja. Ich kann jetzt nicht ins Detail gehen, aber wir sehen uns am Sonntag«, sagte er freundlich.

*

Das Russauto stand auf dem Hof von Even Ivarstuen. Das Gehöft lag am Rand des Wohngebiets und war auf drei Seiten von Feldern und Wiesen umgeben. Um sie herum roch es nach nassem Frühjahr. Die Kronen der Eichen oben auf dem Hügel hatten einen leichten grünen Schimmer bekommen. In ein paar Wochen würde das Laub sprießen, und es würde richtig Frühling sein. Die Sonne schien, endlich, und wärmte schon ein bisschen. Idun Hegge hielt einen kleinen Pinsel in der Hand. Vorsichtig malte sie die letzten weißen Striche an den Buchstaben der Namen derer, die mit dem Russauto

»Clockwork Orange« fahren würden. ULRIK, EVEN, JANNE, IDUN, ARVO PEKKA, YLVA, IDA.

Sie hatten hin und her diskutiert, ob sie die Namen Arvo Pekka und Ylva stehen lassen sollten. Ulrik und Even hatten bereits Anfang März zwei rote Striche auf den Ford Transit gemalt, als das Auto noch drinnen in der Scheune stand, und Ylva und Janne hatten kurz darauf die Namen in Weiß aufgemalt. Vor Arvo Pekkas Selbstmord. Even Ivarstuen hatte schließlich argumentiert, dass es eine Huldigung an Appa sein würde, seinen Namen stehen zu lassen. Sie waren sich einig. Idun hatte sich nicht in das Gespräch eingemischt. Sie kannte niemanden von ihnen besonders gut, doch nachdem Ylva verschwunden war, hatten sie sie beschützend in ihre Mitte genommen. Es fühlte sich gut an, umsorgt zu werden. Die Mutter von Even Ivarstuen hatte sogar den Arm um sie gelegt, als sie vor ein paar Stunden mit einem Korb frisch gebackener Brötchen herausgekommen war, und die Mutter von Ulrik war auch richtig nett zu ihr. Gestern Abend hatten sie zusammen mit Ulriks Eltern Pizza gegessen. Sie und Ulrik hatten nebeneinander am Tisch gesessen, als wären sie richtig zusammen. Keiner wollte an diesem Abend ausgehen. In ein paar Tagen ging es los, und die Russzeit, auf die sie sich einerseits gefreut und vor der sie sich andererseits gefürchtet hatte, konnte beginnen. Idun spürte, wie es bei dem Gedanken daran im ganzen Körper kribbelte. Die Russtracht lag zu Hause in ihrem Zimmer bereit, geschmückt mit Abzeichen, Perlen und Nieten.

Vor ein paar Wochen, als sie mit Arvo Pekka in der Schwimmhalle gesessen hatte, hatte sie geglaubt, dass sie nie ihr Abi machen würde. Und jetzt würde Ylva nie ihr Abi machen. Nachdem man ihren Roller oben in Fossum gefunden hatte, war ihre Mutter endgültig zusammengebrochen, und in der Grensegate war es fast nicht mehr auszuhalten. Ihre Mutter lief den ganzen Tag in ihrem hässlichen gelben Morgenmantel herum. Sie war krankgeschrieben. Sie machte kein Essen, wie sie das sonst tat, sie ging nicht einmal einkaufen. Ihr Stiefvater musste alles machen, doch aus irgendeinem unerfindlichen Grund schimpfte er nicht mit Idun und Oliver. Niemand verlangte mehr etwas von ihnen. Olivers Meerschweinchen war gestorben. Am Vortag hatte es mit in die Luft gestreckten Beinen auf dem Rücken gelegen und war mausetot gewesen. Sie hatten vergessen, ihm Wasser zu geben.

Idun malte mit weißer Farbe an Ulriks Buchstaben. Sie richtete sich auf und sah ihn an, wie er mit dem Rücken zu ihr dastand. Die Armmuskeln waren unter dem T-Shirt zu sehen. Sie dachte an das, was Ylva an dem Vormittag gesagt hatte, als sie in ihrem Zimmer Weißwein getrunken hatten. Wen würde Ulrik in den Tod mitnehmen? Nein, er würde nicht sterben! Ihr Herz schwoll an. Als würde er ihren Blick spüren, drehte er sich zu ihr um und schaute sie fragend an. Hitze stieg ihr in die Wangen. Idun Ketchup! Sie drehte sich schnell zu dem ungepflügten Feld um.

*

Mette Minde hatte beschlossen, an diesem freien Tag alles außen vor zu lassen, was irgendwie mit dem Job zu tun hatte. Inzwischen war Samstagvormittag, und bis jetzt war ihr das ausgezeichnet gelungen. Sie waren nach Kragerø gefahren und hatten die Fähre nach Jomfruland genommen, um sich die blühenden Buschwindröschen anzusehen und die Wellen, die über die Steine der Moräneninsel weit draußen im Schärengarten schwappten. Peder und sie hatten jeder ihr eigenes Auto genommen, um Platz für Kristian und Bjørn, die Freunde von Trym und Eirik, zu haben. Jetzt rollten sie langsam von der Tårnbrücke herunter, am Haga Wirtshaus vorbei auf die beiden Leuchttürme zu, den neuen und den alten, die von vielen Stellen der Inselgemeinde aus zu sehen waren.

Sie redeten über alles Mögliche, und Mette versuchte, das gefährliche Thema zu umgehen, so gut sie konnte. Dass Peder weit von ihnen fortziehen würde, und das absolut freiwillig. Schließlich brachte er selbst die Sprache darauf, als würde er sich so darauf freuen, dass er einfach darüber sprechen musste. Er deutete an, dass sie vor nächster Woche einen Wochenplan machen mussten. Er würde am Freitag zu seinem Jobinterview nach Nordnorwegen fliegen. Am liebsten würde er bereits am Donnerstag fliegen. Sie antwortete, dass sie das vielleicht besser morgen besprachen. Das musste doch nicht jetzt auf dem Ausflug sein. Er wiederholte, dass seine Mutter gerne kommen würde, um sich um die Jungen zu kümmern. Dann hatte er sie also eingeladen. Der Ärger in Mette wuchs. Sie hatte nicht direkt etwas gegen ihre Schwiegermutter, aber sie hatte auch nicht sonderlich viel für sie übrig. Donnerstag und Freitag hatte sie Abendschicht. Bestimmt hatte er ihren Dienstplan studiert, der im Arbeitszimmer hing. Sie schaffte es nicht, zu protestieren. Er wollte sicher nur das Beste, alles regeln und organisieren. Eigentlich sollte sie zufrieden sein, aber das war sie nicht. Gerade im Moment fand sie es wichtig, dass Peder und sie etwas Zeit miteinander hatten, ohne eine Schwiegermutter, die durchs Haus schlich.

Ein Teppich aus Buschwindröschen wogte unter den nackten Eichen. Millionen mussten das sein, die da dicht an dicht standen. Die gezackten Blätter griffen ineinander wie Hände, während die Blütenköpfe sich zum Licht emporstreckten. Das war der wärmste Tag, den das Frühjahr bisher zu bieten gehabt hatte. Die Sonne schien von einem mit kleinen Wölkchen gepunkteten Himmel, während der Frühjahrswind mit den nackten Ästen der Bäume Fangen spielte, sodass sie in den Böen munter gegeneinanderschlugen. Peder griff nach ihrer Hand, und sie überließ sie ihm. Schweigend gingen sie zu dem Geröll an der Seeseite der Insel weiter, wo die weiß schäumende Gischt auf das Land traf. Sie dachte an Arvo Pekka Samuelsens Film.

Der grüne Rover parkte unter den Ästen einer riesigen Hängebirke, als sie am Sonntagvormittag in ihrem Auto angefahren kam. Ungestüm und warm breitete sich die Spannung in allen Nervenbahnen aus. Arvo Pekkas Leben. Die grünen Augen auf dem Bild, das auf dem kleinen Altar in der Schule gestanden hatte. Vor einer Ewigkeit, als noch Winter gewesen war. Jetzt war Frühling. Sie parkte den Golf demonstrativ neben seinem englischgrünen Chromkreuzer. Sie war diejenige, die den Schlüssel hatte und die Geräte bedienen konnte, sogar die Maschine für die redaktionelle Bearbeitung, obwohl sie keinen Kurs für Videojournalisten besucht hatte.

Torkel Vaa lächelte. Aktor musste im Auto bleiben. Der Hund stand auf dem Fahrersitz, die Pfoten auf dem Lenkrad, und sah ihnen nach, wie sie in dem NRK-Haus verschwanden. Für die Wochenendwache war es noch zu früh, wer auch immer diese Aufgabe übernommen hatte. Jedenfalls nicht Jensemann. Er war weiterhin krankgeschrieben. Sie sollte ihn anrufen, dachte sie plötzlich. Sie hatte Jensemann total vergessen. Torkel Vaa hatte kein Popcorn gekauft.

Die Filmsequenzen von Arvo Pekka waren nicht einfach zu verstehen, aber nichtsdestotrotz war Mette fasziniert von dem vielfältigen Jungen. Torkel Vaa war gegangen, und sie saß allein in dem großen NRK-Haus und dachte über das nach, was sie gerade gesehen hatte. Fragen schwirrten in ihrem Kopf herum. Gedankenverloren schaltete sie einen Fernseher an, auf NRK2 lief ein Aki-Kaurismäki-Film. Und plötzlich wusste sie, was sie tun musste. Sie wählte die Nummer der Chefredakteurin Rita Rieber. Nach kurzem Hin und Her wurde ihr bewilligt, drei Tage Überstunden abzufeiern. Es war lebensnotwendig, etwas Privates, doch zu der Abendschicht am Donnerstag würde sie zurück sein.

SAS bot einen Flug von Gardermoen über Stockholm nach Vasa an. Sie buchte ein Ticket ohne Rückflug im Internet. Wenn sie erst einmal in Vasa war, würde es ihr schon gelingen, Liisa Beijar aufzuspüren. Peder hatte an den ersten drei Tagen der kommenden Woche Tagschicht. Anschließend würde er zu seinem Jobinterview nach Narvik fliegen. Sie hatten den Wochenplan direkt nach dem Sonntagsfrühstück erstellt. Seine Mutter würde auf die Zwillinge aufpassen. Für die ersten drei Wochentage war alles geregelt. Erst Schule, dann waren die Jungen in der Schulbetreuung.

Sie musste einfach fliegen, sofort. Sie sah in den Fahrplan des Zugs zum Flughafen und buchte ein Ticket. Dann druckte sie alle Tickets und die Bestätigung des Hotels in Vasa aus, in dem sie ein Einzelzimmer für zwei Nächte reserviert hatte. Sie holte sich an Ausrüstung, was sie brauchte, und steckte noch ein paar zusätzliche Batterien ein. Ihr Blick fiel auf die kleinste der Handkameras. Soll ich, soll ich nicht. Ja, sie wog sie in der Hand und entschied sich. Nahm sich ein Ladegerät und ein paar Speicherkarten und stopfte alles in ihren Rucksack. Die Speicherkarten von Arvo Pekka waren bereits darin, sie konnte sie direkt auf der Kamera abspielen. Torkel Vaa hatte nicht darauf bestanden, sie zu behalten. Sie gehörten ihr.

Auf dem Weg aus dem Haus begegnete sie der Wochenendwache, die gerade kam. Tomas Evensen. Sie grüßte relativ zahm, wie Rita Rieber es ihr aufgetragen hatte. Er grüßte auch, ganz normal, wie man jemanden grüßte, der vor zehn Jahren in die Parallelklasse des Bruders gegangen war. Sie wechselten nicht ein Wort.

Sie stellte das Handgepäck neben den Stuhl und nippte an dem warmen Kaffee. Das Mädchen hinter der Theke hatte kurzes blondes Haar und ein frisches entgegenkommendes Lächeln. Sie erinnerte an Annie Lennox, wie sie Ende der achtzigerjahre ausgesehen hatte. Draußen vor den großen Fenstern stieg gerade ein Flugzeug in den Himmel auf. Die Landebahn lag direkt vor der Bar, und bis zum Boarding nach Vasa war noch eine Viertelstunde Zeit. Sie war noch nie in Arlanda gewesen, aber sie merkte, dass es ihr hier gefiel. Das Gefühl auf Reisen zu sein, auf dem Weg von einem Ort zu einem anderen. Die Freiheit, der Kaffee, die Zeitungen, all die anderen, Fremden, die auch auf dem Weg waren. Es war nicht seltsam, hier alleine zu sitzen. Liisa Beijar, dachte sie. Wer bist du? Marija Samuelsen. Wer warst du? Zwillinge, wie ihre Jungen. Zwillinge, wie Idun und Ylva. Lebenszwillinge, wie Ulrik und Arvo Pekka. Immer fehlte ein Zwilling. Nein, nicht immer. Meine Jungs sind zu zweit. Trym und Eirik, dachte sie zärtlich, als sie aufstand, um sich in die Schlange am Gate zu stellen.

Es war eine Propellermaschine, und sie war im Vergleich mit der SAS-Maschine, einer Boeing 737, die sie von Gardermoen nach Arlanda gebracht hatte, sehr klein. »Blue1« stand in blauen Buchstaben auf dem weißen Flugzeug. Sie waren nicht viele. Ungefähr zwanzig vielleicht. Vor allem Männer, die, der Kleidung nach zu schließen geschäftlich unterwegs waren, und ein paar Mädchen, bei denen es sich um Studentinnen zu handeln schien. Vasa hatte eine Universität, hatte sie im Internet gelesen. Ansonsten war die Stadt zweisprachig mit rund achtzig Prozent Finnisch und zwanzig Prozent Schwedisch sprechenden Einwohnern.

Vaasa hieß sie auf Finnisch, Vasa auf Schwedisch. Die Stadt lag an der Westküste des Bottnischen Meerbusens, ungefähr mitten in Finnland, auf gleicher Höhe wie Trondheim. In dieser Stadt mit ihren 60 000 Einwohnern musste sie Liisa Beijar finden.

Sie ließ sich in den blauen Ledersitz sinken und streckte die Beine aus. Verblüffend viel Beinfreiheit. Als sie in der Luft waren, verkündete der Kapitän in fließendem Schwedisch, dass die Flugzeit nach Vasa fünfundvierzig Minuten betrug. Mette Minde schloss die Augen und entschwebte in die Welt der Träume. Keine Turbulenzen, nur etwas Tüllartiges in rosa. Ein Kleid. Doch in dem Kleid steckte kein Körper. Die Stimme im Lautsprecher ließ sie mit einem Ruck aufwachen und sich fragen, ob sie geschnarcht hatte oder ob ihr Speichel aus dem Mund gelaufen war. Der Landeanflug auf Vasa begann. Unter ihr sah es wie in Norwegen oder Schweden aus. Graue Flächen mit nackten Laubbäumen, durchsetzt mit grünen Nadelbäumen. Seen. Äcker, manche bereits gepflügt, schwarz und fruchtbar, und ein paar gelbbraune, auf denen das vertrocknete Stroh vom Vorjahr lag. April, dachte sie. Bald wird endgültig alles wieder zum Leben erwachen.

Der Flughafen war angenehm klein und übersichtlich.

Kleiner als Sandefjord-Torp. Vielleicht so groß wie Geiteryggen, der kleine Flugplatz von Skien, doch Verkehr gab es in Vasa mehr. Vor dem Flughafen warteten die Taxen in einer Reihe. Sie stieg in die erste und ließ sich zum Hotel Radisson im Zentrum bringen.

Sie hatte die Chefredakteurin angelogen und musste Reise und Aufenthalt deshalb selbst bezahlen, doch wenn die Dokumentation erst fertig redigiert war und ausgestrahlt wurde, würde sie Rita Rieber um die Übernahme der Kosten bitten. Vorläufig bediente sie sich von ihrem geerbten Geld.

Das Zimmer lag in der fünften Etage mit Aussicht auf den Bahnhof, ein niedriges, helles Holzgebäude mit der obligatorischen Uhr hoch oben über dem Eingang. Sie näherte sich vier Uhr Ortszeit. Zu Hause war es jetzt drei, und ihre Jungen kamen bald aus der Schulbetreuung nach Hause. Sofort, als die wenigen Dinge, die sie im Handgepäck mitgenommen hatte, ausgepackt waren, vertiefte sie sich in das Telefonbuch, das sie in der Schreibtischschublade gefunden hatte.

Sie suchte die Nummer der Polizeiwache heraus und wählte sie vom Telefon auf dem Schreibtisch aus. Eine angenehme Stimme antwortete am anderen Ende. Sie trug ihr Anliegen vor und wurde zu einer nicht ganz so angenehmen Stimme weiterverbunden. Maiken hatte ihr erzählt, dass die finnische Polizei mit Liisa Beijar gesprochen hatte. Sie mussten wissen, wo sie sich aufhielt. Nein, leider. Die Polizei konnte ihr Liisas Adresse nicht geben, doch wenn sie wollte, konnte sie ihre Nummer hinterlassen. Man würde Kontakt zu Liisa Beijar aufnehmen und sie bitten, die Journalistin aus Norwegen anzurufen. Mette biss sich auf die Unterlippe. Nein, das war keine gute Idee. Sie wollte sie überraschen. Sie bedankte sich für die Hilfe und legte auf.

Beijar. Sie fuhr mit dem Zeigefinger die Telefonbuchseiten entlang. Dreizehn Personen mit Namen Beijar. Keine hieß mit Vornamen Liisa, doch das hatte sie auch nicht erwartet, da Liisa nach fünf Jahren in Norwegen ihren Anschluss in Finnland wohl kaum mehr hatte. Mette Minde fing oben an und wählte die erste der Nummern.

*

Idun Hegge griff nach dem Mobiltelefon und sah auf die Nummer im Display. Niemand, den sie gespeichert hatte. Sie zögerte kurz, bevor sie sich meldete.

»Idun Hegge«, sagte sie und ließ ihre Stimme tiefer und ein wenig fragend klingen.

»Hallo, Idun, hier spricht Peder Haugerud, der Mann von Mette Minde. Hör zu, ich bin in einer Notlage und frage mich, ob du mir helfen kannst.«

Als sie wenige Minuten später das Gespräch beendeten, kribbelte es in Iduns Bauch. Sie würde auf die Zwillinge von Mette Minde aufpassen. Auf die Jungen, auf die Ylva aufgepasst hatte. Mette Mindes Mann musste nach Kirkenes fliegen, wo immer das war. Er musste zu einem Vorstellungsgespräch, zu dem er plötzlich eingeladen worden war, und Mette Minde war verreist. Sie war nach Finnland geflogen, um die Tante von Arvo Pekka zu suchen. Letzteres gefiel Idun gar nicht, aber andererseits hatte sie nichts zu befürchten. Liisa Beijar glaubte, dass das Mädchen, das mit der Speicherkarte bei ihr vorbeigekommen war, Ylva gewesen war, und Ylva war fort, fort, fort. Bis jetzt war es Idun gelungen, sich geschickt aus der Situation herauszumanövrieren. Nichts und niemand konnte ihr etwas anhaben.

Idun packte ihre Toilettensachen und ein paar Klamotten in eine kleine Tasche. Den Schulrucksack ließ sie stehen. Sie würde morgen nicht in die Schule gehen. Sie würde in Mette Mindes Haus sein. Sie würde einen ganzen Tag an einem anderen Ort sein und nichts anderes zu tun haben, als dort zu sein.

Sie hörte den Fernseher, als sie ins Erdgeschoss hinunterkam. Ihr Stiefvater war auf der Arbeit. Im Moment arbeitete er bis spät in den Abend. Oliver war noch nicht aus der Schule zurück. Es roch nach Zigarettenrauch. Ihre Mutter hatte wieder zu rauchen angefangen, und damit nicht genug, sie rauchte im Haus. Das war eklig, und es stank. Sie saß in ihrem gelben Morgenmantel vor dem Fernseher und rauchte den ganzen Tag. Sie aß nicht und sprach fast nicht. Idun seufzte, als sie die Brote sah, die sie vor ein paar Stunden für sie geschmiert hatte und die noch immer unberührt neben dem überfüllten Aschenbecher auf dem Wohnzimmertisch standen. Sie stellte die Tasche auf den Boden, ging ins Wohnzimmer, nahm den Aschenbecher, holte eine Plastiktüte aus der Küche und entleerte die Kippen in die Tüte. Dann stellte sie den Aschenbecher zurück auf den Tisch. Ihre Mutter hob den Kopf und sah zu ihr hoch. Ihre Augen hatten einen gequälten Ausdruck. Sie erinnerten sie an ein Tier, das wusste, dass es getötet wurde. Idun wandte den Blick ab. Sie schrieb einen Zettel für Oliver und legte ihn auf die Küchenanrichte.

Dann nahm sie die Schlüssel von dem Toyota, die auf der Kommode in der Diele lagen. Es brachte nichts, ihrer Mutter zu sagen, was sie vorhatte. Sie hörte und sah ohnehin nichts und würde das Auto bestimmt nicht brauchen. Wer kurvte schon in einem gelben Morgenmantel durch die Gegend!

Eine Viertelstunde später fuhr sie die Sackgasse hoch, in der Mette Minde wohnte. Peder Haugerud stand bereits neben seinem Auto, einem blauen Kombi. Die Zwillinge waren nirgendwo zu sehen.

*

Mette Minde hatte die ersten zehn Personen mit Namen Beijar angerufen und bis auf einen alle erreicht. Einer sprach kein Schwedisch, dafür aber brauchbares Englisch. Keiner von ihnen kannte eine Liisa Beijar, die vor fünf Jahren nach Norwegen gegangen war. Und keiner erinnerte sich an eine Marija Beijar. Sie seufzte. Ihr Magen knurrte. Sie notierte sich die letzten Namen und Nummern auf ihrem Block und fuhr mit dem Fahrstuhl ins Erdgeschoss hinunter. Das Hotel hatte Zimmer in zwei einander gegenüberliegenden Gebäuden an einer Straße, in deren Mitte eine Allee aus hohen Bäumen gepflanzt war und die ein wenig an den Boulevard *Unter den Linden* in Berlin erinnerte, nur in kleinerem Maßstab. Die Rezeption und das Restaurant Fransmanni lagen in dem Gebäude auf der anderen Straßenseite. Sie ging an der Rezeption vorbei und ließ sich einen Stadtplan und eine Zeitung geben, bevor sie das Restaurant betrat. Mehrere Tische waren besetzt. Sie setzte sich an einen Fenstertisch mit Blick auf die Allee.

Mette konnte noch eine der Nummern anrufen, bevor der Kellner die Karte brachte. Auch diesmal hatte sie keinen Erfolg. Sie bestellte ein Beefsteak mit Zwiebeln und eine Cola light. Missmut ergriff Besitz von ihr. Was hatte sie denn erwartet? Dass sie nur nach Vasa fliegen musste, wo Liisa vor fünf Jahren einmal gewohnt hatte, und sie ganz einfach finden würde? Natürlich hatte Liisa hier keine Wohnung mehr. Sie konnte bei einer Freundin oder bei Verwandten in Helsingfors wohnen oder irgendwo sonst. Das Ganze war völlig idiotisch, dachte sie, während sie die nächste Nummer auf ihrer Liste wählte. Niemand meldete sich.

Als das Essen kam, breitete sie das *Vasablad* vor sich aus, eine schwedischsprachige Zeitung im Großformat, die die halbe Tischplatte einnahm. Das Beefsteak schmeckte himmlisch, und ihre Stimmung besserte sich. Sie hatte den ganzen nächsten Tag und einen Großteil des übernächsten. Erneut griff sie nach ihrem Mobiltelefon. Zehn Minuten später wusste sie, dass keine der mit Namen Beijar im Telefonbuch aufgeführten Personen Liisa Beijar kannte. Sie bestellte Schokoladenkuchen und Kaffee zum Dessert und studierte den Stadtplan. Das Hotel lag zwischen zwei großen Straßen, der Vasaesplanade und der Hovrättsesplanade. Der zentrale Marktplatz, der zu den Sehenswürdigkeiten der Stadt zählte, lag ganz in der Nähe. Plötzlich kam ihr ein Gedanke! Das *Vasablad*! Natürlich. Sie musste sich an einen Kollegen wenden. Sie sah im Impressum nach. Die Redaktion lag in der Sandögatan 20. Sie schaute erneut in den Stadtplan. Die Sandögatan war nur einen Steinwurf von ihrem Hotel entfernt. Sie bat den Kellner, die Rechnung auf ihr Zimmer zu setzen, packte zusammen und trat auf die Allee hinaus.

Die Redaktion des *Vasablads* war von neun bis dreiundzwanzig Uhr besetzt. Die Frau an der Rezeption lächelte sie unter den kreideweißen Designerlampen freundlich an. Mette erklärte ihr langsam und deutlich, um was es ging. Die Frau verstand. Sie runzelte nachdenklich die Stirn, bevor sich ihr Gesicht aufhellte und sie Mette in einem singenden Schwedisch mitteilte, dass sie Jacob Norrgård anrufen würde, sie sollte doch bitte Platz nehmen und kurz warten. In der Kanne war Kaffee, wenn sie mochte.

Mette Minde setzte sich auf das türkisfarbene Sofa und wartete ein paar Minuten, bis ein großer Mann Mitte vierzig auftauchte. Er hatte eine Mütze auf dem Kopf, einen sorgfältig frisierten schwarzen Schnurrbart und eine auffallende Brille auf der Nasenspitze. Er reichte ihr die Hand und bat sie, ihm in die Redaktion zu folgen. Sie kamen in eine große, offene Bürolandschaft, wo die Arbeitsplätze der Journalisten wie kleine Felseninseln über den blauen Boden verstreut lagen. Von der Decke hingen die gleichen weißen Lampen, die sie schon in der Rezeption gesehen hatte. Mehrere der Inseln waren bevölkert. Sie spürte die neugierigen Augen im Rücken, während sie neben Jacob Norrgård herging. Er schob ihr einen Stuhl hin und setzte sich ihr gegenüber.

Sie berichtete so einfach und verständlich wie möglich von der Dokumentation, an der sie arbeitete, und ihrem Wunsch, mit Liisa Beijar in Kontakt zu kommen, die vor gut fünf Jahren von Vasa nach Norwegen gezogen war. Er hörte ihr ernst zu, während er sich mit Daumen und Zeigefinger durch den Bart fuhr. Als sie schwieg, lächelte er breit. Was für eine Geschichte, meinte er, und es eilte natürlich? Mette bestätigte das. Er machte sich ein paar Notizen auf seinem Block, bat sie um ihre Mobilnetznummer und notierte sie ebenfalls. Dann holte er eine Visitenkarte aus der obersten Schreibtischschublade und gab sie ihr.

Jacob Norrgård bat sie, einen Spaziergang zur Hovrättsesplanade und zum Marktplatz zu machen, während er der Sache nachging. Es machte ihn nervös, wenn jemand neben ihm saß und wartete. Da war es besser, wenn sie spazieren ging, sagte er entschuldigend und zog an seinem Schnurrbart. Er war für den Bereich Wirtschaftsjournalismus zuständig, worunter auch Wirtschaftskriminalität fiel. Eine Stunde würde er brauchen, mehr nicht. Das dürfte reichen. Seine Quellen hingen wie frisch gebügelte Hemden im Schrank dicht aufeinander, behauptete er. Wenn er früher etwas finden würde, wollte er sie anrufen.

Als sie wieder auf der Straße stand, rief sie Peder an. Er meldete sich nicht. Sie hatten schon lange kein Festnetztelefon mehr, sodass es keine Alternative gab.

*

Sie wollten keine Kinderstunde sehen, und sie wollten nicht spielen. Die Zwillinge wollten, dass Mama und Papa nach Hause kamen, und wenn Mama und Papa nicht kommen konnten, sollte Ylva kommen. Idun spürte, wie sie immer ärgerlicher wurde. So hatte sie sich das nicht vorgestellt.

Verzogene Scheißgören, das waren sie. Quengelig und bockig. Trym war außerdem noch böse zu Eirik. Er nahm ihm den Teddy weg und warf das Kuscheltier in die Luft. Eirik heulte vor Wut. Sie würde nie Kinder haben. Sie musste Trym zurechtweisen. So ein Verhalten duldete sie nicht. Aber zuerst musste sie sie beruhigen. Woher nahmen sie nur die Energie?

»Wir machen Pfannkuchen!«, rief sie enthusiastisch.

Die beiden guckten sie ein paar Sekunden lang skeptisch an, bevor der Jubel losbrach.

»Ja! Pfannkuchen!«

Alles war bereit, um den ersten Pfannkuchen zu backen, als ihr Mobiltelefon schellte. Es war Peder Haugerud. Sie versicherte ihm, dass alles in Ordnung war. Alles super. Er war gerade in Værnes gelandet, wo immer das war, und würde in einer Stunde weiterfliegen.

»Die Jungen sind so unkompliziert. Hier ist alles okay, und ich werde sie bestimmt um halb acht ins Bett schicken«, zwitscherte sie.

Trym und Eirik sahen sich an, mischten sich aber nicht ein. Sie wollten nicht einmal mit ihrem Vater reden, obwohl sie mitbekommen haben mussten, dass Idun mit ihm sprach.

Der Vater der Zwillinge wiederholte die Anordnung, dass niemand, absolut niemand anderer als Idun ins Haus kommen durfte, solange er nicht da war. Die Türen mussten abgeschlossen und alle Fenster geschlossen werden. Er hörte sich gestresst an. Bla, bla, bla, dachte sie.

»Hier läuft es gut, und alles ist zu und abgeschlossen, Sie können sich auf mich verlassen«, sagte sie fest und bestimmt.

Der Vater beruhigte sich. Eirik steckte einen Finger in den Rührteig. Sie hatte Lust, ihm eine zu kleben, besann sich aber im letzten Moment. Sie schloss die Augen und dachte, dass die Pfannkuchen gebraten werden mussten. Das ging unmöglich mit einem schmutzigen Zeigefinger.

*

Um den zentralen Marktplatz wimmelte es von jungen Leuten, obwohl es erst Ende April und Montag war. Für die Jahreszeit war es milde, doch nicht so milde, dass ein Bier im Freien ihr verlockend erschien. Viele schienen das jedoch anders zu sehen. Der Teil der Hovrättsesplande, der an den Marktplatz grenzte, war zur autofreien Zone erklärt worden, und die Lokale reihten sich dicht an dicht. An den Hauswänden entlang standen Bänke, Tische und Stühle. Gelächter,

Zigarettenrauch und das Klirren von Gläsern mischten sich in dem frühen Frühjahrsabend. Sie ging über den Platz auf ein Einkaufscenter zu, als ihr Mobiltelefon klingelte. Mette zuckte zusammen. Schon? Nein, es war Peder. Er hatte gesehen, dass sie angerufen hatte, sagte er. Zu Hause lief alles gut. Er und die Kinder hatten die Kinderstunde gesehen, und jetzt würde er bald Badewasser einlassen. Anschließend sollte der Tag mit Hafergrütze ausklingen, hatte er beschlossen. Eine schöne Erinnerung an die eigene Kindheit, das mit der Hafergrütze. Nein, sie konnte nicht mit ihnen sprechen. Sie waren hochgerannt, um sich umzuziehen. Und nur damit sie es wusste und sich keine Gedanken machte, er hatte ein paar Probleme mit dem Mobiltelefon. Er musste es nachsehen lassen. Es ging von selbst aus. Das war heute schon zweimal passiert, und er hatte keine Ahnung, woran es liegen konnte. Sie beendeten das Gespräch.

Zwei Minuten später schellte ihr Telefon erneut. Sie sah auf das Display. Torkel Vaa, der Anwalt.

»Hallo, hier ist Mette«, sagte sie, während sie sich auf die Statue zubewegte, die auf einem Sockel auf dem Markt stand.

»Torkel Vaa«, sagte er. »Erinnerst du dich, dass ich mit Anna Storm Pettersen, der Mutter von Aron Storm gesprochen habe?«

»Ja?«

»Sie hat mich gerade angerufen. Ihr ist plötzlich eingefallen, dass das Mädchen, das bei Aron zu Hause war, um ihm etwas zu geben, nicht Ylva geheißen hat, sondern Idun.«

»Idun?«

»Ja.«

»Idun Hegge, die Zwillingsschwester von Ylva?«

»Sieht so aus«, sagte er. »Es ist ihr eingefallen, als sie in

Aron Storms Kühlschrank eine Flasche Ketchup gesehen hat. Idun Ketchup.«

»Aber wie kann man sich da irren? Sie sehen doch total unterschiedlich aus. Ylva ist blond und Idun dunkel. Das verstehe ich nicht«, sagte sie.

»Ich kenne keine der beiden, aber ich kann mich mal umhören«, sagte er. »Ich habe nur das Bild von Ylva Hegge in den Zeitungen gesehen, aber das haben alle anderen schließlich auch.«

Das Mobiltelefon piepte. Ein weiterer Anruf. Sie hatte Angst, dass es der Journalist Norrgård sein könnte und beendete das Gespräch mit Vaa ziemlich abrupt. Es war Norrgård. In dem Moment, als sie sich meldete, sah sie ihn über den Marktplatz kommen. Er winkte, und sie steckten die Mobiltelefone gleichzeitig in die Taschen. Er schien gut gelaunt und lud sie auf einen Kaffee oben an der Ecke ein.

Sie bekam eine Fleece-Decke über die Knie und ein riesiges Glas Café latte in die Hand gedrückt. Er stopfte sorgfältig seine Pfeife, zündete sie an und paffte eifrig. Es roch auf altmodische Weise nach Weihnachten.

Jacob Norrgård war das Immobilienregister durchgegangen. Das war keine große Sache gewesen, aber er hatte auch noch ein paar andere Dinge überprüft, als er erst einmal dabei gewesen war. Sie wartete gespannt, während er an seinem Kaffee nippte. Ja, erzählte er mit einem kleinen Lächeln, er hatte eine ausgezeichnete Quelle. Nämlich Liisa Beijar persönlich.

»Was? Wie das? Sie meldet sich doch nie auf ihrem Telefon!«, stöhnte Mette und kam sich plötzlich wie die größte Idiotin der Welt und die mittelmäßigste Journalistin des ganzen Universums vor.

Er wurde ernst und klopfte ihr leicht auf den Arm. Kein Grund, sich schlecht zu fühlen. Liisa Beijar hatte alle Verbindungen nach Norwegen gekappt. Sie telefonierte nur mit ihrem Immobilienmakler.

»Haben Sie ihr von mir erzählt?«, fragte sie atemlos.

»Nein, natürlich nicht«, antwortete er.

Er versicherte ihr, dass ihm klar war, dass das Mettes Projekt war und dass er mit keinem Wort verraten hatte, dass eine norwegische Journalistin auf der Suche nach ihr war. Um die Kontaktaufnahme musste sie sich selber kümmern, doch er würde ihr ein paar Hintergrundinformationen liefern. Er hatte bei dem Gespräch vorgegeben, an einem Artikel über Immobilien zu arbeiten. Liisa Beijar war als Eigentümerin eines großen Anwesens in Korsholm oder Mustasaari, wie es auf Finnisch hieß, eingetragen, der Nachbargemeinde von Vasa. Korsholm umschloss Vasa wie ein Hufeisen, erzählte er. Beijars Besitz lag an dem Binnensee Karperöfjärden, nicht weit von Vasa Stadt entfernt. Korsholm war gut bekannt, da Pläne vorlagen, Kvarken, den einzigartigen Schärengarten nordwestlich von Vasa, auf die Welterbeliste der UNESCO zu setzen. Wahrscheinlich würde das bereits in diesem Sommer geschehen. Jacob Norrgård klang stolz. Der Karperöfjärden war ein großer, idyllischer Binnensee, der nördlich von Vasa in den Bottnischen Meerbusen mündete. In der letzten Zeit waren Gerüchte laut geworden, dass der Besitz zum Verkauf angeboten werden sollte, doch soweit er heute Abend erfahren hatte, würde das nicht vor dem Herbst passieren. Vielleicht im August oder September.

»Ist sie jetzt da?«

»Ja«, antwortete er.

»Können Sie mir den Ort auf der Karte einzeichnen?«

Das konnte er. Er konnte auch mit einer guten Wegbeschreibung aufwarten.

»Kann ich ein Taxi nehmen? Oder sollte ich mir besser einen Leihwagen mieten, was meinen Sie?«

Er klopfte die Asche aus seiner Pfeife. Sie konnte sein Auto nehmen. Er brauchte es nicht, weil er Abendschicht hatte. Die Zeitung verfügte über Dienstwagen, falls es brennen sollte. Aber wollte sie wirklich noch heute Abend zu ihr hinausfahren? War es nicht besser, bis morgen zu warten? Nein, sie wollte sofort fahren. Das Aufnahmegerät hatte sie im Rucksack, sie konnte direkt losfahren. Er protestierte, als sie die Rechnung übernehmen wollte. Davon konnte nicht die Rede sein. Eine Kollegin aus Norwegen war Gast in seinem Land. Sie schlenderten zurück zum *Vasablad*.

Bei dem Auto handelte es sich um einen grauen Saab neueren Modells mit Automatikgetriebe. Sie hatte noch nie ein Auto mit Automatik gefahren. Das musste sie ihm sagen. Er schaute sie skeptisch an. Vielleicht bereute er sein Angebot, ihr das Auto zu leihen, aber nein, er gab ihr eine kurze Einführung und versicherte ihr, dass es nicht schwer war, sie musste nur mit der Bremse etwas vorsichtig sein. Sie warfen noch einen Blick in die Karte. Auf der E8 musste sie auf das Schild nach Fågelberget achten und in die entgegengesetzte Richtung abbiegen, eine schmale Schotterstraße, bei der es sich, soweit er wusste, um eine Privatstraße handelte, die sie aber trotzdem nehmen konnte. An diesem Ende des Karperöfjärden lagen viele Ferienwohnungen, erzählte er. Beijars Besitz sollte an einem Strand liegen, wo die Landschaft sich öffnete. Das Haus stand oben auf einem Hügel mit Aussicht auf den See und dürfte nicht schwer zu finden sein, da die Bäume bis dicht ans Ufer reichten, bis man zu ebendiesem Strand kam.

Und wahrscheinlich würde sie Licht im Haus sehen. Zu dieser Jahreszeit vielleicht das einzige Licht. Es dürfte ziemlich einsam da draußen sein, meinte er.

Es lief wie geschmiert. Gas, Bremse, Gas, Bremse und kein Schalten. Perfekt! P für Parken, D für Drive oder Fahren und R für Rückwärts. Und das Auto fuhr. Einfacher ging es nicht. Sie passierte die Gemeindegrenze von Korsholm, fand das Schild nach Fågelberget, fuhr nach links auf die schmale Kiesstraße, kam an einem freistehenden Briefkasten vorbei und rollte im Schneckentempo weiter. Anfangs sah sie zwischen den blattlosen Bäumen in ein paar Häusern Licht, doch allmählich waren alle Fenster dunkel. Die Autoscheinwerfer schweiften über die Baumstämme und die verlassenen Hütten am Weg. Hin und wieder sah sie im kränkelnden Licht den See, blank wie fettes Öl. Bald ist es stockdunkel, dachte sie. Plötzlich tat die Landschaft sich auf, genau wie Jacob Norrgård es beschrieben hatte. Der See lag weit und offen vor ihr. Sie wurde langsamer, fuhr an die Seite und hielt. Ein wenig weiter den Weg hinunter sah sie einen Opel mit norwegischem Kennzeichen. Sie stieg aus, blieb stehen und blickte zu dem großen, rot gestrichenen, anderthalbstöckigen Haus hoch, das oben auf dem Hügel thronte. Im Erdgeschoss fiel Licht durch die Fensterscheiben. Sie drehte sich um und machte ein paar Schritte auf den kleinen Strand zu. Ein Steg auf Pfählen reichte ins Wasser. Auf jeder Seite des Strands stand am Ufer dichtes Schilf. Ein großer Stein ragte in den Himmel auf. Was hinter dem Stein lag, konnte sie nicht sehen. Mette setzte sich wieder ins Auto und spürte die Unruhe in sich wachsen, als sie die schmale Straße zum Haus hochfuhr.

An der Haustür war keine Klingel. Sie klopfte mit der Faust an die Tür.

*

Idun hatte die Zwillinge ins Bett gebracht und die Küche nach der Pfannkuchenaktion aufgeräumt. Alles war gut gelaufen. Sie hatte Ulrik eine SMS geschickt und ihm gesagt, wo sie war, doch er hatte nicht geantwortet. Peder Haugerud hatte gesagt, dass im Gefrierfach eine Pizza lag. Vielleicht später, falls sie Hunger bekam, dachte sie, denn sie hatte sich vorgenommen, lange aufzubleiben. Sie ging ins Arbeitszimmer. Auf dem Schreibtisch stand ein PC. Sie schaltete ihn an. Niemand würde das merken. Sie surfte eine Weile im Internet und fragte sich, ob sie es wagen konnte, einen Blick in die E-Mails zu werfen. Das war wohl grenzwertig, aber spannend. In der Schule machten sich einige einen Spaß daraus, auf MSN falsche E-Mails und Kurznachrichten von ungeschützten Computern zu verschicken. Für diesen PC brauchte man kein Passwort, um hineinzukommen. Idun lächelte und spürte die Spannung im ganzen Körper. Ein wenig konnte sie zumindest gucken. Im Wohnzimmer klingelte ihr Mobiltelefon. Ihr Herz machte einen Satz. Vielleicht war das Ulrik. Sie meldete sich, noch bevor sie die Nummer auf dem Display gesehen hatte.

»Idun Hegge.«

»Hier spricht Rechtsanwalt Torkel Vaa«, sagte die Stimme. »Ich vertrete Aron Storm und habe ein paar Fragen an dich. Du bist seine Schülerin, richtig?«

»Ja?«

»Warst du in der Osterwoche bei Aron Storm zu Hause, um ihm etwas zu geben?«

Idun kniff die Augen zusammen, während ihre Wangen feuerrot wurden. Sie wollte mit ihrer normalen Stimme schnell

Nein sagen, doch das Wort blieb ihr im Hals stecken. Kein Laut kam heraus.

»Idun«, sagte der Anwalt. »Das ist wichtig.«

»Nein, ich war nie bei Aron Storm zu Hause«, sagte sie und hustete, dass es in dem trockenen Hals kratzte.

»Du hast dir die Haare gefärbt«, sagte er. »Und schneiden lassen. Vorher sahst du deiner Zwillingsschwester Ylva sehr ähnlich, doch das tust du nicht mehr? Stimmt das?«

Der Anwalt machte immer weiter. Immer wieder die gleichen Fragen. Ihr fielen keine Antworten ein. Sie hätte kotzen können. Er glaubte ihr nicht. Er glaubte, dass sie bei Aron Storm zu Hause gewesen war. Iduns Hand umklammerte das Mobiltelefon. Warum hatte sie nicht einfach *Ja* gesagt, sie hatte doch nichts zu befürchten. Nichts war passiert. Sie hätte Ja sagen sollen, Ja, Ja, Ja!

Der Anwalt redete weiter, er glaubte, dass sie auch bei der Tante von Arvo Pekka Samuelsen, Liisa Beijar, gewesen war. Ob sie denn nicht begriff, dass das ernst war? Ob sie nicht tun wollte, was sie konnte, um Ylva zu finden? Er sagte, dass sie an Orten gewesen war, wo einige meinten, Ylva gesehen zu haben, und jetzt war Ylva verschwunden. Begriff sie den Ernst der Lage denn nicht?

»Was glaubst du passiert, wenn jemand herausfindet, dass du das warst und nicht deine Schwester? Du behinderst die Ermittlung, indem du unehrlich bist und Informationen zurückhältst!«, donnerte der Anwalt.

Idun legte auf. Sie schaltete das Mobiltelefon aus und versteckte es unter einem Sofakissen. Er konnte nicht wissen, wo sie war. Niemand konnte das. Bis auf Peder Haugerud und Ulrik. Niemand konnte Telefone aufspüren, die ausgeschaltet waren. Das hatte sie von der Polizei gelernt, als die nach Ylvas

Verschwinden bei ihnen zu Hause gewesen war. Sie stand auf, zog die Wohnzimmergardinen vor die Fenster und dimmte das Licht. Dann legte sie sich auf das Sofa und zog die Beine unter sich. Liisa Beijar, dachte sie. Liisa Beijar war die Einzige, die sie für Ylva gehalten hatte. Und das hatte eigentlich nicht einmal an Idun gelegen. Das lag an der dummen Beijar, die die ganze Zeit von der schönen Ylva, der wunderbaren Ylva geplappert hatte. Wenn die Mutter von Aron Storm sie für Ylva gehalten hatte, war das nicht Iduns Fehler. Sie hatte *gesagt*, dass sie Idun hieß. Verdammtes Weibsbild. Verdammtes seniles Weibsstück. Krücken-Alte!

*

Mette Minde hatte sich auf die Treppe gesetzt. Niemand machte auf. Missmut ergriff langsam Besitz von ihr, als ihr Mobiltelefon sich meldete. Eine SMS von Torkel Vaa. »Idun Hegge hat sich vor Kurzem die Haare schneiden und dunkel färben lassen. Vorher war sie blond und hatte lange Haare wie Ylva. Unsicher, was das zu bedeuten hat, aber das ändert das Bild, wo Ylva war, bevor sie verschwunden ist. Idun Hegge lügt. Rufe dich später an.« Sie klappte das Mobiltelefon in dem Moment wieder zu, als die Tür hinter ihr aufging. Verwirrt stand sie auf und sah zu einem großen Mann mit einem riesigen Bauch und einer Glatze hoch. Er sagte etwas auf Finnisch, das sie natürlich nicht verstand. Sie versuchte, auf Englisch mit ihm zu reden, doch er schüttelte den Kopf.

»Liisa Beijar«, sagte sie. »Liisa Beijar?«

Er rief auf Finnisch etwas ins Haus. Eine Frauenstimme antwortete, und eine Dame um die Vierzig erschien in der Tür. Der Finne war doppelt so breit wie sie. Sie tätschelte ihm den Arm, und er zog sich zurück. Liisa Beijar lächelte Mette freundlich an und reichte ihr die Hand. Mette stellte sich vor.

»Kommen Sie herein«, sagte sie.

Mette folgte der zartgliedrigen Frau in eine schmale Diele, von der aus eine kunstvolle, in zwei unterschiedlichen Grüntönen gestrichene Treppe in die erste Etage führte. Sie kamen in ein großes Wohnzimmer mit einer gelb gestrichenen Holzvertäfelung an den Wänden. Überall hingen Landschaftsmalereien in kleinen und großen Goldrahmen. Die Bilder zeigten Seen, Wälder und Felsen. Auf einigen dümpelte ein kleines Boot auf dem See. Liisa Beijar folgte Mettes Blick und erzählte, dass ihr Vater die Bilder gemalt hatte. Für alle Bilder hatte der Binnensee hier, der Karperöfjärden, als Motiv gedient. Ein ausgestopfter Fuchs stand neben einer offenen Feuerstelle mitten im Raum. Mette beeindruckte die Behaglichkeit des schön eingerichteten Wohnzimmers. Das Licht war sanft und gelblich. Im Ofen brannten ein paar große Holzscheite. Liisa Beijar zog einen mit Leder bezogenen Stuhl vom Esstisch vor. So ganz anders als in dem Haus im Solves veg, dachte Mette. So absolut anders. Sie dachte an die hässliche grüne Auslegware und die nackten Wände. Sie saßen sich am Tisch gegenüber, als der Finne mit einem Tablett hereinkam. Sie studierte seine großen Hände, während er vorsichtig Teetassen aus blauem und weißem Porzellan vor sie auf den Tisch stellte. Er schenkte aus einer Teekanne im gleichen Muster ein und stellte Schälchen mit Zucker und aufgeschnittener Zitrone hin. Er verbeugte sich leicht.

»Danke, Nikolaij«, sagte Liisa Beijar.

Was sie herführte, den weiten Weg von Norwegen, wollte Liisa Beijar wissen. Also, sie arbeitete an einer Radiodokumentation über Arvo Pekka Samuelsen, ihren Neffen. Deshalb war sie gekommen. Sie wollte mit Liisa über Arvo Pekka reden, über den Jungen, der den Tod dem Leben vorgezogen hatte. Über sein Schicksal, über sein Leben vor seinem Tod. Sie hatte bereits einiges an Stoff zusammengetragen, doch Liisa Beijar war die wichtigste Person. Ob sie wohl mit Mette über ihren Neffen reden würde? Im Umfeld des Selbstmords war schließlich auch einiges passiert. Diverse Vorfälle, die eine Verbindung zueinander haben konnten. Es galt nur herauszufinden, welche. Die Polizei arbeitete natürlich daran, und früher oder später würde es ihnen gelingen, alle Puzzleteile zusammenzusetzen, doch Mette wollte diese Dokumentation über Arvo Pekka machen, der sowohl Ylva als auch Mathias Garmo gekannt hatte.

»Sie wissen das ja alles«, sagte Mette. »Soweit mir bekannt ist, hat die finnische Polizei mit Ihnen gesprochen.«

Liisa Beijar hielt die Teetasse mit beiden Händen fest. Sie trug keine Ringe. Das blonde Haar war in einem kurzen Pferdeschwanz im Nacken gesammelt. In den Ohren hatte sie kleine weiße Perlen. Die Augen sahen Mette über den Rand der Tasse forschend an. Sie stellte die Teetasse auf der Untertasse ab. Sie wollte gerne ihr Teil beitragen, sagte sie. Mette beugte sich eifrig hinunter, zog den Rucksack auf ihren Schoß und holte das Aufnahmegerät heraus, doch sie hatte sich zu früh gefreut. Liisa Beijar hob abwehrend die Hände. Nein, nicht heute. Heute Abend schaffte sie das nicht. Morgen vielleicht, aber nicht heute. Sie würde sich die Fragen, die Mette ihr zu stellen gedachte, gerne anhören, diese jedoch nicht beantworten, während das Band lief. Nicht jetzt. Mette lächelte Liisa Beijar an. Ein warmes Lächeln. Sie verstand das gut, sagte sie.

»Was also wollen Sie wissen?«

»Ich möchte, dass Sie mir von der Zeit erzählen, als Sie nach Norwegen gekommen sind. Von der Zeit, nachdem Arvo Pekkas Vater seine Mutter ermordet hatte. Der Zeit, die Sie zusammen hatten«, sagte Mette.

Liisa Beijars Augen liefen über. Tränen rannen über ihre blassen Wangen. Ihr Gesicht war fast weiß, selbst in dem gelblichen Licht des Zimmers. Sie wusste nicht, ob sie das schaffen würde, sagte sie. Sie war hierher gekommen, um der Erinnerung zu entfliehen. Sie vermisste ihn so sehr. Sie weinte laut und hielt sich die Hände vor das Gesicht. Nikolaij, der Große, kam aus einem angrenzenden Raum herein, bei dem es sich um die Küche handeln musste. Er sagte etwas auf Finnisch zu Liisa, die ihm in derselben Sprache antwortete, woraufhin er verschwand und mit einem Taschentuch für sie zurückkam. Der Finne sah Mette wütend an. Liisa Beijar tätschelte ihm den Arm, und er verschwand wieder. Sie blieben schweigend sitzen, Liisa, das Taschentuch gegen das Gesicht gepresst, Mette, das schlechte Gewissen in Person. Was hatte sie geglaubt? Dass sie nicht trauerte? Dass alles vorbei war? Dass Arvo Pekka kein schwarzes, schmerzhaftes Loch bei seinen Nächsten hinterlassen hatte? Sie wollte aufstehen und gehen, konnte sich jedoch nicht rühren. Nikolaij hatte das Haus hier gehütet, als sie in Norwegen gelebt hatte, erzählte Liisa leise. Er hatte das Haus gehütet, und jetzt hütete er sie. Er arbeitete mit dem Schilf, und hier an dem Binnensee gab es reichlich davon, sagte sie und zeigte auf einen großen geflochtenen Korb, der neben dem Ofen stand.

Mette wollte gehen, doch Liisa redete weiter. Er hatte so viele Freunde gehabt, der kleine Arvo. Er war ihr Augenstern, von seiner Geburt an. Er war so schön, so edel und so intelligent. Sie hielt inne. Dann hob sie den Blick und sah Mette aus geröteten Augen an. Ihre Schwester Marija hatte ihr Bilder geschickt. Viele Bilder von dem kleinen Arvo. Kleiner, schöner Arvo.

»Er hatte Ulrik und Ylva«, sagte Mette. »Und Ylva hat Sie zu Hause besucht, um Ihnen ihr Beileid auszusprechen, nicht wahr?«

»Ja, das hat sie«, sagte Liisa Beijar und lächelte leicht. »Es tut mir so leid, dass sie verschwunden ist.«

Liisa Beijar erzählte weiter von Ylva und ihrem Besuch. Es erschütterte sie, dass sie verschwunden und ihr möglicherweise etwas Schlimmes zugestoßen war. Sie war als Einzige in den Solves veg gekommen, um zu kondolieren. Was wirklich umsichtig war. Jetzt liefen Liisa Beijar erneut die Tränen über die Wangen. Mette räusperte sich und nahm Anlauf. Sie musste es einfach versuchen. So wichtig war es wohl ohnehin nicht.

»Hat Ylva gesagt, dass sie Ylva heißt?«

Liisa Beijar sah sie verwirrt an. Ja, nein, daran erinnerte sie sich nicht, aber Liisa hatte Ylva in dem Moment wiedererkannt, als sie sie gesehen hatte. Arvo hatte Bilder von ihr. Viele Bilder.

»Es deutet viel darauf hin, dass Idun, die Zwillingsschwester, Sie an dem Tag besucht hat«, sagte Mette. Idun, und nicht Ylva.

Liisa Beijar starrte Mette an.

»Idun, nicht Ylva?«

»Wir wissen das nicht mit Sicherheit, aber wir glauben, dass Idun Sie an dem Tag besucht hat«, sagte Mette.

Das konnte unmöglich sein, meinte Liisa Beijar. Arvo kannte keine Idun. Es konnte keine Idun bei ihr zu Hause gewesen sein. Keine Idun! Ihre Stimme wurde immer höher. Mette verstand nicht, warum sie sich derart aufregte. Spielte es eine Rolle, wer bei ihr gewesen war? War es von besonderer Bedeutung, wer kam, wenn man sonst nie Besuch hatte? Niemand betrat schließlich das Mörderhaus, hatte Ylva gesagt. Und der Nachbar mit seiner Alten und die Mutter von Ulrik hatten erzählt, dass die beiden nie Besuch gehabt hatten. Vielleicht bedeutete es viel für Liisa, dass eine von Arvo Pekkas Freundinnen, nämlich Ylva, doch gekommen war, um ihr zu kondolieren. Und nun hatte Mette dieses Bild von Fürsorge und Mitmenschlichkeit zerstört. Nikolaij kam wieder ins Zimmer und blieb mit über der Brust verschränkten Armen stehen. Er erinnerte an einen Bodyguard. Im selben Moment war ein kräftiger, stumpfer Schlag aus der Etage über ihnen zu hören. Nikolaij sagte auf Finnisch etwas zu Liisa, ging in die Diele und schloss die Tür hinter sich. Seine Mutter, erklärte Liisa. Sie war alt und krank und wohnte oben in der Mansarde.

»Ich werde jetzt gehen«, sagte Mette. »Aber ich komme morgen zurück, wenn Sie mir bei meiner Dokumentation helfen wollen.«

Liisa Beijar nickte. Sie einigten sich darauf, dass Mette gegen elf kam. Ein bisschen spät, fand Mette, doch sie wagte nicht zu protestieren, was die Uhrzeit anging. Hier hieß es, seine Karten klug zu spielen und nichts zu tun, was Liisa Beijar zu einem Rückzieher veranlasste. Morgen würde sie Liisa Beijar nach Mathias Garmo fragen, dessen Leiche man im Plumpsklo von Aron Storm gefunden hatte. Und vielleicht würde sie mehr darüber erfahren, was Arvo Pekka angetan worden war.

Draußen war es stockfinster. Sie tappte vorsichtig den

Hügel hinunter. Der See glitzerte im schwachen Schein des Mondes. Sie drehte sich um und blickte zurück. Das Licht hinter den Fenstern im Erdgeschoss wirkte warm und gemütlich. Im ersten Stock war es dunkel. Sie kam an Liisa Beijars Auto vorbei. Sie musste den ganzen Weg von Norwegen aus gefahren sein. Das dürfte gedauert haben, doch Zeit gehörte wohl zu den Dingen, von denen Liisa Beijar reichlich hatte.

Sie hatte einige Schwierigkeiten mit der Automatik, doch schließlich bekam sie den Saab in der Einfahrt gewendet. Das Auto stand in der richtigen Fahrtrichtung, um zurück in die Stadt zu fahren, als sie einen letzten Blick auf das Haus auf dem Hügel warf. Plötzlich ging in der ersten Etage das Licht an. Eine Silhouette stand dort oben am Fenster, bevor das Licht ebenso unvermittelt wieder ausging. Sie ließ vor Verwirrung die Bremse los, und das Auto rollte vorwärts. Ihr Herz klopfte, während sie auf das Gaspedal trat. Das Auto fuhr ruhig die Schotterstraße entlang. Stand Liisa Beijar im Dunkeln am Fenster und sah ihr nach? Warum tat sie das? Oder war das die alte Frau? Nein, bestimmt nicht. Das war nicht der Umriss eines alten Menschen, den sie gesehen hatte. Liisa Beijar hatte dort gestanden und ihr nachgesehen. Sie war ein paar Hundert Meter gefahren. Etwas stimmte hier nicht.

Sie hielt an, fand den Rückwärtsgang und setzte rückwärts in die Einfahrt zu einer Hütte, die zwischen den Bäumen lag. Die Dunkelheit bedrängte sie von allen Seiten. Sie schaltete das Licht im Auto an und holte die kleine Kamera aus dem Rucksack. Eine von Arvo Pekkas Speicherkarten steckte noch darin. Sie hatte sie sich mehrmals angesehen. Mette machte das Licht aus und starrte auf den Schwarzweißfilm, in dem die beiden Zwillinge tanzten, bevor die eine sich auf die andere stürzte. Der Film war in dem Haus aufgenommen worden, das sie gerade verlassen hatte. Das waren Liisa und Marija, als sie noch klein gewesen waren, eindeutig. Sie sah sich die Bilder von Ylva an, wie sie vor dem Besitz der Løvenskiolds oben in Fossum tanzte, und das Gesicht von Arvo Pekka, als er von seiner Mutter erzählte. »Meine Mama«, sagte er, und sie spürte einen Kloß im Hals. Er musste die Kamera auf ein Stativ gestellt haben. Er selbst saß im Schatten einiger Bäume. Es war Sommer. Vielleicht war das oben bei der Hütte von Aron Storm aufgenommen worden. Ein zitronengelber Schmetterling flog an ihm vorbei. Arvo Pekka folgte ihm mit den Augen und lachte. »Meine Mama«, sagte er. »Meine Mama ist die schönste Mama, der am meisten vernachlässigte Zwilling der Welt und die unbekannteste Hexe des Universums.« Das war alles, was er über seine Mama sagte, und Mette verstand nicht, was er damit sagen wollte. Torkel Vaa hatte es auch nicht verstanden, als sie sich den Film zusammen im NRK-Haus angesehen hatten. Dann redete er weiter von den Sternen und dem Mond. »Alle Menschen haben den Wunsch, gesehen zu werden. Auch der Mensch, den niemand sieht, trägt den Traum in sich, wie ein Stern am dunklen Nachthimmel zu leuchten. An diesem Abend sind alle Augen gen Himmel gerichtet, zu dem Licht dieses einen funkelnden, schönen Sterns hin. Doch dann geht der Mond auf und wirft seinen eiskalten Glanz über den Himmel und allen, die schauen, Sand in die Augen. Was soll man mit dem Mond machen? Manche Menschen sind wie Sterne. Andere wie der Mond.«

Sie schaltete die Kamera aus, gähnte und versuchte, die Augen offen zu halten. Eine ihr fremde Schläfrigkeit übermannte sie. Merkwürdig für einen Achtzehnjährigen, so etwas zu sagen, dachte sie und schlief ein.

*

Langsam weckten sie die Laute. Alles um sie herum war grau. Ihr Körper schmerzte. Sie saß im Auto. Die Scheiben waren beschlagen. Sie musste pinkeln, und ihr Mund fühlte sich an, als wäre er voller Sägemehl. Sie wollte die Tür öffnen, doch sie bewegte sich nicht. Sie war verschlossen. Mette studierte das Instrumentenbrett und fand schließlich den kleinen Knopf mit dem Schlüsselsymbol für die Automatikverriegelung. Es klickte, und alle Türen waren offen. Sie musste die Türen verschlossen haben, bevor sie gestern Abend eingeschlafen war. Aber warum war sie so plötzlich eingeschlafen? War sie wirklich so erschöpft gewesen? Und warum tat ihr der Kopf so weh?

Sie öffnete die Tür und stieg aus. Die Laute, die sie geweckt hatten, kamen von einer Unmenge Vögel, die riefen, lockten und sich in den Baumkronen stritten. Es war noch sehr früh am Morgen. So viel wusste sie, auch ohne auf die Uhr zu sehen. Ein Stück vor ihr lag die Schotterstraße, hinter ihr der See. Sie trat zwischen die Bäume. Im selben Moment hörte sie ein Auto näherkommen. Reflexartig ging sie in Deckung. Durch die Baumstämme sah sie einen kleinen Ausschnitt der Straße. Das Auto, das sich schnell näherte, war rot. Bestimmt der Wagen von Liisa Beijar. Doch wer darin saß, konnte sie nicht sehen. Das Auto verschwand, und sie ging in die Hocke, um zu pinkeln.

Wasser, sie brauchte Wasser, selbst wenn sie direkt aus dem See trinken musste. Was würde Jacob Norrgård von ihr denken, da sie das Auto nicht zurückgebracht hatte? Sie musste sich beeilen. Seine Abendschicht war bestimmt schon lange zu Ende. Aber er hatte sie nicht angerufen. Vielleicht hatte er sein Auto nicht einmal vermisst. Vielleicht lag er zu Hause und schlief. Sie rutschte mit dem Fuß in ein Sumpfloch. Der Grund unter ihr war matschig, und sie bereute, nicht der Straße gefolgt zu sein, um eine geeignete Stelle zu finden, an der sie an den See kommen konnte. Aber dort vor ihr war fester Felsengrund. Sie hielt sich an einem Baumstamm fest und balancierte über einen wackligen Grashügel zu dem Stein hinüber. Das Schilf am Ufer war meterhoch. Neben dem Stein reichte das Schilf bis weit ins Wasser. Sie spürte, wie die Feuchtigkeit in ihre Schuhe drang. Sie musste zurück zum Auto. Zurück ins Hotel. Sie war hungrig, aber vor allem hatte sie Durst. Sie spähte gen Osten, wo der Himmel sich rosa verfärbt hatte. Bald würde die Sonne über den Baumspitzen aufgehen. Es war windstill, und der See lag blank vor ihr. Sie beugte sich hinunter, formte die Hände zu einer Schale und füllte sie mit eiskaltem Wasser. Sie trank und trank. Als sie sich aufrichten wollte, nahm sie einen Schatten im Schilf wahr. Sie erstarrte und drehte langsam den Kopf, doch der Schatten war fort. Ein unheimliches Gefühl machte sich in ihr breit. Sie trat ein paar Schritte zurück. Ein durchdringender Laut zerschnitt das Vogelgezwitscher hinter ihr. Sie drehte sich suchend um und kam auf dem unebenen Stein ins Schwanken.

Es ging so schnell. Das Haar wirbelte ihr vors Gesicht. Sie spürte einen brennenden Schmerz an einer Seite ihres Kopfes. Nahm jemanden hinter sich wahr und sah durch den Haarschleier einen langen, gezackten metallenen Gegenstand. Eine Heckenschere oder etwas Ähnliches. Sie kniff die Augen zusammen, drehte sich abrupt um und gab der Gestalt hinter ihr mit aller Kraft einen Stoß. Taumelte auf festen Grund hinüber und lief, so schnell sie konnte. Sie schrie vor

Schmerz und presste die Hand an ihren Kopf. Panisch drehte sie sich um. Er lag im Schilf auf dem Rücken, die Heckenschere neben sich. Der Laut war verstummt. Sie hörte nichts. Sein Gesicht war zu einer hässlichen Grimasse verzogen. Nikolaij. Ihre Hand war voller Blut. Es rann in Strömen durch ihre Finger hindurch. Sie drückte die Hand auf ihr Ohr, während sie zur Straße lief oder eher torkelte. Die Richtung. In welche Richtung sollte sie laufen? Zurück zum Auto. Der Instinkt steuerte sie oder irgendetwas anderes. Nicht zurück in den Sumpf, sie musste auf die Straße. Zum Auto, zum Auto. Er brüllte hinter ihr. Er war auf die Beine gekommen. Etwas hatte sich gelöst. Ihre Haare hingen lose. Sie lief. Bekam Blut in den Mund. Sie drückte die Hand auf ihr Ohr. Ihr Ohr hing lose am Kopf. Sie musste sich übergeben, doch sie lief weiter. Sie wusste, dass er ihr folgte, aber er war massig. Sie hatte die Kondition eines Läufers. Er war massig, massig, massig. Sie konnte ihm einfach davonlaufen. Glaub an dich, glaub an dich, zweifle nicht, lauf! Die Übelkeit. Ihr Ohr hing nur noch lose am Kopf. Es blutete. Es roch nach Blut. Es roch nach frischem Blut. Sie lief an dem Auto vorbei. Es stand in der Auffahrt, da, da. Sie drehte um. Ihr Kopf dröhnte. Die Autoschlüssel steckten. Sie hatte sie nicht abgezogen. Die Tür ging auf. Sie warf sich auf den Sitz und zog die Tür zu. Der Tau auf der Frontscheibe hatte sich zu großen Tropfen gesammelt, von denen einige die Scheibe hinunterrannen und Streifen hinterließen, durch die sie etwas sehen konnte. Sie sah ihn. Seinen Schatten. Er kam auf das Auto zu. Die Verriegelung! Die Verriegelung? Wo war sie? Sie drückte auf den Knopf. Es klickte. Alle Türen waren verschlossen. Sie schluchzte. Das Blut lief ihr ins Gesicht. Sie ließ das Ohr los und griff nach dem Lenkrad. Ihre Hand war klebrig und voller Haare. Das Blut war bereits geronnen. Fühlte sich an wie Leim.

Fahr los. Fahr sofort los. Wie? Er hämmerte mit den Fäusten auf das Dach. Er trat gegen die Tür. Sie starrte die Automatik an. Ihre Zähne klapperten, wollten gar nicht mehr aufhören. Sie zitterte am ganzen Körper, als stände sie nackt in einer Eiswüste. Fahr los! Sofort! Langsam setzte sie den Fuß auf die Bremse. Drehte den Schlüssel und zog den Steuerknüppel von P auf D. Ihr Bein zuckte wie in einem Krampf. Sie musste die Hand auf den Oberschenkel pressen, um es unten zu halten. Das Auto rollte vorwärts. Er knallte die Heckenschere gegen das Seitenfenster. Das Fenster splitterte, ohne zu zerbrechen. Die Frontscheibe. Der Tau. Unmöglich, die Straße zu sehen. Wo waren die Scheibenwischer? Das Blut rann ihr den Hals hinunter in den Pullover. Sie drehte an allen Schaltern, an einem nach dem anderen. Panisch. In Panik. Da! Sie sah etwas. Sie musste wenden, wenn sie nicht direkt im Graben landen wollte. Sie drehte und gab Gas. Hinter sich hörte sie nichts. Hinter sich sah sie nichts.

Sie konnte nicht anhalten. Sie hatte vergessen, wo die Bremse war, hatte gerade noch genug Kraft, das Gaspedal zu treten. Der Zusammenstoß auf dem Sidländsväg war frontal und passierte vor Sonnenaufgang.

*

Aron Storm atmete den Geruch der Freiheit ein. Die farbensprühende Tür des Gefängnisses schloss sich hinter ihnen. Neben ihm ging Rechtsanwalt Torkel Vaa. Sein Auto war grün, wie der Wald. Es versetzte seinem Herzen einen Stoß. Er musste so schnell wie möglich hoch auf die Hütte, doch zuerst musste er nach Hause, um mit der Mutter zu reden und nachzusehen, ob Jaco Wasser bekommen hatte. Die Polizei hatte ihre Untersuchungen beendet, es stand ihm frei, auf die Hütte zu fahren. Aron wurden zahlreiche Vergehen angelastet, doch Mord gehörte nicht mehr dazu. Er musste damit rechnen einzusitzen, aber das würde er schaffen. Er war im Gefängnis gewesen, und er würde wieder ins Gefängnis kommen, doch in der Zwischenzeit war er frei. Torkel Vaa hatte versprochen, mit nach Hause zu seiner Mutter zu fahren. Er wagte es nicht, ihr allein gegenüberzutreten. Er hatte Angst. Hatte mehr Angst vor ihr als vor allem anderen.

»Aktor braucht ein bisschen Bewegung, bevor wir fahren«, sagte Vaa und ließ den Dackel aus dem Auto.

Aron Storm beugte sich zu dem Hund hinunter. Er stand auf den Hinterbeinen, die Pfoten in seinen Händen und wedelte mit dem Schwanz. Aron griff nach dem weichen Ohr und atmete den Geruch des Hundefells ein. Da brach der Damm. Er fiel auf dem Asphalt auf die Knie, umarmte den Hund und wiegte ihn in seinen Armen, während er schluchzte.

*

Idun Hegge hatte den Dienstag vertrödelt. Die Zwillinge waren in der Schule. Anschließend gingen sie in die Schulbetreuung wie üblich. Sie hatte das Mobiltelefon wieder eingeschaltet. Niemand hatte angerufen. Niemand hatte ihr eine SMS geschickt. Ulrik nicht und auch niemand sonst. Am Vormittag hatte sie kurz im Internet gesurft und sich mehrmals gefragt, ob sie Mette Mindes E-Mails öffnen sollte oder nicht. Schließlich hatte sie entschieden, es nicht zu tun, und sich wie ein guter Mensch gefühlt, als sie in die Küche gegangen war, um sich ein Brot zu schmieren. Jetzt lag sie auf dem Sofa und zappte zwischen den Kanälen hin und her. Alles war so schrecklich langweilig. Wie langweilig musste es da erst sein, immer zu Hause zu bleiben. Warum ging ihre Mutter nicht wieder arbeiten? Warum saß sie nur in ihrem gelben Morgenmantel da und rauchte? Begriff sie denn nicht, wie zerstörerisch das war? Ylva würde wohl kaum davon zurückkommen, dass die Mutter einfach nur dasaß? Guck, was es mit einem Menschen macht, wenn jemand einfach verschwindet. Wenn dein Kind verschwindet, hörst du auf zu leben. Du existierst nur noch, dachte Idun, als sie die Bilder über den Bildschirm flimmern sah. Würde ihre Mutter genauso reagieren, wenn sie, Idun, verschwunden wäre? Sie kannte die Antwort.

Sie rollte sich auf dem Sofa zusammen. Die Sonne schickte ihre Strahlen zum Sofa und weit ins Zimmer hinein. Eine Fliege war aus ihrem Winterschlaf erwacht und surrte im Fensterrahmen auf der Jagd nach der Freiheit. Sie schlief ein und schlief, wie nur Teenager schlafen können, tief und lange.

Die Klingel weckte sie. Schnell stand sie auf und fuhr sich mit den Fingern durch die Haare. Vor der Tür standen Trym und Eirik.

»Idun«, sagte Eirik. »Können wir heute noch mal Pfannkuchen machen? Bitte!«

Das war das erste Mal, dass sie sie Idun genannt hatten. Sie schmolz dahin. Sie waren erst sieben Jahre alt. Idun lächelte sie an.

»Klar, können wir das, wenn wir genug Mehl haben. Wenn nicht, fahre ich schnell und kaufe welches«, sagte sie.

Sie stürmten ins Haus und warfen die Ranzen in die Diele. Idun seufzte lautlos und schloss die Tür hinter ihnen.

»Wascht euch die Hände, alle beide, dann sehe ich nach, was da ist«, erklärte sie bestimmt.

Sie gehorchten, ohne zu protestieren. Es war nicht genug Mehl da, und die Eier reichten auch nicht. Der nächste Lebensmittelladen war unten im Center. Die Zwillinge versprachen hoch und heilig, brav auf dem Sofa sitzen zu bleiben und fernzusehen, während sie schnell ins Center hinunterfahren und kaufen würde, was sie brauchten. Sie nahm das Auto.

Der Lebensmittelladen war voller Menschen, die nach der Arbeit einkauften. Idun hatte Mehl, Milch und Eier in ihrem Einkaufskorb. An allen Kassen waren Schlangen, und sie spähte ungeduldig an der Reihe entlang, in der sie stand. Ein Wagen war voller als der andere. Sie seufzte. In der Tasche ihrer Jeans klingelte ihr Mobiltelefon. Das Herz hämmerte in ihrer Brust. Sie sah auf das Display. Oliver. Sie meldete sich. Ihr kleiner Bruder hörte sich mürrisch an. Eine Frau war da gewesen und hatte nach ihr gefragt. Eine Frau, die sich sehr seltsam ausgedrückt hatte. Er hatte ihr gesagt, dass sie auf die Jungen von Mette Minde aufpasste, aber keine Ahnung hatte, wo das war. Nur damit sie Bescheid wusste. Iduns Gesicht wurde glühend heiß! Nein! Sie drängte sich an der Schlange vorbei, zwängte sich an der Kasse durch und lief zum Ausgang, den Einkaufskorb noch immer über dem Arm. Jemand rief etwas hinter ihr her und hielt sie am Arm fest.

Sie drehte sich um und sah in das grimmige Gesicht eines Wachmanns.

»Du musst mitkommen«, sagte er.

Idun starrte den Wachmann und den Einkaufskorb mit den Lebensmitteln an. Nein!

»Entschuldigung«, stammelte sie. »Ich bin in Panik geraten. Ich habe einen Anruf bekommen. Von zu Hause.«

Sie stellte den Korb auf den Boden. Leute sammelten sich um sie herum. Der Wachmann hielt sie noch immer mit eisernem Griff fest.

»Du musst trotzdem mitkommen«, wiederholte er.

»Nein, ich kann nicht«, rief sie. »Ich kann nicht. Gefahr ist im Verzug.«

Er lächelte mitleidig und versuchte, sie mit sich zu ziehen. Idun begann zu weinen.

»Ich bin Idun Hegge«, schluchzte sie. »Die Schwester der verschwundenen Ylva. Sie müssen mich loslassen. Ich wollte nichts klauen.«

Eine erwachsene Frau trat in den Kreis der Schaulustigen. Sie ging zu dem Wachmann und löste seinen Griff.

»Lassen Sie sie gehen! Ich bezahle die Waren, wenn es das ist, worum es geht«, sagte sie.

»Okay«, sagte er. »Geh!«

Idun drängte sich aus dem Kreis und lief zu dem Yaris. Ihre Augen waren voller Tränen, und innerlich kochte sie vor Wut. Sie fuhr die Sackgasse hoch. Das Auto rutschte auf dem Kies vor dem Haus. Sie lief hinein, machte den Fernseher aus, griff sich mit jeder Hand einen Zwilling und zog sie vom Sofa hoch.

»Raus, schnell, ins Auto, sofort!«

Sie starrten sie erschrocken an, schlüpften jedoch in die Turnschuhe, wie sie es ihnen befohlen hatte. Sie griffen nach ihren Jacken und taumelten nach draußen, die Treppe hinunter und weiter zu dem roten Auto. Idun hatte die Haustür hinter ihnen zugeknallt, fand aber den Schlüssel nicht und hatte auch keine Zeit, danach zu suchen. Sie gab Gas und setzte zurück, streifte den Torpfosten mit dem rechten Rücklicht, fluchte und war auf der Straße. Sie fuhr die Sackgasse hinunter. Alles war leer und ruhig. Absolut kein Verkehr. Ihre Augen begegneten Tryms im Spiegel. Gleich fängt er an zu weinen, dachte sie. Nein! Da kam ein Auto die Straße hoch. Genau auf sie zu. Ein silbergraues Auto.

»Runter. Legt euch auf den Sitz«, rief sie.

Sie gehorchten. Die Straße war schmal. Sie drosselte die Geschwindigkeit. Das silbergraue Auto fuhr mitten auf der Straße. Das rote und das graue Auto näherten sich einander in Zeitlupe. Sie musste vorbei. Sie musste an dem anderen Wagen vorbei. Idun wich auf den Rasen aus, drehte den Kopf zum Beifahrersitz hin und gab Gas. Die Worte des Anwalts klingelten in ihren Ohren: »Was glaubst du passiert, wenn jemand herausfindet, dass *du* an gewissen Orten warst und nicht *deine Schwester*? Du behinderst die Ermittlungen, indem du unehrlich bist und Informationen zurückhältst.«

Im Spiegel sah sie, dass das silbergraue Auto wendete. Halt dich an die engen Straßen! Wir müssen abhauen, wir müssen verschwinden, dachte sie.

*

Mette Minde saß auf dem Rücksitz des Streifenwagens. Neben ihr saß Jacob Norrgård, der Journalist vom Vasablad. Sie hatte sich unter einer Bedingung zu den Verfällen geäußert. Sie wollte mit zurück an den Tatort. Wenn man von einem Pferd fiel, war es wichtig, direkt wieder aufzusteigen. Tat man das nicht, konnte die Angst sich im Körper festsetzen. Sie war schon oft vom Pferd gefallen, aber immer sofort wieder aufgestiegen. Und sie hatte keine Angst. Der Polizist hatte sie angesehen und gelächelt. Das dürfte kein Problem sein. Sie würde dabei sein, wenn Nikolaij Beijar festgenommen wurde. Er war Liisa Beijars Vetter. Ein leicht zurückgebliebener Mann, um den sich die Familie kümmerte, seit er erwachsen war. Große Teile der Kindheit hatte er in einem Heim für Behinderte verbracht, aber er kam gut alleine zurecht. Er war etwas unbeherrscht, aber wenn man wusste, wie man mit ihm umzugehen hatte, ging es gut, erklärte der Polizist. Seine Impulskontrolle war niedrig. Das Wichtigste war, dass er regelmäßig seine Medikamente nahm. Bis auf einige gewaltsame Zwischenfälle in seiner Jugend hatte es nie Probleme mit ihm gegeben. Nicht ein einziges Mal.

Sie griff sich an den Kopf, dessen rechte Seite ein großer Verband zierte. Der oberste Teil ihres Ohrs war unwiederbringlich fort. Vielleicht lag der kleine Körperteil irgendwo am See, vielleicht irgendwo auf der Straße hierher.

Ihr Kopf war in einer Röhre untersucht worden. Alles funktionierte, wie es sollte. Die Fleischwunde am Schädel war genäht, das Haar auf der Seite abrasiert. Das Ohr oder das, was davon noch übrig war, war zusammengeflickt worden. Alles unter örtlicher Betäubung. Sie war nicht ohnmächtig geworden. Zu dem Zusammenstoß war es bei einer Geschwindigkeit von 20 km/h gekommen. Beide Autos hatten fast gestanden. Jacob Norrgård hatte in dem anderen Auto gesessen. Einem Dienstwagen des Vasablads. Er hatte sie ins Krankenhaus von Vasa gebracht. Die Versorgung hatte alles in allem mehrere Stunden gedauert. Er war bis auf die Fahrt zum Hotel, um neue Sachen für sie zu holen, die ganze Zeit dageblieben. Die Kleider, die sie angehabt hatte, waren voller Blut. Sie hatte etwas zu essen bekommen, und sie hatte ein wenig geschlafen. Sie hatte versucht, Peder anzurufen, aber er ging nicht an sein Mobiltelefon. Bald würden Trym und Eirik aus der Schulbetreuung nach Hause kommen. Bald würde sie selbst nach Hause fliegen. Nach Hause. Sie hatte das Gefühl, eine Ewigkeit hier gewesen zu sein. Sie starrte aus dem Fenster. Der See glitzerte hinter den nackten Bäumen. Sie drehte den Kopf und kniff die Augen zusammen, als sie an der Stelle vorbeikamen, an der sie den Saab heute Nacht geparkt hatte. Sie musste noch einmal zu dem Stein, musste ihnen die Stelle zeigen, an der Nikolaij Beijar sie angegriffen hatte. Die Polizei musste am Tatort Spuren sichern.

Erfolglos versuchte sie ein weiteres Mal, Peter anzurufen, als ihr Mobiltelefon klingelte. Das Display zeigte eine fremde Nummer. Sie nahm das Telefon an das linke Ohr und meldete sich.

»Hallo, hier spricht Arne aus dem Solves veg. Jetzt ist Liisa Beijar da«, sagte er. »Ich habe Ihnen doch versprochen, Sie anzurufen, erinnern Sie sich? Sie ist jetzt hier!«

Ihr wurde schwer ums Herz. Was tat sie dort? Sie hatten doch einen Termin wegen der Dokumentation ausgemacht. Wusste Liisa Beijar, dass Nikolaij versucht hatte, sie umzubringen? Sie musste in aller Frühe aufgebrochen sein, wenn sie jetzt in Skien war. Sie musste aufgebrochen sein, als Mette das rote Auto gesehen hatte. Die Gedanken überschlugen sich in ihrem schmerzenden Kopf. Sie griff sich an die Schläfe, während sie sich bei Arne bedankte und die Information an den Polizisten auf dem Fahrersitz weitergab. Liisa Beijar war in Norwegen.

Der Streifenwagen hielt an dem kleinen Sandstrand. Die Sonne stand im Westen, hinter dem Haus auf dem Hügel. Nirgendwo war ein Zeichen von Leben auszumachen. Kleine Wellen rollten über den Strand, und am Ufer watschelten still ein paar Enten durch das Schilf. Ein weiterer Streifenwagen parkte hinter dem ersten, und zwei Beamte stiegen aus. Nikolaij Beijar war ein riesiger Mann, dachte Mette. Sie bewegten sich zu dem rot gestrichenen Haus hoch. Die vier Polizisten vorneweg, Mette und Jacob hinterher. Er hatte eine Kamera in der Hand und machte beim Gehen Bilder. Mettes Ausrüstung lag in dem Rucksack auf ihrem Rücken. Sie blieb stehen und holte die kleine Kamera heraus. Sie hielt die gesamte Szene fest. Den See, auf dem weit draußen, fast am anderen Ufer, ein kleines Boot dümpelte, den Strand, die Straße mit den zwei Streifenwagen, die Bäume, das Schilf und das Haus, das auf dem Hügel thronte. Die anderen hatten die Haustür erreicht, als sie sie einholte. Die Tür war verschlossen, und niemand öffnete.

»Draußen auf dem See sitzt jemand in einem Boot«, sagte sie.

Zusammen gingen sie zurück zu den Autos. Einer der Polizisten holte ein Fernrohr aus einem Koffer im Kofferraum. Er hielt es vor die Augen.

»Nikolaij Beijar«, sagte er.

Nikolaij Beijar war draußen und schnitt Schilf, als wäre nichts geschehen. Altes Schilf vom Vorjahr, ließ sich das wirklich vernünftig verarbeiten? Vielleicht verwendete er die elektrische Schneidemaschine? Die Schneidemaschine, die voller Blut und blonder lockiger Haare sein musste. Ihrer Haare. Ihres Bluts. Sie griff sich erneut an den Kopf. Ein Polizist sagte etwas auf Finnisch in die Funkanlage im Auto. Sie mussten ein Boot zu Wasser lassen, entnahm sie dem Gespräch der anderen. Hier konnten sie im Moment nicht viel tun. Einen Mann wie Beijar draußen auf dem Wasser festzunehmen war keine leichte Aufgabe. Dabei konnte einiges schiefgehen. Achtsamkeit. Achtsamkeit war jetzt gefordert. Sie schaute zum Haus hoch. Die Fenster leuchteten ihr schwarz und verlassen entgegen. Das Boot draußen auf dem See war im Schilf am anderen Ufer verschwunden. Mehr war nicht zu tun. Ein Streifenwagen würde hierbleiben. Die anderen mussten allmählich zurück nach Vasa, doch zuerst sollte Mette ihnen die Stelle zeigen, wo Nikolaij sie heute Morgen angegriffen und versucht hatte, ihr den Kopf abzuschneiden. Gehorsam setzte sie sich ins Auto und schnallte sich an. Das Auto setzte rückwärts in die Auffahrt und beschleunigte nach dem Wenden.

»Halt, stopp«, rief sie plötzlich.

Ein Gedanke war ihr gekommen. Die Mutter von Nikolaij Beijar! Sie erzählte dem Polizisten, was gestern Abend passiert war. Von dem Laut, den sie aus der oberen Etage gehört hatte. Aber Nikolaij Beijar hatte keine Mutter, informierte er sie. Deshalb war er im Heim gewesen. Er hatte mit zehn seine Eltern verloren. Das konnte unmöglich seine Mutter gewesen sein.

»Wir müssen zurück«, sagte Mette. »Das Haus muss sofort durchsucht werden!«

*

Idun fuhr den Porsgrunnsveg entlang, die Hauptstraße zwischen Porsgrunn und Skien, die auf der Westseite des Flusses verlief. Im Spiegel sah sie, dass das silberne Auto ihr folgte, doch noch waren mehrere Autos zwischen ihnen. Sie musste es abschütteln, doch sie wagte nicht, in die Wohngebiete links von der Hauptstraße abzubiegen. Sie kannte sich in der Gegend nicht aus und hatte höllische Angst, in einer Sackgasse oder auf einer Umgehungsstraße zu landen. Am Kreisel an der Menstadbrücke stand alles. Rushhour. Vor ein paar Tagen hatte sie Mette Minde oben bei den Ländereien der Løvenskiolds in Fossum abgeschüttelt. Sie kannte da oben ein Versteck, doch bis dahin war es noch weit. Furchtbar weit. Das Auto vor ihr fuhr in den Kreisel und bog nach rechts ab über die Brücke. Sie gab Gas und fädelte sich schnell auf die Spur Richtung Skien ein. Das Auto hinter ihr hielt wegen des Verkehrs von links. Sie atmete auf. Noch ein paar langsame alte Damen, und sie war gerettet. Sie guckte unablässig in den Spiegel und musste abrupt bremsen, als ein Auto langsamer wurde, um zu der Tankstelle abzubiegen. Die Zwillinge brüllten auf dem Rücksitz.

»Schnallt euch an«, befahl sie.

»Ich will nach Hause«, sagte Eirik wütend. »Ich will nach Hause, und ich will meinen Teddy! Ich erzähle Papa, wie doof du bist!«

Idun biss die Zähne zusammen. Am Kreisel beim Tufte-Center sah sie das silberne Auto erneut. Eine Frau, die sich seltsam ausgedrückt hat. Das konnte nur Liisa Beijar gewesen sein. Sie hätte ihr niemals Arvo Pekkas Speicherkarte geben dürfen. Alle Dateien waren zu Hause auf ihrem PC gespeichert. Das Geheimnis. Wenn sie Liisa Beijar die Speicherkarte nicht gegeben hätte, wäre nichts passiert. Sie hätte sie wegwerfen können. Auf jeden Fall hätte sie genau prüfen müssen, was darauf war, bevor sie sie Liisa Beijar gegeben hatte. Hätte sie das getan, hätte sie sie ihr nie gegeben. Nie, nie, nie! Jetzt war sie selbst Teil des Geheimnisses. Im Spiegel sah sie, wie das silberne Auto ein halsbrecherisches Überholmanöver vornahm. Mehrere Hupen waren hinter ihr zu hören. Sie war im Kreisel nach links abgebogen und kam an dem Bierverkauf im Burmaveg vorbei. Jetzt kam es darauf an. Sie schaltete herunter und trat das Gaspedal durch. Auf der geraden Strecke überholte sie im Nu zwei Wagen. Das Herz hämmerte in ihrer Brust. Der Abstand zu dem silbernen Auto vergrößerte sich beträchtlich. Und wenn sie Liisa Beijar diesmal entkam? Was würde das nächste Mal passieren? Sie würde auf ewig eine Beute sein, die gejagt wurde. Was sollte das Ganze? Was konnte sie tun? Sie hatte Angst. Sie musste verschwinden. Und dann musste sie nachdenken. Ihre Augen wanderten zu der Tankanzeige, die plötzlich rot aufleuchtete. Ihr blieb fast das Herz stehen, doch dann fiel ihr ein, dass sie lange, bevor der Tank leer war, aufleuchtete. Aber hatte sie nicht schon die ganze Zeit geleuchtet? Hatte sie nicht schon gestern geleuchtet?

*

Einer der Polizisten öffnete die Tür mit einem Dietrich. Sie glitt auf, und die Beamten verteilten sich im Haus. Mette stand im Wohnzimmer, dort, wo sie gestern mit Liisa Beijar Tee getrunken und geredet hatte. Sie fühlte sich leer. Hatte Liisa von dem Tee getrunken? Oder hatte sie die Tasse nur an die Lippen geführt und sie über den Rand angestarrt? Inzwischen war sie davon überzeugt. Sie hatten ihr etwas gegeben, hatten ihr Schlaftabletten oder etwas anderes in den Tee getan. Sie hatten gewollt, dass sie einen Unfall baute. Dass sie im Auto vom Weg abkam. Auf der Autobahn. Mit 120 km/h. Sie hatten gewollt, dass sie starb.

Ein Polizist stieg die grüne Treppe in die erste Etage hoch. Sie folgte ihm. Drei Türen gingen von dem Flur oben ab, alle waren geschlossen. Sie öffnete die erste und kam in ein helles Schlafzimmer. Ein schmales Bett mit einer weißen Bettdecke und einer Kommode aus dunklem Holz und Landschaftsgemälden an den hellblauen Wänden. Von dem See.

Es roch nach getrocknetem Schilf. Mehrere geflochtene Körbe standen ineinander gestapelt unter dem Fenster. Sie zog die Tür wieder zu. Der Polizist stand in der Tür des Raums auf der gegenüberliegenden Seite. Ihr Blick streifte die gelb gestrichenen Wände. Die dritte Tür war verschlossen, und es gab keinen Schlüssel. Der Polizist rief etwas auf Finnisch die Treppe hinunter. Der Kollege mit dem Dietrich kam hoch. Wenige Sekunden später standen sie in dem Zimmer.

Sie wusste nicht, was sie erwartet hatte.

Das blonde Haar breitete sich auf dem Kissen aus. Die Augen waren geschlossen. Der Mund mit einem silbrigen Duct Tape verschlossen. Sie lag auf einer bläulichen Plastikfolie, die über die Matratze gezogen war und von der es tropfte. Auf dem Boden neben dem Bett hatte sich eine Lache gebildet. Sie hatte einen Slip an. Einen kleinen, nassen Slip. Die nackten Beine waren an den Knöcheln mit Klebeband zusammengebunden. Die Handgelenke, die über Kreuz auf dem Bauch lagen, waren auf die gleiche Weise gefesselt. Das T-Shirt war unter den Händen zerknüllt. Sie sah aus, als würde sie schlafen. Der Polizist mit dem Dietrich hatte ihr zwei Finger an den Hals gelegt. Er hielt den Kopf schräg, der Mund stand ihm offen, und seine Augen waren weit aufgerissen. Dann sagte er auf Finnisch etwas zu den anderen, die draußen auf dem Treppenabsatz zusammengelaufen waren.

»Das ist Ylva Hegge«, sagte Mette. »Sie wird seit Gründonnerstag in Norwegen vermisst. Das ist Ylva Hegge!«

Der Polizist, der neben Ylva stand, nickte. Er hatte verstanden.

Sie wollte fragen, wagte es aber nicht. Sie ertrug die Wahrheit nicht. Noch nicht. Die Wände waren grün, die Bilder in den Goldrahmen keine Landschaftsmalereien. Es waren Porträts. Acht Stück. Sie zählte sie, eins nach dem anderen. Alle zeigten ein Mädchen mit blonden Haaren in einem weißen Kleid. Um den Hals trug das Mädchen eine Kette mit einem hellblauen Herz. Ihre Augen waren ebenso blau. Sie lächelte mit ihren kleinen weißen Milchzähnen. Das gleiche Mädchen auf allen Bildern. Der ganze Raum war voller Bilder von dem Mädchen. Wer war sie? Liisa Beijar oder Marija Beijar, oder waren das beide? Hatten sie sich so ähnlich gesehen? Durch das Fenster sah sie den Strand und den See. Den Karperöfjärden.

Der Polizist hatte das Tape von Ylvas Mund entfernt. Hässliche rote Abdrücke kamen unter dem Tape zum Vorschein. Auf dem Tisch neben dem Bett stand eine halb aufgegessene Schale mit Brei. Eine dicke braune Haut hatte sich darauf gebildet. Eine Fliege saß auf dem Rand der Schale. Ein Polizist nahm Ylva vorsichtig auf den Arm und trug sie die Treppe hinunter.

»Sie lebt doch, oder?« fragte Mette mit dünner Stimme.

Der Polizist drückte vorsichtig ihren Arm. Im selben Moment hörten sie das Martinshorn.

*

Idun starrte erneut auf die Tankanzeige. An der Kreuzung bei der Falkumbrücke überfuhr sie eine rote Ampel, bog nach links ab, kreuzte den entgegenkommenden Verkehr in einer Lücke und fuhr Richtung Strømdal hoch. Die Autos um sie herum hupten, doch das war ihr gleichgültig. Die Holperschwellen zwangen sie, langsam zu fahren, aber sie hatte auch kein Auto hinter sich. Vielleicht war es ihr endlich gelungen, Liisa Beijar abzuschütteln.

Dann waren sie aus der Stadt heraus. Vor ihnen erstreckten sich ungepflügte Felder auf der einen und Wald auf der anderen Seite. Kurz darauf bog sie in die Straße ein, die zum Schloss der Løvenskiolds führte. Das Mobiltelefon klingelte in der Tasche ihrer Jeans. Es hatte die ganze Zeit geschellt, doch sie konnte nicht drangehen. Konnte nicht, wollte nicht. Die Zwillinge saßen stumm auf dem Rücksitz. Als sie die kleine Brücke über den Fluss passierte, begann der Motor zu husten und zu ruckeln, bevor er still und ruhig ausging, während das Auto lautlos noch ein paar Meter weiterrollte und mitten auf der Straße stehenblieb.

Idun saß ein paar Sekunden sprachlos da, bevor Panik sie ergriff.

»Raus«, befahl sie. »Raus aus dem Auto, schnell!«

Sie nahm die Jungen an den Händen, einen auf jeder Seite, und lief die Straße entlang. Sie drehte den Kopf und spähte zurück. In weiter Ferne glitzerte etwas Silbernes. Sie lief. Die Jungen liefen. Um das schmiedeeiserne Tor herum. Das rosa Schloss leuchtete am Ende der Allee. Das Kraftwerk, dachte sie. Wir müssen runter zum Kraftwerk.

*

Mette hatte die Batterien in der kleinen Handkamera ausgewechselt. Sie filmte mit der Kamera und parallel dazu mit dem Mobiltelefon, während die Trage mit Ylva aus dem roten Haus auf dem Hügel gebracht wurde. Sie filmte die Umgebung, den Krankenwagen, die Streifenwagen, den See und den Journalisten Jacob Norrgård vom Vasablad. Sie machte ein kurzes Interview mit dem Polizisten, der die Aktionen leitete. Was passiert war, warum und wie, darauf hatte natürlich niemand eine Antwort, doch Ylva, das vermisste Mädchen aus Norwegen, war in dem Haus hinter ihnen gefunden worden. Lebend. Man würde sie ins Krankenhaus nach Vasa bringen.

Sie hatte den Chef vom Dienst, Anders Kvisle, angerufen. Sie konnten sie sofort in jede beliebige Sendung, ob Radio oder Fernsehen, einblenden, sobald die Angehörigen in der Grensegate informiert waren. Das Adrenalin pumpte durch ihre Adern. Freude und Erleichterung drohten ihren Körper zu sprengen. Das Fantastische war geschehen. Das Unmögliche. Das, woran niemand mehr geglaubt hatte. Ylva lebte, sie war nicht tot. Niemand hatte sie zerstückelt. Irgendwie war sie, freiwillig oder unter Zwang, ausgerechnet nach Finnland gebracht worden. Aber warum? Der Schlüssel war Liisa Beijar, die sich zurzeit wieder in Norwegen aufhielt.

Der Chef vom Dienst war überrascht gewesen, natürlich. Er hatte keine Ahnung gehabt, dass Mette nach Finnland geflogen war, dass sie selbstständig arbeitete, wie er es ausdrückte. Aber er war begeistert und klang erfreut. Kurz nachdem sie das Gespräch mit Kvisle beendet hatte, rief die Chefredakteurin Rita Rieber an. Mette erzählte, wie wichtig es für sie gewesen war, diese Dokumentation zu machen. Dass sie einfach nach Finnland hatte fliegen müssen, um die Tante von Arvo Pekka zu finden. Und dann war viel Unvorhergesehenes passiert. Sie sagte nichts von dem Angriff am See. Das musste warten, bis sie wieder zu Hause war.

Mette rief Maiken Kvam in der Polizeiwache Grenland an und erzählte die Geschichte in kurzen Zügen noch einmal, als sie sie erreichte.

»Liisa Beijar ist zurück in Norwegen«, sagte sie. »Es ist unglaublich wichtig, dass ihr sie findet. Sie ist der Schlüssel zu allem. Wie und warum, weiß ich nicht, aber ihr müsst sie finden, und zwar schnell.«

Ein Polizist trat zu ihr. Es war an der Zeit, dass sie ihnen die Stelle zeigte, an der heute Morgen der Mordanschlag auf sie verübt worden war. Den Stein, bei dem Nikolaij Beijar sie angegriffen und ihr einen Teil ihres Ohrs und ihrer Haare abgeschnitten hatte. Sie griff sich an die Schläfe und strich mit den Fingern über den Verband. Plötzlich wurde sie selbst interviewt. Jacob Norrgård würde natürlich einen Artikel über die Vorfälle draußen in Korsholm für das Vasablad schreiben.

Kurz darauf erreichte sie über Funk die Meldung, dass Nikolaij Beijar auf der anderen Seite des Karperöfjärden festgenommen worden war. Eine neue Welle der Erleichterung. Eine solche Meldung würde sie sich auch aus Norwegen wünschen. Die Meldung, dass Liisa Beijar gefunden war. Doch diese Meldung blieb aus.

*

Sie waren seit ein paar Stunden unterwegs. Rechtsanwalt Torkel Vaa schien zu verstehen, dass Aron Storm noch nicht wirklich bereit war, der Wirklichkeit entgegenzutreten. Er war mehrere Tage von anderen isoliert, ängstlich und verzweifelt gewesen. Jetzt brauchte er noch etwas Zeit, bevor er zu Hause seiner Mutter gegenübertrat. Aron war ihm dankbar. Am liebsten wäre er in den Wald gefahren, doch der Anwalt trug feine Schuhe, einen Anzug und einen Mantel. Nicht gerade Wanderkleidung. Deshalb waren sie nach Brevik gefahren, einem alten Stadtteil im Süden von Porsgrunn. Einer kleinen Sommerstadt, die berühmt war für ihr Eis. Sie hatten am Markt geparkt, direkt unterhalb des Zahnarztes, der ihm einmal einen Weisheitszahn gezogen hatte, waren durch die engen Straßen von Øya geschlendert, zwischen den alten Holzhäusern hindurch, die dicht an dicht standen und kleine Vor- und Hintergärten hatten. Auf dem Berg oben bei der Kirche hatten sie auf einer Bank gesessen und über den Eidangerfjord geblickt. Auf den Gräbern standen Töpfe mit gelben Osterglocken. Er hatte Aktors Leine gehalten. Das war schön gewesen. Und jetzt waren sie auf dem Rückweg, zu Aron Storm nach Hause.

Als sie ins Zentrum von Skien kamen, klingelte Torkel Vaas Mobiltelefon. Er bog in die Haltebucht vor dem Lietorvet Einkaufscenter ein und hielt an, bevor er sich meldete. Aron sah, wie seine Hand das Lenkrad immer fester umklammerte. Die Adern auf dem Handrücken wurden flacher, und die Farbe wich aus seinen großen Händen.

Sie hatten das Kraftwerk erreicht, den grauen Betonbau, der an dem Damm mitten im Fluss lag. Sie waren auf einer schmalen Betonmauer über den Damm balanciert. Idun war das Herz in die Hose gerutscht, als die Zwillinge hinüberbalanciert waren. Ein falscher Schritt, und sie landeten im Flusswasser unterhalb des Kraftwerks. Und wenn sie auf der anderen Seite ins Staubecken hinunterfielen, konnten sie in die Turbinen gesogen werden, glaubte sie.

Idun saß mit dem Rücken an der grauen Betonwand, einen Zwilling auf jeder Seite. Sie saßen dicht beieinander. Um sie herum schäumten die Wassermassen, doch das schwache Dröhnen der Energieproduktion war trotzdem zu hören. Sie hielt ihr Mobiltelefon in der Hand. Die letzten drei Anrufe waren von Peder Haugerud. Sie klickte weiter und suchte im Speicher der eingegangenen Anrufe nach der Nummer. Der

Nummer von gestern Abend. Der Nummer des Anwalts, der angerufen und so wütend auf sie gewesen war. Sie stotterte und stammelte, als er sich endlich meldete. Sie versuchte zu erklären. Sie musste die Stimme heben, um das Dröhnen des Kraftwerks und das Brausen der Wassermassen zu übertönen, während es gleichzeitig wichtig war, leise zu sein. Sie hatte den Zwillingen gesagt, dass sie still sein, dass sie sich verstecken mussten.

»Idun«, hörte sie die Stimme des Anwalts. »Idun, leg nicht auf. Wir kommen sofort. Halt durch. Ich gebe dir jetzt deinen Lehrer, Aron Storm. Er wird den Kontakt zu dir aufrechthalten, bis wir da sind. Rede nicht laut. Flüstere, flüstere nur, wir verstehen dich gut. Leg nicht auf, egal, was passiert«, sagte er.

Idun erstarrte. Aron Storm? Nein, nicht Aron Storm! Sie hatte Lust aufzulegen, wagte aber nicht, die Verbindung zu den Lebenden zu kappen. Sie waren unterwegs.

Torkel Vaa gab Aron das Mobiltelefon und bat ihn um seins. Aron reichte es ihm. Er tat, wozu er aufgefordert worden war, und sprach leise und beruhigend ins Telefon, so wie der Anwalt es getan hatte, wiederholte mit ruhiger Stimme, was Vaa gesagt hatte. Er wusste nicht, um was es hier ging, aber er spürte, dass etwas absolut nicht in Ordnung war. Torkel Vaa rief die Polizei an, so viel bekam Aron mit. Dann bog Vaa aus der Haltebucht wieder auf die Straße und gab Gas, wobei er noch immer Arons Mobiltelefon am Ohr hatte.

Idun zitterte auf der kalten Mauer. Ihre Schuhe waren durchweicht. Sie hatte einen Arm um Eirik gelegt, der nach Hause zu seinem Teddy wollte. Sie würden nach Hause fahren. Bald, hatte sie versprochen. Er schluchzte in unregelmäßigen Abständen. Mit der freien Hand drückte sie ihr Telefon ans Ohr. Aron Storm redete noch immer, doch sie hörte nicht, was er sagte. Ihre Zähne klapperten. Das Flusswasser kam auf sie zu, flutartig und gierig, bevor es in den Turbinen des Kraftwerks hinter ihnen, unter ihnen, um sie herum verschwand.

Trym versuchte aufzustehen. Heftig zog sie ihn herunter.

»Sitz still«, zischte sie.

Er begann zu weinen.

»Ich will nach Hause! Ich will nach Hause, und zwar jetzt!«

»Sssst! Wir müssen hierbleiben, bis wir gerettet werden«, flüsterte Idun.

Er stand erneut auf und stellte sich trotzig vor sie hin. Sie reichte ihm die Hand. Die Hand mit dem Mobiltelefon. Er starrte sie wütend an. Dann schlug er mit aller Kraft nach ihrer Hand. Das Telefon flog in einem kleinen Bogen durch die Luft, bevor es mit einem Platsch im Wasser landete und in der Tiefe verschwand. Idun wurde schwarz vor Augen. Sie griff ihn am Jackenkragen und drückte ihn gegen die Mauer. Die Verzweiflung wütete in ihrem Körper. Verdammtes Balg, das war der Anfang vom Ende! Sie nahm eine Bewegung an Land wahr und ließ Trym los. Erleichterung durchflutete sie. Sie wollte rufen, doch ihre Stimme versagte.

Ulrik! Dem Himmel sei Dank. Ulrik war gekommen, um sie zu retten. Sie starrte sein Gesicht an, während er über die schmale Mauer balancierte, wo das Wasser über die Kante schwappte und seine Schuhe völlig durchnässte. Das Gesicht unter dem gelben Stirnband, das Ylva gestrickt hatte. Es war verschlossen. Er lächelte nicht. Er sah wütend aus. Er näherte sich dem Kraftwerk. Er näherte sich der Stelle, wo sie sich an die Mauer drückten, die Zwillinge und sie. Er war jetzt nahe genug, dass sie seinen Blick deuten konnte. Er war kalt. Genauso kalt wie das Flusswasser, das sich durch die Turbinen presste, bevor es hinter ihnen, unter ihnen ausgespuckt wurde.

»Ulrik«, sagte sie versuchsweise.

Er antwortete nicht. Er sagte nichts. Er schaute sie nur starr an.

Sie hatten den Kontakt zu Idun verloren. Sie hatten wütende Stimmen wie bei einem Streit gehört und einen Knall, bevor die Verbindung unterbrochen wurde. Aron Storm saß mit geballten Fäusten auf dem Beifahrersitz. Er sah, dass der Anwalt gestresst war. Er fuhr so schnell, dass auf der Straße nichts Unvorhergesehenes passieren durfte. Aron hatte Angst. Idun hatte erzählt, dass sie an einem Kraftwerk auf dem Besitz der Løvenskiolds in Fossum waren. Aron wusste nicht, wo die Kraftwerke alle lagen. Der Besitz war groß. Sehr groß. Aber sie war wohl nicht so weit gelaufen. Das Auto war irgendwo hinter dem Hyniveg stehen geblieben, hatte sie gesagt. Mit anderen Worten westlich des Gutshofs.

»Auf dem Besitz gibt es mehrere Kraftwerke«, sagte Aron Storm düster.

Sie näherten sich dem Gut von Südosten, fuhren durch das offene schmiedeeiserne Tor und weiter über die kleine Brücke über den Fluss, der das Gut wie ein altmodischer Burggraben umgab. Eine Schotterstraße kreuzte die Allee. An deren Ende erblickten sie das rosa Haus mit den weißen Säulen und den vielen Fenstern. Sie sahen weder Autos noch Menschen.

»Stopp«, sagte Aron, als sie die Brücke passiert hatten. »Wir versuchen es bei dem Kraftwerk, das ich kenne.«

Sie stiegen aus dem Auto. Aron lief ein paar Meter den Burggraben hoch und drehte sich zu dem Anwalt um, der hinter ihm herhastete.

»Da«, rief er und zeigte in die Richtung.

Zwischen den Bäumen, die inzwischen einen leichten Grünschimmer hatten, sahen sie das graue Gebäude des Kraftwerks und den Damm. Auf dem Damm standen Menschen. Kleine und große. Aron lief, während das Herz in seiner Brust hämmerte.

Idun sah alles wie in Zeitlupe. Sie kannte das unwirkliche Gefühl, außerhalb ihrer selbst zu stehen. Ihre Füße kribbelten. Das Flusswasser schwappte über den Damm. Sie stand mitten auf der schmalen Betonmauer, die zwischen dem Land und dem grauen Betongebäude verlief, das das Kraftwerk beherbergte. Zwischen ihr und Ulrik standen die Zwillinge, Trym und Eirik. Sie sah Aron Storm und einen Mann, bei dem es sich um den Anwalt handeln musste. Sein Mantel flatterte hinter ihm her, während er einige Meter hinter dem Fotolehrer herlief.

Es ging so schnell, obwohl alles wie in Zeitlupe passierte.

Trym wollte an Ulrik vorbei. Er wollte an Land. Seine Beine waren bestimmt ebenso steif gefroren und schmerzten wie ihre. Er schubste Ulrik zur Seite. Ulrik verlor das Gleichgewicht und griff nach dem nächsten Halt. Trym. Idun hörte einen Schrei. Von wem, wusste sie nicht. Sie schrie selbst. Trym kippte von der Mauer und verschwand kopfüber im schäumenden Flusswasser, das sich mit dem Abwasser der Turbinen mischte. Sie nahm Eiriks Hand und hielt sie so fest, dass er vor Schmerzen jammerte. Ulrik war nach hinten in das Becken gefallen. Er klammerte sich an die Betonmauer.

Sie warf ihm einen kurzen Blick zu, bevor sie Eirik Schritt für Schritt an Land brachte.

Aron Storm lief ein paar Meter den Fluss hinunter. Er suchte ihn mit der Hand über den Augen ab. Sein Körper war gekrümmt wie der eines Raubtiers, das sich auf seine Beute zuschlich. Der Anwalt stand stocksteif da. Sein Kopf bewegte sich von rechts nach links den Fluss auf und ab. Sie selbst stand an Land, die Arme um Eirik geschlungen. Nicht ein Laut kam von dem Jungen. Ulrik, dachte sie. Jemand musste ihn aus dem Wasser ziehen, bevor er sich tot fror. Von irgendwo in der Ferne hörte sie Sirenen. Sie sah Aron Storm in den Fluss springen. Er machte einen Kopfsprung. Der Anwalt lief zu dem Damm, zu Ulrik. Alles passierte innerhalb weniger Sekunden. Sie sank auf dem abgestorbenen Vorjahresgras in sich zusammen und zog Eirik im Fallen mit. Sie drückte ihn an sich und weinte. Sie schluchzte in seine Haare.

»Entschuldigung, Entschuldigung, Entschuldigung«, weinte sie.

»Guck mal«, rief Eirik plötzlich und versuchte, sich aus ihrem Griff zu befreien. »Guck mal! Er hat Trym!«

Eirik stand auf und lief von ihr weg. Sie hob den Kopf und sah Aron Storm aus dem Fluss steigen. Trym hing in seinen Armen. Aron schüttelte ihn. Trym hustete und schlug nach ihm. Schlug und schlug mit seinen kleinen Fäusten.

*

Ylva hatte sich im Krankenhausbett aufgesetzt. Mette saß auf der Bettkante. Sie fasste sich an den Kopf und versuchte, sich unter dem Verband, der die Hälfte ihres Schädels bedeckte, zu kratzen. Es tat seltsamerweise nicht weh, doch es juckte.

Ylva war wach und verblüffend gut gelaunt. Die Schlaftabletten waren aus ihrem Körper heraus. Möglicherweise hatte man ihr etwas Aufputschendes gegeben, eine Art Gegenmittel.

Mette hatte nicht nachgefragt.

»Sie war die ganze Zeit sehr nett zu mir«, sagte Ylva. »Nur als du gestern gekommen bist, das war doch gestern oder?«

Mette nickte. Das war erst gestern Abend gewesen, es war kaum zu glauben.

»Als du gekommen bist, haben sie furchtbare Angst bekommen. Ich musste sofort hoch in das Zimmer. Liisa hat gesagt, dass ich in Gefahr bin und dass ich still sein soll. Ich hab mich sehr gefürchtet«, sagte Ylva.

»Aber wie bist du nach Finnland gekommen? Was ist passiert?«

»Ich glaube, sie ist verrückt, aber verrückt auf eine nette Weise«, sagte Ylva. »Sie lebt in einer Fantasiewelt, in der alles anders ist als in der Wirklichkeit.«

»Was ist passiert, Ylva?«

Ylva legte sich in das Kissen zurück. Mit den Haaren, die sich auf dem Kissen um ihren Kopf ausbreiteten, sah sie wie ein Engel aus. Die blauen Augen blickten zur Decke. Nein, dachte Mette, sie sieht nicht wie ein Engel aus. Sie sieht aus wie das Mädchen auf den Porträts in dem Haus am See. Das kleine Mädchen mit dem eisblauen Herz um den Hals. Dann begann Ylva zu erzählen.

»Weißt du, dass ich alles erben soll, wenn sie stirbt? Denn sie wird sterben«, sagte Ylva, während ihre Augen feucht wurden. Sie blinzelte, und die Tränen liefen ihr die Wangen hinunter.

Sie hatten sich für den Gründonnerstagmorgen verabredet. Niemand hatte davon wissen dürfen. Ylva hatte die Tour nach Strømstad mit ihren Eltern abgesagt. Als sie auf ihrem Roller losgefahren war, hatte es vor Freude und Erwartung in ihr gebrodelt. Sie würde die Filmregisseurin treffen. Die Regisseurin hatte die Bilder von ihr gesehen, die sie oben am Schloss der Løvenskiolds in Fossum gemacht hatten, und sie war begeistert. Sie hatte so überzeugend geklungen, als sie miteinander telefoniert hatten. Und Ylva hatte getan, was man ihr gesagt hatte. Sie hatte ihren PC mitgenommen, damit sie die Bilder auch auf ihren Computer überspielen konnten.

Als sie sich oben auf dem Besitz der Løvenskiolds getroffen hatten, hatte Liisa getan, als wären sie alte Bekannte, hatte sich für ihr letztes Treffen bedankt und seltsamerweise auch für eine Speicherkarte, über die sie sich sehr gefreut hatte. Ylva hatte gegen nichts, was Liisa gesagt hatte, Einwände erhoben, hatte gedacht, dass Regisseure exzentrische Menschen waren. Künstler eben. Ein bisschen unberechenbar. In der Filmclique hatten sie viel über so etwas gesprochen. Appa wollte doch Regisseur werden. Das wäre er auch geworden, wenn er sich nicht erschossen hätte. Es war offensichtlich, dass Liisa Arvo Pekka kannte, doch erst sehr viel später hatte Ylva begriffen, dass Liisa Appas Tante und eigentlich keine Regisseurin, sondern eine Amateurfotografin war, wenn auch eine sehr begabte.

Liisa hatte am Fluss viele Bilder von Ylva gemacht. An einer Location, der letzten, hatten sie den Roller in den Fluss gezogen und ins niedrige Wasser gelegt. Liisa hatte ihr eine Cola gegeben, die sie auf eine ganz spezielle Weise hatte trinken sollen, während sie sie fotografierte. Das war lustig gewesen. Sie hatten die ganze Zeit gelacht, und Liisa war mit der Art, wie sie posierte, sehr zufrieden gewesen.

Als Nächstes erinnerte sich Ylva, dass es fast dunkel war. Sie lag auf dem Rücksitz eines Autos, und Liisa fuhr. Liisa hatte sich gefreut, als sie wach wurde. Sie hatten angehalten und an einem Kiosk an der Straße Würstchen mit Kartoffelpüree gekauft. Später hatte sie vorne auf dem Beifahrersitz gesessen, doch sie hatte eine Mütze tragen müssen, die ihre Haare verdeckte. Für Ylva war das in Ordnung gewesen. Sie hatte sich etwas groggy und seltsam gefühlt. Sie würden eine lange Reise machen, hatte Liisa erzählt. Ylva war nicht ängstlich gewesen. Überhaupt nicht. Vielleicht ein wenig bekümmert, was sie zu Hause denken würden, doch Angst hatte sie nicht gehabt. Es waren Osterferien, und sie hatten schulfrei. Dann war ihr der Ausflug mit der Filmclique ins Luksefjell eingefallen, und sie war ein klein wenig traurig geworden. Sie hatte sich so lange darauf gefreut. Und jetzt, nachdem Appa tot war, hatte sie es für die beste Therapie der Welt gehalten, in Arons Hütte vor dem Kamin zu sitzen und über alles Mögliche zu reden. Sie hatte überlegt, Liisa zu bitten umzukehren, es sich dann jedoch anders überlegt. Gedacht, dass es bestimmt Appas Wunsch gewesen wäre, dass sie auf Reisen ging und so viel von der Welt sah wie möglich. Eindrücke und Wissen sammelte.

Trondheim stand auf den Straßenschildern. Dann waren sie Richtung Norden unterwegs. Sie fuhren über die Grenze nach Schweden. Quer durch das Land hindurch zur Küste. Ylva musste sich während der Überfahrt von Schweden nach Finnland in den Kofferraum legen.

»Als sie gesagt hat, dass ich mich in den Kofferraum legen muss, habe ich ziemliche Angst bekommen«, sagte Ylva.

»Aber Liisa hat mir das Gefühl gegeben, dass es dumm ist, Angst zu haben. Sie hat gelacht und herumgealbert und gesagt, dass wir auch von dieser Szene Bilder machen. Und dann hat sie eine lange Strecke fotografiert, wie ich mich in dem kleinen Kofferraum zusammenrolle. Aber zuerst musste ich wieder von der Cola trinken.«

Ylva schwieg und schloss die Augen. Mette wartete. Eine Krankenschwester kam ins Zimmer und kündigte an, dass es Essen gab. Sie fragte, ob Mette auch etwas wollte. Das wollte sie gerne. Sie aßen schweigend. Butterbrote mit Aufschnitt. Käse und Wurst, Gurke und Tomate. Tee mit Zucker und Zitrone. Ylva hatte während der Fahrt nach Finnland ein Betäubungsmittel bekommen, dachte Mette. Deshalb hatte sie keinen Widerstand geleistet. Ylva war auf die gleiche Weise betäubt worden wie sie, als sie gestern Abend mit Liisa Tee getrunken hatte.

»Mir ist inzwischen klar, dass ich hätte abhauen müssen«, sagte Ylva schließlich. »Ich habe mit Mama telefoniert. Ich war fast zwei Wochen fort, und alle haben mich für tot gehalten.«

»Und warum bist du nicht abgehauen?«

»Das war unmöglich. Zum einen hat Nikolaij die ganze Zeit auf mich aufgepasst und zum anderen wäre … wäre Liisa sehr traurig gewesen. Wir hatten es schön zusammen. Wir haben draußen im Wald gefilmt und fotografiert, und wir haben in Öl gemalt. Wenn das Wetter mitgespielt hat, haben wir mit unseren Staffeleien unten am See gestanden. Hast du gewusst, dass Liisas Vater Kunstmaler war? Er hat sie unterrichtet, und sie hat mich unterrichtet, und ich finde, dass sie besser ist als er. Ihre Bilder sind viel schöner«, sagte Ylva.

»Warum warst du gefesselt und betäubt, als wir dich gefunden haben, Ylva?«

»Das war Nikolaij. Liisa hat mich nie gefesselt. Ich konnte mich die ganze Zeit drinnen und draußen frei bewegen. Das war Nikolaij.«

»Wann ist dir klar geworden, dass Liisa die Tante von Arvo Pekka ist?«

Ylva lächelte vor sich hin, als würde sie ein Bild betrachten, das nur sie sehen konnte.

»Ich möchte nichts mehr sagen, bevor ich nicht mit Liisa gesprochen habe«, sagte Ylva.

»Liisa ist in Norwegen«, sagte Mette.

»Nein! Sie soll kommen. Sie soll hierherkommen. Sie darf nicht sterben!«

»Warum glaubst du, dass sie sterben wird?«

»Sie wird sterben, weil sie das gesagt hat«, sagte Ylva plötzlich. »Und jetzt will ich hier raus. Ich will nach Hause zu Ulrik.«

Ylva warf die Decke zur Seite und schwang die Beine über den Bettrand. Mette zog an der Schnur, um eine Krankenschwester zu rufen.

»Du kannst nicht einfach gehen, Ylva. Du brauchst Ruhe, und außerdem sind deine Eltern auf dem Weg hierher. Es dauert nicht lange, von Oslo nach Vasa zu fliegen, ich versichere dir, dass das ganz schnell geht«, sagte Mette.

Sie beendete die Aufnahme. Mehr als die Erkenntnis, dass Ylva bis auf den letzten Tag, an dem Nikolaij sie gefesselt und ihr Schlaftabletten verabreicht hatte, offensichtlich keinerlei Gewalt ausgesetzt gewesen war, hatte das Interview nicht ergeben. Freiheitsberaubung, aber keinerlei Gewalt. Das machte es nicht ganz so schlimm, aber vieles war ihr noch immer unklar.

»Ylva, wo ist dein PC?«

»Das weiß ich nicht. Liisa hat ihn in Verwahrung genommen. Den PC und mein Mobiltelefon. Ich durfte nichts davon benutzen«, antwortete Ylva.

*

Der kleine Trym fuhr zusammen mit Aron Storm im ersten Krankenwagen. Ulrik Steen-Jahnsen im zweiten. Idun hatte einem Polizisten Peder Haugeruds Mobilnetznummer gegeben, die er sich auf dem Block, den er in der Hand hielt, notiert hatte. Als sie sich zusammen mit dem Anwalt in dessen Auto setzte, sah sie, dass der Yaris von einem Abschleppwagen abgeschleppt wurde. Ihm folgte ein weiteres Bergungsfahrzeug mit einem silbergrauen Auto. Ulriks Auto. Beide verschwanden den Fossumveg hoch.

Ulrik. Was war passiert? Idun verstand rein gar nichts. Sie hatte wegen der Speicherkarte panische Angst vor Liisa Beijar gehabt. Und dann war plötzlich Ulrik da gewesen. Ein Unfall, hatte sie der Polizei erklärt. Sie hatte geglaubt, dass jemand sie verfolgte. Jemand, vor dem sie Angst hatte. Und dann war es nur Ulrik gewesen, mit dem sie zusammen zur Schule ging. Der Polizist hatte die Stirn gerunzelt. Sie würden das alles auf der Polizeiwache aufnehmen. Sie konnte mit dem Anwalt fahren, das war in Ordnung. Eirik durfte im Streifenwagen mitfahren. So sollte das Babysitten also enden, mit einem Zwilling im Streifenwagen und dem anderen im Krankenwagen. Idun verbarg das Gesicht in den Händen.

Rechtsanwalt Torkel Vaa hatte das Autoradio eingeschaltet. Die Titelmelodie der Lokalsendung von NRK gluckste fröhlich aus den Lautsprechern. Er stellte lauter. »Hier sind die Nachrichten von NRK Telemark! Die seit Gründonnerstag vermisste achtzehn Jahre alte Ylva Hegge aus Skien wurde bei guter Gesundheit in einer Stadt in Finnland gefunden. Wir schalten zu unserer Reporterin Mette Minde, die in Vasa ist, wo das Mädchen vor wenigen Stunden gefunden wurde.«

Der Anwalt war an die Seite gefahren und hatte angehalten. Mette Mindes ernste Stimme erfüllte das Innere des Autos mit den Informationen, dass Ylva gefunden und bei guter Gesundheit war und dass sie bald wieder zurück in Norwegen sein würde. Ein kurzer Kommentar von Ylva vervollständigte den Beitrag, als sollten alle Zweifler endgültig überzeugt werden, dass sie lebte. »Es geht mir gut, und ich bin gut behandelt worden, aber ich freue mich, wieder nach Hause zu kommen«, hörten sie Ylvas klare, feste Stimme, bevor Mette Minde in ihrer Berichterstattung fortfuhr. Sie informierte ihre Hörer darüber, dass über die Umstände der Tat völlige Unklarheit herrschte und dass sowohl die finnische als auch die norwegische Polizei ermittelte.

Idun starrte vor sich hin. Sie konnte nicht glauben, was sie gerade gehört hatte. Ylva lebte. Sie war nicht tot. Sie lebte, sie war nicht tot. Sie drehte sich zu dem Anwalt um. Er sah sie ernst an und bat sie, ruhig sitzen zu bleiben, dann stieg er aus und knallte die Autotür hinter sich zu. Er blieb vor dem Auto stehen und redete in sein Mobiltelefon, wobei er sie die ganze Zeit im Auge behielt. Idun schloss die Augen, um nichts sehen zu müssen. Die Schuhe und der unterste Teil der Hosenbeine waren pitschnass, und ihre Füße kribbelten. Auf dem Rücksitz saß der kleine Hund und winselte. Eine Ewigkeit verging. Sie blickte flüchtig hoch und sah, dass Torkel Vaa eine neue Nummer drückte und weiter draußen telefonierte. Dann stieg er endlich wieder ein, setzte sich hinter das Steuer und fuhr los.

»Deine Eltern und dein Bruder sind auf dem Weg nach Finnland, um Ylva abzuholen«, sagte Vaa. »Das heißt, dass du ganz ohne Aufsicht bist, Idun. Du musst auf die Polizeiwache, um deine Aussage zu machen, aber ich denke, wir fahren einen Umweg.«

Seine Stimme war hart und ohne jedes Mitgefühl. Bald würde es Abend sein und dann Nacht, und sie war ganz allein auf der Welt. Warum hatten sie sie nicht angerufen? Warum hatte sie niemand angerufen und gesagt, dass Ylva gefunden worden war? Warum dachten sie nicht auch an sie? Idun presste die Hände vor das Gesicht. Dann fiel ihr ein, dass ihr Mobiltelefon am Kraftwerk ins Wasser gefallen war. Trym hatte es ihr aus der Hand geschlagen. Vielleicht hatten sie doch angerufen. Natürlich hatten sie angerufen.

»Hast du einen Haustürschlüssel?«

Seine Stimme klang etwas milder. Idun nickte.

*

Mette Minde stand in Arlanda. Der Flieger nach Gardermoen war für das Boarding bereit, und die Schlange vor der Schranke wuchs. Sie versuchte, den Inhalt des Gesprächs mit Torkel Vaa zu analysieren. In ihrem Kopf herrschte Chaos, doch sie hatte ihm die strikte Anweisung gegeben, auf Idun aufzupassen. Er durfte sie nicht eine Sekunde aus den Augen lassen. Und er musste ihren PC sicherstellen. Liisa Beijar war es wichtig gewesen, dass Ylva zu der Verabredung auf dem Besitz der Løvenskiolds am Gründonnerstag ihren PC mitbrachte. Wenn es so war, wie Mette glaubte, und sie die Zwillinge Ylva und Idun verwechselt hatte, interessierte sich Liisa für Iduns PC, aber warum?

Peder rief an, als sie ins Flugzeug stieg. Sie blieb im Mittelgang stehen, außerstande sich zu rühren. Seine Worte und seine ganzen Entschuldigungen, seine hektische Stimme. Er war im Krankenhaus, Trym ging es gut. Sie begriff nicht, wovon er redete. Idun hatte auf die Jungen aufgepasst, er war in Kirkenes zu einem Vorstellungsgespräch gewesen. In Kirkenes? Er wollte doch Ende der Woche nach Narvik? Ja, sicher, aber dieses Angebot war plötzlich gekommen. Er hatte einfach fliegen *müssen*. Eine Dame berührte sie vorsichtig an der Schulter und bat sie, zu ihrem Platz zu gehen. Sie sank auf den falschen Platz und musste wieder aufstehen. Torkel Vaa hatte ihre Jungen mit keinem Wort erwähnt, als er sie darüber informiert hatte, was oben in Fossum passiert war. Vielleicht hatte er sie vor einem Wissen beschützen wollen, das ihr in Arlanda, mehrere Stunden von zu Hause entfernt, nichts nutzte. Was Trym und Eirik hätte passieren *können*, wollte sie sich gar nicht vorstellen. Nicht jetzt. Sie spürte die Wut auf Peder wachsen. Wie konnte er so egoistisch sein? Hatte er nicht selbst gesagt, dass sie nie mehr eine Jugendliche auf ihre Jungen aufpassen lassen würden? War ihm das Vorstellungsgespräch in Nordnorwegen wirklich wichtiger gewesen als die Sicherheit seiner eigenen Kinder? Ihr Körper wurde in den Sitz gedrückt, als das Flugzeug abhob. Ihr Ohr tat weh. Sie griff sich an den Kopf.

*

Aron Storm hatte dem jungen Polizisten erklärt, dass Idun Hegge geglaubt hatte, von Liisa Beijar verfolgt zu werden. Dann hatte sich jedoch herausgestellt, dass es nur Ulrik gewesen war, der sie hatte einholen wollen, um ihr zu sagen, dass

Ylva gefunden worden war. Ulrik hatte bestätigend genickt. Idun hatte schreckliche Angst gehabt, hatte Aron erläutert. Er hatte sie die ganze Zeit am Telefon gehabt, während der Anwalt zum Gut der Løvenskiolds gefahren war, um ihr beizustehen. Das hatte der Polizist verstanden. Iduns Angst war nicht verwunderlich, wenn man bedachte, dass Liisa Beijar ihre Schwester entführt hatte. Warum und was mit Ylva passiert war, wussten sie im Moment nicht, doch es bestand kein Zweifel, dass Liisa Beijar sich zurzeit in Norwegen aufhielt. Dann war der Polizist verschwunden, und sie waren allein.

Ulrik war mürrisch und verschlossen, während er in einem Morgenmantel des Krankenhauses in der Notaufnahme saß. Aron versuchte, ihn aufzuheitern, aber ohne Erfolg.

»Begreifst du denn nicht, dass alles gut gegangen ist, Ulrik?«, versuchte er es. »Wir sind nass geworden, und uns ist kalt, aber niemand ist zu Schaden gekommen, und du bist nicht schuld.«

Ulrik studierte mit gesenktem Kopf seine Nägel. Er sagte nichts. Sie warteten darauf, dass Ulriks Mutter mit trockenen Sachen kam. Aron würde sich etwas von ihm leihen. Er wagte es nicht, seine Mutter anzurufen. Es grauste ihm furchtbar davor, nach Hause zu fahren.

»Freu dich doch, dass Ylva bei guter Gesundheit ist«, sagte Aron. »Wir sollten feiern. Das ist ein Freudentag, Ulrik!«

Er antwortete noch immer nicht. Traurigkeit machte sich in Aron breit. In ein paar Wochen war das Schuljahr zu Ende. Ylva, Ulrik und die anderen würden in alle vier Winde zerstreut werden. Es war vorbei. Die Filmclique würde sich auflösen. Der Gedanke, dass neue Schüler kommen würden, tröstete ihn nicht, keiner konnte die einzigartigen Mitglieder der Filmclique ersetzen. Vielleicht würde er nicht einmal seinen Job als Lehrer behalten, nach all den Gedankenlosigkeiten, zu denen er sich hatte hinreißen lassen.

Ulriks Mutter trat durch die Tür, die die Ambulanz von der Notaufnahme trennte. Sie sah beunruhigt aus und klang hektisch. Ulrik schien verlegen. Aron gab ihr die Hand und begrüßte sie. Sie musterte ihn, als wollte sie abschätzen, ob ihm die mitgebrachten Kleider passten. Dann gingen Aron und Ulrik sich umziehen. Als sie wieder auf den Gang hinauskamen, warteten dort zwei Polizisten zusammen mit Frau Steen-Jahnsen.

»Ulrik Steen-Jahnsen«, sagte der Älteste. »Wir möchten Sie bitten, uns zu folgen.«

Aron Storm rutschte das Herz in die Hose. Was passierte hier? Ulriks Mutter machte einen gequälten Eindruck. Sie streckte die Hand aus, als wollte sie ihren Sohn zurückhalten. Ulrik schüttelte sie ab. Seine Augen unter dem gelben Stirnband blickten Aron leer an.

*

Idun schloss die Haustür auf. Das Haus lag im Dunkeln, und es roch säuerlich und nach Rauch. Sie seufzte. Rechtsanwalt Vaa folgte ihr. Sie schaltete das Licht in der Küche an und schloss die Augen, drehte sich um und zog die Tür hinter sich zu, bevor sie ins Wohnzimmer ging. Ein paar Wandleuchter brannten. Ein Aschenbecher mit mehreren Kippen stand auf dem Wohnzimmertisch. Idun ärgerte sich. Es war einfach peinlich, wie unordentlich sie waren. Jetzt stand der Anwalt hinter ihr und sah alles.

Sie bemerkten es gleichzeitig. Eine Scheibe der Terrassentür war zerbrochen. Die Glasscherben lagen über dem Parkett verstreut. Idun drehte sich zu Vaa um. Er runzelte die Stirn, sodass sie wie ein zusammengedrücktes Schifferklavier aussah.

»Idun. Wo ist dein PC?«

Jetzt ist es aus, dachte sie resigniert. Alles kommt heraus. Sie drehte sich um und ging die Treppe in die erste Etage hoch. Der Anwalt folgte dicht hinter ihr. Sie schob die Tür zu ihrem Zimmer auf und schaltete die Deckenlampe an. Hier drinnen war alles ordentlich, doch der Laptop lag nicht auf der Bettdecke, wie er das sonst immer tat. Und auch nicht auf dem Schreibtisch. Sie hatte ihn nicht mitgenommen, als sie auf Trym und Eirik hatte aufpassen sollen. Sie hatte das für sinnlos gehalten, hatte geglaubt, dass sie bestimmt kein drahtloses Netzwerk hatten. Sie hatten eine alte Küche. Außerdem hatte sie entschieden, nicht in die Schule zu gehen. Den PC hatte sie zu Hause gelassen, und jetzt war er weg.

»Er ist weg«, sagte sie atemlos.

»Bist du dir sicher?«

Sie drehte eine Runde durch das Zimmer.

»Ja, er liegt normalerweise hier«, sagte sie und zeigte auf das gemachte Bett mit der roten Bettdecke.

Der Anwalt fischte sein Mobiltelefon aus der Tasche und drückte eine Nummer. Zehn Minuten später fuhr ein Streifenwagen vor dem Haus vor.

Widerwillig stellte Idun fest, dass sie den Anwalt zu mögen begann. Nachdem die Polizei eingetroffen war, stand er plötzlich auf ihrer Seite. Er sprach für sie. Er erklärte der Polizei, welche Angst sie gehabt hatte, da sie davon ausgegangen war, dass Liisa Beijar, die Frau, die ihre Zwillingsschwester entführt hatte, sie verfolgte. Dass Idun geglaubt hatte, dass Liisa

Beijar auch sie entführen wollte. Und jetzt war Liisa Beijar offensichtlich hier eingebrochen und hatte Iduns Laptop gestohlen. Mette Minde, die im Krankenhaus in Vasa mit Ylva gesprochen hatte, hatte betont, wie wichtig es war, Iduns PC sicherzustellen. Warum, hatte sie am Telefon nicht erklären können, doch das würden sie bestimmt erfahren, wenn sie nach Hause kam. Sie war in diesem Moment auf dem Heimweg. Rechtsanwalt Vaa forderte die Polizei auf, alles daranzusetzen, Liisa Beijar, die offensichtlich unredliche Absichten verfolgte, festzunehmen. Idun musste mehrmals wiederholen, dass sie nicht wusste, warum Liisa Beijar den PC mitgenommen hatte. Sie wusste es einfach nicht, sagte sie, aber sie hatte Angst. Vielleicht war die Tante von Arvo Pekka nach seinem Selbstmord verrückt geworden, vielleicht war sie schon immer verrückt gewesen. Idun wusste es nicht. Sie kannte Liisa Beijar nicht, erzählte sie.

Nachdem Idun alles gesagt hatte, ging sie ins Bad, um sich trockene Sachen anzuziehen. Unruhig blieb sie ein paar Minuten dort drinnen sitzen. Sie wusste schließlich, dass die Speicherkarte der Grund für ihre Angst war. Würde Liisa jetzt zufrieden sein, nachdem sie ihren PC in die Hände bekommen hatte, oder würde alles nur noch schlimmer werden? Sie hätte Torkel Vaa am liebsten die ganze Geschichte erzählt, doch sie wusste, dass sie das nicht tun würde. Sie hatte zu viel verschwiegen. Seit der Nacht in der Schwimmhalle hatte sie gelogen und Dinge geheim gehalten. Wenn sie jetzt alles erzählte, würde man sie für verrückt erklären. Bestimmt würde man sie in die Psychiatrie einweisen. Warum war Ulrik ihr zu dem Kraftwerk gefolgt? Und warum hatte er so wütend ausgesehen? Ulrik, der gewöhnlich gute Laune hatte und voller Schabernack steckte, hatte sie eiskalt angesehen. Sie stand auf. Sie fror trotz der warmen Sachen. Als hätte der Frost sich in ihrem Körper festgesetzt. Es war klar, dass Idun nicht allein in dem Haus in der Grensegate übernachten konnte. Der Polizist fragte, ob Verwandte in der Nähe wohnten. Da griff der Anwalt erneut ein. Er würde das regeln. Außerdem müsste die Polizei sich darüber im Klaren sein, dass Idun kein Telefon mehr hatte. Das lag in Fossum im Wasser. Sie konnten ihn anrufen. Idun protestierte nicht. Sie fühlte sich völlig leer.

*

Es war mitten in der Nacht, als das Taxi vor dem Haus am Ende der Sackgase in Moldhaugen hielt. Alles war dunkel. Nur die Außenlampen verströmten ein sanftes Licht über Treppe und Weg. Mette bezahlte den Fahrer und stieg aus. Im Hof stand der englischgrüne Rover von Torkel Vaa mit der Front zu ihr. Als das Taxi Richtung Stadt davonfuhr, ging die Autotür auf und Vaa stieg aus.

»Wie geht es dir?«

Sie griff sich an den Kopf. Sie hatte ihm bei ihrem letzten Anruf, bevor sie sich in den Flieger nach Oslo gesetzt hatte, alles erzählt.

»Ganz gut«, lächelte sie im Dunkeln. »Und hier, hat sich etwas Neues getan?«

»Nein, nicht mehr als das, was ich dir bereits erzählt habe. Idun schläft bei euch, und den Jungen geht es gut. Dein Mann ist ein netter Typ. Er hat mir angeboten, im Haus zu übernachten, aber ich fand es sicherer, hier draußen zu wachen. Er macht sich große Sorgen um dich, Mette, und es tut ihm sehr leid, dass er nach Kirkenes geflogen ist, ohne dir Bescheid zu geben«, sagte Vaa.

Mette biss die Zähne zusammen.

»Du brauchst ihn nicht zu verteidigen«, sagte sie frostig. »Lass uns reingehen, mir ist kalt.«

»Hast du etwas geschlafen?«

»Ja, ich habe im Zug geschlafen«, sagte sie.

In der Diele blieb sie stehen und starrte ihr Gesicht im Spiegel über der Kommode an. Der Verband erinnerte vage an einen Gehörschutz, und die Haut um die Schläfe war bis zum Auge blaulila verfärbt. Sie sah einfach furchtbar aus. Sie schlug den Blick nieder und kickte ihre Schuhe fort. Vaa wollte seine braunen italienischen Schuhe mit den Ledersohlen ebenfalls ausziehen, doch sie winkte ab. Einen Anwalt auf Socken wollte sie sich lieber ersparen.

Mette setzte Kaffee auf und schloss die Küchentür, um die Schlafenden nicht zu stören. Peder war nicht aufgewacht, als das Taxi vor dem Haus vorgefahren war. Er kam nicht herunter, um zu sehen, wie es ihr ging. Sie schluckte den Kloß im Hals hinunter und öffnete den Brotkasten.

»Willst du auch eine Scheibe?«

»Ja, gern«, sagte Torkel.

Sie standen nebeneinander an der Küchenanrichte und schmierten sich ihre Brote. Er wollte Käse, sie Leberpastete. Milch und Kaffee kamen auf den Tisch. Sie aßen schweigend.

»Wir sind jetzt ein Team, das weißt du«, sagte er plötzlich und sah sie mit seinen ernsten braunen Augen hinter der ovalen goldenen Brille an.

Sie lächelte ihm über den Rand der Kaffeetasse zu. Er sah aus wie ein alter Professor oder ein Puppenmacher, eine Figur, die sie einmal in einem Film gesehen hatte. Einem Film aus Ungarn, oder kam er aus Tschechien?

»Wir sind jetzt ein Team«, wiederholte sie und reichte ihm über den Tisch die Hand. Er ergriff sie und drückte sie leicht.

»Wo ist eigentlich Aktor? Er gehört doch auch zu unserem Team?«

»Im Auto«, sagte Vaa.

»Hol ihn!«

»Sicher?«

»Sicher!«

Mette Minde war kein direkter Hundefan, aber Aktor war auch kein gewöhnlicher Hund. Er war klein, süß und gut erzogen, und es tat ihr leid, dass er ganz allein draußen in dem kalten Auto lag.

Vaa verschwand nach draußen. Mette schlich sich ins Wohnzimmer und holte eine Decke vom Sofa. Die Tür zum Arbeitszimmer war nur angelehnt. Sie schob sie vorsichtig auf. Idun lag auf der Couch und schlief. Mette zog die Tür wieder zu und ging auf Zehenspitzen zurück in die Küche. Vaa stand mit Aktor auf dem Arm da. Der Hund wand sich aus seinem Arm, um herunterzukommen und sie zu begrüßen. Sie bot ihm die Decke an und stellte eine Schale mit Wasser auf den Boden. Aktor schnupperte an dem Wasser und rollte sich auf der Decke zusammen.

»Und jetzt zur Sache, Torkel. Was sollen wir tun? Ich habe das Gefühl, dass uns die Zeit davonläuft«, sagte Mette.

Torkel Vaa guckte auf seine Armbanduhr.

»Du hast recht«, meinte er. »Wir haben keine Zeit zu verlieren. Die Nacht oder die frühe Dämmerung ist die beste Zeit, wenn es gilt, die Wahrheit aus den Leuten herauszuholen. Wir müssen Idun Hegge unter Druck setzen. Hast du ein paar Kerzen?«

Sie stutzte, tat aber, was er sagte.

Er arrangierte geschickt die roten Stumpenkerzen, die von Weihnachten noch übrig waren, auf dem Küchentisch und zündete sie mit einem glänzenden Zippo an, das er aus einer Tasche seiner Anzugjacke zauberte. Dann schaltete er die Lampe aus, die über dem Tisch hing. Es leuchtete warm, als das Licht der Kerzen auf das Holz fiel. Er lehnte sich auf dem Stuhl zurück. Sein Gesicht wirkte mild und attraktiv im Schein der Weihnachtslichter.

»Weckst du sie?«

Sie nickte. Idun war nicht schwer zu wecken. Sie hievte sich in dem Moment in eine sitzende Stellung, in dem Mette die Schreibtischlampe einschaltete. Sie gähnte und sah Mette mit weit aufgerissenen Augen an, bevor sie sie wegen des Lichts zusammenkniff und blinzelte.

»Tut mir leid, Idun, ich wollte dich nicht erschrecken, aber du musst aufstehen«, sagte Mette streng.

Idun rieb sich die Augen und erhob sich wie eine Schlafwandlerin. Sie hatte in ihren Kleidern geschlafen.

»Was ist Ihnen denn passiert?«, fragte sie mit dünner Stimme.

»Der Vetter von Liisa Beijar hat versucht, mich mit einer Heckenschere oder einem Schilfschneider umzubringen«, sagte Mette.

Idun fragte nicht weiter, sondern folgte Mette in die Küche. Die Dunkelheit klebte an den Fensterscheiben, wie in der Nacht in der Schwimmhalle. In der Küche flackerten vier rote Stumpenkerzen. Als wäre Weihnachten. Der Anwalt war da. Er saß mit einem Becher Kaffee in der Hand am Tisch. Er stand auf und zog ihr einen Stuhl vor. Sie setzte sich. Jetzt war es aus. Das spürte sie. Sie konnte nicht mehr. Ylva lebte, sie war nicht tot. Alles würde ohnehin herauskommen, oder?

»Möchtest du etwas trinken, Idun? Eine Tasse Tee?«

Idun nickte Mette matt zu. Mette füllte den Wasserkocher und schaltete ihn an. Hängte einen Teebeutel in einen Becher, goss kochendes Wasser darüber und stellte ihn vor Idun auf den Tisch. Idun umfasste ihn mit beiden Händen. Die Wärme brannte in ihren Handflächen. Ein unangenehmer, ein guter Schmerz. Es fühlte sich seltsam an, hier in der fremden Küche zu sitzen, am Ende des Tisches, mit einem Erwachsenen auf jeder Seite. Zwei Erwachsenen, die sich mit ihr, Idun, beschäftigten. Sie wollten hören, was sie erlebt hatte. Sie wollten ihr zuhören. Es machte nichts, dass Mette Minde ein Mikrophon vor ihr auf den Tisch gestellt hatte. Nichts hatte etwas zu bedeuten.

»Fang mit dem Anfang an, Idun«, sagte der Anwalt leise. »Ganz zu Beginn.«

»Das war der Abend in der Schwimmhalle«, begann sie. »Der Abend, an dem Arvo Pekka sich erschossen hat. Das heißt, eigentlich hat es schon ein paar Stunden vorher angefangen.«

In der Regel war sie an Freitagen und Samstagen zu Hause, doch an diesem Samstag war das nicht der Fall gewesen. Sie war auf einer Party. Sie war nicht eingeladen, doch sie war trotzdem hingegangen, und niemand hatte etwas gesagt. Ulrik war da gewesen. Und Arvo Pekka. Ulrik war gleich wieder gegangen. Er wollte zu Ylva, die auf Trym und Eirik aufpasste.

»Ich bin in die Diele gegangen und hab gesehen, wie Ulrik und Arvo Pekka sich gestritten haben«, sagte Idun. »Ulrik hat gesagt, dass Appa aufpassen muss. Dass sie es auf ihn abgesehen haben. Magga machte wieder von sich reden. Magga war ein Typ aus der G-Force Bande. Er war das, den mein Lehrer, Aron Storm, in seinem Plumpsklo gefunden hat. Aber Arvo

Pekka wollte nicht auf ihn hören. Er hat Ulrik einen Schubs versetzt und gesagt, dass ihm das egal ist. Es ist vorbei, Ulrik, hat er mehrmals gesagt. Es ist vorbei. Er hat das immer wieder gesagt. Ulrik ist wütend geworden und gegangen. Arvo Pekka ist auf der Party geblieben. Er hat Wodka direkt aus der Flasche getrunken und war ziemlich betrunken. Und plötzlich war er weg.«

Idun trank aus dem Becher und sah der Journalistin und dem Anwalt in die Augen. Beide sahen ernst aus. Sie räusperte sich leicht und fuhr fort.

»Zum Schluss war fast keiner mehr da, und ich bin auch gegangen. Ich wusste von keiner weiteren Party, auf die ich noch hätte gehen können, deshalb wollte ich nach Hause, aber das Gehen ist mir schwergefallen, weil ich ziemlich voll war. Ich hab mich irgendwo an einer Hecke übergeben, und dann war plötzlich Arvo Pekka da. Als ich fertig gekotzt hatte, haben wir ein bisschen herumgealbert, und da hat er gesagt, dass ich in seinem Film mitspielen sollte. Ich sollte den netten Zwilling spielen, der eigentlich der böse war oder umgekehrt. Ich weiß nicht genau, wen ich eigentlich spielen sollte, aber es gab jedenfalls einen guten und einen bösen Zwilling. Es sollte ein Film über sein Leben werden.«

Vaa und Minde sahen sich an. Idun sah es und fragte sich, ob sie etwas wussten, das sie nicht wusste. Ein wenig unsicher fuhr sie fort. Sie erinnerte sich an nichts mehr, bis sie an der Schwimmhalle waren. Sie erinnerte sich nicht, wie sie hineingekommen waren. Sie erinnerte sich nur, dass sie da waren und dass sie gebadet hatten und dass die Fenster groß und schwarz waren. Und dass sie nackt waren. Irgendwann musste Arvo Pekka etwas aus seiner Jacke geholt haben, glaubte sie.

Mette Minde war die personifizierte Anspannung. Idun war an dem Abend zusammen mit Arvo Pekka in der Schwimmhalle gewesen. Sie sah flüchtig zu Vaa hinüber. Er saß vollkommen ruhig da und sah Idun offen an. Die Brille hatte er abgenommen. Aktor begann sich in seiner Ecke zu kratzen. Dann streckte er sich beschwerlich. Idun drehte den Kopf zu dem Laut hin. Ein kleines Lächeln huschte über ihr Gesicht. Oh, nein, dachte Mette. Nicht, dass sie den Faden verliert. Erzähl weiter! Sie biss sich auf die Unterlippe. Aktor wollte Idun begrüßen. Er setzte die Vorderpfoten auf ihre Oberschenkel. Sie lächelte zu ihm hinunter.

»Darf er rauf?«

»Ja, sicher«, sagte Vaa.

Idun hob den Dackel auf ihren Schoß. Aktor schien das zu gefallen. Er rollte sich mit der größten Selbstverständlichkeit auf ihr zusammen. Sie legte die Arme beschützend um das Tier, als wollte sie einen Korb bilden.

»Und dann, Idun«, sagte Mette. »Arvo Pekka hat etwas aus seiner Jacke geholt. Was war das?«

Idun war wieder in der Schwimmhalle.

»Er ist plötzlich ganz anders geworden. Er hat mich geschüttelt, und dann hat er eine Handschelle um mein Handgelenk gelegt und das andere Ende an einer Kette befestigt, die er um den Hals trug«, sagte sie. »Den Schlüssel für die Handschellen hat er in den Mund gesteckt. Er hat auch gesungen. Ein Wiegenlied oder so was, auf Finnisch, glaube ich. Und dann hatte er plötzlich eine Pistole in der Hand. Er muss sie aus der Tasche seiner Jacke gezogen haben, die auf dem Boden lag. Er hat mir die Pistole an den Kopf gesetzt und sie daran hinuntergleiten lassen. Ich hab gedacht, er will mich umbringen. Ich war ganz sicher, dass er mich erschießen würde.«

Idun streichelte den Kopf des Hundes. Er hatte die Augen geschlossen und sah aus, als würde er lächeln. Das glatte Fell fühlte sich unter der Handfläche wie Seide an. Sie streichelte ihn immer weiter. Der Hund war wie eine schwere Wärmflasche auf ihrem Bauch.

»Aber dann hat er es doch nicht getan. Er hat mich nicht erschossen. Er hat sich selbst erschossen. Ganz plötzlich, ohne dass ich ihn daran hindern konnte. Das Blut ist auf mich gespritzt, ich wollte nicht hinsehen. Aber ich musste mich befreien. Ich hab seinen Mund geöffnet und den Schlüssel für die Handschellen herausgeholt, aber ich habe auch noch etwas anderes gefunden. In seinem Mund.«

Es wurde still in der Küche. Rechtsanwalt Vaa räusperte sich vorsichtig und griff nach seiner Brille. Er signalisierte Mette, dass er mehr Kaffee wollte. Sie stand lautlos auf und schenkte ihm nach. Iduns Blick war fest auf Aktor gerichtet. Mette bekam keinen Blickkontakt zu ihr.

Die Sekunden verstrichen. Sie nahm Iduns leeren Becher und füllte Tee nach. Idun griff nach dem Becher, ohne sie anzusehen.

»Was ich gefunden habe«, sagte sie, »was ich gefunden habe, war eine Speicherkarte.«

»Eine Art Abschiedsbrief?«, fragte Mette atemlos.

»Nein, das glaub ich nicht«, sagte Idun. »Da waren nur Filmsequenzen drauf. Ein paar alte und ein paar neue, unter anderem eine von der Allee oben am Schloss der Løvenskiolds. Und eine, auf der er das Wiegenlied singt. Diese Datei hab ich sofort wieder geschlossen«, sagte Idun. »Ich konnte mir das nicht anhören!«

»Wo ist die Speicherkarte jetzt?«, fragte Mette.

»Ich hab sie Liisa gegeben«, sagte Idun.

Mette schluckte und fluchte innerlich. Warum hatte sie das getan? Es war wie verhext.

»Aber zuerst hast du alles auf deinem PC gespeichert?«, fragte Vaa.

»Ja«, antwortete sie.

Mette und Torkel sahen sich lange an. Sie versuchte, die neuen Informationen zu analysieren. Genau wie er. Als sich im Osten der erste helle Streifen am Himmel zeigte, hatten sie erfahren, dass Idun die Speicherkarte zuerst Aron Storm hatte geben wollen, allerdings ohne Erfolg, und danach Liisa Beijar, Arvo Pekkas Tante, aufgesucht hatte. Sie hatte in der Schwimmhalle gründlich sauber gemacht, damit niemand den weißen Fleck auf dem Fliesenboden sah, wo sie, in Blut gebadet, gesessen hatte. Sie hatte sich ihren Pullover um die Hände gewickelt, als sie mit dem Bodenwischer des Bademeisters alles aufgewischt hatte. Sie hatte schließlich alle Folgen von CSI gesehen.

»Liisa hat dich für Ylva gehalten«, sagte Mette.

»Ja, sie hat mich Ylva genannt, und ich habe mich nicht getraut, ihr zu widersprechen«, sagte Idun.

»Glaubst du, dass Liisa glaubt, dass du die Speicherkarte geöffnet hast?«

»Das ist möglich. Als ich gehen wollte, hab ich ein Bild von ihr und ihrer Zwillingsschwester gesehen, als sie noch klein waren, das gerahmt bei ihr zu Hause stand. Die Zwillinge kamen auch in einem der Filme vor. Gut möglich, dass sie aus meiner Reaktion geschlossen hat, dass ich das Motiv schon einmal gesehen hatte.«

»Und dann hat sie Ylva und nicht dich entführt, als es aus irgendeinem Grund, den wir nicht kennen, für sie gefährlich wurde«, sagte Vaa nachdenklich.

»Aber auf der Speicherkarte war nichts, das ihr gefährlich werden könnte«, sagte Idun eifrig. »Das Einzige, das mir seltsam vorgekommen ist, war etwas, das Arvo Pekka über seine Mutter gesagt hat. Dass sie die unbekannteste Hexe auf der ganzen Welt war oder so. Ich fand es seltsam, so etwas zu sagen, weil seine Mutter ermordet wurde.«

»Hast du dir wirklich alles angesehen?«

»Vielleicht nicht absolut alles, einiges war ziemlich langweilig. Wie dieses Lied zum Beispiel«, sagte Idun und gähnte. »Kann ich mich noch mal hinlegen?«

»Ja«, sagte Vaa. »Aber zuerst erzählst du uns ganz genau, was heute Nachmittag oben am Kraftwerk passiert ist.«

Idun erzählte noch einmal, was passiert war, als sie die Zwillinge mitgenommen und versucht hatte, ihrem Verfolger, den sie für Liisa Beijar gehalten hatte, zu entkommen. Und dann war stattdessen Ulrik aufgetaucht, und es war zu dem Unfall gekommen, bei dem er und Trym im Wasser gelandet waren. Doch Aron Storm hatte Trym gerettet.

»Was wollte Ulrik eigentlich?«, fragte Mette.

»Ich weiß es nicht. Vielleicht wollte er mir erzählen, dass Ylva gefunden worden war?«

»Das konnte er nicht wissen«, sagte Vaa. »Zu dem Zeitpunkt wussten nur deine Eltern, was in Finnland passiert war. Sonst niemand. Ich habe das genauestens überprüft. Sie haben weder Ulrik noch jemand anderem etwas erzählt.«

Idun blieb schweigend sitzen. Dann hob sie den Kopf und sah Torkel Vaa an.

»Er hat furchtbar wütend ausgesehen, und er hat nichts gesagt. Ich hab Angst bekommen«, sagte sie. »Fast genauso sehr wie in der Schwimmhalle.«

Als Idun zurück auf die Couch im Arbeitszimmer gegangen war, blieben Mette und Torkel sitzen und diskutierten die neuen Informationen, bis das erste schwache Morgenlicht sich seinen Weg durchs Küchenfenster suchte.

»Wollen wir die Aufgaben verteilen, oder arbeiten wir zusammen?«

»Wir arbeiten zusammen«, sagte Vaa. »Zwei Hirne denken besser als eins. Jetzt schlaf erst mal ein bisschen. Ich rufe dich an.«

Er verschwand in der Dämmerung. Leise Schnarchlaute drangen aus dem Arbeitszimmer. Mette schlief auf der Couch im Wohnzimmer ein, Aktors Decke bis zum Kinn hochgezogen.

Als Erstes sah sie den Sonnenstrahl, der durch die Küchentür gekrochen kam und auf das Sofa im Wohnzimmer fiel, auf dem sie lag. Kleine Staubpartikel tanzten im Licht, als wären sie lebendig. Dann sah sie Peder auf dem Boden neben dem Sofa sitzen. Er griff nach ihrer Hand und drückte sie. Die Wut, die sie gestern noch empfunden hatte, hatte der Schlaf mitgenommen. Peder sah erschöpft aus. Sein Haar war zerzaust, und auf der Wange hatte er tiefe Furchen von dem Kissen, auf dem er gelegen hatte. Sie hievte sich in eine sitzende Stellung hoch. Er stand vom Boden auf und setzte sich neben sie. Eine Zärtlichkeit, die sie lange nicht empfunden hatte, breitete sich in ihr aus, als er sie in die Arme nahm und sanft wiegte. Was war mit ihnen passiert, und was würde noch passieren? Sie wusste es nicht. Sie wusste nur, dass sie ihren Mann über alles liebte und dass sie Angst hatte, dass er ihr entschwand.

Die nächste halbe Stunde erzählten sie einander leise, was sie in den letzten Tagen erlebt hatten. Meistens redete sie, und er hörte zu. Die ganze Zeit hielt er sie im Arm.

Die Zwillinge kamen auf nackten Füßen die Treppe aus der ersten Etage heruntergetrippelt. Sie sahen sie mit großen Augen an. Von dem Verband über dem Ohr bis zu der blauverfärbten Stirn. Sie lächelte tapfer. Eirik kam zu ihr und legte ihr die Arme um den Hals. Vorsichtig, als würde er begreifen, dass sie unter dem Verband Schmerzen hatte. Trym stellte sich vor sie hin, stemmte die Hände in die Hüften und erzählte begeistert.

»Weißt du, was ich gemacht hab? Ich bin im Eiswasser geschwommen! Und ich war im Krankenhaus!«

»Und ich bin im Polizeiauto gefahren«, sagte Eirik in dem Versuch, ihn zu übertrumpfen.

Mette lachte, dass es in dem halben Ohr stach.

»Beim Frühstück müsst ihr mir alles erzählen«, sagte sie. »Bis auf das kleinste Detail. Heute Vormittag wird wohl nichts aus der Schule, denn das kann dauern, denke ich.«

Sie deckten den Tisch für fünf. Aus dem Backofen duftete es nach Brötchen, als wäre Sonntag. Peder reichte ihr einen Umschlag. Von der Polizeihochschule stellte sie fest, riss ihn auf, zog den Brief heraus und studierte den Inhalt. Er beobachtete sie, während sie las. Sie sah flüchtig zu ihm hoch und berichtete. Sie hatten ihr Gesuch, das dritte und letzte Jahr auf der Polizeihochschule in Oslo nachzuholen, bekommen. Einen entsprechenden Fall, in dem jemand nach dem zweiten Jahr aufgehört hatte, um dann zu einem späteren Zeitpunkt einen Antrag auf Wiederaufnahme zu stellen, hatte es bisher noch nicht gegeben, aber man wollte sich positiv zu dem Gesuch stellen. Falls es in Oslo oder Bodø einen freien Platz geben sollte, würde sie ihn bekommen. Alles hing natürlich davon ab, dass ein anderer Student, der ins dritte Jahr kam, um Beurlaubung bat oder aufhörte. Man würde ihr im Juni Bescheid geben, hieß es in dem Brief.

Sie war ihrem Ziel so nahe, spürte aber kein kribbelndes Glücksgefühl. Wollte sie das wirklich? Wollte sie nicht lieber als Journalistin weitermachen? Adrenalinstöße hatte sie in den letzten Wochen reichlich gehabt. Sie hatte den Drive und die Spannung gespürt, hatte Töne gesammelt, Sätze, Wörter, die zu Geschichten wurden. Menschen, Erlebnisse, Bruchstücke der Wirklichkeit. War es nicht das, was wichtig war? Das, was sie konnte? Was sie wollte? Dokumentieren. Eine Geschichte erschaffen, die Geschichte eines anderen Menschen. Die Geschichte derer erzählen, die sie selbst nicht erzählen konnten. Arvo Pekka Samuelsen, dachte sie.

»Gratuliere«, sagte Peder. »Wenn du einen Platz bekommst, bleibe ich hier und halte die Stellung.«

Seine Stimme klang seltsam und enttäuscht. Sie sah zu ihm hoch und spürte erneut diese starke Zärtlichkeit. Sie war die Stärkere von ihnen beiden. Das wusste sie. Es war kein Opfer. Das Leben würde nie glatt und gerade wie eine frisch asphaltierte Autobahn vor ihr liegen. Ein solches Leben wollte sie nicht. Sie brauchte Widerstand. Sie fühlte sich von den gekiesten Schotterstraßen angezogen, die auf der Karte nicht vermerkt waren.

»Nein, Peder«, sagte sie sanft und streichelte mit der Handfläche vorsichtig sein raues Gesicht. »Du reist in den Norden und wirst wieder froh. Ich halte die Stellung.«

*

Aron Storm schloss die Tür zu dem Büro der Direktorin hinter sich. Seine Handflächen waren feucht, und er zitterte unkontrolliert. Die Krämpfe kamen aus dem Bauch und breiteten sich im Körper aus wie winzige Kräuselungen auf einem kleinen Waldsee, wenn der Wind stoßweise über die Wasseroberfläche strich. Die Besprechung war stressig gewesen. Man würde ihn beurlauben. Mit Rücksicht auf Schüler und Vorgesetzte würde er das Schuljahr über beurlaubt werden. Die schweren Anschuldigungen hingen wie ein Damoklesschwert über ihm. Er hatte eine Leiche geschändet. Er hatte Beweise vernichtet. Die Direktorin hatte ihn mit Respekt behandelt, doch sie hatte nicht über die Tatsache hinwegsehen können, dass ihm schwerwiegende strafbare Handlungen zur Last gelegt wurden, hatte sie gesagt. Er verstand sie, aber es tat weh, die Schule verlassen zu müssen, die Schüler, all das, was er so sehr liebte. Was würde jetzt aus ihm werden?

Aron durchquerte das Foyer. Die Doppeltüren zur Mensa standen weit offen. Er konnte das Stimmengewirr von drinnen hören. Er musste hinaus, hinunter zu den Kollegen in dem grauen Gebäude bei dem Parkplatz.

Ulrik Steen-Jahnsen stand draußen auf dem Schulhof an die Fahnenstange gelehnt. Als Aron die Tür aufzog, trafen sich ihre Blicke durch die Glasfront. Ulrik kam auf leichten Füßen angelaufen und nahm die Treppe in zwei Sätzen. Er schob Aron zurück ins Foyer und zog ihn zu den Barhockern an der Theke, die vor den Panoramafenstern auf den Schulhof hinaus stand.

»Aron, kannst du mir dein Auto leihen? Please, please, please!«

»Was willst du damit?«

»Ylva in Gardermoen abholen«, sagte Ulrik.

»Wann?«

»Gleich«, antwortete Ulrik.

»Aber sie wird doch bestimmt mit ihren Eltern fahren«, meinte Aron.

»Ich muss sie sehen«, sagte Ulrik. »Verstehst du das?«

Ja, sicher. Aron verstand das, doch ihm gefiel der Gedanke nicht, sein Auto zu verleihen. Es war nicht einmal sein Auto. Es gehörte seiner Mutter. Sie war zwar lange nicht so sauer gewesen, wie er erwartet hatte, als er gestern nach Hause gekommen war, aber trotzdem.

»Du kannst das Russauto nehmen«, sagte Ulrik schnell.

Aron seufzte.

»Wie ist es bei der Polizei gestern gelaufen?«, fragte er, um die Entscheidung hinauszuzögern.

»Gut«, sagte Ulrik.

»Was wollten sie von dir?«

»Nichts«, sagte Ulrik.

»Du lügst, Ulrik«, sagte Aron. »Natürlich wollten sie was.«

Ulrik begann zu lachen, dann äffte er Aron nach. Du lügst, Ulrik! Du lügst!

Aron machte dicht, und Ulrik änderte die Taktik. Er legte den Kopf schief und sah Aron mit seinen blauen Augen bittend an.

»Sei nicht so uncool, Aron, ich brauche das Auto. Bitte!«

Aron seufzte erneut, schloss die Finger um den Autoschlüssel in der Tasche seiner Jeans und zog ihn heraus.

*

Am meisten eilte es, Liisa Beijar zu finden. Vaa hatte den Vormittag gut genutzt. Sie trafen sich im Kafé K, dem Kulturcafé zwischen dem Fluss und der Storgate. Das K hatte gerade seine Türen für den Mittagstisch geöffnet, doch vorerst waren Minde und Vaa die einzigen Gäste. Mette lehnte sich aufgeregt über den schwarz gestrichenen Tisch. Ein Teelicht in einem Glas brannte ruhig zwischen ihnen.

»Erzähl, was du herausgefunden hast«, sagte sie.

Vaa lächelte und blickte auf, als die Kellnerin die Karte brachte. Sie bestellte einen Meeresfrüchtesalat und er einen Cajunburger mit gegrilltem Gemüse. Die Kellnerin verschwand leichtfüßig, wobei ihr Pferdeschwanz hin und her wippte.

»Also«, sagte er. »Liisa Beijars Mietwagen, den sie gestern Vormittag in Gardermoen gemietet hat, ist auf dem Parkplatz am Bahnhof gefunden worden.«

»Hier in Porsgrunn?«

»Ja.«

»Demnach hat sie den Zug genommen?«

»Vielleicht«, sagte Vaa. »Vielleicht will sie auch nur, dass die Polizei das glaubt, aber ich bezweifle, dass sie ihr auf den Leim gehen. Der Zug nach Oslo braucht fast drei Stunden. Theoretisch gesehen: Wenn der Mietwagen zehn Minuten, nachdem sie ihn abgestellt hat, gefunden würde, hieße das, dass sie in der Klemme säße oder mit anderen Worten im Abteil. Die Polizei könnte sie mühelos festnehmen.«

»Du hältst sie also für durchtriebener?«

»Ganz bestimmt«, sagte er. »Sie ist irgendwo in der Nähe, und da wird sie auch bleiben, bis sich die Dinge beruhigt haben.«

»Aber wo?«

»Das müssen wir herausfinden. Ich bin in anderthalb Stunden mit Thor Magne Samuelsen, dem Vater von Arvo Pekka, im Gefängnis in Skien verabredet. Du kannst gerne mitkommen«, sagte er, während er auf seine Armbanduhr sah.

»Was meinst du, kann Samuelsen beitragen? Er kennt Liisa Beijar doch gar nicht. Sie sind sich nie begegnet«, sagte Mette.

Die Kellnerin kam mit einem großen Krug Eiswasser, schenkte ihnen ein und legte Besteck und Servietten auf den Tisch.

Vaa lehnte sich auf seinem Stuhl zurück und nahm die Brille ab. Er strich sich über die Stirn und fuhr sich mit der Hand entschlossen durch das Gesicht, als wollte er etwas Unangenehmes fortwischen. Die Tür ging auf, und drei lebhafte Frauen in den Fünfzigern kamen herein. Sie schwatzten und redeten alle gleichzeitig, bevor sie sich für einen Tisch an den Fenstern zum Fluss entschieden. Die Kellnerin kam herangeschwänzelt und nahm laut die Bestellung auf. Eine Flasche vom Weißwein des Hauses, drei Gläser und einen Krug Eiswasser! Die Kellnerin lächelte, drehte sich auf dem Absatz um, steckte den Bestellungsblock in die Tasche ihrer Schürze und verschwand.

»Ich habe eine Theorie oder eher eine Befürchtung, und bei der geht es um den Mord an Marija Beijar vor fünf Jahren und um den Prozess gegen Thor Magne Samuelsen. Wie ich dir bereits erzählt habe, ist da irgendetwas seltsam, irgendetwas, das mich nie überzeugt hat«, sagte er und stemmte die Ellenbogen auf den Tisch.

»Dass er das Messer genommen hat? Das Messer und nicht die Pistole?«

»Das und ein paar andere Dinge«, sagte Vaa. »Samuelsens unzusammenhängende Erklärung, sein Bestehen auf seiner Schuld. Und die Reaktionen des Sohns. Ich erinnere mich, dass ich auf seine Gleichgültigkeit reagiert habe. Dass er so schweigsam und wortkarg war.«

»Aber ist das nicht ganz normal? Er war vierzehn und hat mitbekommen, wie seine Mutter ermordet wurde, niedergestochen von seinem eigenen Vater in seinem Elternhaus, während er selbst nur wenige Meter entfernt geschlafen hat. Wer wäre da nicht schweigsam und wortkarg nach so einem Erlebnis?«

»Ja, aber irgendetwas ist seltsam«, beharrte Vaa.

»Willst du andeuten, dass Arvo Pekka seine eigene Mutter umgebracht hat?«, fragte Mette und schüttelte den Kopf. Es stach in dem halben Ohr, und sie kniff vor Schmerz die Augen zusammen.

Sie hatte sich eine lila Mütze über den Verband und die kahl geschorene Kopfseite gezogen und die Schläfe mit einer dicken Schicht hellbrauner Grundierung abgedeckt. Bevor sie heute Vormittag aus dem Haus gegangen war, hatte sie in den Spiegel gesehen und befunden, dass sie ganz normal aussah. Eine junge Frau mit einer schräg sitzenden Mütze und wilden blonden Locken auf der anderen Seite. Sie war so froh gewesen, dass sie sich selbst zugelächelt und eine übertriebene Lage Mascara aufgelegt hatte.

»Ich deute gar nichts an, aber ich habe dich das schon früher gefragt. Was wissen wir eigentlich über die Person, den Menschen, die Mutter Marija Samuelsen? War sie eine gute und liebenswerte Mutter? War es so einfach, dass sie von ihrem Ehemann misshandelt und schikaniert wurde, ist das die ganze Geschichte, oder war da auch etwas mit ihr?«

Vaa hatte sich ein wenig warm geredet, verstummte jedoch abrupt, als die Kellnerin mit dem Essen kam. Sie lächelte sie gut gelaunt an und stellte die Teller vor sie auf den Tisch. Sie aßen die Hälfte ihrer Gerichte schweigend, bevor Mette das Wort ergriff.

»Mir ist auch etwas aufgefallen«, sagte sie. »Ich zeige es dir, wenn wir fertig gegessen haben.«

»Was?«

»Nachher«, sagte sie mit vollem Mund.

Er lächelte.

»Ulrik Steen-Jahnsen ist gestern lange von der Polizei befragt worden«, sagte Vaa. »Das ist auch noch ein Punkt. Sie verdächtigen ihn eindeutig, etwas mit dem Mord an Mathias Garmo zu tun zu haben.«

»Woher weißt du das?«

»Von Rechtsanwalt Myrtrøen«, sagte er. »Einem der Partner unserer Sozietät. Für Ulrik Steen-Jahnsen ist ein Verteidiger bestellt worden. Sie vernehmen ihn, weil man ihn strafbarer Handlungen verdächtigt, aber es ist keine Anklage erhoben worden, und man hat ihn gehen lassen. Ich schätze mal, dass die Polizei sich mit dem Mord schwertut, weil Aron Storm die Beweise am Tatort vernichtet hat. Und ich vermute, dass sie jeden von Ulrik Steen-Jahnsens Schritten observieren. Sie folgen ihm im Abstand von zwei Autos, ungeachtet wohin er fährt.«

»Warum? Und warum verdächtigen sie Ulrik? Weißt du etwas, das ich nicht weiß?«

»Aron Storm war ihr offensichtlicher Tatverdächtiger, und ich verstehe ihre Vermutung gut. So wie es aussah, sprach viel dafür. Doch als sich herausstellte, dass Storm den Mord unmöglich begangen haben konnte, haben sie unter den Personen, die von der Hütte im Luksefjell wussten, weiter nach dem Täter gesucht, und das sind nicht viele. Wir sprechen hier vor allem von den Mitgliedern der Filmclique am Klosterskogen Gymnasium, obwohl sie bestimmt auch das Umfeld der G-Force Bande genauestens durchforstet haben. Soweit mir Myrtrøen das erklärt hat, hatte Ulrik Steen-Jahnsen sein Alibi von Liisa Beijar, und ihre Glaubwürdigkeit dürfte in den letzten Tagen ein wenig gelitten haben«, sagte er.

»Ach du Scheiße«, meinte Mette und legte das Besteck zur Seite. »Vielleicht haben die beiden, Ulrik und Liisa Beijar, den Mord an Garmo gemeinsam begangen, um Arvo Pekka und das, was man ihm angetan hat, zu rächen? Der Selbstmordpakt, erinnerst du dich? Sie haben darüber diskutiert, jemanden umzubringen, der es verdient.«

»Vielleicht«, sagte Vaa. »Nicht undenkbar, denn Arvo Pekka hat niemanden mit in den Tod genommen, wie sie das nahezu abgesprochen hatten. Mehr oder weniger ernsthaft. Vielleicht hat Ulrik Steen-Jahnsen das nachträglich für ihn erledigt, als Rache, wie um die Abmachung zu erfüllen?«

»Glaubst du, dass Arvo Pekka vorhatte, Idun in der Schwimmhalle zu töten?«, fragte Mette. »Bevor er sich selbst erschossen hat?«

»Ich weiß es nicht. In diesem Fall muss sie sich durch irgendetwas, das sie getan hat oder durch ihr Wesen dafür qualifiziert haben, den Tod zu verdienen, wenn wir einmal von ihrer einfachen Philosophie ausgehen«, sagte Vaa.

»Das Verhältnis zwischen Idun und ihrer Zwillingsschwester ist nicht das Beste«, sagte Mette. »Ich habe kurz mit ihr darüber gesprochen, als Peder die Jungen heute Vormittag in die Schule gebracht hat. Aber sie schien sich aufrichtig zu freuen, dass man ihre Schwester gefunden hat. Sie wollte genau wissen, was in Finnland passiert ist. Idun hat die Mitglieder der Filmclique nicht gekannt. Das waren Ylvas Freunde. Idun betrachtet Ylva als die Tüchtige und Beliebte und sich als die Unbeholfene und Einsame. Sie tut mir richtig leid.«

Die Kellnerin kam und räumte den Tisch ab. Torkel Vaa

bestellte zwei Tassen Kaffee, ohne Mette zu fragen. Viele der schwarzen Tische waren inzwischen besetzt. Stuhlbeine scharrten über die Terrakottafliesen, und das Restaurant war von Stimmengewirr erfüllt. Die Frauen an dem Fenstertisch zum Fluss hin hatten die erste Weinflasche geleert und eine neue bestellt. Diesmal Rotwein.

»Jetzt sind wir mit Essen fertig, was wolltest du mir zeigen?«

»Also«, sagte Mette und griff nach ihrem Rucksack, der auf einem Stuhl stand.

Sie holte die kleine Handkamera heraus, stand auf und setzte sich auf den Stuhl neben ihm. Sie schirmte das Licht mit der Hand ab, sodass das Bild im Display deutlicher wurde. Dann ließ sie die Filmsequenz laufen, in der Arvo Pekka von seiner Mutter erzählte. Sie hatten sie oben im NRK-Haus in Borgeåsen zusammen gesehen, bevor sie nach Finnland geflogen war, und sie hatte sie sich später noch mehrmals angesehen.

Arvo Pekka Samuelsen saß draußen im Schatten der Bäume. Es war Sommer. Er lachte, als ein Zitronenfalter ins Bild flog, und folgte ihm mit den Augen, bis er verschwunden war. Dann blickte er direkt in die Kamera und begann mit ernster, leicht träger Stimme zu reden. »Meine Mama. Meine Mama ist die schönste Mama, der am meisten vernachlässigte Zwilling der Welt und die unbekannteste Hexe des Universums.« Mette drückte auf den Pausenknopf und ließ die Kamera sinken.

»Was meint er damit?«

»Ich weiß es nicht. Ich habe viel darüber nachgedacht«, sagte Vaa. »Schön, vernachlässigt und böse, sind nicht alle Hexen böse?«

»Er sagt *ist* und nicht *war*«, meinte Mette. »Aber das ist verständlich, weil er eine Wirklichkeit beschreibt, wie er sie *vor* ihrem Tod erlebt hat. Weil er in der historischen Gegenwart spricht, weil er dem Betrachter möglicherweise erzählen will, was er gefühlt hat, als er zehn war oder fünf? Darüber habe ich mit Liisa sprechen wollen, als ich nach Vasa geflogen bin. Wer war Marija Samuelsen damals, als sie noch Marija Beijar hieß und in Finnland lebte? Der am meisten vernachlässigte Zwilling der Welt.«

Die Kellnerin kam mit dem Kaffee, und Mette setzte sich wieder auf ihren Platz Torkel gegenüber. Er saß mit gerunzelter Stirn und der Brille in der Hand da.

»Die Filmsequenz stützt jedenfalls meinen Verdacht, dass es noch eine verborgene Seite von Marija Samuelsen gibt. *Gab*«, berichtigte er sich.

»Uns fehlt leider die Datei, auf der er das Wiegenlied singt. Der Schlüssel zu allem liegt höchstwahrscheinlich auf der Speicherkarte, die Idun in Arvo Pekkas Mund gefunden hat«, sagte Mette.

»Und der Reserveschlüssel ist auf Iduns PC gespeichert«, sagte Vaa.

Sie tranken den Kaffee in vorsichtigen Schlucken und sahen sich in die Augen.

»Wir sind zwei gescheiterte Detektive«, seufzte sie.

»Im Moment sieht es so aus, aber wir geben noch nicht auf«, erwiderte Vaa.

»Was treibt dich eigentlich an?«, fragte sie und stellte die leere Tasse auf den Tisch.

»Was mich antreibt«, sagte er und schaute sie an, »was mich antreibt, sind dein Eifer, unser Team und meine alte Befürchtung, was Thor Magne Samuelsen angeht.«

»Eine Sache ist mir noch durch den Kopf gegangen«, sagte

Mette. »Liisa Beijar kann kein böser Mensch sein. Ylva weiß nur Gutes über sie zu berichten, obwohl sie sie in ihrem Haus am Karperöfjärden gefangen gehalten hat.«

»Das Stockholmsyndrom«, sagte Vaa.

»Der Bankräuber, der Geiseln nimmt, von denen sich eine Hals über Kopf in ihn verliebt?«

»Ja.«

»Glaubst du, dass es stimmt, was Liisa Beijar Ylva erzählt hat? Dass sie sterben wird?«, fragte Mette.

»Das kann ich mir nicht vorstellen«, antwortete er.

Vaa stand auf und ging zur Theke, um zu bezahlen. Mette protestierte nicht.

Aktor wurde ein kurzer Spaziergang im Gras entlang des Parkplatzes vor dem Gefängnis bewilligt, bevor Torkel Vaa ihn wieder auf den Rücksitz des englischgrünen Rovers setzte. Sowie Torkel das Auto abgeschlossen hatte, sprang er auf den Fahrersitz und stellte sich, die Pfoten auf dem Lenkrad, auf die Hinterbeine. Mette musste über den kleinen, lustigen Dackel lächeln. Und Aktor lächelte zurück, dessen war sie sich sicher.

Sie hatten im Besucherraum ihre Plätze eingenommen, als Thor Magne Samuelsen hereingeführt wurde. Er grüßte kurz und nahm auf einem Stuhl ihnen gegenüber Platz. Mette fand, dass er noch blasser und angeschlagener als das letzte Mal aussah. Er schlug den Blick nieder, als sie ihm in die Augen sah. Torkel Vaa berichtete kurz, was in den letzten Tagen geschehen war. Ob Samuelsen eine Idee hatte, wo Liisa Beijar sich aufhalten, wo sie sich verstecken könnte? Einen Ort, von dem Marija ihr erzählt haben könnte? Einen Ort, den er und Mette nicht allein finden konnten?

Nein. Thor Magne Samuelsen hatte keine Idee. Er machte einen mürrischen und erschöpften Eindruck. Er war Liisa Beijar nie begegnet. Marija hatte nur sehr wenig von ihr erzählt, und er hatte auch nicht gefragt. Sie hatten nicht so viel miteinander geredet. Es war, wie er letztens gesagt hatte, und dem hatte er nichts hinzuzufügen.

»Und was ist mit ihren Eltern?«, fragte Mette. »Wissen Sie, ob Liisa Beijar Kontakt zu ihnen hatte?«

Er sah sie direkt an. Hielt ihrem Blick so lange und fest stand, dass sie schließlich die Augen abwenden musste. Sie spürte das Unbehagen und fühlte seine Wut wie unsichtbare Schwingungen in der Luft. Vaa räusperte sich beschwichtigend.

»Ich habe letztes Mal gesagt, dass wir kaum Kontakt hatten. Ich habe Ihnen erzählt, wie sie sind. Reicht das nicht? Mein Vater ist tot, er ist krank geworden und wenige Monate nach meiner Verurteilung gestorben. Wahrscheinlich vor Scham! Meine Mutter hat nie einen Fuß hier herein gesetzt. Sie lebt für ihre Bibel«, schleuderte er ihr entgegen.

Torkel Vaa räusperte sich erneut und wollte wissen, ob Marija Samuelsen viel draußen in der freien Natur gewesen war, ob sie ein paar Lieblingsstellen gehabt hatte, an denen sie öfters war und von denen sie ihrer Schwester erzählt haben könnte, nachdem sie den Kontakt wieder aufgenommen hatten, kurz vor … ihrem Tod? Samuelsen seufzte und kratzte sich auf dem Handrücken. Ja, Marija war oft draußen gewesen. Allein. Er war nie mitgekommen. Er wusste nicht, wo sie hingegangen war. Einmal hatte sie ihm von einer Landschaft erzählt, die sie an ihre Heimat Finnland erinnerte. Mit einem Moor und einem See, aber er hatte keine Ahnung, wo das war.

»Er war uns keine große Hilfe«, sagte Mette, als sie wieder auf dem Parkplatz standen.

»Nein«, meinte Vaa. »Er steht neben sich. Der Verlust seines Sohns muss ihn schwer getroffen haben. Wahrscheinlich begreift er langsam, was er verloren hat.«

Mette erzählte, dass der Nachbar von Liisa Beijar, Arne mit seiner Alten auf der anderen Seite der Hecke, ihr erzählt hatte, dass er Liisa oft in Wanderkleidung gesehen hatte. Doch wohin sie gegangen war, hatte auch er nicht gewusst. Vaa schien über irgendetwas nachzudenken. Sie fuhren zurück nach Porsgrunn, wo Mette ihr Auto auf dem Platz vor dem Kafé K abgestellt hatte. Er fuhr an die Seite und hielt vor den Schaufenstern der Galerie Osebro.

»Im Moment kommen wir nicht weiter, nicht?«, sagte sie.

»Nein, wir brauchen eine Denkpause, aber wir bleiben in Kontakt. Ruf an, wenn dir was einfällt«, antwortete er.

Sie blieb auf dem Bürgersteig in der Storgate stehen und sah den englischgrünen Rover davonfahren.

*

Aron Storm hatte Kopfschmerzen. Er hatte seine Unterlagen in Ordnung gebracht. Zwei Kisten mit Sachen gepackt, die er mit nach Hause nehmen wollte. Private Dinge. Aktenordner mit von ihm erstellten Unterrichtskonzepten. Er hatte die Zeit in die Länge gezogen. Wollte nicht gehen. Die Kollegen hatten mit ihm geredet und ihn getröstet. Sie verurteilten ihn nicht. Aron hatte die Freundlichkeit gespürt, die ihm von den meisten entgegenströmte. Nur einige wenige hatten sich zurückgezogen.

Die meisten Lehrer und Schüler des Medien- und Kommunikationszweigs waren bereits gegangen. Ein paar ganz Eifrige aus der zwölften Klasse feilten noch immer an einer Prüfungsaufgabe herum. Auf dem Drucker häuften sich die Ausdrucke im A3-Format. Zeitungsseiten mit Texten und Bildern, fantasievolle Titel in noch fantasievolleren Schrifttypen. Aron schloss das Fenster im Klassenzimmer und bat die Eifrigen, zusammenzupacken. Lauter Protest folgte. Sie wollten noch nicht gehen, konnte Aron nicht noch etwas länger bleiben? Nein, leider, das konnte er nicht. Er spürte einen Druck hinter der Stirn. Es kam ihm wie eine rituelle Handlung vor, eine Art Abschluss, durch das Gebäude zu gehen und alles zu verschließen, abzuschließen. Als würde er einen Punkt setzen.

Die Klasse der Abiturienten war leer. Zwei Klassen teilten sich ein großes Klassenzimmer. Er blieb kurz in der Tür stehen. Das war Ylvas Klasse. Bald würde sie zurückkommen. Vielleicht morgen? Oder am Freitag? Er würde dann nicht mehr hier sein. Zwei Fenster auf der Rückseite des Gebäudes standen offen. Aron schloss das eine und zog die Fensterhaken fest. Dann lehnte er sich zu dem anderen hinaus und sah, dass sein Auto fort war. Er hatte heute Morgen auf dem Parkplatz auf der Rückseite der Schule geparkt, weil er an der Statoil Tankstelle unten am Kreisel getankt hatte. Gewöhnlich parkte er vor der Schule, da er den Weg am Krankenhaus vorbei nahm. Doch Ulrik schien das Auto gefunden zu haben. Aron seufzte und schloss das Fenster. Er musste also das Russauto nehmen. Schwach, das war er, schwach.

Ein Männlein, dachte er. Ein Männlein, ein Kümmerling, ein Schwächling. Kleiner, dummer Aron.

Die eifrigen Schüler hatten die Klasse verlassen. Aron machte das Licht aus und überprüfte noch einmal, ob alle

Fenster geschlossen waren. Er schaltete das Licht in den Toiletten und in dem großen Atrium aus, bevor er eine Runde durch das Lehrerzimmer drehte. Er zog den Stecker der Kaffeemaschine aus der Steckdose und schloss die Tür hinter sich. Dann verließ er zusammen mit Monica das Gebäude, schloss ab und gab ihr seine Schlüssel. Sie nahm den Schlüsselbund entgegen, beugte sich zu ihm hin und umarmte ihn.

»Ich hoffe, du kommst zurück, Aron«, sagte sie. »Du bedeutest einer Menge Schüler hier sehr viel. Wir sind viele, die dich vermissen werden. Pass auf dich auf.«

Sie drehte sich um und ging zum Verwaltungsgebäude hinüber. Mehrere Schüler und ein paar Lehrer des Sportzweigs waren auf dem Weg zum Parkplatz. Aron sah das Russauto der Filmclique ganz unten auf dem Parkplatz stehen.

Er setzte sich hinein und drehte den Schlüssel im Zündschloss. Der Motor gab einen tiefen, nicht einzuordnenden Laut von sich. Er nahm einen Schatten im toten Winkel wahr, und ein neues Geräusch mischte sich unter das Brummen des Motors. Jemand klopfte an das Fenster auf der Fahrerseite. Aron drehte sich um und sah einem fremden Mann in die Augen. Er schaltete den Motor aus und öffnete die Tür.

»Ja?«, sagte Aron.

Der Mann zog einen Ausweis heraus.

»Ulrik Steen-Jahnsen«, sagte der Polizist in Zivil mit harter, fester Stimme. »Wo ist Ulrik Steen-Jahnsen?«

»Ich weiß es nicht. Er hat mein Auto. Wir haben getauscht. Er wollte Ylva abholen«, antwortete Aron. »Ylva Hegge.«

Der Polizist zog die buschigen Augenbrauen zusammen. Dann zog er ein Mobiltelefon heraus.

*

Mette Minde lag mit geschlossenen Augen auf dem Sofa im Wohnzimmer. Morgen musste sie zur Kontrolle ins Krankenhaus. In die Plastische Chirurgie, um zehn nach drei. Ihr grauste davor. Sie würden vielleicht den Verband abnehmen. Sie würden ganz sicher den Verband abnehmen. Sie ertrug den Gedanken nicht, wie es unter der schützenden weißen Bandage aussah.

Peder war mit den Zwillingen und Idun hoch zum Kraftwerk der Løvenskiolds gefahren. Sie mussten sich den Ort ansehen, an dem sie gestern solche Angst gehabt hatten. Der Ort musste neutralisiert werden, hatte Peder erklärt. Mette verstand, was er meinte. Es war nichts anderes, als sich zu zwingen, noch einmal zu einem See zu fahren, an dem man vor ein paar Stunden fast ermordet worden wäre. Vielleicht konnten sie auch Iduns Mobiltelefon aus dem Wasser fischen. Vermutlich war es kaputt, aber trotzdem. Trym hatte ein Hufeisen mitgenommen. Peder, dachte sie. Starker, tüchtiger, verrückter Peder.

Sie nickte ein und träumte von einer kleinen Maus, die versuchte, ein riesiges, blutiges Menschenohr durch die enge Öffnung eines Mauselochs unter dem Schnee zu ziehen. Die Maus kämpfte, den Hinterkörper im Mauseloch, mit dem Ohr, das in der Öffnung feststeckte, während hinter der Mäusemutter eine Unzahl hungriger hellroter, fellloser Mäusejunger mit langen, glatten Schwänzen fiepte. Sie schlug die Augen auf, und das Bild verschwand. Im Zimmer war es dunkler geworden. Sie stand auf und ging in die Küche, goss sich eine Tasse Kaffee aus der Kaffeemaschine ein und sah durch das Ostfenster zu Nachbar Christensen hinüber.

Der Gedanke war ihr bereits im Gefängnis gekommen. Da war etwas, etwas, das Thor Magne Samuelsen über seine

Eltern gesagt hatte. Über seine Mutter. Sie war Witwe. Der Vater war nur wenige Monate, nachdem Samuelsen für den Mord an Marija verurteilt worden war, krank geworden. Der Vater war gestorben. Die Mutter war wieder allein. Wäre es nicht natürlich, dass Arvo Pekka Kontakt zu seiner Großmutter gehabt hatte? Wäre es nicht natürlich, dass Liisa Beijar Kontakt zu der Schwiegermutter ihrer Schwester aufgenommen hatte oder umgekehrt? Was hatte Thor Magne Samuelsen in dem Gespräch, das sie bei ihrem ersten Besuch im Gefängnis aufgenommen hatte, im Zusammenhang mit seinen Eltern gesagt? Irgendetwas davon, dass er an Kindergarten und Kinderspielplatz vorbeigegangen war und seine Mutter gesehen hatte, dass er seine Mutter in der Küche beim Backen gesehen hatte.

Sie nahm die Kaffeetasse mit ins Arbeitszimmer, schaltete den PC an und öffnete das Internet-Telefonbuch für Skien. Unter Samuelsen fand sie 22 Einträge. Doch nur eine Eintragung in der Nähe des Borgestad Kindergartens und Kinderspielplatzes. Eva Samuelsen, Gregorius Dagsons gate. Sie schrieb sich den Namen und die Telefonnummer auf, bevor sie in die erste Etage hochlief und Laufsachen anzog. Sie entschied sich für eine Trainingsjacke mit Kapuze und stopfte Haare, Verband und alles unter den dunkelblauen Stoff. Sie schrieb Peder einen Zettel und legte ihn auf den Küchentisch. »Bin draußen laufen. Mette.« Sie zögerte kurz, bevor sie ein kleines Herz auf den Zettel malte. Sie hatte die Joggingschuhe zugebunden und sich den Autoschlüssel von der Kommode genommen, als ihr Blick auf die guten alten Walkingstöcke fiel, die in der Ecke vor sich hin schmachteten. Sie lächelte sich im Spiegel zu. Heute lief sie nicht mit Maiken. Heute machte sie sich mit den Stöcken alleine auf. Mette Minde warf den Rucksack mit dem Aufnahmegerät auf den Beifahrersitz und drehte den Zündschlüssel um.

Die Gregorius Dagsons gate war Skiens längste Straße. Das hatte sie vor nicht allzu langer Zeit in einem Zeitungsartikel über die Straßen in Grenland gelesen. Sie hatte am Borgestad Kindergarten geparkt und war mit den Stöcken in Richtung Porsgrunn marschiert. Hier gingen die Hausnummern bis über 250. Sie sah auf den Kinderspielplatz hinunter, auf dem Arvo Pekka als Kind gespielt haben musste. Vielleicht erinnerte sich eine der Angestellten noch an ihn? Sie kreuzte eine Seitenstraße und walkte weiter, bis sie die richtige Hausnummer gefunden hatte. Eva und Finn Samuelsen stand auf dem Briefkasten. Finn war tot, aber sein Name stand noch dort.

Mette zog die Kapuze aus und die kleine Mütze über den Verband. Jetzt sah sie ganz normal aus. Mit der um das Gesicht zusammengezogenen Kapuze hatte sie Ähnlichkeit mit einem Bankräuber. Alte Frauen waren Fremden gegenüber skeptisch. Hier galt es, vom ersten Augenblick an Vertrauen zu schaffen. Sie öffnete das Tor und ging den gekiesten Weg zur Haustür hoch. Sie drückte auf die Schelle. Sie wartete kurz und drückte noch einmal, bevor sie eine Bewegung hinter dem welligen Glas wahrnahm. Das Türschloss klickte, die Tür ging auf, und eine magere Frauengestalt um die siebzig stand vor ihr. Sie hatte abstehendes stahlgraues Haar und runzlige, fahle Wangen. Ein paar unnatürlich große hellblaue Augen guckten hinter der kräftigen Brille durch Mette hindurch. In der Hand hatte sie einen weißen Stock. Schwachsichtig, vielleicht fast blind, dachte Mette.

»Bist du das, Liisa?«

Mette stockte der Atem. Dann war ihre Intuition also richtig gewesen.

»Nein, ich bin Mette Minde von NRK Østafjells oder Radio Telemark«, verbesserte sie sich schnell. »Darf ich hereinkommen?«

»Was wollen Sie?«, fragte die Frau mürrisch in einem scharfen Ton.

»Reden, und es ist wichtig«, antwortete Mette.

»Ich habe mit Radio Telemark nichts zu reden. Das ist ein gottloser Sender, der gottlose Musik spielt. Den höre ich nie«, sagte sie abweisend.

»Nein, aber wir werden auch nicht über Musik reden«, erwiderte Mette hart. »Ich war gerade im Gefängnis und habe Ihren Sohn besucht.«

Die Frau, die Eva Samuelsen sein musste, ließ die Tür los, drehte sich um und ging, den Stock vor sich haltend, ins Haus. Mette folgte ihr. Sie schloss die Tür und drehte den Schlüssel im Schloss. Liisa Beijar war hier gewesen. Sie war im Moment nicht da. Vielleicht kam sie zurück. Ihr ganzer Körper war angespannt. Sie überlegte, die Joggingschuhe auszuziehen, wie es die allgemeine Höflichkeit gebot, ließ es jedoch. Stattdessen putzte sie sich die Füße an der Kokosmatte innen hinter der Tür ab. Die Stöcke versteckte sie hinter einem Mantel, der an einem Haken in der Diele hing. Sie holte Eva Samuelsen in der Küche ein. Sie hatte sich auf einen Stuhl am Tisch unter dem Fenster gesetzt. Von hier aus hatte Mette Aussicht auf die Straße draußen. Dort hatte Thor Magne Samuelsen vor langer Zeit gestanden und seine Mutter backen sehen. Nachdem er seine Frau Marija geschlagen hatte.

»Sie haben Liisa erwähnt«, sagte Mette. »Wo ist sie jetzt?«

»Was geht das Sie an?«

»Was das mich angeht?«, sagte Mette. »Sie wissen, dass Liisa Beijar von der Polizei gesucht wird, weil sie Ylva Hegge entführt hat?«

»Ich kenne niemanden mit Namen Ylva«, sagte Eva Samuelsen.

»Aber Sie haben doch bestimmt von dem Mädchen gehört, das seit Ostern vermisst wird?«

»Ich weiß nicht. Es passiert so viel Schreckliches auf dieser Welt«, sagte Eva Samuelsen. »Ich interessiere mich dafür, wer am dritten Tag von den Toten aufersteht. Ich interessiere mich für den Ostermorgen. Aber ich interessiere mich nicht für dieses Jammertal von einer irdischen Welt.«

Mette gab es auf.

»Erzählen Sie mir von Liisa Beijar«, sagte sie. »Sie war hier. Wo ist sie jetzt?«

»Sie ist nur etwas einkaufen«, sagte Eva Samuelsen leise. »Sie kommt gleich zurück.«

Mettes Hand zitterte, als sie den Rucksack zu sich zog und nach dem Mobiltelefon suchte. Sie fand es nicht. Sie musste vergessen haben, es aus der Hosentasche in den Rucksack zu stecken, als sie sich umgezogen hatte. Verdammt. Dann sah sie das Telefon auf der Anrichte und ließ den Rucksack los.

»Ich muss mir Ihr Telefon ausleihen«, sagte sie.

Eva Samuelsen antwortete nicht. Das Telefon hatte reichlich überdimensionierte Tasten, es war für Schwachsichtige gedacht. Sie schloss die Augen und versuchte, sich an die Nummer von Torkel Vaa zu erinnern. Er war der Erste, den anzurufen ihr einfiel. Langsam wählte sie die Nummer und wurde mit seinem Anrufbeantworter verbunden. Sie räusperte sich nervös. Im selben Moment sah sie die Gestalt draußen auf der Straße. Eine Frau, die mit schnellen Schritten die Haustür von Eva Samuelsen ansteuerte. »Sie kommt! Du musst kommen«, rief sie in den Hörer, bevor sie ihn aufknallte. Eva Samuelsen war von ihrem Stuhl aufgestanden. Liisa Beijar kam mit einer Plastiktüte in der Hand die gekieste Auffahrt hoch.

»Verhalten Sie sich jetzt ganz normal! Sie sind in Gefahr! Wir sind beide in Gefahr«, sagte Mette eindringlich. »Sagen Sie so wenig wie möglich. Sagen Sie, dass Sie sich ausruhen müssen. Legen Sie sich auf das Sofa!«

Mette ging rückwärts auf die Treppe in die erste Etage zu. Sie hörte die Tür in der Diele gehen. Eva Samuelsen stand steif zwischen Küche und Diele. Die Turnschuhe verursachten Geräusche auf der Treppe. Der Rucksack stand noch in der Küche! Nein! Es war zu spät, ihn zu holen. Stand er nicht unter dem Tisch? Hatte sie ihn nicht zwischen Stuhl und Wand abgestellt? War er nicht sehr schlecht zu sehen? Das Letzte, was sie sah, war den Notfunkalarm, den Eva Samuelsen an einer Schnur um den Hals trug. Sie hatte ihn registriert und sich gefragt, was das war. Natürlich war das ein Notfunkalarm. Sie hatte so etwas noch nie gesehen, doch er erinnerte sie an den kleinen Knopf, den man in Hotels neben der Badewanne fand. Oft mit einer Schnur verbunden, an der man ziehen konnte. Natürlich war das ein Notfunkalarm. Das Ohr unter dem Verband pochte. Das Blut pulsierte im Körper.

Sie stand oben an der Treppe und fühlte sich wie gelähmt. Von unten hörte sie Stimmen. Liisa Beijars speziellen Akzent. Eva Samuelsens Stimme, nicht ganz so hart wie vorhin. Sie beugte sich hinunter, öffnete die Schnürsenkel ihrer Turnschuhe und zog sie vorsichtig aus. Mit den Schuhen in der Hand schlich sie auf Zehenspitzen den Gang hinunter. Nichts knarrte. Sie stieß eine Tür auf. Das Bad. Winzig klein. Türkisfarbene Wände. Eine Badewanne. Ein Duschvorhang. Die Toilette mit einem schwarzen Sitz. Alt. Ein weißes Waschbecken mit zwei Hähnen. Warm und kalt.

Sie öffnete die nächste Tür. Ein Schlafzimmer. Es gehörte Eva Samuelsen. Zwei einfache Betten aus einem dunklen Holz. Ein Bett an jeder Wand. Mit viel Platz dazwischen. Die Nachttische aus dem gleichen Holz. Die Bibel, eine schwarze Bibel, auf einem der Nachttische. Bettdecken. Gleiche Bettdecken aus Baumwolle gehäkelt. Kreideweiß. Schränke. Eine ganze Querwand mit Einbauschränken. Vom Boden bis zur Decke. Sie zögerte kurz. Es gab noch zwei weitere Türen hier oben. Sie lauschte mit halb offenem Mund. Stille

Hinter der nächsten Tür verbarg sich ein kleiner Verschlag. Ein Koffer stand auf dem Boden. Sie hob ihn vorsichtig hoch. Er war leer. Braun, aus Lederimitat. Der Griff war kaputt. Sie schloss leise die Tür und schlich weiter. Die letzte Tür knarrte leise. Sie hielt abrupt in der Bewegung inne und ließ die Tür los. Lautlos schwang sie in den Raum auf. Mette blieb über eine Minute ganz still stehen und lauschte. Niemand kam.

Das musste Thor Magne Samuelsens altes Zimmer sein. Dessen war sie sich sicher. Ein schmales, blau gestrichenes Bett stand an einer der Wände. Jemand schien darin geschlafen zu haben. Liisa Beijar, dachte sie. Ein moderner Trolley. Klein. So klein, dass man ihn im Flugzeug nicht aufgeben musste. Ein Schreibtisch. Und auf dem Schreibtisch ein Laptop. Ihr Herz machte einen Satz. Sie schlich auf Socken zum Schreibtisch und öffnete den Bildschirm. Iduns Gesicht strahlte ihr entgegen. Sie hatte den PC gefunden! Idun hatte sich nicht die Mühe gemacht, die Informationen zu verstecken. Die Dateien auf der Speicherkarte waren unter einem eigenen Icon, das mit Arvo Pekka bezeichnet war, auf der Startseite gespeichert. Unglaublich, aber wahr. Schnell zog sie den Stecker heraus und wickelte das Kabel um den Laptop, die Maus steckte sie in die Tasche ihrer Trainingshose. Im selben Moment hörte sie Schritte auf der Treppe. Blitzschnell schlich sie hinter die offene Tür. Die Schritte draußen hielten inne. Sie wagte nicht zu atmen. War das Eva Samuelsen oder Liisa Beijar, die nach oben gekommen war? Sie drückte den Laptop an die Brust, und ihr Blick fiel auf die Turnschuhe, die sie neben den Schreibtisch gestellt hatte. Die Tür war offen. Die Stille draußen ging ihr auf die Nerven. Sie konnte nicht in die Diele hinaussehen. Dann waren die Schritte wieder zu hören. Fast lautlos. Langsam. Sie konnte nicht ausmachen, wie nahe sie waren. Die Angst drohte, sie zu übermannen. Sie war wieder an dem See. Sie wollte schreien. Sich ergeben. Aufgeben. Doch dann schien eine riesige Wut von ihr Besitz zu ergreifen. Sie legte den Laptop auf den Boden und beugte die Knie in Kampfstellung. Jede Zelle ihres Körpers war in Alarmbereitschaft. Alle Sinne waren geschärft. Sie würde überleben. Sie würde Liisa Beijar überwältigen. Sie sah Nikolaij mit der Heckenschere vor sich. Als sie nahe der Tür eine Bodenplanke knarren hörte, griff sie nach der Tür und warf sich mit aller Kraft gegen das Türblatt, das etwas Schweres traf, bevor die Tür ins Schloss knallte. Sie riss sie auf.

Liisa Beijar lag auf dem Rücken in der Diele und hielt sich das Gesicht. Mit einem Schrei, der sie selber überraschte, warf Mette sich auf sie. Sie drehte Liisa Beijar auf den Bauch und bog ihr die Arme nach hinten, bevor sie sich auf ihre Oberschenkel kniete. Liisa Beijar brüllte vor Schmerz. Mette Minde zog die Maus aus der Tasche und fesselte Liisas Handgelenke mit dem Kabel. Sie machte den strammsten Knoten, den sie je produziert hatte. Dann stand sie auf und ging zu dem Laptop, der hinter der Tür lag. Sie riss das Kabel heraus und fesselte Liisas Füße auf die gleiche Weise. Am ganzen Körper zitternd sah sie sich das Resultat an. Liisa Beijar heulte, das Gesicht auf den Läufer gedrückt, der durch die ganze Diele lief.

Mette ging noch einmal in das alte Zimmer von Thor Magne Samuelsen, um ihre Turnschuhe zu holen. Sie guckte aus dem Fenster. Das Tor unten stand offen. Ein Auto setzte gerade rückwärts in die Auffahrt ein. Kein gewöhnliches Auto. Auf der Rückscheibe klebte ein Vogelaufkleber. Sie hatte diesen Wagen schon einmal gesehen. An dem Tag, an dem man oben im Luksefjell die Leiche von Mathias Garmo in Aron Storms Plumpsklo gefunden hatte, hatte er neben den Streifenwagen gestanden. Was wollte Aron Storm hier? Sie stutzte, stieg über Liisa Beijar und setzte sich auf die oberste Treppenstufe, um sich ihre Schuhe anzuziehen. Sie überhörte Liisas Gewinsel und Bitten um Hilfe. Sie ertrug ihre Stimme nicht. Mette ging ins Bad. In einem Fach über der Toilette lagen Waschlappen und Handtücher. Sie griff nach einem Waschlappen. Einem abgenutzten Waschlappen. Dann ging sie zurück in die Diele, rollte den Waschlappen zu einem trockenen, ekligen Ball zusammen und stopfte ihn Liisa Beijar in den Mund. Die von ihr kommenden Laute änderten sich. Unten klingelte es. Mette Minde nahm Iduns Laptop und lief die Treppe hinunter. Eva Samuelsen stand steif wie ein Stock in der Küche.

Mette Minde schloss die Tür auf. Draußen stand Ulrik Steen-Jahnsen. Sie waren beide überrascht, doch Mette verbarg ihre Überraschung besser. In ihrem Kopf überschlugen sich die Gedanken.

»Komm rein, Ulrik, wir haben auf dich gewartet«, sagte sie ruhig.

Er starrte sie mit einem erschrockenen Ausdruck in den blauen Augen unter dem Stirnband an und machte einen Schritt rückwärts, doch sie hielt ihn an der Jacke fest und zog ihn herein.

»Komm«, sagte sie hart. »Ich will dir etwas zeigen.«

Gehorsam trat er ein, während sie ihn weiter an seiner Jacke festhielt.

»Es ist vorbei, Ulrik. Die Polizei ist oben mit Liisa Beijar. Sie hat alles zugegeben.«

Aus der ersten Etage waren ein paar undeutliche gutturale Laute und ein schwaches Klopfen wie von zusammengebundenen Füßen zu hören, die auf den Boden stampften. Sie stieß ihn auf eine Treppenstufe hinunter und setzte sich neben ihn. Es war so eng, dass sie die ganze Stufe einnahmen. Sie deponierte den Laptop auf ihren Knien, loggte sich ein, rief die Dateien auf, die Idun gespeichert hatte, und öffnete die letzte.

Arvo Pekkas Gesicht nahm den gesamten Bildschirm ein. Die braunen Haare, die moosgrünen Augen und die massive Kette um seinen Hals. Die wie eine Eisenkette aussah. Seine goldene Haut. Er stand ganz dicht vor der Linse. Dann machte er langsam mit gebeugtem Oberkörper ein paar Schritte rückwärts, bevor er sich hinsetzte, den Rücken an einen Baum gelehnt. Eine Kiefer. Sonnenlicht fiel schräg ins Bild. Es war Sommer. Er saß in einem Bett aus Heidekraut mit winzig kleinen, fast unsichtbaren Knospen. Er riss einen kleinen Zweig ab und fuhr sich damit langsam über die Lippen. Er schloss die Augen. Die Kamera stand ganz still. Auf einem Stativ, dachte sie. Er war allein, irgendwo im Wald.

Vielleicht oben bei der Hütte von Aron Storm. Dann begann er zu singen. Eine Art Wiegenlied. Auf Finnisch. Sie verstand die Worte nicht, doch die Melodie wogte ruhig dahin. Auf der ganzen Welt erkannten die Menschen ein Wiegenlied an der Melodie. Seine Stimme war tief und schön. Seine Augen füllten sich mit Tränen, die ihm über die Wangen liefen. Er wischte sie nicht weg.

Das hatte Idun nicht ansehen können, dachte Mette. Hier hatte sie die Datei geschlossen. Er sang das Lied aus der Schwimmhalle. In diesem Moment hätte sie ihn vielleicht retten können. In diesem Moment war er am verletzlichsten gewesen. Wenn ihn einfach nur jemand umarmt hätte, dort, in der Schwimmhalle, während er sang. Doch woher hätte sie das wissen sollen? Sie hatte Angst gehabt, war nass und betrunken gewesen. Mette blickte hoch und sah, dass Eva Samuelsen still neben der Treppe stand und dem Lied zuhörte.

»Das ist Ihr Enkelkind, das da singt«, sagte Mette.

Eva Samuelsen antwortete nicht. Sie stützte sich am Türrahmen ab. In der ersten Etage war es still geworden. Vielleicht hörte Liisa Beijar dem Gesang ihres Ziehsohns zu. Dem finnischen Wiegenlied.

Dann begann er zu reden. Arvo Pekka sah direkt in die Kamera und redete.

»Ich war vierzehn an dem Abend, an dem Tante Liisa kommen sollte. Ich war ihr noch nie begegnet, aber Mama hatte erzählt, wie böse sie war. Tante Liisa war der böseste Mensch auf der Welt. Böser als Papa. Als ich noch klein war, hat Mama mir vor dem Einschlafen Märchen erzählt. Die böse Hexe hieß immer Liisa. Sie wohnte an einem See in Finnland. Einem weit entfernten Land, in das Mama nie mehr zurückkehren würde. Als sie jung war, war es ihr gelungen,

Liisa davonzulaufen. Sie hatte alle Meere bereist, bevor sie hierher gekommen war und mich bekommen hatte, das Beste in ihrem Leben. Aber dann war auch Papa böse geworden.«

Arvo Pekka machte eine Pause. Ulrik rutschte unruhig neben ihr hin und her. Er hatte die Hände über den Knien fest verschränkt. Eva Samuelsen stützte sich noch immer am Türrahmen ab.

»Meine Mama«, sagte Arvo Pekka in die Kamera. »Ich weiß, dass ich nicht so lange leben werde, bis ich richtig erwachsen bin. Ich werde es nicht schaffen zu leben. Meine Freunde wissen das. Ulrik, mein allerbester Freund, weiß das. Ich weiß nicht, wann ich sterben werde, aber ich werde sterben. Das Leben hat mich bereits erschöpft. Du weißt das auch, meine Mama.«

Ulrik schluchzte neben ihr. Ein lang gezogenes Heulen, wie von einem verletzten Tier. Einem Wolf, der in eine Falle getreten war. Dessen Bein in einem Fangeisen steckte, aus dem er sich nicht befreien konnte. Mette drückte den Pausenknopf, und das Bild auf dem Bildschirm gefror. Sie legte Ulrik einen Arm um die Schulter und wiegte ihn sanft. Nach einer kleinen Ewigkeit schluchzte er nur noch leise und unregelmäßig. Sie ließ den Film weiterlaufen.

»Wir haben darüber gesprochen, Ulrik und ich und ein paar andere, dass wir, falls wir sterben sollten, falls wir durch eigene Hand sterben sollten, wie es in den Romanen heißt, einen anderen Menschen mit in den Tod nehmen. Einen Menschen, der es verdient hat. An dem Abend, an dem Tante Liisa kommen sollte, hattest du alles so gut geplant. Ich war erst vierzehn, aber ich habe gesehen, was du getan hast. Damals habe ich es nicht verstanden, aber später. Papa hatte schon lange nicht mehr getrunken. Aber du hast im Vinmonopol Schnaps gekauft. Zwei Flaschen. Du hast gesagt, dass er etwas trinken kann. Papa hat nicht mehr aufgehört zu trinken. Alle Alkoholiker würden das tun, wenn man sie dazu auffordert, wie du ihn aufgefordert hast.«

»Können Sie den Film anhalten, ich muss mir einen Stuhl holen«, sagte Eva Samuelsen mit dünner Stimme.

Mette tat, worum sie gebeten worden war. Eva Samuelsen holte einen Küchenstuhl und setzte sich dicht neben die Treppe. Sie legte ihre alten Hände auf die Oberschenkel und strich über den Kleiderstoff.

»Ich weiß nicht, wie du das geschafft hast, Mama«, fuhr Arvo Pekka fort, nachdem Mette den Film wieder angeschaltet hatte. »Ich war an dem Abend auf meinem Zimmer. Ich habe alles gehört, aber nicht gesehen, was passiert ist. Du wolltest mir das wohl ersparen. Wichtig war, dass ich niemandem erzählte, dass Tante Liisa gekommen war. Du warst das, die da tot auf dem Küchenboden lag. Du musstest für eine Weile verschwinden, aber du würdest bald zurückkommen. In ein oder zwei Tagen, und dann würdest du Liisa heißen und nicht Marija. Alles würde gut werden, wenn ich nur ein tüchtiger Junge war.

Papa lag im Schlafzimmer im Bett. Er lag mit dem blutigen Messer in der Hand auf dem Rücken. Sein weißes Hemd war voller Blut. Auch auf der Hose war Blut. Und in seinem Gesicht. Nachher habe ich mich gefragt, wie du das gemacht hast. Du musst Liisas Blut in einer Tasse oder so gesammelt und es vorsichtig über ihm verspritzt haben. Du musst aufgepasst haben, dass nichts auf Decke und Kissen kam. Wie tüchtig du warst. Du hast mich zurückgelassen mit der, die *du* sein solltest, tot, voller Blut, mit einem Messer erstochen. Ich habe die Polizei angerufen und erzählt, dass mein Papa meine Mama umgebracht hat. Sie sind gekommen, während er noch stockbetrunken im Bett lag. Ich musste zu den Großeltern. Dann bist du zurückgekommen, und alles sollte besser werden. Wir waren jetzt Papa los und du einen alten Alptraum. Deine Zwillingsschwester. Was sie dir eigentlich getan hat, habe ich nie erfahren. Nur dass sie böse war und alle Aufmerksamkeit für sich beansprucht hat. Jetzt bist du Liisa, Mama Marija, und falls ich kann, werde ich dich mit in den Tod nehmen und Papa freilassen. Weil er das verdient. Fünf Jahre sind trotz allem genug.«

Arvo Pekka sah eine Weile in den Himmel hoch, bevor er fortfuhr.

»Weißt du, Mama«, sagte er und blickte in die Linse. »Liisa war dein Mond. Sie hat dir das Licht gestohlen, sodass niemand dich sah. Du bist am Himmel schwach, klein und unsichtbar geworden. Und du, Mama, bist mein Mond geworden. Deine Belange sind wichtiger geworden als ich. All deine Probleme haben mich, Arvo Pekka, überschattet. Aber weißt du, irgendwo wollten wir alle, wir alle aus der Filmclique funkelnde Sterne am Nachthimmel sein. Es gab keinen Mond, der uns das Licht stahl. Aber jetzt ist Schluss. Wie bei einer atmosphärischen Explosion werden wir für alle Ewigkeit auseinandergerissen. Leb wohl, Mond.«

Der Film war zu Ende. Niemand sagte etwas. Mette fühlte sich leer und überrascht. Marija Samuelsen war das, die oben in der Diele lag. Thor Magne Samuelsen hatte seine Frau nicht umgebracht. Marija hatte ihre Zwillingsschwester getötet. Und damit hatte Arvo Pekka Samuelsen gelebt, seit er vierzehn Jahre alt war. Zusätzlich zu den Übergriffen durch Mathias Garmo, der ständig hinter ihm her gewesen war. Das war fast mehr, als ein Mensch ertragen konnte. Ihr war schwindelig. Eva Samuelsen hatte das Gesicht in den Händen vergraben, es war unmöglich zu sagen, was sie fühlte. Mette wandte sich an Ulrik.

»Jetzt bist du dran«, sagte sie. »Erzähl, was mit Mathias Garmo passiert ist. Es ist vorbei, Ulrik. Jetzt ist die Stunde der Wahrheit.«

Ulrik wiegte sich hin und her. Er hatte die Arme um die Knie geschlungen. Er zitterte. Seine Stimme bebte lange, bevor sie ruhiger wurde.

»Nachdem Appa tot war, bin ich zu Liisa gegangen. Ich hab ihr erzählt, was Mathias Appa angetan hat, als wir in die Sekundarstufe gegangen sind. Und dass Magga auch weiter hinter Appa her war. Liisa oder Marija hat gesagt, dass wir Appa rächen müssen. Dass wir Magga eine Lehre erteilen müssen, damit er nie mehr jemanden quält. Sie hatte so etwas schon früher erlebt, hat sie gesagt, und dass diese Leute nie aufhören, das Leben anderer zu zerstören. Ich hab mir Mathias geschnappt. Ihn in eine Falle gelockt. Ihn nach Hause zu … zu Marija gebracht. Ich habe nicht gewusst, dass sie Appas Mutter ist! Marija hat Mathias Schlaftabletten eingeflößt. Wir haben ihn ins Auto gesetzt und mit dem Schneepflug zu Arons Hütte gebracht.«

Ulrik machte eine Pause. Aus der ersten Etage hörten sie das Klopfen von Füßen.

»Ich habe nicht gewusst, dass sie ihn umbringen wollte. Wir haben ihn an der Klowand festgebunden. Am helllichten Tag. Marija hat Mathias nackt ausgezogen, bevor wir ihn festgebunden haben. Es war eiskalt. Als er zu sich gekommen ist, hat sie angefangen, ihn zu quälen. Ich konnte das nicht mit ansehen und bin in die Hütte gegangen. Ich hab mir von dem Schlüssel irgendwann einen Zweitschlüssel machen lassen, als wir oben waren und ich den Schlüssel hatte. Aron hat das Original am darauffolgenden Tag zurückbekommen. Er weiß nicht, dass ich einen Zweitschlüssel habe. Ich war verzweifelt, als man ihn wegen des Mordes an Mathias Garmo festgenommen hat, aber ich konnte doch nichts sagen. Ich habe doch mitgemacht, auch wenn ich niemanden umgebracht habe. Sie hat das getan, ganz allein. Als ich in der Hütte gesessen habe, hab ich gehört, wie sie ihn mit der Motorsäge zersägt hat. Mir war nicht klar, was da passierte, aber anschließend hab ich es gesehen. Die Beine hat sie an der Rückwand hängen lassen. Und den Rest ins Plumpsklo gestopft. Mir hat furchtbar davor gegraust, Ostern auf die Hütte zu fahren, aber ich wollte es auch, damit es überstanden war. Liisa oder Marija und ich haben uns gegenseitig ein Alibi gegeben. Ich habe gehofft, dass die Polizei das nicht herausfindet und dass Aron wieder freigelassen wird.«

»Marija hat das Mobiltelefon von Mathias Garmo mitgenommen. Sie hat ihre Stimme verstellt, hat sich einen Schal vor den Mund gehalten und auf die Mailbox gesprochen ›Der Ochse ist tot‹. Ich fand das makaber, aber sie hat mich gezwungen, ihr zu versprechen, dass ich das Mobiltelefon an ein Aufladegerät anschließe und irgendwo zu Hause bei ihm verstecke. Irgendwo, wo niemand es findet, bevor es eventuell geortet wird. Das war nicht weiter schwer. Ich bin eines Nachmittags in das Haus gegangen, runter in den Keller und wieder raus, ohne dass jemand was gemerkt hat.«

»Warum hat sie das getan? Aus welchem Grund?«

»Ich weiß es nicht«, sagte Ulrik. »Ich glaub, sie ist verrückt. Nach dem, was wir jetzt wissen, ist sie wohl eindeutig verrückt.«

»Und sie hat dich unter Drohungen zu mehr gezwungen«,

sagte Mette. »Hast du gewusst, dass sie Ylva in ihrer Gewalt hatte?«

»Nein! Ich hab nicht gewusst, dass sie Ylva hatte. Mir war nicht klar, was mit Ylva passiert war. Aber gestern hat Marija angerufen und gesagt, dass ich ihr sofort Iduns Laptop beschaffen muss. Sie hat gesagt, dass ich erledigt bin, wenn ich das nicht tue. Ich bin Idun gefolgt, um sie zu überreden, ihren Laptop zu holen, aber dann ist all das oben in Fossum passiert, wo wir im Wasser gelandet sind. Ich wünschte, ich wäre nie nach Hause zu … zu dieser Frau gegangen, die ich für die Tante von Arvo Pekka gehalten habe. Dann wäre nichts von alldem passiert. Warum hat sie Ylva entführt?«

Mette erzählte ihm kurz von der Speicherkarte, die Arvo Pekka im Mund gehabt hatte, als er sich in der Schwimmhalle erschossen hatte, und dass der Inhalt dieser Speicherkarte auf dem PC gespeichert war, der jetzt auf ihrem Schoß lag. Wie alles zusammenhing, sagte sie nicht. Das war Sache der Polizei.

»Warum bist du hierhergekommen? In Aron Storms Auto?«, fragte sie.

»Ich sollte sie an einen sicheren Ort bringen«, sagte Ulrik. »Sie hat nicht gesagt, wohin. Und ich habe Aron angelogen, um sein Auto zu bekommen. Ich habe gesagt, dass ich Ylva in Gardermoen abholen will.«

Eva Samuelsen räusperte sich. Mette drehte sich zu ihr um.

»Sie haben sie früher mal an einen Baum genagelt«, sagte die Großmutter von Arvo Pekka. »Sie war zehn Jahre alt, als Liisa und ein paar ihrer Freunde Marijas Kleider an einen Baum genagelt haben. Sie hat viele Stunden dagestanden, bevor sie gefunden wurde, und Ameisen sind ihr über den ganzen Körper gekrabbelt. Sie hat sich nicht zu sagen getraut, dass Liisa dabei mitgemacht hat, und die Schuld auf ein paar Jungen geschoben. Das hat sie den Rest ihrer Kindheit gekostet. Sie haben sie für die Lüge bezahlen lassen, bis sie von zu Hause weggegangen ist.«

»Woher wissen Sie das alles?«, fragte Mette.

»Die ersten Jahre ist sie hin und wieder vorbeigekommen, wenn sie Arvo vom Kinderspielplatz abgeholt hatte«, sagte Eva Samuelsen. »Sie hat ihre Schwester aus vollem Herzen gehasst. Ich habe ihr geraten, zu Gott zu beten, ihn um Versöhnung und Frieden im Herzen zu bitten, aber davon hat sie nichts wissen wollen. Sie hat nur immer wieder von den Grausamkeiten erzählt, die sie in ihrer Kindheit erdulden musste. Zum Schluss konnte ich es nicht mehr hören. Als ich erfahren habe, dass sie ein Testament zu Liisas Gunsten gemacht hat, habe ich gedacht, dass sie wirklich Versöhnung und Frieden gefunden hat. Das hat mich gefreut. Vielleicht hatte ich doch etwas damit erreicht, dass ich ihr Gottes Wort verkündet hatte.«

»Aber so war es nicht«, sagte Mette.

»Nein.«

Die Haustür ging auf. Rechtsanwalt Torkel Vaa trat ein, gefolgt von zwei Polizisten, die Mette noch nie gesehen hatte. Er hatte die Telefonnummer gegoogelt, von der aus sie angerufen hatte, und die Adresse von Eva Samuelsen bekommen. Ein Dank den wundersamen technischen Möglichkeiten der Neuzeit. Ihr kam ein Gedanke. Sie entschuldigte sich und verschwand die Treppe hinauf, ging in die Toilette und schloss hinter sich ab. Gab es hier ein Netz? Gab es einen liebenswerten Nachbarn mit einem drahtlosen Netz? Ja! Das tat es. Ein Netz. Ich habe ein Netz, sang es in Mette Minde, als sie mit dem Laptop von Idun Hegge auf den Oberschenkeln auf dem Klodeckel saß. Sie öffnete die Mailbox und schickte die Dateien im Ordner »Arvo Pekka« als Anhang an ihre eigene Mailadresse zu Hause und an den NRK.

Die Dokumentation über eine dysfunktionale Familie, das würde sie daraus machen. Arvo Pekka Samuelsen, ich werde deine Geschichte erzählen, versprach sie.

Mette Minde öffnete die Tür, nickte dem Polizisten zu, der davorstand, und gab ihm den Laptop.

Svanstul, September 2006

Aron Storm guckte durch das Teleskop. Vor Kurzem hatten sie das Nordlicht über den Himmel flackern sehen. Er schauderte überwältigt und ehrfürchtig. Die Dunkelheit um sie herum war total, nur die Lichter tausender Sterne waren für das bloße Auge sichtbar. Der Mond war verschwunden. Die Sterne standen verstreut, aber trotzdem dicht beieinander, wie es schien, als er vor dem auf einem Stativ aufgebauten Teleskop stand, sechshundert Meter über dem Meeresspiegel, fünfhundert Meter über dem Feinstaub der Stadt, der sich wie eine Haut auf die Sicht legte, fernab des zerstörerischen Lichts der Zivilisation, fernab der Städte in Grenland und Kongsberg. Der Wald im Luksefjell und im Saueradfjella war der dunkelste Ort entlang des Oslofjords, der dunkelste Ort im unteren Telemark, und der höher gelegene Parkplatz in Svanstul war der beste Platz, um den Sternenhimmel zu bewundern. Aron hatte ernst gemacht. Er war jetzt einer von ihnen. Er war den Amateur-Astronomen der Astronomischen Vereinigung in Grenland und Umgebung beigetreten, der ersten Vereinigung, in der er jemals Mitglied war. Bald würde sein Fall vor Gericht verhandelt werden, doch heute Abend, hier draußen zusammen mit den anderen, konnten ihm alle Sorgen nichts anhaben.

Aron spürte eine Hand auf der Schulter. Der Gruppenleiter Tormod Mo hatte sich zu ihm gesellt. Aron drehte sich zu ihm herum.

»Guck mal, Aron! Siehst du die Plejaden, die sieben Schwestern oder das Siebengestirn, wie sie auch gern genannt werden? Du kannst sie mit dem bloßen Auge sehen«, sagte Mo und zeigte in die Richtung.

Aron guckte und guckte. Natürlich sah er das Siebengestirn.

»Versuch, sie durch das Teleskop zu sehen«, sagte Mo.

Aron beugte sich über das Teleskop und fokussierte. Jetzt waren es nicht mehr sieben Sterne, sondern Hunderte. Er wandte sich von dem Teleskop ab und sah sich das Siebengestirn wieder mit dem bloßen Auge an. Wärme durchströmte ihn zusammen mit dem Gedanken. Er begann die Sterne zu zählen, einen nach dem anderen. Arvo Pekka Samuelsen, Ylva Hegge, Ulrik Steen-Jahnsen, Even Ivarstuen, Ida Stormyr, Janne Rasmussen und Aron Storm. Die Filmclique, für immer und ewig.

Nachwort der Autorin

Alle Orte und die meisten Gebäude, die in dem Roman vorkommen, sind real, die Personen jedoch frei erfunden. Keine, ob lebendig oder tot, existiert im wirklichen Leben. Bis auf den Dackel Aktor gibt es auch keine lebenden Vorbilder. Das Buch ist reine Fiktion. Die Autorin hat sich unter anderem die Freiheit genommen, Straßen umzulegen, Hecken zu pflanzen, einen im Winter geschlossenen Weg zu räumen und eine Karte ein Jahr, bevor sie wirklich herauskam, erscheinen zu lassen. Die Redaktionsräume des Vasablads sind von der Autorin renoviert worden, weil sie das verdient haben.

Bücher zu Vergnügen und Inspiration:
Walden. Das Leben in den Wäldern von Henry D. Thoreau.
Das Leben in den Gebirgswäldern von Herman Henriksveen und Halvor Tveraaen.
Sauheradfjella von Magne Kortner.

Der Urgroßvater der Autorin ist im 18. Jahrhundert aus Karperö, Korsholm (Mustasaari), in Finnland ausgewandert. Daher rühren ihre Faszination und ihr Interesse für Finnland und das Finnische.

Ein Dank an alle, die die Autorin an ihren Kenntnissen teilhaben ließen und ihr Türen und Tore geöffnet haben.

Und zum Schluss ein Dank an meine Lektorin Trude Rønnestad.

Skien im Dezember 2009
Merete Junker

Leseprobe

Merete Junker

Ein Hauch von Mord

Freitag, 7. Oktober

Mette Minde streckt sich und küsst ihren Mann auf den Hals, direkt unterhalb des Ohrs. Peder Haugerud beugt sich zu ihr hinunter und umarmt sie, bevor er das Zimmer verlässt. Es ist ein ganz gewöhnlicher Nachmittag.

Fido zieht an der Leine.

»Nein, Fido«, sagt sie. »So nicht. Jetzt gehst du schön neben Mama her.« Sie drückt den Arretierknopf der Automatikleine.

Das weiße Wollknäuel bleibt stehen, dreht den Kopf zu ihr herum und sieht sie fragend an.

»So ist es brav, dummer Junge. Du hast vier Beine, Mama hat aber nur zwei, weißt du.«

Der Nachmittag ist schon weit vorangeschritten, es ist fast Abend. Frid Erica Bengtsen hat wie üblich von ihrem Haus in Mellombrottet aus den Nybergveg eingeschlagen, den Klyveveg gekreuzt und ist auf dem Bürgersteig den Hang Richtung Prix Supermarkt hochgelaufen.

An der Kreuzung Kongerødveg hat sie am Fußgängerüberweg gewartet, bevor sie sich auf die sichere Seite mit den Gärten, den Hecken und dem Wald von Nybergåsen hinüberbegeben hat, die seit dem Bau der riesigen Villen von den Leuten weiter unten im Tal auch gerne als Millionärshügel bezeichnet wird. Die andere Seite des Klyvevegs ist von der Hangspitze bis hinunter zum Kongerødveg dicht mit Wohnblocks und Reihenhäusern gesäumt.

Der Gehweg liegt verschlafen vor ihnen. Ein Stück weiter vorn geht ein Mädchen. Es hat einen Ranzen auf dem Rücken und eine Schnur in der Hand, an deren Ende ein roter Luftballon schwebt. Das Mädchen bleibt dicht neben einer niedrigen Thujenhecke stehen, schiebt die Büsche zur Seite und späht in den Garten, was nicht besonders höflich ist.

Frid Erica Bengtsen ist fast auf der Höhe des Mädchens, als Fido am Straßenrand plötzlich im Kreis herumzulaufen beginnt.

Der Ranzen des Mädchens ist rosa und rund um das Schloss mit Stickern beklebt. Es trägt einen hellen Kapuzenpullover über einem burgunderfarbenen Rock. Seine weiße Strumpfhose hat am Knie ein großes Loch. Die Füße stecken in grauen Turnschuhen.

Das Mädchen dreht sich um, wobei sich ihre Blicke begegnen. Die Kinderaugen wirken leer. Als sie Fido sieht, huscht ein kleines Lächeln über ihr Gesicht. Dann wendet sie sich abrupt ab und läuft in Richtung Wald, den Ballon an der Schnur hinter sich herziehend.

Ein Kindergeburtstag, denkt Frid. Du warst auf einem Geburtstag, aber wer hat dir diese Kleider herausgesucht? Und deine Augen, was ist mit deinen Augen?

Fido krümmt sich, sodass sein Rücken einen Bogen macht.

»Guter Junge«, lobt sie und fängt die Würste in einer Plastiktüte auf, die sie sorgfältig verknotet und in die Tasche ihrer Windjacke steckt. Ihre Finger fahren flüchtig über den Reflexstreifen.

Weiter vorne tanzt der rote Luftballon zwischen den Bäumen, und sie spürt Ärger in sich aufsteigen. Wer lässt ein kleines Mädchen alleine durch den Wald nach Hause gehen? Warum holt es an diesem Oktobernachmittag niemand ab und bringt es im warmen Auto sicher nach Hause? Und die Augen, was war das mit ihren Augen?

Frid Erica geht jetzt schneller. Läuft fast den Weg zwischen den Bäumen entlang, auf dem das Mädchen mit dem Ballon verschwunden ist. Sie ist etwas zu schwer, weshalb sie schlecht Luft bekommt und langsamer wird. Fido ist um einen dünnen Birkenstamm herumgelaufen, sodass sich die Leine um den Stamm gewickelt hat. Während Frid Erica sie abwickelt, kommt sie wieder zu Atem. Sie kürzt die Leine und stapft vorsichtig abwärts. Der Weg führt steil zum Waldteich, dem Kverndamm, hinunter, und hier muss sie besonders vorsichtig sein.

Der Waldboden ist mit Laub bedeckt. Der Wind hat in den letzten Tagen viele Blätter von den Bäumen gerissen. Er hat gewütet wie Kinderfinger, die einer wehrlosen Fliege die Flügel ausrupfen, doch noch hängt das Laub so dicht an den Bäumen, dass man nicht hindurchsehen kann. Die Dämmerung liegt wie ein hellgrauer Chiffonschal zwischen den Stämmen, aber zumindest sieht sie, wohin sie die Füße setzen muss. Der Pfad unten ist breit und gut instand, sie kennt ihn fast ebenso genau wie die berühmte eigene Westentasche. Er gabelt sich in drei Richtungen. Ein Weg führt direkt zum Teich hinunter, ein anderer nach Westen zum Ånnerødveg und zum Rugtvedtgård. Der dritte folgt ostwärts dem Kverndamm und endet im Anders Baars veg. Sie bleibt kurz stehen und schaut sich um, kann aber nirgendwo einen roten Luftballon entdecken.

»Brav, Fido«, lobt sie laut den Hund. Vor allem, damit das Mädchen sie hört und sich sicher fühlt. Wo sie wohl sein mag? Sie muss schnell gelaufen sein, überlegt Frid Erica Bengtsen.

Der Wald ist nicht groß. Auf ihrer gewöhnlichen Runde dauert es nicht länger als zehn Minuten, ihn zu durchqueren.

Hin und wieder, wenn es schon dunkel ist, bevor sie mit dem Hund hinauskommt, nimmt sie den beleuchteten Weg an den Häusern entlang. Im Sommer geht sie an den Wochenenden nie abends durch den Wald. Häufig versammeln sich dort Jugendbanden, die trinken und randalieren. Des Öfteren musste schon die Polizei gerufen werden, um für Ordnung zu sorgen.

Und einmal, vor vielen Jahren, ist ein fünfzehnjähriges Mädchen im Wald vergewaltigt worden. Der Täter wurde nie gefasst. Viele Eltern aus der Gegend warnen ihre Kinder davor, abends in den Wald zu gehen. Doch sie hat Fido, und obwohl er klein ist, gibt er ihr Sicherheit und Schutz. Auch kleine Hunde haben eine abschreckende Wirkung, denn kleine Hunde können ebenfalls beißen und kläffen.

Schon oft ist ihr der Gedanke gekommen, dass der Wald eigentlich der sicherste Ort ist, wenn man Angst vor Menschen hat. Vielleicht nicht gerade dieser kleine Wald, aber die großen Wälder, in denen wilde Tiere leben. Kein Gewalttäter geht tief in den Wald, um ein Opfer zu finden. Wald und Gebirge sind die sichersten Orte. Hat man etwa schon einmal von einer Vergewaltigung im Gebirge gehört? Von Vandalismus in einer unbewohnten Berghütte hoch oben in Hardangervidda? Von Unfällen ja, aber nicht von Gewalttaten. Gewalttäter halten sich in den Städten auf. Frid Erica Bengtsen ist mit ihrer Beweisführung zufrieden.

Der Kverndamm liegt nun zu ihrer Rechten, und kurz darauf sieht sie die Lichtung. Eine große, freie Fläche, auf der Bänke stehen. Sie hält kurz inne und atmet tief die vom Boden aufsteigende, alles durchdringende Feuchtigkeit ein. Dann lässt sie Fido die Richtung bestimmen. Er zieht sie zum Weiher. Feuchtes Laub schwimmt auf der Oberfläche. Auf der anderen Seite des Teichs, wo der Hang an manchen Stellen bis ins Wasser abfällt, sieht sie eine große Birke, deren Äste mehrere Meter über den See ragen. Sie wundert sich, dass ihr die Birke nicht schon früher einmal aufgefallen ist. Richtig aufgefallen. Ist es nicht seltsam, dass man jahrelang täglich die gleiche Runde gehen kann und dass einem doch immer wieder neue Kleinigkeiten auffallen? Abgesehen von ihren eigenen Geräuschen ist kein anderer Laut zu hören. Sie dreht um und zieht Fido mit sich zurück auf die Lichtung.

In ungefähr einer Viertelstunde wird sie wieder zu Hause sein. Sie wird sich eine Tasse Tee machen, die Tagesrevue sehen und eine Einkaufsliste für morgen schreiben. Dann wird sie das Buch über Ingebjørg Olavsdatter fertig lesen. Sie hat sich alle Bücher der Serie von Evelyn geliehen, einer Freundin, die sie aus dem Diätclub Sylfiden kennt. Alle Bücher, die bisher erschienen sind. Es kommen ja immer noch weitere heraus. Sie wird das zu Ende lesen, das sie im Moment gerade in Arbeit hat. Band Nummer zwölf. Im Bett, vielleicht. Es ist so gemütlich, im Bett zu lesen. Ihr Schlafzimmer ist groß und hell. Das Fenster hat eine Sicherheitsverriegelung, sodass sie es kippen kann, ohne Angst haben zu müssen, dass jemand einsteigt, während sie schläft.

Der Hund ist hinter ihr stehen geblieben. Er hebt das Bein und pinkelt an einen schlanken Kiefernstamm. Sie ist unaufmerksam, in ihre eigenen Gedanken versunken und daher ein wenig vom Weg abgekommen. Sie dreht sich zu dem Hund um, sieht die Wurzel nicht, stürzt und schlägt mit dem Knie gegen einen Stein, der aus dem Waldboden ragt.

In verdrehter Stellung bleibt sie auf dem Boden liegen und schnappt nach Luft. Der Schmerz fährt durch ihren Körper, und sie fühlt die Übelkeit wie eine Schlange vom Magen in den Hals aufsteigen. Sie weiß nicht, wie lange sie so daliegt, bevor sie es schafft, sich aufzurichten. Es ist zwar noch nicht richtig finster, aber doch schon viel dunkler als noch vor wenigen Minuten.

Sie steckt die Hand in die Tasche ihrer Windjacke, um das Mobiltelefon herauszuholen. Falsche Tasche. Der Hundekotbeutel ist bei dem Sturz aufgegangen, und ihre Finger kommen mit dem Inhalt in Berührung. Sie zieht die Hand zurück und reibt die Finger hektisch an Laub und Tannennadeln trocken. Tränen treten ihr in die Augen.

Schließlich hat sie das Mobiltelefon in der Hand und wählt den Notruf. Was bleibt ihr anderes übrig? Die Stimme der Dame, die ihren Anruf entgegennimmt, klingt freundlich und vertrauenerweckend. Sie lässt sich ihre Personalien und eine genaue Beschreibung ihres Standorts geben.

»In zehn Minuten«, sagt sie. »In zehn bis fünfzehn Minuten ist der Rettungswagen bei Ihnen.«

»Aber ich habe einen Hund bei mir, einen kleinen Hund. Jemand muss sich um meinen Hund kümmern«, ruft sie ins Telefon.

»Fido, jemand muss auf Fido aufpassen!«

Sie hört selbst, wie hysterisch sie klingt, und versucht, sich zusammenzureißen. Die Dame vom Notruf tröstet und beruhigt sie. Alles wird sich finden. Sie kommen sofort. Sie wissen, wo sie ist. Dann legt sie auf.

Fido winselt und leckt ihr das Gesicht. Sie dreht vorsichtig den Kopf zur Seite und sieht den Luftballon. Er bewegt sich etwas weiter vorn auf der Lichtung neben einem dicken Tannenstamm hinter einem Gebüsch hin und her.

»Hilfe!«, ruft sie, doch der rote Ballon kommt nicht näher. Langsam sinkt er auf den Waldboden hinunter, als wollte er sich schlafen legen.

Irgendwo hinter ihrem Kopf knackt ein Zweig. Sind die Sanitäter schon da? Oder ein Jogger?

»Hilfe«, schluchzt sie.

Peder Haugerud denkt sich nichts Besonderes bei dem Einsatz. Joachim Andersen auch nicht. Es passiert nicht so viel hier draußen in der Provinz. Was nicht heißt, dass sie in den zwei Jahren, die sie jetzt zusammen im Rettungswagen fahren, nicht auch ein paar schwere Unfälle mitbekommen hätten. Unfälle, bei denen die Verunglückten aus den Wracks herausgeschnitten werden mussten, Körperteile abgetrennt worden waren, Knochenröhren aus dem Fleisch herausstachen. Oder schlimmer noch: blutige Wunden, in denen bereits die Maden herumkrabbelten.

Letzteres gehörte zu den Dingen, die Joachim Andersen offensichtlich am meisten verblüfft hatten. Unglaublich, wie schnell die kleinen, weißen Maden von einer im Freien liegenden Leiche Besitz ergriffen. Es war eine Frage von Stunden, nicht von Tagen. Peder Haugerud erinnert sich, wie

Joachim Andersen sich übergeben hat, als sie einen Bauern abholen sollten, der mit dem Traktor umgekippt war und in der prallen Sonne lag, während die Fliegen über seinem blutigen Gesicht schwärmten.

Später, wenn alles vorbei ist, wenn der Ort des Geschehens aufgeräumt wurde und alle Aufgaben erledigt sind, kommen die Psychologen. Anfangs hat es Joachim widerstrebt, immer wieder über das Erlebte zu sprechen. Er war es nicht gewohnt, so viel zu reden und seine Gefühle in Worte zu fassen. Offen zuzugeben, wie ängstlich und hilflos er sich fühlte. Das hatte er Peder in einem vertraulichen Moment erzählt.

Später kam dann das Weinen. Nicht zurückhaltend und leise, mit warmen Tränen, die aus den Augenwinkeln über die Wangen strömen. Nein, Joachim hatte in krampfartigen Stößen geweint. Unverstellt, heftig und völlig unkontrolliert. Sein Körper bebte, und die gutturalen Laute drängten sich an den Kontrollposten vorbei wie Demonstranten, die die Verteidigungsanlagen einreißen und auf einen offenen Platz stürmen, auf dem sie laut Meinung der Machthaber nichts zu suchen haben.

»Mit unserer Arbeit haben wir wirklich das große Los gezogen«, hat Peder Haugerud mehr als einmal zu Joachim Andersen gesagt. »Wir bekommen in einem Jahr mehr Grund zum Kotzen als normale Menschen in ihrem ganzen Leben.«

»Normale Menschen, du sagst es. Wir Sanis sind eben keine normalen Menschen«, hat Joachim erwidert.

»Hier müssen wir rechts.«

Sie haben schweigend nebeneinandergesessen, seit sie vor ein paar Minuten im Krankenhaus losgefahren sind. Eine Frau Mitte vierzig ist bei einem Spaziergang im Wald gestürzt.

Jeder sollte ein Mobiltelefon haben, denkt Peder.

»Was machen wir mit dem Hund?«, fragt Joachim.

»Die Zentrale hat bestimmt die Polizei angerufen, und sie selbst hat hoffentlich ihren Angehörigen Bescheid gegeben, dass die sich um den Hund kümmern«, antwortet Haugerud.

»Jepp.«

Der Anders Baars veg endet sozusagen im Garten eines Einfamilienhauses, das an das Naturschutzgebiet grenzt. Weiter vorne verläuft der Weg, der zu der Lichtung am Kverndamm führt. Im Westen zeichnet sich der Wald wie ein schwarzer, gezackter Zaun vor dem Himmel ab. Viele Wege führen zu der Lichtung, doch dieser ist der kürzeste, und hier kommen sie auch mit dem Rettungswagen am weitesten.

Es wird langsam dunkel. Peder Haugerud öffnet die hintere Tür und holt die Trage heraus.

Sie sind in der ersten Oktoberhälfte. Die Jungen hatten heute den letzten Schultag vor den Herbstferien. Es ist Freitag. Er hat heute Abend eine Extraschicht übernommen, doch morgen fährt er mit ihnen in die Hütte in Kragerø. Nur sie drei. Mette muss arbeiten. Er und die Jungen wollen fischen und Holz hacken. Er hofft, dass das Wetter mitspielt. Der September war trocken und schön, mit kühlen, klaren Morgen, warmen Tagen und dunklen Abenden. Er sieht Mettes Ringelblumen vor sich, die gelb und orange blühen und auf denen morgens, wenn die Jungen etwas zu spät aus der Tür stürmen, um in normalem Tempo in die Schule zu kommen, kleine Tautropfen glitzern.

»Wir brauchen die Leuchten«, sagt Joachim Andersen und knufft ihn in die Seite.

Kurz darauf sind sie auf dem Weg zu der Lichtung, die Trage zwischen sich. Die Lichter ihrer Kopflampen tanzen lustig über die Grashalme, die bald vom Winter lebendig eingefroren und in ein weißes Leichenhemd gepackt werden.

Frau Madsen hat auf dem Sofa gelegen und ein Nickerchen gehalten. Das macht sie jeden Nachmittag. Nach Bernhards Tod vor neun Jahren und vier Tagen hat sie damit angefangen. Sie richtet sich leicht verwirrt auf und stellt fest, dass es dunkel im Zimmer ist. Nicht ganz dunkel übrigens. Es wird nie ganz dunkel. Das Licht der hellen Lampen auf dem Parkplatz draußen vor dem Wohnblock dringt durch Küchen- und Schlafzimmerfenster, die nach Osten hin liegen. Ins Wohnzimmer fällt das Licht vom Nachbarblock und von den Außenbeleuchtungen auf den Balkonen. Hier wird es nie ganz dunkel.

Oder doch, an ein Mal, als es ganz dunkel war, kann sie sich erinnern. Das ist lange her. Die Jungen waren noch klein. Es war Herbst, und es hatte geregnet und war windig. Ein schrecklicher Herbststurm, fast wie in Finnmark. Sie wäre so gerne hinausgegangen, dem Wetter entgegengelaufen, um den Regen wie Nadeln auf der Haut zu spüren und die Arme auszubreiten in dem Versuch, zu fliegen. Damals war sie noch jung genug, um sich so etwas Verrücktes zu wünschen. Aber dann ist sie doch nicht hinausgegangen. Der Strom ist ausgefallen. Es war plötzlich stockdunkel.

Bernhard und sie sind in der Wohnung umhergeirrt, ineinander gelaufen, haben gelacht, einander an den Händen gehalten und sich an den Wänden entlang zur Küche getastet. Die Kerzen aus der dritten Schublade von oben geholt. Die Streichhölzer aus dem Korb im Küchenregal. Ganz oben, außer Reichweite für die Jungen. Die schliefen schon in ihren

Betten im Kinderzimmer, ohne etwas von der völligen Finsternis mitzubekommen. Bernhard und sie haben die Kerzen nicht angezündet. Sie haben sich weiter in die Küche vorgetastet, aber sie haben nicht mehr gelacht.

Das Morgenlicht war lange vor dem Strom zurückgekommen. Dünn und grau hatte es sich über das Bündel Kleider gestohlen, das auf dem blauen Linoleum lag, und weiter über einen umgestürzten Schemel mit Stahlrohrbeinen und einem roten Kunstledersitz.

Frau Madsen legt den Kopf zurück auf das Sofakissen. Nur noch ein wenig. Dem Traum nachhängen. Sich zurückerinnern. Nicht schlafen, nur ausruhen, noch ein wenig.

Peder Haugerud läuft hinten. Joachim Andersen geht vorn und gibt die Richtung an. Langsam und beruhigend rufen sie, »Hallo, hallo, wir kommen!«, während sie mit der Trage dem Weg folgen. Die Lichtung liegt vor ihnen. Jetzt dürften es nur noch ein paar Meter sein, bis sie bei der Frau sind, doch niemand antwortet auf ihre Rufe. Kein Hund bellt begeistert. Bis auf ihre eigenen Geräusche ist kein Laut zu hören.

Natürlich sieht Andersen sie zuerst. Er bleibt stehen. Auch Haugerud bleibt stehen. Sie stellen die Trage auf dem Weg ab und starren beide die Frau an.

»Verdammt!«, Joachim Andersen flüstert fast. »Oh verdammt!«

Haugerud löst die Lampe vom Kopfriemen und tritt einen Schritt näher. Er leuchtet auf die Frau hinunter, die regungslos mit zur Seite gestreckten Armen auf dem Rücken liegt.

Ihr Gesicht ist blau angelaufen. Die Augen blicken starr ins Leere. Um den Hals schneidet eine blaue Hundeleine in die Haut ein. Sie ist zu einer strammen Schlinge zusammengezogen. Die Frau hält noch immer mit einer Hand den Griff der Automatikleine fest, während das andere Ende schlaff neben ihrem Hals liegt. Ohne den Hund. Wie ist das möglich?

Peder Haugerud verständigt über sein Diensttelefon die Polizei.

Frau Madsen steht auf Nylonstrümpfen auf dem blauen Linoleumboden und starrt aus dem Fenster. Sie hat kein Licht gemacht. Was waren wir glücklich, denkt sie. Immer öfter kreisen ihre Gedanken um die Vergangenheit. Nicht um die Zukunft.

Das Wichtigste ist gewesen. Das Lustigste ist gewesen. Das weiß sie, doch Frau Madsen ist von Natur aus optimistisch. Das Leben kann noch viel Gutes für sie bereithalten. Enkelkinder, eine Reise mit Hurtigruten, ein Wiedersehen mit den Torfbeermooren zu Hause. Der Herbst ist die schönste Jahreszeit. Sie schaltet das Licht nicht an. Sie hat zu lange geschlafen, und das ärgert sie ein wenig. Jetzt ist die Nacht so lang.

Der Parkplatz ist in das weiße Licht der Lampen getaucht. Es ist schön hier oben. Man hat die beste Aussicht und die schönsten Wandergebiete, die man sich denken kann. Nie ist es ihnen in den Sinn gekommen hier wegzuziehen, ihr und Bernhard. Auch nicht, als es ihnen finanziell besser ging. Die Wohnhäuser sind in den Sechzigern erbaut worden, als die Industrie Arbeitskräfte brauchte. Und die Leute sind aus allen Teilen des Landes gekommen, massenweise, um Arbeit zu finden. Viele aus ihrem eigenen Landesteil. So viele, dass man den Stadtteil hier oben irgendwann Karasjok und Kautokeino genannt hat. Eigentlich war das nicht lustig. Zumindest nicht für die Kinder, doch sie wurden nie gemobbt. Nicht soweit Bernhard und sie das mitbekommen haben jedenfalls. Sie ließen sich wohl nicht mobben. Das muss es gewesen sein. Nicht alle lassen sich mobben.

Sie will sich umdrehen und die Deckenlampe einschalten, als sie das Mädchen unten auf dem Parkplatz sieht. Frau Madsen bleibt stehen und beobachtet die kleine Charlotte Iselin Omland aus der Etage über ihr, die mit dem Ranzen auf dem Rücken und einem Teddy im Arm über den Parkplatz hastet. Ein bisschen spät, um aus der Schule zu kommen, denkt Frau Madsen. Aber sie wird wohl bei einer Freundin oder so gewesen sein. Charlotte Iselin. Was die Leute ihren Kindern heutzutage für Namen geben. Vornehm soll es klingen. Ihre Jungen heißen Tom und Gjøran. Schlicht und einfach.

Frau Madsen schaltet die Deckenlampe in der Küche und die Lampen im Wohnzimmer an. Dann stellt sie den Fernseher an, in dem der steif und stramm dastehende Meteorologe verkündet, dass es morgen bedeckt, aber immer noch mild sein wird. Sie holt die Fernsehkanne und gießt sich eine Tasse extra starken Kaffee ein. Ein paar Stücke Zucker, und das Leben ist schön. Mit dem Nachtschlaf sieht es ohnehin schlecht aus. Sie ärgert sich noch immer ein wenig, dass sie die Tagesrevue verpasst hat. Die TV2-Nachrichten sind nicht das Gleiche, und außerdem kommt zur selben Zeit die Talkshow mit Fredrik Skavlan auf NRK.

Das Absperrband der Polizei leuchtet rot-weiß-blau unter den kräftigen Lampen. Die Ermittler haben den Tatort eingenommen. Sie erinnern an Insekten, die um einen dampfenden Pferdeapfel schwärmen. Die weiß gekleideten Körper bewegen sich im Stehen und in der Hocke hin und her. Sie halten kleine Tüten in den Händen und füllen sie mit möglichen Beweisstücken, die sie mit Pinzetten vom Boden aufheben.

Andersen und Haugerud haben die Anweisung erhalten zu warten. Joachim sitzt mit dem Rücken gegen eine kräftige Kiefer gelehnt. Peder lehnt stehend am selben Stamm. Keiner von ihnen sagt etwas. Die Szene, die sich ihnen bietet, erinnert an einen Film. An den Freitagskrimi auf NRK, denkt Peder und sieht auf die Uhr. Irgendwann muss er Mette anrufen.

Der Fotograf macht Fotos von der toten Frau. Jedes Mal, wenn der Apparat einen neuen Moment einfängt und auf dem USB-Stick festhält, schießt der Blitz einen weißen Strahl ab. Die Reste eines roten Luftballons, der kraftlos und schlapp auf der Brust der Toten liegt, werden in mehreren Versionen aus unterschiedlichen Winkeln verewigt. Anschließend wird auch er mit einer Pinzette in einer Plastiktüte gesichert.

Wer wirft einen Ballon auf einen Menschen, den er umgebracht hat? Aber vielleicht hatte die Frau den Ballon ja bei sich? Vielleicht ist er geplatzt, als sie gefallen ist? Peder kommt das wenig wahrscheinlich vor. Der Ballon ist kaputt. Das kleine Endstück oder die Öffnung, durch die man die Luft hineinbläst, fehlt. Vielleicht ist das ein Zeichen oder eine Nachricht oder eine Warnung des Täters? Es muss etwas zu bedeuten haben. Bestimmt legt kein normaler Täter so offensichtliche Spuren aus.

Luftballons, philosophiert Peder weiter. Bei Ballons denkt man an Feiern, an Kindergeburtstage oder Jubiläen. Im amerikanischen Wahlkampf gibt es immer viele Ballons. Tausende von Luftballons, die man in den Himmel aufsteigen lässt, während Republikaner oder Demokraten – abhängig von der Farbe der Ballons – hingerissen jubeln.

Einer der weiß Gekleideten beugt sich über die tote Frau und untersucht die Taschen ihrer Jacke. Er zieht ein Mobiltelefon heraus.

»Ein Nokia, ganz sicher«, sagt Joachim so leise, dass nur Peder es hören kann.

»Ja, ein älteres Modell«, flüstert Peder zurück.

Sie amüsieren sich oft mit dem Menschenkenntnis-Spiel. Was für ein Mobiltelefon ihre »Kunden« haben, ist eine immer wiederkehrende Frage bei diesem Ratespiel.

Der Ermittler erkundet gerade den Inhalt der zweiten Anoraktasche. Er zuckt zusammen und flucht laut, als er eine kleine, schwarze, platt gedrückte Plastiktüte herauszieht.

»Verdammt, da quillt ja die Scheiße raus.«

Joachim Andersen kann sich nicht länger beherrschen. Er fischt eine Packung Prince Light aus der Brusttasche seiner Uniform. Er zögert kurz, bevor er die Zigarette anzündet. Ein Polizist in Zivil nähert sich ihnen. Peder erkennt ihn aus den Zeitungen. Andersen steht auf und bleibt mit der Zigarette zwischen Zeigefinger und Mittelfinger stehen.

»Sie dürfen hier nicht rauchen! Tut mir leid, aber wir wollen schließlich nicht, dass der ganze verdammte Wald in Flammen aufgeht, nicht? Morgan Vollan, Hauptkommissar, ich leite die Ermittlung. Sie waren die Ersten hier draußen, und ich muss Ihnen ein paar Fragen stellen.«

»Okay, schießen Sie los«, sagt Andersen und steckt die Zigarette zurück in die Packung.

Eine Polizistin in Uniform, die ihnen nicht vorgestellt wird und sich selbst auch nicht vorstellt, schreibt im Licht einer Kopflampe mit, während Vollan die Fragen stellt.

»Wie lautete der genaue Bescheid, den Sie von der Notrufzentrale bekommen haben, bevor Sie ausgerückt sind?«

»Wir haben den Bescheid erhalten, dass eine Frau mit einem kleinen Hund angerufen und erzählt hat, sie sei am östlichen Teil des Kverndamms gefallen und habe sich verletzt. Genauer gesagt auf dem Weg, der direkt zu der Lichtung führt. Man hat uns gesagt, dass wir bis zum Ende des Anders Baars vegs fahren und von dort aus zu Fuß weitergehen sollen. Sie würde direkt auf der Lichtung liegen.«

Haugerud führt das Wort, während Andersen zustimmend nickt.

»Und wie spät war es, als der Bescheid eingegangen ist?«

»Ich bin mir sicher, dass wir um 18:49 Uhr ins Auto gestiegen sind. Zahlen vergesse ich nur selten, aber die Notrufzentrale hat die Anrufe auf Band, sodass Sie diese Information bestimmt …«

»Das weiß ich, danke!« Vollan runzelt die Stirn. »Ich frage, weil ich es von Ihnen wissen möchte, okay? Wann also waren Sie am Parkplatz?«

»Um 19:02 Uhr. Wir sind ohne Sirene, aber mit Blaulicht gefahren, kaum schneller als erlaubt. Es war kaum Verkehr.«

»Dann haben Sie ein paar Minuten gebraucht, um die Trage klarzumachen und hierherzukommen, nehme ich an?«

Peder Haugerud zieht sein Diensttelefon heraus und überprüft die hinausgegangenen Anrufe.

»Wir haben um 19:06 Uhr Alarm geschlagen«, sagt er ruhig und sieht Vollan in die Augen. Er ist einen Kopf größer als der Polizist, was ihm eine Art Befriedigung verschafft. In der Regel ist er nicht so kindisch, doch in diesem Moment fühlt es sich gut an.

»Okay. Können Sie beschreiben, wie der Tatort auf Sie gewirkt hat, als sie eingetroffen sind? Geräusche, Gerüche, Bewegungen, etwas, das Ihnen besonders aufgefallen ist?«

Peder und Joachim wechseln einen Blick. Dann schütteln sie beide den Kopf.

»Nein. Sie lag genauso da, wie Sie sie gefunden haben. Uns ist natürlich der Ballon aufgefallen, und wir haben darauf geachtet, ihn nicht anzufassen, wegen der Fingerabdrücke und so«, sagt Andersen.

»Gut! Das haben Sie völlig richtig gemacht«, sagt Vollan enthusiastisch, als wolle er ein paar Jungen loben, die endlich einmal das einzig Richtige getan haben. »Aber einen Hund haben Sie nicht gesehen?«

»Nein, wir haben weder einen Hund gesehen noch einen gehört«, sagt Haugerud. »Der Mörder muss ihn freigelassen oder mitgenommen haben.«

»Das gehört zu den Dingen, die wir herausfinden müssen«, sagt Vollan ruhig.

Haugerud setzt noch einmal an, »Aber etwas anderes, sie ist noch nicht lange tot, nicht länger als …«

»Wir sollten es dem Arzt und der Obduktion überlassen, den Todeszeitpunkt festzustellen, denke ich«, unterbricht ihn Vollan.

»Aber wir wissen jedenfalls, dass sie um zehn vor sieben noch lebte, denn da hat sie angerufen und den Unfall gemeldet«, wirft Andersen ein, sichtlich verärgert, dass Vollan Peder über den Mund gefahren ist.

Vollan lächelt. »Ja, wissen wir das? Das tun wir überhaupt nicht! Das muss die Ermittlung ergeben«, sagt Vollan.

Er lächelt schief und fährt mit leiser Stimme und jedes Wort betonend fort: »Theoretisch betrachtet kann der Täter sie umgebracht und anschließend bei der Notrufzentrale angerufen haben. Sie kann bereits mehrere Stunden tot sein! Und vielleicht hatte sie gar keinen Hund bei sich.

Vielleicht gehört die Hundeleine um ihrem Hals dem Mörder.«

Die unbekannte Polizistin hat aufgehört, sich Notizen zu machen. Sie pufft Vollan zaghaft in die Seite. Mit einem verärgerten Gesichtsausdruck dreht er sich um.

»Ja?«

»Ja, sicher«, sagt Andersen. »Deshalb läuft sie auch mit einer Tüte voll Hundescheiße in der Tasche herum! Weil sie keinen Hund hat.«

Ein Lächeln huscht über das Gesicht der Polizistin.

»Sie müssen beide noch aufs Präsidium kommen und Ihre Aussage machen, wenn Sie für heute Abend fertig sind. Aber Sie bringen die Leiche erst ins Krankenhaus, wenn *wir* fertig sind. Klar?«

Morgan Vollan wartet die Antwort nicht ab. Er wendet ihnen den Rücken zu, dicht gefolgt von seiner unbekannten Assistentin.

Peder Haugerud lächelt breit.

»Gut«, flüstert er.

Peder fällt auf, dass Joachim Andersen zittert, was bestimmt nicht an der Abendluft liegt. Er hat gegen die Macht opponiert, einem Kollegen beigestanden, gesagt, was er meint, und das fühlt sich bestimmt unfassbar gut an. Und er hat eine so unbändige Lust auf eine Zigarette, aber es gibt Grenzen, was die Opposition angeht. Peder kann in seinem Kollegen lesen wie in einem offenen Buch.

Plötzlich laufen einige der Ermittler zusammen. Ein Mobiltelefon klingelt. Das Telefon der Toten. Das bereits in der Plastiktüte steckt. Niemand geht dran, und nach einer Weile verstummt es.

Sie sehen weiter den Ermittlern zu. Außerhalb des Absperrbands knacken Zweige, und ein Blitz kündet davon, dass die Presse Wind von der Leiche bekommen hat. Das war nicht anders zu erwarten.

»Presseleute erinnern mich immer irgendwie an Maden«, sagt Joachim. »Die NRK-Leute natürlich ausgenommen«, fügt er hinzu.

Bestimmt ist bereits die ganze Meute angerückt. Telemarksavisa und Varden und vielleicht auch Dagbladet und VG, aber der NRK wohl nicht. Vielleicht sehen sie morgen ihr Bild in der Zeitung. Vielleicht steht auch der Täter irgendwo da draußen in der Dunkelheit und beobachtet alles?

Peder kommt zu dem Schluss, dass dem bestimmt nicht so ist. Das wäre zu riskant. Mörder sind schließlich keine Pyromanen. Während ein Pyromane bleibt und sich an seinem Vergehen weidet, sucht ein Mörder so schnell wie möglich das Weite.

Das kräftige Gebell eines in der Nähe kläffenden Hundes lässt alle sich aufrichten. Steif blicken sie in die Richtung, aus der das Bellen kommt. Ein großer, von zwei Polizisten geführter Schäferhund schiebt die Schnauze unter das Absperrband.

»Polizeihund macht Jagd auf verschwundenen Hund«, flüstert Joachim.

»Warum bist du kein Journalist geworden?«, antwortet Peder.

Es ist fast Mitternacht, als Peder Haugerud in das weiße Haus am Ende der Sackgasse zurückkommt. Ein leichter Geruch nach Schuhen schlägt ihm im Windfang entgegen. Jungen. Noch vor wenigen Jahren hat er sich ihre kleinen Zehen an die Nase gedrückt und den Duft von Kindercreme eingeatmet, während sie vor Freude gekreischt haben. Jetzt bleibt er lieber auf Abstand, wenn sie sich die Schuhe von den Füßen kicken.

Mette hat eine Platte mit den Resten der Freitagspizza auf die Anrichte gestellt. Er isst zwei Stück und legt den Rest in den Kühlschrank. Als er wenig später die Tür zum Schlafzimmer öffnet, spürt er den kalten Zug vom Fenster her. Er kriecht in das eiskalte Bett.

»Hey, alles gut gelaufen?«

»Bist du wach?«

»Das hörst du doch, Dummkopf! Ist alles gut gelaufen heute Abend?«

»Nein, eigentlich nicht. Wir haben am Kverndamm eine tote Frau gefunden, und ich friere an den Beinen.«

»Komm rüber«, sagt sie. »Und erzähl!«

Er kriecht in ihr warmes Bett und berichtet.

Sie liegt in seinem Arm und hört zu. Es klingt, als würde er aus einem Manuskript vorlesen. Als wäre er ein Schauspieler im Radio. Sie kann ihn einfach nicht unterbrechen und Fragen stellen. Es ist das gleiche Gefühl wie damals, als sie noch klein war und am Samstag den Kinderfunk gehört hat oder später, als sie älter wurde, das Radiotheater, dessen spannende Geschichten, die Woche für Woche in Fortsetzung kamen, sie ganz in ihren Bann zogen.

Er weiß, dass er der Schweigepflicht unterliegt. Sie weiß, dass er der Schweigepflicht unterliegt. Trotzdem erzählt er ihr alles. Fast alles. Immer. Sie lässt ihn ganz zu Ende erzählen, bevor sie etwas sagt.

»Wer war sie?«

»Das weiß ich nicht. Wir haben zwar den Namen bekommen, aber ich hab ihn vergessen, und er spielt auch keine Rolle. Sie ist tot.«

Schließlich schläft Peder ein.

Er träumt, dass er draußen ist und eine Schotterstraße entlanggeht. Am Straßenrand wachsen Disteln und Brennnesseln. Schmetterlinge saugen Nektar aus den lilafarbenen Blüten der Disteln. Er kommt an einem gelben Haus vorbei. Im Haus hört er ein Kind weinen. Er bleibt stehen. Ein Mann mit einer Mülltüte in der Hand kommt aus dem Haus heraus. Er kommt auf Peder zu.

»Du hast einen Säugling in deinem Haus«, sagt Peder. »Darf ich ihn segnen?«

»Nein«, sagt der Mann.

»Aber ich muss das Kind segnen«, beharrt Peder. »Es ist wichtig.«

»Nein«, sagt der Mann wieder.

Er wirft die Tüte auf den Boden, dreht sich um und geht zurück ins Haus.

Peder bleibt stehen und wartet. Das Weinen im Haus hat aufgehört.

Dann hört er drinnen jemanden rufen. Der Mann kommt wieder heraus. Er schreit und ballt die Fäuste.

»Du hast mein Kind umgebracht!«, schreit er. »Du hast mein Kind umgebracht, ich leg dich um, leg dich um, leg dich um, um, um!«

Peder wacht mit dem lähmenden Gefühl der Angst auf. Die Decke ist auf den Boden gerutscht. Ihm ist kalt. Immer öfter plagen ihn jetzt Albträume. Vielleicht liegt es daran, dass die Wartezeit bald vorbei ist. Was kommt danach? Als er wieder einschläft, hat er sich in Embryostellung zusammengerollt.

Samstag, 8. Oktober

Ihr Gesicht erinnert an ein großes, frischgebackenes süßes Brötchen. Goldbraun und fein, obwohl die Sonne, die blass und halbherzig am Herbsthimmel steht und nur durch ein kleines Loch in der Wolkendecke guckt, die Fähigkeit, überhaupt etwas zu bräunen, verloren hat. Selbst sie ist nach diesem Sommer müde und erschöpft. Wie ihre Mutter, die sich oben in der Wohnung unter der Decke zusammengerollt hat. Sie steht nicht am Fenster und winkt ihr nach. Charlotte Iselin oder Lotte, wie sie sich nennt, braucht sich nicht umzudrehen, um das zu wissen. Ihre Augen wandern von Fenster zu Fenster, und da ist bestenfalls Frau Madsen. Lotte sieht den dünnen Arm, der ihr zuwinkt, und sie winkt zurück.

Die Rosinenaugen glänzen, und das Brötchen bekommt Grübchen. In den Ohren hat sie Himbeerbonbons und unter dem weißen Pullover schlägt ein warmes Waffelherz. Nein, eine ganze Waffel. Großmutter! Lotte lächelt mit ihren großen zweiten Zähnen. Jetzt wird sie eine ganze Woche lang froh sein. So einfach ist das und so schwierig. Wie ein Lichtschalter. Einschalten, ausschalten.

Der Großvater hat den Schlüssel ins Zündschloss gesteckt und dreht ihn nach rechts. Das Auto fährt mit einem leisen Brummen an.

»Schnall dich an, alles klar zum Take-off«, sagt er mit seiner Pilotenstimme. Die Großmutter lacht. Lotte lächelt. Sie sitzt hinten in dem brandneuen Volvo. Wie eine Prinzessin, mit ihrem Lieblingshund auf dem Schoß. Wenn sie sie so sehen könnten. Nur einen flüchtigen Blick auf dieses zufriedene Gefühl von Luxus werfen könnten, das wie eine Ader voll Karamellsoße durch sie fließt.

Merete Junker

Ein Hauch von Mord

Ein Fall für Mette Minde

Kriminalroman

Die neue Stimme des norwegischen Krimis!

Skien, Norwegen. Im Wald wird die Leiche einer Frau gefunden – erdrosselt mit der Leine ihres Hundes. Auf ihrer Brust ein roter Ballon. Die Journalistin Mette Minde bekommt Wind von dem Fall und stellt ihre eigenen Ermittlungen an. Schnell wird klar, dass das scheinbar so friedvolle Städtchen vor verborgenen Wahrheiten nur so brodelt, und Mette Minde öffnet dabei Türen, die besser verschlossen geblieben wären …

Ein packender Serienauftakt mit einer überaus sympathischen Ermittlerin!

Band 1 der Serie
ca. 400 Seiten, kartoniert mit Klappe
€ 9,99 [D]
ISBN 978-3-8025-9274-4

www.egmont-lyx.de

LYX
EGMONT

Liselotte Roll

Bittere Sünde

Thriller

Fesselnd, psychologisch und überraschend

Als eine grausam misshandelte Leiche gefunden wird, tappt der ermittelnde Kommissar Kalo im Dunkeln. Erst ein Blick in die Vergangenheit des Opfers bringt dunkle Geheimnisse ans Licht. Ist Rache das Motiv für den Mord? Je näher Kalo der Wahrheit kommt, desto größer wird auch die Gefahr für ihn und seine Familie …

"Liselotte Roll erschafft spannende und faszinierende Charaktere. Ein absoluter Page Turner!" *Sveriges Television, Magnus Utvik*

Band 1 der Serie
400 Seiten, kartoniert mit Klappe
€ 9,99 [D]
ISBN 978-3-8025-9225-6

Die Neuentdeckung aus Schweden

www.egmont-lyx.de

LYX
EGMONT